리빌드 월드 III

Rebuild World

下 현상수배급 토벌 요청

글 나후세

일러스트레이션 긴

세계관 일러스트 와잇슈

메카닉 디자인 cell

The advanced civilization that once dominated the world has crumbled away, and a long time has passed. People rallied the fragments of wisdom and glory scattered all over the world and spent a long time rebuilding human society.

"알았어."

토가미는 시카라베의 지시에 따라 아키라의 차량에 탑승했지만, 그 이유는 듣지 못했다. 굳이 자기를 같이 타게 할 정도니까 그만한 의미가 있을 거라고, 과도한 자기평가가 맞물린 탓에 그렇게 넘겨짚었다. 그러나 동승자는 아무리 살펴봐도 강해 보이지 않는 인물이었다.

Rebuild World

> **야나기사와** YANAGISAWA

쿠가마야마 시티의 간부. 뒤로는 건국주의자와도
내통하는, 비밀이 많은 인물.

> **토가미** TOGAMI

도란캄의 신인 헌터. 반 카츠야 파벌의 기대주.
헌터 랭크는 27.

아하, 그래! 각오가 부족했구나!

>Author : nahuse >Illustration : gin >Illustration of the world : yish >Mechanic design : cell

리빌드 월드 III

Rebuild World

The advanced civilization that once dominated
the world has crumbled away, and a long time has passed.
People called the fragments of wisdom and glory scattered
all over the world and spent a long time rebuilding human society.

下 현상수배급 토벌 요청

Author 나후세   Illustration 긴
Illustration of the world 와잇슈   Mechanic design cell

Contents

제86화 변이종

미발견 유적을 발견하면 떼돈을 벌 수 있다. 아키라는 그런 생각으로 알파와 함께 황야를 조사하여 땅속에 묻혀 있던 요노즈카역 유적을 찾아냈다.

유적은 넓었다. 그리고 기대한 만큼 유물이 많이 있었다. 더군다나 몬스터도 없는 노다지 상태였다. 아키라는 엘레나, 사라와 함께 유적을 탐색하거나 셰릴과 그 조직을 데리고 유물을 수집하는 등 큰 성과를 거뒀다.

거기까지는 순조로웠다. 그러나 아키라는 미발견 유적의 가치를 낮게 보고 있었다. 유적을 둘러싼 소동에 휘말린 것이다.

유적의 정보를 빼앗으려는 자들에게 납치된 셰릴을 구출하거나, 유적의 존재가 드러난 후에는 수많은 헌터와 대규모 몬스터 무리가 일으킨 소동으로 유적의 상태가 바뀌는 등 여러 가지 사건이 발생했다. 아키라는 그것들을 어떻게든 대처했다.

그 소란 속에서 유적에서 마주친 유미나가 도움을 요청해 어쩌다가 카츠야를 구출하는, 아키라로서는 예상을 너무 벗어난 사건도 있었다. 아주 짧게나마 카츠야와 힘을 합치고, 그 실력에 놀라기도 했다.

그리고 지금은 귀로에 오르는 중이다. 엘레나와 사라가 모는 차를 얻어타고 쌓인 피로를 못 이겨 잠시 쪽잠을 잤다.

그만한 격전을 유적에서 벌였는데도 새로운 장비와 알파의 서포트 덕분에 죽을 고비를 넘겼다고 할 정도로 고전하지는 않았다. 그래도 얼마 전의 아키라의 실력과 장비라면 확실하게 죽었을 전투였다.

아키라의 실력은, 장비를 포함해서 눈에 띄게 성장했다.

그 몸을 내던지는 전투의 어려움과 함께.

◆

요노즈카역 유적에서 쿠가마야마 시티로 복귀한 아키라는 두 사람의 차를 얻어타고서 집으로 돌아갔고, 그날은 그쯤에서 해산하게 되었다.

원래라면 먼저 도시에 보낸 유물을 회수하거나, 이번 성과물을 어떻게 분배할지 간단하게 정하는 것이 좋다.

아키라는 엘레나, 사라와 친하지만, 모두가 헌터다. 정식 팀이 아니고, 세밀한 계약을 주고받아서 손을 잡은 사이도 아니다. 돈이 얽히는 문제인 이상, 그 점을 소홀히 했다간 나중에 문제가 생길 우려가 있다.

하지만 아키라는 두 사람을 믿어서, 혹은 배신해도 어쩔 수 없다는 달관을 통해서, 세세한 이야기는 나중에 하기로 했다. 애초에 그만큼 피곤했다.

그리고 엘레나와 사라에게는 성실하고 정직한 헌터이길 바라는 양심과 친구이자 은인이기도 한 아키라를 배신하기 싫다는 마음이 있었다. 그 덕분에 성과물 분배 이야기를 나중으로 미뤄도 문제가 생기지 않았다.

오늘은 푹 쉬자고 간단하게 결정할 만큼 서로를 믿고서, 세 사람은 가볍게 작별 인사를 마치고 해산했다.

◆

아키라가 집에 딸린 욕실에서 피로와 정신을 목욕물에 풀고 있을 때, 평소처럼 함께 들어간 알파가 넌지시 경고했다.

『아키라. 그대로 자면 익사할 거야.』

"괜찮아……."

아키라는 고개를 슬쩍 흔들고 의식을 욕조에서 끄집어내더니 흐트러진 자세를 바로잡았다. 그리고 별생각 없이 요노즈카역 유적에서 있었던 일을 떠올린다.

"그나저나…… 오늘은 참 많은 일이 있었는걸. 그 유적은 앞으로 어떻게 될까?"

『헌터들이 많이 진입해서 이미 미지의 유적이 아니게 되었으니까, 앞으로는 평범하게 공략되겠지. 뭐, 한 번쯤은 소란이 또 발생할지도 모르지만.』

"소란이 또 생겨? 예를 들면?"

『그래. 예를 들면 몬스터의 생태계가 과도하게 망가진 탓에 변이종이 탄생한다거나.』

육식인 생물형 몬스터라고 해서 딱히 인간만 잡아먹고 사는 것은 아니다. 다른 몬스터도 포식한다.

그리고 종류별로 얼마나 강한지 등에 따라 생태계가 형성된다. 그 생태계가 안정되면 특정 지역에 서식하는 몬스터의 종류나 숫자가 어느 정도 고정된다.

하지만 무언가의 요인으로 지역별 생태계가 파괴되면 이전 생태계에서는 번성하지 못했던 몬스터가 갑자기 늘어나거나 단순한 성장과는 차원이 다른 변이종이 탄생하기도 한다.

현재 요노즈카역 유적과 그 주변에는 본래 그 지역에 서식하지 않던 수많은 몬스터가 터널을 지나 나타났다. 다른 환경에 적응해서 변이하고, 번식해서 갑자기 위협적인 개체나 무리가 출현해도 이상하지 않다.

게다가 유적에는 몬스터 무리와 헌터들이 싸우면서 발생한 대량의 먹잇감이 있다. 먹이만 있으면 얼마든지 성장하고 한없이 강해질 수 있지만, 원래 서식지에서는 강해지기 전에 잡아먹히는 개체가 자연도태에서 벗어나 급성장해 변이종이 될 우려도 있다.

『유적 환경이 안정되면 그런 것도 사라질 테지만, 한동안은 조심하는 것이 좋을 거야.』

"헤에, 그런 일도 있구나. 뭐, 한동안 얼씬거리지만 않으면 돼. 느긋하게 쉬고, 쓴 탄약도 보충하고, 유물을 팔고, 이것저것 하는 사이에 다 끝나겠지."

아키라는 당장 급한 볼일을 생각하면서 천천히 목욕을 즐겼다. 그리고 욕실에서 나온 다음에는 남은 피로를 철저하게 해소하기 위해서 긴장을 싹 풀고 취침했다.

◆

하루 휴식해서 몸과 마음을 재정비한 아키라는 다음으로 장비를 조달하기 위해 시즈카의 가게를 방문했다. 마침내 수리를 마친 차를 가게 주차장으로 옮기게 하고, 구매한 탄약을 시즈카와 담소하면서 싣는다.

아키라에게 요노즈카역 유적에서 있었던 일을 들은 시즈카가 슬며시 쓴웃음을 지었다.

"그나저나 그렇게 많은 몬스터와 싸우다니, 아키라도 고생이 참 많구나."

"네. 고생했어요. 새 장비가 없었으면 큰일 날 뻔했는데요. 덕분에 살았어요."

"그렇게 말해 주면 장비를 판 사람으로서 기뻐. 그래도 자꾸 말하겠지만, 무리하면 안 돼."

부드럽게 타이르는 듯한 시즈카의 말을 듣고 아키라도 웃으며 대꾸한다.

"알아요. 저도 자진해서 고생하긴 싫으니까요. 몬스터 무리와 싸웠을 때도, 힘들긴 했어도 고전한 건 아니에요."

"그랬어? 이야기만 들으면 엄청나게 고생한 것 같은데."

"그때는 최대한 편해지려고 DVTS 미니건을 마구 쐈거든요."

그렇게 말한 아키라가 슬쩍 쓴웃음을 띤다.

"뭐, 덕분에 편하게 이겼지만요. 비싼 확장 탄창을 자꾸 동내서 탄약값이 장난 아니게 됐어요. 그런 의미에서 생각하면 진짜 피해가 크네요."

사용한 만큼 보충하고, 추가로 예비 탄약을 산 아키라는 비싼 확장 탄창도 사서 차에 실었다. 실제로 탄약 비용이 확 불어났는데, 예전에 요노즈카역 유적에서 엘레나, 사라와 함께 챙긴 유물, 대량의 선반을 돈으로 바꾸지 않았다면 위험할 뻔했다.

시즈카가 농담하듯, 조금 즐거운 기색을 띠고서, 의미심장하게 웃고 친절하게 말한다.

"아키라 님. 탄약을 무진장 사 주셔서 대단히 감사합니다."

"무슨 말씀을. 아무것도 아닙니다."

아키라도 맞장구를 치고 웃었다. 둘이서 슬쩍 웃고 분위기를 바꾼 다음, 시즈카가 평소처럼 미소를 띤다.

"아키라는 이제부터 어떻게 할 거니? 바로 요노즈카역 유적에 갈 거야?"

"그건 급한 볼일을 끝낸 다음에 생각해 보려고요. 아직 유물 환금도 안 끝났거든요."

아키라는 그렇게 말하고 바닥에 있는 배낭을 손으로 가리켰다. 안에는 지난번 요노즈카역 유적에서 수집하고 먼저 도시로 수송을 부탁했던 유물이 있다.

도시로 돌아온 다음 엘레나와 사라가 수송 대행을 부탁했던 쿠로사와에게서 유물을 찾고, 아키라에게 주려고 시즈카의 가게로 옮긴 것이다.

그 유물들은 각자 환금하기로 했다. 팀 단위로 수집한 유물이니까 원래라면 엘레나가 전부 매각한 다음 경비를 제하고 균등하게 분배해도 상관없었다.

하지만 이번에는 사라가 구세계 속옷을 팔지 않고 챙겨가는 바람에 유물을 어떻게 처분할지는 각자가 알아서 판단하게 되었다.

시즈카가 유물이 담긴 배낭들을 보고 조금 감동한 기색을 보였다.

"즉, 이 유물을 돈으로 바꾸기 전인데도 이만한 탄약을 살 여유가 있다는 거구나? 아키라도 돈을 참 많이 버는 헌터가 됐구나."

그리고 미소를 지으면서 넌지시 훈계한다.

"상승세인 건 좋은 일이지만, 너무 좋아하다가 생각지도 못하게 다칠 때도 있어. 조심하렴."

"네."

자신을 걱정해 주는 얼마 안 되는 사람의 마음을 접하고, 아키라는 기쁜 눈치로 웃으며 대꾸했다.

◆

아키라는 차에 탄약과 유물을 싣고 시즈카의 가게를 떠나 잠시 집으로 돌아온 다음, 일부를 내리고 다시 집을 나섰다.

그리고 카츠라기에게 지금부터 유물을 팔러 간다고 연락한 다음, 그대로 도시를 나와 황야를 달려 눈에 익은 장소에 이르렀다. 그곳에는 카츠라기의 이동 점포인 트레일러가 서 있었다.

아키라를 본 카츠라기가 들뜬 기색으로 말한다.

"기다렸다고, 아키라. 유물을 왕창 가져왔나 보군."

"뭐, 그럭저럭 가져왔어. 굳이 유물을 가지고 왔다 갔다 한 것 같아서 기분이 이상하지만."

주위를 둘러보고 조금 복잡한 표정을 짓는 아키라를, 카츠라기가 웃음으로 달랜다.

"너무 그러지 말라고. 뭐하면 너도 들어가면 되잖아."

"지금은 그럴 기분이 아니야. 아무튼 일부러 여기로 가져왔어. 감정해 줘."

아키라가 차에서 내린 유물 배낭을 카츠라기의 앞에 둔다. 빵빵하게 찬 배낭을 본 카츠라기가 신나게 웃었다.

"똑같은 유적의 유물이라도 지금은 발견 직후의 보너스 타임이 끝나서 나오는 유물도 시시한 게 많아졌단 말이지. 사람들 손이 닿기 전에 요노즈카역 유적에서 입수한 유물이니까, 기대해 보겠어."

카츠라기의 트레일러가 있는 곳은 요노즈카역 유적 지상부 근처였다.

요노즈카역 유적의 명칭은 유적에 있던 구세계의 망령이 한 말이 퍼져서 세간에도 요노즈카역 유적으로 정착했다.

유적의 존재가 널리 퍼지고 아직 일주일도 채 안 되어서 그런지 지금은 수많은 베테랑 헌터가 유적을 탐색하고 있다.

카츠라기는 이곳에서 돈 냄새를 맡고, 이동 점포의 이점을 살려 유적 근처에서 장사를 시작했다. 유물도 적극적으로 사들이기 위해서 지인들도 불러 집단으로 점포를 세웠다.

헌터들도 유물 매각과 탄약 보충을 근처에서 할 수만 있다면 일일이 도시로 돌아갈 필요성이 없어진다. 조금 비싸도 황야 가격이라고 그냥 넘어가는 손님도 많은 덕분에, 위험을 무릅써야 하는 유적 근처로 온 만큼 카츠라기와 상인들의 장사는 번창하고 있었다.

◆

아키라는 유물 감정이 끝나기를 기다리면서 별생각 없이 유적의 상황을 관찰하고 있었다. 정보수집기로 유적 입구를 확대해서 표시하자 수많은 헌터가 차를 댄 것이 보였다.

하지만 출입구를 점거하려는 자는 없다. 출입구가 하나밖에 없었던 때와는 다르게 유적 밖으로 나온 몬스터가 안에서 뚫은 다른 출입구나 유적 일부가 무너져 함몰한 곳 등을 통해서 얼마든지 안으로 들어갈 수 있기 때문이다.

그리고 그것은 몬스터가 얼마든지 유적에서 밖으로 나올 수 있다는 의미이기도 했다. 당연히 위험하다.

"그건 그렇고, 카츠라기는 잘도 이런 곳에 점포를 세울 마음이 생겼네. 쿠즈스하라 시가지 유적하고는 사정이 다르잖아?"

"위험한 건 알아. 하지만 그만큼 돈이 잘 벌리지. 이럴 때 이 동 점포의 강점을 살려야지."

"뭐…… 위험한 줄 안다면 상관없지만."

카츠라기는 평소와 차원이 다르게 늘어나는 매출을 보고 신난 기색이다. 하지만 아키라의 태도를 보고 조금 불안했는지 슬쩍 떠본다.

"뭐야, 왜 그래? 나는 그렇게 위험한 유적에서 살아 돌아왔다고 자랑하는 거야? 신기한걸."

"아니야. 진짜 위험했다고."

조금 뚱한 기색을 드러내는 아키라를 보고, 카츠라기는 그렇게 위험한지 조금 불안해졌다. 그래도 겉으로는 아무렇지도 않게 다시 물어본다.

"오호라. 얼마나 위험했어?"

"유물을 다 팔면 여기를 후다닥 뜨고 싶을 정도로는 말이지. 카츠라기가 여기에 가게를 두지 않았으면 근처에 얼씬거릴 생각도 없었어. 그 정도야."

"그, 그래?"

아키라는 배알이 꼬여서 막 말하는 것이 아니다. 그것을 간파한 카츠라기는, 아키라의 실력을 잘 아는 만큼 신나서 웃던 얼굴을 조금 굳혔다.

"그, 그야 뭐, 아까도 말했는데 위험한 줄 알고서 여기 온 거라고. 대비는 했어. 아는 사람들을 모으고 이 유적의 첫날 소동에서 살아 돌아온 헌터들을 경호원으로 고용했거든. 그러니까 괜찮아."

그 말을 들은 아키라는 카츠라기의 경호원들이 엘레나 일행이나 그 소동 속에서 유물을 수집했던 차레스 팀 정도의 실력을 갖췄으리라고 상상했다. 무의식중에 그렇다면 괜찮을 것 같다는 생각이 태도로 드러났다.

카츠라기는 그런 아키라의 태도를 보고 속으로 안도했다. 그리고 때마침 경호원들이 주위 순찰을 마치고 돌아와서 슬그머니 소개한다.

"보라고. 쟤들이야. 돈을 꽤 썼거든?"

하지만 아키라는 그들을 보고 미묘한 표정을 지었다. 그리고 그 태도를 본 카츠라기가 무심코 불안을 드러내고 괴이쩍은 얼굴을 한다.

"아키라. 무슨 문제라도 있어?"

"별것 아니야."

"아니라면 그런 얼굴 하지 말라고. 뭐가 문제인데?"

돌아온 경호원들의 리더가 고용주에게 상황을 보고하려다가 아키라를 알아챘다. 얼떨결에 이상한 소리도 낸다.

"5반이다. 정기 보고. 순찰 복귀. 이상 없음. 지금부터 휴식을…… 헉?!"

아키라의 태도와 헌터의 반응을 보고, 카츠라기도 인상을 험악하게 썼다.

"아키라. 아는 사람이냐?"

"뭐, 얼굴은 알아."

경호원들은 레빈 일행이었다. 요노즈카역 유적의 첫날 소동에서 살아 돌아온 헌터들은 맞으니까, 설명은 틀리지 않았다.

◆

카츠라기는 아키라에게 레빈 일행과 알게 된 경위를 듣고는 장사꾼다운 웃음을 싹 지웠다.

(그 중개업자 놈들, 지랄하지 마! 유적에서 생환한 헌터는 무슨! 그냥 목숨만 건지고 돌아온 놈들이잖아!)

당연하지만 카츠라기는 유적에서 벌어진 소동을 자기 실력으로 돌파한 자들을 찾았다. 아키라에게 얻은 정보를 바탕으로 중개업자들의 이야기를 돌이켜 보면, 거짓말은 안 했어도 의도적으로 오해를 풀지 않고 얼버무린 것 정도는 금방 알 수 있었다.

지금 와서 중개업자에게 그 사실을 지적해도 시치미를 뗄 것이 분명하다. 레빈 일행도 필시 공범일 것이므로, 실토할 리가 없다.

(뒤통수를 세게 맞았군……! 개자식들! 나를 호구로 보다니!)

진짜 나쁘게 생각하면 싸지도 않은 돈을 내고 생초짜나 다름없는 헌터를 고용한 셈이다. 카츠라기의 짜증은 그만큼 심했다.

그러나 일단 그 짜증을 참고 유물 감정을 계속한다. 분을 못이기고 아키라에게 악을 쓰는 짓이라도 했다간 기껏 찾아온 고객과 연이 끊길 위험도 있다. 인상을 쓰고 어떻게 만회할지 생각하면서도 유물을 꼼꼼하게 감정해 나간다.

"아키라. 이 유물은 요노즈카역 유적에서 첫날에 노다지를 캔 거지? 그런 것치고는 너무 적지 않아?"

"그야 카츠라기한테 가져가도 소용이 없다는 소리를 들은 물건을 뺐으니까."

"그랬군. 아, 예전에도 잠깐 말했지만, 나도 새로운 유통 루트를 만들고 있어. 그래서 말인데? 의류 유물은 반응이 좀 있더란 말이지."

카츠라기가 대수롭지 않게 잡담하는 척 슬그머니 이야기를 꺼내 나간다.

"뭐, 나한테 의류 유물을 가져오는 인간은 거의 없으니까. 나도 그쪽 물건을 유통하는 루트는 딱히 바라지 않는데 말이야."

그렇게 말한 다음, 굳이 덧붙이듯이 이야기를 진행한다.

"아, 하지만 아키라가 정 부탁하면 그 루트를 만들어도 되는데? 너랑 나 사이잖아. 나도 힘써 주겠어."

조금은 선심을 쓰는 척하고, 나아가 대수롭지 않은 일처럼 넌지시 말한다.

"뭐, 새로운 유통 루트를 구축하려면 여러모로 품이 들고, 사이에 끼는 중개업자도 늘어나니까. 그런 사정이 있어서 매입가가 조금 떨어질 수 있는데, 유물을 집에서 썩히는 것보단 낫지 않을까?"

그리고 속내를 완전히 감추면서 친절한 상인처럼 웃었다.

"그래서 말인데. 아키라, 너는 어때?"

하지만 아키라는 단호하게 거부했다.

"아니, 됐어. 의류 유물을 팔 곳은 나도 두 군데 정도 찾았어. 그쪽으로 가져갈게. 카츠라기한테는 셰릴네 일도 부탁했으니까, 더 고생하게 할 수는 없고 말이야."

"그렇군……. 알았다."

적절한 유통 루트만 구축하면 꽤 비싼 값으로 팔 수 있는 의류 유물을, 아키라에게 은혜를 베풀면서 입수하고 싶다. 그렇게 생각한 카츠라기는 지난번 아키라에게 유물 매각의 지식을 알려 줄 때 조금 수작을 부렸다. 그리고 잘 통했다고 생각했었다.

이제는 원래부터 유물을 막 다루는 경향이 있는 아키라에게, 카츠라기가 알려준 지식 때문에 생긴 편중된 인식을 이용해서 의류 유물을 취급해도 된다는 승낙을 받기만 하면 될 터였다.

하지만 그 수작도 아키라가 다른 매입처를 자기 힘으로 찾아내는 바람에 파탄이 났다. 겉으로는 대수롭지 않다는 듯한 얼굴을 한 카츠라기가 속으로 혀를 찬다.

(아키라의 반응으로 봐서는 내 생각이 들켜서 대책을 세운 것 같지는 않군. 이 녀석은 다른 매입처를 찾기 귀찮아할 줄 알았는데…… 내 생각이 허술했나. 잘 풀리지 않는걸.)

레빈 일행의 일로 생긴 손실을 그쪽에서 메꿀 수 있기를 기대한 만큼, 카츠라기는 조금 노골적으로 낙담했다. 무심코 내쉰 한숨이 조금 크다.

"아키라. 유물을 팔면 곧장 갈 거지? 그렇다면 감정이 끝날 때까지 우리 가게 상품이라도 보고 가. 지금부터 목돈이 들어올

텐데. 가끔은 뭐라도 통 크게 사 가라고. 많이 사 주면 나도 매입가를 더 얹어줄 수도 있는데?"

자포자기한 느낌이 드는 카츠라기의 태도를 보고 아키라도 의심할 마음이 사라졌다. 회복약 보충이 필요하다고 생각하기도 해서, 그것도 나쁘지 않겠다고 생각한다.

"아…… 알았어. 사면 매입가를 더 쳐주는 거지?"

"그래. 그만큼 많이 사 준다면 말이지. 후하게 쳐주게 해달라고. 기대하마."

그 말과는 다르게, 카츠라기는 별로 기대하지 않는 표정을 지었다.

◆

카츠라기의 이동 점포이기도 한 트레일러는 총기와 탄약 말고도 헌터 활동에서 사용하는 잡다한 도구 등 다양한 상품을 진열해 놓았다.

그것을 구경하던 아키라가 신경이 쓰이는 상품을 발견하고 걸음을 멈췄다. 지난번 유물 수집 때 사라가 추천했던 유물 보존 주머니다.

『이건 사자. 어디 보자…… 정밀기기용, 방수, 방탄, 전류 방지, 충격 방지…… 종류가 참 많은걸. 알파. 뭐가 좋을까?』

『종류별로 다 사서 상황에 맞춰 알맞게 사용하는 것이 가장 좋겠지만, 그게 귀찮다면 범용을 사는 게 좋을 거야.』

『범용도 종류가 많은데…….』

『각 제품의 세세한 차이점은 실제로 써 보고 확인해 볼 수밖에 없어. 부피를 많이 차지하는 물건도 아니니까 대충 고르렴.』

『그럴까.』

아키라가 범용 유물 보존 주머니를 장바구니에 담는다. 일회용인지 재사용 가능인지에 따라 가격도 제법 차이가 나지만, 아키라의 지금 금전 감각으로는 오차 범위에 들어간다. 가격을 아랑곳하지 않고 정말로 대충 골라서 샀다.

이것은 다른 의미로 아키라가 그만큼 성공한 헌터가 되었다는 증거이기도 했다. 이래도 될 정도로 금전적으로 쪼들리지 않는다는 뜻이다.

그런 식으로 계속해서 상품을 구경한다.

『방수 스프레이? 사용하는 무기를 녹슬지 않게 해드립니다. 기간 한정. 지금 사면 충격 완화제도 서비스로 드립니다……. 으음.』

『이런 물건은 총의 소재와도 상성이 있으니까 조심해. 살 거면 시즈카의 가게에서 총기 정비 도구와 같이 사고, 사용해도 문제가 없는지 물어보는 것이 좋을 거야.』

『그래야겠네.』

상품을 선반에 돌려놓고 다른 상품을 손에 집는다.

『재밍 스모크? 유즈모 컴퍼니 범용 A28 타입……. 사용하는 정보수집기와의 호환성은 아래 성분표를 바탕으로 정보수집기 제조사에 문의해 주십시오……. 이런 게 있으면 편리할까?』

『아키라의 정보수집기 정밀성을 현저히 떨어뜨리고, 내 서포트로도 완전하게 처리하지 못할 우려가 있어. 그때는 내 색적에도 악영향을 미친다는 점을 잊지 마.』

『그렇구나. 그러면 관두자.』

아키라는 다시 상품을 선반에 돌려놓았다. 그리고 그대로 상품을 구경하려던 참에 카츠라기가 트레일러에 들어왔다.

"아키라. 나는 유물 감정을 끝냈다. 그래서? 너는 내가 돈을 더 얹어줄 정도로 사 줄 거냐?"

아키라가 장바구니를 카츠라기에게 보여주자 못마땅한 한숨이 돌아왔다.

"너 말이야. 많이 사면 유물 매입가를 더 쳐주겠다고 했으니까 그렇게 싸고 자질구레한 물건 말고 더 비싼 걸 사라고. 거기 비싼 총이 있잖아?"

"아니, 총은 됐어. 미안해."

카츠라기는 다시 한숨을 쉬었다. 그리고 밑져야 본전으로 대충 제안해 본다.

"유물 매입가는 1200만 오럼이다. 하지만 우리 가게에서 1000만 오럼 이상 사면 나도 통 크게 100만 오럼을 더 얹어주겠어. 어때?"

그 말을 들은 아키라가 장바구니를 본다.

"이거면 얼마야?"

"글쎄다. 아무튼 1000만 오럼에 한참 못 미치는 건 확실하군."

"그러면 회복약을 추가로 살까."

"그 바구니에 수북하게 쌓아도 한참 모자란다고."

"아니야. 저 선반에 있는 싸구려 말고, 예전에도 썼던 비싼 게 필요해. 한 상자에 200만 오럼 했던 그거 말이야. 선반에는 없던데, 재고가 없어?"

그 말을 듣고, 툴툴대던 카츠라기의 태도가 돌변했다.

"잠깐만. 그걸 또 산다고? 너무 이르지 않아?"

"요노즈카역 유적 소동에서 이런저런 일이 있었거든. 다 쓴 건 아니지만, 추가로 필요할 정도로는 썼어. 재고가 있으면 다섯 개 줘. 그러면 1000만 오럼이야. 없으면 그만둘게."

"자, 잠깐! 지금 가서 재고를 확인할게! 우리 가게 재고가 없어도 아는 가게에는 있을지도 모르니까. 기다려 보라고!"

카츠라기가 신나서 허둥지둥 멀어진다. 아키라는 그 모습을 보고도 별로 신경 쓰지 않고 다시 물건을 구경하기 시작했다.

◆

카츠라기는 어찌어찌 상품을 준비해 아키라와 거래를 마쳤다. 레빈 일행과 의류 유물 유통의 문제로 언짢았던 카츠라기도, 지금은 유물 매입과 1000만 오럼 규모의 거래를 무사히 성사한 덕분에 단숨에 기분이 좋아졌다.

"좋은 거래를 했어. 이걸로 레빈네 지출을 메꿨군. 거참 다행이야."

그 말을 들은 아키라는 조금 의아한 기색을 드러냈다.

"무슨 문제라도 있어?"

"무슨 소리야? 저것들이 유적에서 자기 힘으로 생환한 게 아니라고 네가 알려줬잖아. 나는 그런 애송이들에게 비싼 돈을 주고 경호원으로 고용해 버렸다고. 당연히 불만이 생기지. 너도 떨떠름한 얼굴을 했잖아?"

그렇게 말하고 똑같이 의아한 표정을 짓는 카츠라기에게, 아키라가 태연하게 대꾸한다.

"그건 유적에서 살아 돌아온 실력자라고 할 수 있나 싶어서 그랬던 거지. 저 녀석들도 딱히 애송이는 아닐걸."

카츠라기는 예상하지 못한 의견을 듣고 무심코 괴이쩍은 표정을 지었다.

"그래?"

"그래. 종합적인 실력을 따지면, 장비가 좀 아니라고 보지만. 반대로 말하면 강화복도 안 입고서 그런 상황에서 살아남은 거야. 그것도 나름 대단하다고 보는데."

아키라는 딱히 레빈 일행을 옹호하는 것이 아니다. 단순히 생각한 바를 그대로 말했다. 그 사실을 눈치챈 카츠라기는 그만큼 의아한 표정을 지었다.

"네가 그렇게 말할 줄이야. 그토록 지독한 상황이었냐?"

"그래. 적어도 나는 강화복도 없이 그 상황에서 살아남을 자신이 없어. 새 장비와 회복약, 탄약을 조금 무식하게 써서 겨우 어떻게든 됐을 정도니까 말이야."

카츠라기의 표정이 도로 장사꾼답게 변한다.

(이 정보를, 중개업자는 모르겠지. 알면 나한테 알려주고 수수료를 더 뜯어내는 구실로 썼을 테니까. 써먹을 수 있나……?)

아키라는 그런 카츠라기의 태도를 보고 조금 착각했다. 자기 예상과는 방향성이 조금 다르지만, 성실하게 생각에 잠긴 카츠라기에게 말을 보탠다.

"그러니까 저 녀석들을 고용하는 데 돈을 많이 썼다고 해도, 딱히 손해는 아닐걸? 그리고 뭐, 조금 이기적으로 말하자면, 카츠라기가 저 녀석들에게 돈을 많이 써주면 나한테도 좋아."

"왜지?"

"저 녀석들한테 긴급의뢰 보수를 다 못 받았거든. 너무 재촉할 마음은 없지만, 돈을 늦게 주면 나랑 엘레나 씨네도 곤란하니까."

아키라 일행은 요노즈카역 유적에서 쓴 경비를 그때 받은 긴급의뢰 보수, 레빈 일행을 경호한 대가로 정산하게 되었다.

이것은 엘레나와 사라의 의향이다. 아키라는 유미나와 카츠야를 구하려고 따로 움직여서 레빈 일행을 경호하지 않았다. 그런 이유로 보수를 사양했는데, 엘레나는 그것도 팀 작전행동의 일부라며 아키라를 설득했다.

두 사람의 의향을 거슬러서 돈을 거부하기는 좀 그렇다며, 아키라도 그러면 됐다고 생각했다.

물론 레빈 일행에게는 5000만 오럼을 한 번에 낼 능력이 없다. 유물을 팔고, 유적의 정보를 팔고, 예금을 털었는데도 모자라는 바람에 잔금은 분할로 치르게 되었다.

　더군다나 세 사람이 돈을 알아서 받아내야 한다. 헌터 오피스를 거친 긴급 의뢰일지라도, 헌터 오피스에서는 계약의 정당성만 보증한다. 돈을 대신 받아주지는 않는다.

　일단 헌터 오피스에 채권을 파는 방법도 있다. 그러나 헐값에 팔아야 하고, 심정적으로 보면 그것도 좀 아니라는 생각에 엘레나가 판단을 유보했다.

　그 이야기를 들은 카츠라기가 더욱 장사꾼답게 웃는다.

　"아키라. 그 이야기를 더 자세히 해 주겠어?"

　"무슨 속셈이야?"

　미심쩍게 말하는 아키라에게, 카츠라기가 말도 안 된다는 듯이 호들갑을 떤다.

　"무슨 소리야. 그냥 쟤들이 네게 진 빚을 금방 갚게 힘을 보태려는 거라고. 너랑 나 사이잖아. 도와주마."

　또다시 미심쩍은 표정을 짓는 아키라에게, 카츠라기가 의미심장하게 웃는다.

　"그야 너한테 돈이 생기면 그만큼 이것저것 사 주길 바라지. 하지만 헌터한테서 빚을 받아내는 건 무척 귀찮을걸? 나도 장사해 봐서 잘 알아."

　"뭐…… 그렇겠지."

　"잘 풀리면 네 친구들 부담도 줄 거다. 내가 도운 만큼 너도 우리 가게에서 이것저것 사 줬으면 하고. 그 정도는 기대해도 되잖아. 안 그래?"

아키라는 조금 생각해 봤지만, 그 말대로 모두에게 이득이 되는 이야기라고 판단했다.

"알았어. 뭘 말하면 되는데?"

"그렇군. 우선……."

카츠라기는 장사꾼답게 신나게 웃으면서 아키라와 이야기를 조정했다.

◆

볼일을 마친 아키라는 곧장 도시로 복귀하고자 자기 차로 돌아가려고 했다. 그리고 카츠라기의 트레일러에서 나왔을 때, 유적 출입구 부근이 소란스러운 것을 눈치챘다.

"무슨 일이지?"

괴이쩍은 표정을 지으면서 정보수집기의 망원 렌즈 기능으로 그 부근을 살피자 헌터들이 허둥지둥 유적에서 나오는 것이 보였다.

이어서 유적에서 몬스터 무리가 쏟아져 나온다. 아키라는 그것을 보고 헌터들이 그 무리를 피해 도망친 것으로 생각했다.

하지만 한 가지 사실을 눈치채고, 다시 조금 괴이쩍은 표정을 지었다.

『알파. 내 눈에는 몬스터가 헌터를 공격하는 것처럼 보이지 않는데, 기분 탓일까?』

정확하게는 진로에 있는 헌터를 공격하고 있다. 하지만 그것은 도주 경로에 있는 장해물을 치우는 것으로, 방해되지 않으면 근처에 헌터가 있어도 그대로 지나쳤다.

『기분 탓이 아니야. 그 증거로, 헌터를 포식하려고 멈추는 개체가 하나도 없어. 몬스터도 무언가로부터 도망치느라 바빠서 헌터들을 공격할 여유가 없나 봐.』

『도망쳐? 뭐 때문에…….』

다음 순간, 그 해답이 유적 안에서 나타났다. 몸통 두께가 5미터가 넘는, 뱀처럼 생긴 대형 몬스터가 이빨이 빼곡하게 난 아가리에 다른 몬스터를 잔뜩 욱여넣으면서 유적 밖으로 힘차게 뛰쳐나왔다.

그 비늘에는 다양한 몬스터의 특징이 모자이크처럼 뒤섞여 있었다. 파충류의 비늘, 육식동물의 털가죽, 곤충의 갑각, 기계의 장갑까지. 닥치는 대로 잡아먹은 것들을 비늘에 드러내고서, 그 정도로 몬스터를 많이 먹을 만큼 강하다고, 그 뱀을 보는 자들에게 과시하고 있었다.

아키라가 인상을 찡그린다.

『저게 뭐야?』

반대로 알파는 평소와 똑같은 태도를 유지했다.

『폭식 악어와 비슷하게 포식한 것을 재구축하는 타입의 일종이야. 저토록 커지려면 그만큼 먹잇감이 풍부해야 할 텐데. 뭐, 그만큼 먹이가 있었겠지.』

『악어로는 안 보이는데…….』

『저런 타입에 악어 형태만 있는 건 아니야. 저건 원래 뱀 형태였던 거겠지.』

『그렇구나…….』

지상에 나온 뱀은 아가리에 욱여넣었던 먹이를 삼키고, 새로운 먹잇감을 찾아서 근처 몬스터와 헌터들을 노리기 시작했다.

덩치가 큰 먹잇감부터 노리는 덕분에 뛰어서 도망치는, 비교적 크기가 작은 헌터들은 습격받지 않았다.

하지만 큰 차량은 표적이 되어서, 이동 속도가 느린 대형 몬스터가 먹힌 다음에 자신도 잡아먹히지 않게끔 타이어를 힘차게 굴려서 필사적으로 도망치고 있었다.

『아키라. 거리가 멀다고 느긋하게 있지 말고 우리도 빨리 도망치자.』

『아, 그래야지.』

아키라는 정신을 차린 듯 얼굴을 편 다음 곧장 자기 차에 탔다. 그때 카츠라기가 제지한다.

"야! 아키라! 너 혼자 도망칠 거냐?!"

카츠라기의 트레일러를 보고, 아키라는 무심코 '이렇게 큰 차량이라면 저 뱀도 배가 부르지 않을까?' 라고 생각했다.

"카츠라기도 도망쳐. 저걸 보고도 여기에서 계속 장사할 마음이 생겨?"

"그런 뜻이 아니야! 같이 도망쳐도 되잖아?!"

"나야 상관없지만, 나한테 경호를 맡길 작정이라면 돈을 받아야 하는데?"

아키라는 그렇게 말하고 조금 엄숙하게 카츠라기를 봤다.

얼렁뚱땅 공짜로 경호를 떠넘기려던 카츠라기가 조금 허둥댄다. 하지만 이 자리에서 일일이 보수를 협상할 여유는 없다. 나아가 협상이 귀찮다고 생각한 시점에서 아키라는 혼자 멋대로 도망칠 것으로 예상했다. 그래서 다른 쪽으로 보수를 제안한다.

"그렇다면 네가 일한 만큼 나도 셰릴을 돕지. 이거면 어때?"

"알았어……."

"좋아. 부탁하마."

카츠라기는 슬쩍 안도하고 곧장 철수 준비를 시작했다. 아는 장사꾼들에게 연락하고, 모두가 대열을 짜서 탈출하기 시작한다.

아키라는 차량 대열의 맨 뒤에 붙었다. 거대한 뱀을 피해서 도망치는 몬스터 무리는 인간을 공격할 여유가 없지만, 이동하는 길에 있는 자들을 피하지도 않는다. 그러므로 차에서 몬스터를 요격한다.

겉으로 봤을 때는 운전을 자동 조작으로 두고, 실제로는 알파에게 맡긴다. 그리고 뒤쪽에서 DVTS 미니건에 일반탄용 대형 탄창을 결합한 다음, 대열 뒤쪽에 있는 몬스터를 향해 연사했다.

무수한 탄환을 뒤집어쓴 개체가 부상으로 쓰러진다. 혹은 이동 속도가 떨어진다. 아키라 일행은 도망치기만 하면 되므로 몬스터를 억지로 해치울 필요가 없다. 견제 사격을 기본으로 삼고 계속해서 요격한다.

그리고 피탄해서 격노하고 힘차게 다가오는 개체는 총탄을 철저하게 퍼부어서 분쇄한다.

강인한 털가죽과 발달한 근육이 온몸을 덮은 짐승은 대량의 탄환에 털과 살점이 조금씩 뜯겨나가 피탄할 때마다 작아진다.

한 발 한 발로 생기는 부상은 작아도, DVTS 미니건의 폭풍 같은 탄막을 뒤집어쓴 짐승은 얼마 지나지 않아서 원형을 다소 상실한 탓에 움직이지 못하게 되었다.

그때 대형 탄창이 비었다. 아키라는 조금 놀라면서도 서둘러 탄창을 교체하기 시작했다.

『벌써 다 썼어. 이렇게 큰데도 일반 탄창은 금방 비네.』

예상 밖이라는 표정을 지으면서 빈 탄창을 차 밖으로 내던지는 아키라에게, 알파가 슬쩍 웃는다.

『미니건은 원래 그런 무기니까. 확장 탄창이라도 쓰지 않으면 금방 탄이 떨어져.』

『확장 탄창은 소형인데도 장탄수의 차원이 다르니까 말이지. 어쩐지 비싸더라. 가격도 차원이 다르지만.』

『말은 그렇게 해도, 앞으로는 기본적으로 확장 탄창을 썼으면 해. 휴대할 수 있는 양에는 한계가 있으니까.』

『그래. 그러면 싼 탄창을 지금 다 써 둘까.』

아키라가 차에 실은 일반 탄창을 전부 비울 기세로 DVTS 미니건을 연사한다. 그 덕분에 아키라 일행의 차량 대열에 접근하려는 몬스터는 거의 일소되었다.

여유가 생긴 아키라가 유적이 있는 쪽을 본다. 그곳에서 거대한 뱀의 모습을 확인할 수 있었다. 이미 멀리 떨어진 까닭에 눈에는 작게 보인다.

그때 아키라는 괴이쩍은 표정을 지었다. 그리고 정보수집기의 망원 렌즈 기능으로 거대한 뱀의 모습을 다시 확인하고, 얼굴을 더욱 찡그렸다.

『알파. 저 뱀 말인데, 왠지 더 커지지 않았어?』

『동체의 직경이 배로 커졌어. 유적 밖으로 나와서 통로 폭의 제한이 사라졌으니까 환경에 맞춰 체형을 바꾼 거겠지.』

『그런 이유로 커질 수 있다고……?』

멀리서 날뛰는 거대한 뱀에, 자신의 상식을 초월하는 영문 모를 존재에 슬쩍 황당함을 느끼면서, 아키라는 쿠가마야마 시티 방면으로 귀환했다.

◆

도시로 돌아온 카츠라기가 경호를 마치고 떠나려는 아키라에게 말을 건다.

"덕분에 살았다. 아키라. 그나저나 넌 역시 강하군."

"그렇게 생각하면 보수를 후하게 쳐 달라고."

"알았대도. 셰릴한테는 더 많이 협력하마. 나랑 너 사이 아니냐. 안심하라고."

카츠라기는 아키라에게 매우 살가운 태도를 보였다. 아키라는 조금 이상하게 여겼지만, 손님에게 굽신대는 것으로 보고 깊이 생각하지 않았다.

"그래? 부탁할게. 그러면 잘 있어."

집으로 가는 아키라를, 카츠라기는 장사꾼답게 웃으며 배웅했다. 그리고 그 얼굴을 이어서 레빈 일행에게 돌린다.

"너희도 고생이 많았다. 아, 그런 소동이 있었는데도 애써 줘서 고맙군. 사실은 추가 보너스 정도는 얹어주고 싶지만, 중개업자랑 한 계약도 있어서 어렵단 말이지. 미안해."

자신들을 꽤 좋게 평가하는 카츠라기의 태도를 본 레빈은 오히려 당황해서 조금 허둥댔다.

"그, 그래? 기왕이면 중개업자한테도 잘 말해 주면 좋겠어. 의뢰인이 좋게 평가해 주면 우리도 보수를 협상할 때 중개업자에게 세게 나갈 수 있으니까."

그때 카츠라기가 의미심장하게 웃는다.

"그래. 잘 말하마. 요노즈카역 유적에서 긴급 의뢰를 내고 보호받으며 돌아온 것치고는 참 애썼군."

레빈은 무심코 기침했다. 그 반응이 여러 증거가 되지만, 그래도 일단은 태연한 척했다.

"우리는 중개업자한테 소개받아서 일했을 뿐이야. 너랑 중개업자의 거래에 무슨 문제가 있더라도, 그걸 우리에게 따져선 곤란해."

거짓말하지는 않았지만 반쯤 가담했다는 자각도 있어서, 레빈 일행의 표정은 딱딱하다. 그런 그들에게, 카츠라기는 굳이 친절하게 웃어 보였다.

"알아. 딱히 불평하진 않을 거래도. 경력이 어떻든 아키라와 함께 우리를 열심히 지킨 건 사실이니까 말이지."

"그, 그래?"

카츠라기는 중간에 의미심장한 침묵을 두었다. 레빈 일행이 괜히 위축되어 초조함을 느낀다.

그리고 카츠라기는 자신의 표정에 슬픔을 더했다.

"그나저나 너희도 참 고생이 많군. 그 아키라에게 빚을 지다니 말이야. 그 녀석한테 들었는데? 긴급 의뢰의 보수를 아직 안 줬다며? 죽지 않게 조심하라고."

"주, 죽는다니……."

"나는 아키라와 친하게 지내는 사이니까 아는데, 그 녀석은 슬럼 출신이라서 사람도 잘 죽인다고. 요전번엔 자기 여자를 건드린 헌터를 셋이나 죽였단 말이지."

레빈 일행의 안색이 나빠진다.

"아, 죽은 놈들도 흔한 퇴물 헌터가 아니거든? 다들 강화복 정도는 당연하게 착용하는 것들이지. 미니건 총탄도 막는 장비를 쓴 놈도 있었다고 하던데. 그놈도 가뿐하게 죽였다더군."

레빈 일행의 안색이 한층 나빠진다.

"조심해야 할걸? 슬럼 출신에 그런 과거가 있는 탓인지 얕보이는 걸 질색하니까. 빚을 안 갚고 뻐팅기는 놈들은 돈이고 뭐고 무시하고서 앞뒤 가리지 않고 죽일 수 있다고."

"아, 아니. 잠깐만. 우리가 빚을 진 사람은 엘레나라고 하는 헌터이고, 그 녀석이 아닌데?"

레빈은 어떻게든 대답해서 불안을 얼버무리려고 했다. 그러나 카츠라기는 고개를 가로저었다.

"관계없어. 긴급 의뢰의 보수는 팀으로 움직인 아키라한테도 들어간다고. 그 돈이 늦게 들어온다는 사실에는 변함이 없으니까 말이다."

그리고 카츠라기가 머리를 슬쩍 붙잡고 이야기한다.

"게다가 엘레나 쪽도 돈에는 깐깐한 편이지. 얕잡아보지 않는 게 좋을걸? 사실은 나도 걔네한테 긴급 의뢰를 낸 적이 있거든? 진짜 고생했지. 까딱하면 나도 파산할 뻔했으니까."

카츠라기는 그때 한 고생을 절실하게 말했다. 그리고 이야기를 듣고 불안과 초조함이 커지는 레빈 일행을 보고 속으로 흡족하게 웃었다.

"뭐, 그런 셈이니까. 조심하라고. 너희는 장비가 충실하다고 말하기 좀 그렇지만, 실력은 나쁘지 않아. 빚을 졌다는 시시한 이유로 죽지 말라고. 그럼 잘 있어라."

그렇게 이야기를 마치려고 하는 카츠라기에게, 레빈이 황급히 끼어든다.

"잠깐만! 조심하라고? 그걸로 끝이야? 그렇게 불안을 부채질하고서 그게 끝? 너무하잖아?!"

"그렇게 말해도 말이지. 나더러 어쩌라는 건데? 미안하지만 빚을 갚아야 하니까 보수를 더 달라고 해도, 그럴 순 없다고."

"그, 그런 소리는 안 해. 하지만 뭔가 있는 거지? 그 녀석하고 친한 것 같던데, 어떻게든 안 되겠어?"

카츠라기가 속내를 숨기고 인상을 굳힌다.

"말해 두지만, 나도 그 녀석의 성질을 건드리기 싫다고. 그 녀석이 얼마나 강한지는 알잖아? 억지 쓰지 말라고."

"그, 그걸 좀 어떻게 해 줘. 부탁해. 그 왜, 추가 보너스를 주고 싶다고 했잖아? 게다가 우리 실력도 나쁘지 않다고 생각하지? 유망한 헌터에게 은혜를 베풀면 우리도 너희 가게를 애용할 거라고. 그러니까 꼭 좀, 부탁할게. 어때?"

"으음. 그렇군……."

카츠라기가 생각에 잠기는 척하고 이미 끝난 생각을 이야기한다.

"그렇다면 돈을 빌려서 갚아 보겠어? 쉽게 말해서 긴급 의뢰의 보수만 내면 되잖아. 그러면 아키라한테 진 빚도 사라지니까 그쪽 걱정은 사라질걸?"

"빚을 내서 돌려막는 건가……."

"대출할 곳은 내가 알아봐 주지. 단, 너희도 여러모로 조건을 받아들여 줘야겠어. 내일 죽을지도 모르는 헌터에게 돈을 빌려주는 거니까. 다소 **빡빡한** 조건은 각오해 두라고."

인상을 굳히고 고민하는 레빈 일행을, 카츠라기가 한층 몰아붙인다.

"뭐, 이번 일의 추가 보너스로 치고. 나도 소개하는 금융업자와 최대한 협상해 주지. 싫다면 강요하지 않겠어. 하지만 나한테 뭘 더 바라도 곤란해. 어쩔 거지?"

레빈 일행에게는 선택지가 없다. 카츠라기는 그 사실을 알면서 선택지를 들이밀었다. 그리고 예상대로 레빈 일행은 체념과 한 줄기 희망을 안고서 제안을 받아들였다.

"알았어. 부탁할게."

"좋아. 그러면 바로 알아보지. 잠깐 기다려 보라고."

카츠라기는 정보단말을 꺼내 아는 업자에게 연락하면서 레빈 일행을 등진 채 일이 잘 풀렸다고 흡족하게 웃었다.

제87화 현상수배급 토벌 요청

아키라는 당장 급한 볼일을 처리하기 위해서 오늘은 셰릴의 거점을 찾았다. 황야에 나서는 것과 동일하게 준비를 마치고 집을 나선 뒤, 단단히 무장한 황야 사양 차량을 거점 앞에 세운다. 그리고 마중을 나온 셰릴과 함께 거점 안으로 들어가 셰릴의 방으로 안내받았다.

셰릴이 권한 소파에 앉자 예전처럼 끌어안겼다. 아키라는 슬쩍 한숨을 쉬었다.

"셰릴. 이야기가 먼저야. 나중에 해."

"알겠어요. 나중에 말이죠?"

셰릴은 아쉬워하는 기색을 보이면서도 나중을 기대하는 얼굴로 아키라의 정면에 다시 앉았다.

"이야기는, 우리와 함께 입수한 유물을 말하는 거죠?"

요노즈카역 유적에서 셰릴의 조직원들과 함께한 유물 수집의 성과는 지금도 아키라의 집 차고에 쌓여 있다. 어수선한 일이 있어서 시간이 지나고 말았지만, 슬슬 적절한 분배 방법을 생각해야 했다.

"그래. 셰릴은 뭔가 희망하는 게 있어? 피해를 많이 봤으니까, 전부 달라는 것만 아니면 나도 조금은 고려해 볼 거야."

유물 수집이 무사히 끝났다면 아키라도 이렇게 말하지 않았을 것이다.

하지만 셰릴이 요노즈카역 유적의 정보를 알아내려는 규바 일당에게 납치되고, 그 과정에서 조직원이 죽는 등, 미발견 유적에 얽히는 바람에 셰릴과 조직이 피해를 봤다.

그 일들이 아키라와 관계없는 이유, 단순한 슬럼의 분쟁에서 발생했다면 아키라도 운이 없었다고 생각하는 것으로 그쳤을 것이다.

하지만 그것은 아키라가 셰릴을 유물 수집에 부르지 않았다면 일어나지 않았을 일이다. 일단은 자신이 끌어들인 것이라고, 아키라도 피해를 줬다는 자각이 있었다. 그래서 그만큼 양보하는 태도를 보였다.

그러나 셰릴은 천천히 고개를 가로저었다.

"아니에요. 저는 아무것도 바라지 않아요. 아키라의 판단에 맡길게요. 저희 몫은 없어도 상관없어요."

그것은 너무 불공평하다고 생각하고, 그 점에서 의구심이 생긴 아키라는 조금 미심쩍은 표정을 지었다.

"뭐? 아니, 아무리 그래도 그건 이상하지 않아? 그러다가 내가 정말로 너희 몫은 없다고 말하면 어쩔 건데."

그러자 셰릴은 최대한 성실하게 웃으며 아키라를 봤다.

"그때는 조직 전체가 아키라에게 신세를 진 빚을 조금이라도 갚았다고 여겨 주세요. 빚을 다 갚으려면 한참 멀었지만요."

애초에 셰릴은 유물의 태반을 아키라가 가져간다고 생각했다. 그리고 나머지 조금에서 비율을 협상해 아키라와 괜히 다투는 것보다 전부 넘겨서 빚을 갚는 데 쓰는 것이 더 효과적일 것으로 판단했다.

만약에 협상해서 유물을 전부 조직이 차지하더라도, 그것으로 아키라가 손을 떼면 셰릴의 조직은 막다른 골목에 이른다. 그런 의미에서는 당연한 판단이기도 했다.

하지만 아키라는 그토록 깊이 생각하지 못한다. 그렇게까지 말해 주는 것이냐고, 무의식중에 표정을 슬쩍 풀었다.

그리고 셰릴이 농담하듯 웃으며 말을 잇는다.

"뭐, 그것과는 별개로 받을 수만 있다면 가질게요. 조직을 운영하려면 돈이 필요하니까요."

아키라도 슬쩍 웃고 대꾸한다.

"뭐, 그렇겠지."

"네. 그러니까 정말로 아키라가 마음대로 정해 주세요. 물론 잘 조절해 주시면 기쁘겠지만요."

얼마나 분배하면 좋을지 꽤 심각하게 고민했던 아키라는 셰릴의 말을 듣고 마음이 편해져서 한 가지 생각을 입에 담았다.

"그렇다면 잠시 더 부탁하고 싶은 게 있는데, 셰릴 쪽에서 시험 삼아 유물을 팔아 볼래?"

"제가, 말인가요?"

"그래. 셰릴에게 주는 유물만이 아니라, 다른 유물도 같이 부탁해."

아키라의 집에는 카츠라기에게 팔지 못한 유물이 그대로 잠들어 있다. 언젠가는 처리해야 한다. 그리고 아키라도 가능하다면 돈으로 바꾸고 싶다.

그러나 카츠라기가 매입을 거부한 물건을 헌터 오피스의 거래소로 가져가도 멀쩡한 값을 받을지 의심된다. 매입용 바구니에 장신구를 수북하게 얹은 결과가 100만 오럼이면 팔기 귀찮아진다.

하지만 적절한 매입처를 스스로 찾는 것도 귀찮으니까, 그런 유물을 편하게 돈으로 바꿀 방법이 있다면 편리하겠다고 생각한 것이다.

"왜 있잖아. 핫샌드 장사라든가, 요노즈카역 유적에 갔을 때 준비한 것처럼, 셰릴은 여러 가지를 했잖아? 그 수완으로 유물을 비싸게 팔아 주면 좋겠어. 뭐…… 그랬으면 좋겠다고 생각했을 뿐이야. 어렵다면 못 한다고 해도 괜찮아."

아키라의 부탁을 셰릴이 싫다고 할 수는 없다. 하지만 이것만큼은 즉각 대답할 수 없다.

"아키라의 부탁이라면 꼭 들어주고 싶은데요. 제가 알기로 아키라는 카츠라기 씨한테 유물을 팔기로 약속하지 않았던가요? 그래도 괜찮을까요?"

"그 부분도 맡긴다고 할까, 셰릴이 직접 카츠라기와 협상해 주면 좋겠어. 얼마 전에 카츠라기를 경호한 보수로 셰릴을 돕겠다고 했으니까, 괜찮을 거야."

카츠라기에게 미리 말했다면 괜찮겠다고, 셰릴은 고개를 힘껏 끄덕였다.

"알겠어요. 최선을 다해 볼게요."

"고마워. 부탁할게."

까딱하면 팔리지도 않는 유물이 집을 가득 메울지도 모른다고 생각했는데, 이것으로 그 걱정은 사라졌다며 아키라는 기분이 좋아졌다.

그리고 셰릴은 이것으로 아키라에게 보탬이 되면 관계를 더욱 강화할 수 있다며 속으로 단단히 힘을 주고 있었다.

양쪽 모두 만족스럽게 이야기했다고 생각했다. 하지만 그 대화에는 인식의 차이가 존재했다. 유물을 판다는 이야기를, 아키라는 돈으로 바꾸는 것으로 인식했지만, 셰릴은 판매로 받아들였다.

이 자리에서 상세하게 상의하면 그러한 인식의 차이를 금방 해소할 수 있었다. 그러나 셰릴에 의해 뒷전으로 밀렸다.

"자세한 이야기는 저희도 계획을 단단히 짤 시간이 필요하니까 나중에 하고 싶어요. 그래도 될까요?"

"그래."

아키라가 그렇게 슬쩍 대꾸하자 셰릴이 언질을 받았다는 듯이 활짝 웃는다.

"그러면 오늘 이야기는 이걸로 끝난 게 맞죠?"

조금 뒤늦게 깨달은 아키라가 쓴웃음을 짓는다.

"마음대로 해."

"고맙습니다."

셰릴은 기쁘게 자리에서 일어나 소파에 앉은 아키라를 끌어안았다.

아키라는 이상한 관계가 되었다고 생각하면서도 셰릴이 만족할 때까지 그대로 두었다.

◆

당장 급한 볼일을 마친 아키라는 헌터 활동을 재개하여 황야로 나서려고 했다. 목적은 미발견 유적을 발견하는 것이다.

리온즈테일 사(社) 단말이 설치된 장소의 정보가 미발견 유적의 단서로서 가치가 있다는 사실은 실제로 요노즈카역 유적을 찾아내는 것으로 증명했다.

그 요노즈카역 유적에서 겪은 소동은 큰일이었지만, 큰 돈벌이가 된 것은 사실이다. 다음에는 더 잘하겠다며, 아키라는 의욕을 끌어올렸다.

그리고 집 차고에서 의기양양하게 출발하려고 했을 때, 조수석에 있는 알파가 말을 건다.

『아키라. 헌터 오피스에서 통지가 왔어.』

아키라가 정보단말로 통지 내용을 확인하더니, 이윽고 괴이쩍은 표정을 지었다.

『현상수배 속보. 신규 현상수배급 지정 몬스터 알림……?』

헌터 오피스에서는 현상수배 제도가 있다. 일반적인 범용 토벌 의뢰와는 다른 카테고리가 마련되며, 난이도와 보수가 모두 차원이 다른 토벌 의뢰다.

해당 지역에 비해 너무 강한 몬스터가 황야를 배회해서 도시와 도시를 잇는 수송로를 가로막는 사태가 발생할 경우, 신속한 제거를 요구하는 유통업자가 합동으로 고액의 현상금을 거는 일이 있다.

현상수배 제도는 주로 그러한 상황에서 이용되는데, 현상수배급으로 인정된 몬스터는 하나같이 그만큼 강력한 개체다.

통지는 그러한 존재를 헌터들에게 널리 알리는 용도로 쓰인다. 미숙한 헌터가 현상수배급 몬스터가 출몰하는 지역에 섣불리 접근해 죽는 것을 방지하고, 실력자에게 토벌을 촉구하는 것이기도 하다.

그리고 현상수배급 토벌은 헌터가 자신의 실력을 과시하고 명성을 떨치기 딱 좋은 기회이다. 현상수배급 토벌 정보에는 토벌한 헌터의 이름도 공개된다. 헌터 오피스의 개인 이력 페이지에도 빠짐없이 실린다.

현상수배급을 잡으면 큰돈이 생기고, 헌터 랭크가 올라가며, 헌터 활동의 이력을 화려하게 장식해 명성도 거머쥘 수 있다.

그러한 실리와 명예를 찾아서, 새로운 현상수배급이 나타날 때마다 실력을 자신하는 헌터들이 현상수배급 토벌에 나서는 것이다.

아키라가 헌터 오피스에 실린 현상수배급 몬스터의 정보를 확인한다. 개별 명칭과 현상금 규모와 함께 대략적인 출몰 지역과 겉모습을 알리는 영상이 있었다.

과합성 스네이크, 5억 오럼. 탱크란튤라, 1억 오럼. 다연장포 마이마이, 1억 오럼. 빅워커, 4억 오럼. 아키라는 그중에서 거대한 뱀이 눈에 익었다.

『알파. 이 과합성 스네이크는 그거 맞지?』

『맞아. 요노즈카역 유적에서 목격한 뱀이겠지.』

『지금 그런 게 황야에서 어슬렁거리는 건가…….』

아키라는 복잡한 얼굴로 조금 고민한 다음, 말없이 차에서 내렸다.

『아키라. 오늘은 그만둘 거야?』

『그래. 이대로 황야에 나갔다가 운 나쁘게 그것과 맞닥뜨리긴 싫으니까.』

유적 수색 범위를 현상수배급 출몰 지역과 멀리 떨어뜨리면 괜찮을지도 모른다. 그렇게 생각하면서도, 아키라는 자신의 운을 너무 믿을 수 없었다.

그 뜻을 헤아린 알파가 의미심장하게 미소를 짓는다.

『그래. 아키라의 악운을 과소평가하지 않기 위해서라도, 오늘은 그만두자.』

아키라는 조금 뚱한 표정을 짓지만, 반론하지 못하고 말없이 집으로 들어갔다. 그리고 그날은 실내 훈련과 공부로 하루를 보냈다.

◆

자신의 운을 믿지 않는 아키라는 유적을 찾아서 황야를 이동하는 도중에 현상수배급 몬스터와 맞닥뜨리는 것을 두려워해 현상수배급이 토벌될 때까지 미발견 유적 탐색을 중단하기로 했다.

그래도 영원히 도시에 틀어박혀 지낼 수는 없다. 그래서 훈련을 겸해 쿠가마야마 시티 주변을 순찰하는 의뢰를 받았다.

자차가 있으니까 순찰용 트럭을 탈 필요가 없다. 순찰 경로도 어느 정도는 마음대로 정할 수 있다. 현상수배급 출몰 지역을 피해 돌아다니면 위험할 일이 거의 없다.

또한 운 나쁘게 현상수배급과 맞닥뜨려도 도시 주변 순찰 의뢰를 수행 중이라면 도시 방위대에 지원을 요청할 수도 있다. 현상수배급 토벌은 방위대의 일이 아니지만, 도시에 접근했을 때 쫓아내는 것 정도는 한다.

한동안 순찰 의뢰만 하다 보면 언젠가는 현상수배급 몬스터도 토벌되리라. 아키라는 그렇게 생각했다.

순찰 중에 몬스터를 발견하고, 흔들리는 차에서 사격한다. 훈련을 겸해서 알파의 서포트 없이 쏜 탓에 명중률이 높지 않다. 발사된 탄환은 대부분 표적 근처 지면에 맞았다.

그래도 강화복의 신체 능력으로 사격 자세를 유지하고, 체감 시간을 조작해 조준을 맞춘 다음, 바닥과 표적이 모두 흔들리는 가운데 계속해서 방아쇠를 당겼다. 그중에서 한 발이 표적의 머리를 정확하게 맞히고, 몬스터를 쓰러뜨렸다.

그러나 아키라의 표정은 밝지 않다.

『겨우 맞혔네. 역시 내 힘으론 갈 길이 멀어.』

실제로는 이것도 흔한 헌터들의 감각으로는 충분히 경이로운 실력이다. 포장되지 않은 지면을 달리는 차에서 멀리 떨어진 이동 목표를 조준해 맞히는 것은 일반적인 기준에서 명확하게 일탈했다.

 하지만 아키라는 무의식중에 알파의 서포트가 딸린 정밀 사격을 기준으로 잡았고, 그 기준으로는 정말로 한심한 실력이라며 가볍게 한숨을 쉬었다.

 알파가 웃으면서 아키라를 달랜다.

 『걱정하지 마. 아키라의 실력은 늘고 있어. 꾸준하게, 장기적인 시야로 실력을 키워나가자.』

 『그래야겠지…….』

 알파가 그렇게 말한다면 자신의 실력도 일일이 실망할 만큼 부족하지 않으리라. 아키라는 그렇게 생각하고 마음을 바꿔 웃으며 대꾸했다.

 『그나저나 알파. 현상수배급 쪽은 뭔가 진전이 있어? 슬슬 하나쯤은 잡혀도 될 시기 같은데.』

 아키라가 황야에서 멀리 나가기를 주저하는 가장 큰 이유는 현상수배급이 넷이나 활개를 치기 때문이다.

 하나쯤 잡히면 그 현상수배급의 출몰 지역이 비교적 안전해지므로, 조사하는 장소를 그쪽으로 좁혀서 미발견 유적 탐색을 재개해도 좋겠다고 생각했다.

 하지만 알파는 고개를 가로저었다.

 『안타깝지만 하나도 안 잡혔어. 현상수배급 게시 정보에 큰 변화가 없거든. 출몰 지역 정보가 조금 자세해지고, 현상금이 올라간 게 전부야.』

『그렇구나. 잡기만 하면 최소 1억 오럼을 버니까, 어딘가 강한 헌터 팀이 막무가내로 해치워도 될 것 같은데 말이야. 아, 현상금이 올라갔다고 했지? 알파, 얼마야?』

『최저 현상금은 6억 오럼이야. 참고로 최고는 15억 오럼.』

아키라가 작게 기침했다. 10퍼센트나 20퍼센트 정도 오른 줄 알았기 때문이다.

『어, 엄청나게 올랐네.』

『아키라가 방금 말한 강한 헌터 팀이 해치우러 갔다가 당한 거겠지. 그래서 더 강한 헌터에게 토벌을 부탁하려고 현상금을 올리고, 또 당하고, 그런 식으로 점점 올라가는 거야.』

『그렇다면 지금 현상금으로도 수지가 맞지 않을 가능성이 있는 건가……. 그렇게 강한 몬스터가 어슬렁거리는 거야……?』

멀리 나갈 마음이 더욱 줄어든 아키라는 슬쩍 한숨을 쉬었다.

『아무나 상관없으니까 빨리 해치워 주지 않을까. 좁은 유적 깊숙한 곳에 있는 게 아니라 넓은 황야에서 설치는 거니까, 전차가 있는 헌터라면 손쉽게 해치울 수 있지 않나?』

『전차를 운용하는 헌터는 기본적으로 더 동쪽에서 활동해. 지금은 이쪽으로 오는 중일지도 몰라.』

『오, 그렇구나. 이대로 기다리면 괜찮겠지?』

『하지만 그렇게 굉장한 헌터가 동쪽에서 굳이 이 근처로 이동할 가능성이 얼마나 있을지는 미묘해. 이동 중에 토벌되면 헛걸

음만 하게 되니까.』

『아하.』

『그래도 장기간 아무도 토벌하지 못하거나 현상금이 더 오르면 마음이 바뀌어서 해치우러 올지도 몰라.』

『응……? 그렇군.』

『하지만 그만큼 장기간 토벌하지 못하면 뭔가 문제가 있다고 생각할지도 모르고, 그만큼 현상금이 올라갈지도 불투명해.』

『알파…….』

『왜?』

알파가 희망을 주었다가 뺏는 것을 보고, 아키라도 자신을 놀리는 것임을 이해했다. 하지만 아까부터 남 일처럼 말한 자기 자신의 발언도 깨닫고 입을 다물었다.

『아무것도 아니야…….』

『그래? 그렇다면 순찰을 계속할까? 몬스터가 또 나타났어.』

『알았어.』

아키라는 다시 총을 들었다.

◆

도시 주변 순찰을 계속하던 아키라는 다른 헌터를 목격하는 기회가 이상하게 많다는 사실을 눈치챘다. 그 사실을 알파에게 알리자 다들 똑같이 생각하는 것이라는 대답을 들었다.

현상수배급과 맞닥뜨리는 것을 두려워해서 헌터들이 멀리 나가기를 주저하는 것이다. 그리고 도시에 틀어박혀 지내면 돈만 축내니까 용돈벌이를 겸해 가까운 일대를 순찰하는 의뢰를 받은 것도 아키라와 똑같다.

『내가 할 소리는 아니지만, 이렇게 많은 사람이 도시 근처를 순찰해도 의미가 없잖아?』

『그만큼 보수를 줄이겠지. 아키라는 탄약 비용만 상쇄할 수 있으면 상관없지만, 일반적인 헌터가 그 벌이로 생활하긴 어려워.』

『현상수배급의 영향은 그런 데서도 나타나는 거구나.』

날도 저물기 시작해서, 아키라는 순찰 의뢰를 접고 도시로 복귀하려고 했다. 가는 길에도 수많은 헌터와 마주쳤다.

오늘 순찰 의뢰를 끝마친 아키라가 도시 근처까지 왔을 때, 정보단말에 연락 통지가 떴다.

『아키라. 통화 요구가 있어. 도란캄의 시카라베야.』

『누구더라……?』

『예전에 쿠즈스하라 시가지 유적 지하상가에서 엘레나 일행과 같이 팀을 짰을 때의 헌터야. 카츠야와 심하게 다퉜잖아? 기억 안 나?』

시카라베는 카츠야와 같은 도란캄 소속의 헌터다. 예전에는 카츠야 팀의 인솔자를 맡았는데, 그 시절부터 카츠야와 사이가 매우 나쁘다.

쿠즈스하라 시가지 유적에 가설 기지를 짓는 작업에서는 엘레나, 사라와 함께 전선 경비를 맡았을 만큼 실력이 매우 뛰어나다. 아키라도 지하상가에서 함께 행동했을 때 그 실력을 직접 목격하고 엘레나 일행과 동급의 실력자로 여겼다.

『아, 그 녀석? 무슨 일인데?』

아키라는 시카라베를 떠올렸지만, 딱히 친한 사이라고 생각하지 않아서 자신에게 연락할 일이 무엇인지 짐작하지 못했다. 그래서 괴이쩍은 표정을 짓다가 잠시 망설인 다음 정보단말을 꺼냈다.

"난데. 무슨 일이야?"

미심쩍게 말하는 아키라의 무례한 목소리에, 여유로운 시카라베의 흥거운 목소리가 대꾸한다.

"오랜만이다. 나다, 시카라베다. 잠시 할 이야기가 있어서 말이다. 지금부터 시간을 내줄 수 있을까? 지금 어디 있지?"

"도시 근처 황야인데, 막 돌아가려던 참이야. 뭘 말하려고?"

"요새 화제를 모으는 헌터 활동 이야기지. 딱히 이상한 이야기도 아니고, 들어서 손해 볼 일도 없는 내용이다. 엘레나 쪽에도 비슷한 이야기를 했지. 하지만 내용이 내용이니까 직접 만나서 이야기하고 싶다. 내가 있는 장소를 전송할 테니까 흥미가 있으면 와 보라고. 그럼 이만."

그리고 시카라베와의 통화가 끊겼다. 아키라는 잠시 망설인 다음, 그대로 엘레나에게 연락했다.

"아키라입니다. 잠깐 시간 되실까요?"

정보단말 너머에서 엘레나와 평소와 다름없이 밝은 투로 대답한다.

"괜찮아. 무슨 일이니?"

"대단한 일은 아닌데요. 조금 물어보고 싶은 게 있어서요."

"이야기가 길어질 것 같으면 만나서 할래? 우리 집이라도 괜찮아. 지금은 사라도 있으니까."

"아뇨. 아마도 금방 끝날 것 같으니까 괜찮아요."

아키라는 엘레나에게 시카라베가 한 이야기를 설명했다. 그러자 잠시 후 엘레나가 자신의 추측을 말했다.

"음, 아마도 현상수배급 토벌 일로 아키라를 고용하고 싶다는 이야기일 거야. 우리가 비슷한 이야기를 들은 것도 맞아. 하지만 비밀 엄수 의무가 있어서 자세히는 말할 수 없어. 미안해."

"아뇨. 괜찮아요. 그냥 시카라베가 갑자기 연락하니까 무슨 이야기일지 궁금했던 거니까요. 하지만 저 따위한테 그런 이야기를 할까요?"

그러자 엘레나는 쓴웃음처럼 느껴지는 침묵으로 반응했다. 이어서 얼버무리려는 듯이 말을 잇는다.

"아키라는 쿠즈스하라 시가지 유적 지하상가에서 시카라베와 함께 행동했잖아? 그래서 충분한 전력으로 판단했을 거야. 그리고 요노즈카역 유적에서 활약한 아키라의 정보가 카츠야네를 거쳐서 도란캄에 들어갔다거나. 대충 그런 거겠지."

"으음. 그런 걸까요."

"그리고 조금 건방지게 말하자면, 우리를 구출할 정도로 실력이 좋은 사람이 자신을 너무 비하하지 말았으면 해."

"미, 미안해요."

아키라는 조금 허둥대면서 무심코 사과했다. 그러자 쓴웃음처럼 느껴지는 목소리가 들린다.

"아키라는 자기평가가 조금 낮은 감이 있어. 겸손은 미덕일지도 모르지만, 거부감이 드는 사람도 있거든. 비꼬는 것처럼 받아들이는 사람도 있고. 조심하렴."

아키라는 자기 실력을 어느 정도는 정확하게 파악했다고 생각한다. 애초에 정말로 옳은지 어떤지는 별개다.

현재, 아키라의 평가는 다른 사람의 평가와 아키라 자신의 평가 사이에서 현저한 차이가 드러난다. 이것은 알파의 서포트가 그만큼 경이롭다는 사실의 증명이자 부작용이기도 했다. 그 점은 아키라도 잘 알았다.

더군다나 알파의 서포트가 얼마나 대단한지 뼈저리게 이해하는 만큼, 아키라는 그 서포트가 없으면 현저하게 약해지는 자신을 무의식중에 낮게 평가했다.

"나도, 사라도. 그리고 일부러 아키라한테 연락한 것을 보면 시카라베도 그렇겠지만, 아키라의 실력을 모두가 올바르게 인식해. 그러니까 아키라도 조금은 자신감을 가지렴. 알았지?"

그것은 진짜 자기 실력이 아니다. 아키라는 그렇게 이해하면서도 엘레나의 배려를 우선해서 일부러 활기차게 대꾸했다.

"네. 그럴게요."

그래도 조금 무리하는 것 같다는 사실은 엘레나도 눈치챘다. 하지만 갑자기 자기평가를 바꾸라고 해도 어렵겠거니 싶어서, 엘레나도 지금은 그것으로 만족했다.

"그리고 본론으로 돌아가자면, 시카라베의 제안은 나쁘지 않을 거야. 하지만 우리한테 들어온 일과 내용이 똑같을지는 보장할 수 없으니까, 그 부분은 잘 듣고 판단하렴."

"그럴게요."

"그리고 만약 좋지 않은 제안이라면 나한테 말해. 이래 보여도 나는 팀의 협상 담당으로서 힘을 쓰니까. 어떻게든 해결해 볼게."

엘레나가 농담조로 말하자 아키라도 웃으며 대꾸한다.

"네. 그때는 잘 부탁드려요. 아무튼 시카라베가 무슨 이야기를 할지 들어볼게요. 고맙습니다."

"만약 함께 일할 기회가 생긴다면, 그때는 잘 부탁해."

"물론이에요. 그러면 다음에 또 봐요."

아키라는 통화를 끊고 조금 만족스럽게 숨을 내쉬었다. 그리고 자신을 가만히 쳐다보는 알파를 알아채고 조금 의아한 기색을 보였다.

『왜 그러는데?』

『아무것도 아니야. 시카라베가 있는 곳은 잠시 집에 들렀다 가자. 지정 장소는 하위 구획의 술집이야. 주차장이 비었을 보장은 없어.』

『알았어. 간다고 연락만이라도 해 둘까…….』

아키라는 정보단말을 조작해서 시카라베에게 가겠다는 메시지를 보냈다.

알파는 생각한다. 아키라는 시카라베의 제안을 받아들일 것이다. 그리고 그 이유의 태반은 엘레나 일행도 비슷한 제안을 받아들였다고 판단했기 때문이다.

게다가 만약 엘레나와 사라가 만류했다면, 아키라는 절대로 시카라베를 찾아가지 않았을 것이다.

아키라가 그 사실을 아는지 모르는지는 알 수 없다. 하지만 알파가 그것을 확인하려고 했다간 깨달을지도 모른다. 그렇게 생각한 알파는 아키라의 자각이 계획에 영향을 미칠 사태를 고려해 확인을 회피하고 입을 다물었다.

◆

엘레나가 집 의자에서 몸을 쭉 편다. 앉은 채로 푹 잘 수 있을 만큼 편하고, 오래 앉아서 작업해도 피곤하지 않은 고급 의자로, 큰맘 먹고 산 애용품이다.

그리고 매우 편한 차림이다. 몸에 걸친 것이라고는 머리에 쓰는 정보단말과 속옷밖에 없다.

그 자리에 사라가 요리를 가져온다. 사라도 속옷 위에 셔츠를 걸쳐 편한 차림새다.

두 사람 모두 위험한 헌터 활동 중에는 온몸을 빈틈없이 가리는, 혹은 몸에 딱 달라붙는 전투복을 입어서 안전한 집에서 지낼 때는 편하고 개방적인 차림이다.

처음에는 일상과 전투를 의식해서 전환하기 위해서 취한 조치였다. 하지만 요새는 편한 차림새에 익숙해졌다는 이유가 더 컸다.

그대로 함께 식사하면서, 사라가 문득 떠올린 것처럼 물어본다.

"엘레나. 그러고 보니 이야기하는 게 들렸는데, 도란캄에서 연락이 왔어?"

"아니야. 아키라가 연락했어. 시카라베한테 만나서 이야기하고 싶다는 연락을 받은 것 같은데, 그걸 상의한 거야."

엘레나는 자신의 추측을 섞어서 자세한 내용을 사라에게 설명했다. 그것을 들은 사라가 신기해하는 표정을 짓는다.

"도란캄의 의뢰라면 그쪽 협상 담당이 연락할 텐데? 왜 시카라베가 아키라에게 직접 말해?"

"도란캄 내부의 다툼 때문에 뭔가 꿍꿍이가 있는 거 아닐까?"

"무슨 꿍꿍이가 있는데?"

"그래. 아키라는 그만한 실력에, 나이는 도란캄의 신인과 큰 차이가 없잖아? 현상수배급 토벌에서 신인들 사이에 슬쩍 섞으면 아직 실력이 미묘한 신인들의 전력을 대폭 보강할 수 있어. 더군다나 외부에서 부른 용병인 것도 알 수 없을 테고."

사라는 잠시 납득한 것처럼 고개를 슬쩍 끄덕였다가 도로 갸우뚱했다.

"그러면 도란캄의 사무 파벌에서 연락할 거잖아? 시카라베가 연락하는 건 이상한데."

"그렇다면 반대로 사무 파벌이 그러지 못하게 한동안 적당한 의뢰를 부탁하려는 걸지도 몰라."

흥미진진한 기색으로 고개를 끄덕이는 사라를 보고, 엘레나가 조금 즐겁게 미소를 띤다.

"뭐, 실제로 어떨지는 몰라. 일단 아키라한테는 이상한 이야기를 들으면 나한테 연락하라고 적당히 말해 뒀으니까, 괜찮을 거야."

"그래? 그럼 상관없나."

사라는 팀의 협상 담당인 엘레나의 의견에 납득하고 그냥 넘어갔다.

◆

쿠가마야마 시티의 하위 구획에 있는 환락가에는 헌터를 대상으로 특화한 장소도 많다.

좋든 나쁘든 죽이는 것에 익숙한 헌터들이 일을 마치고 무장한 채로 도시로 돌아와 술집에서 흥겹게 돈을 내고, 술을 마시고, 취기로 이성을 마비시키는 것이다. 치안도 그에 걸맞은 수준이 된다. 당연하지만 평범한 사람은 접근하지 않기를 추천하는 장소다.

그러한 환락가에는 헌터들을 상대로 장사하는 사창가와 창녀들도 많다. 그리고 그들을 뒤에서 보호하는 폭력 담당도 많다. 힘에 자신이 없는 사람은 얼씬거릴 수 없는 장소다.

시카라베와 동료들은 그런 환락가의 술집에 있었다.

가게 안쪽 위치, 돈을 잘 버는 헌터가 앉는 자리에서, 시카라베는 동료들과 이야기하고 있었다. 테이블에는 술이 있지만, 시카라베는 손대지 않았다. 술에 취한 머리로 협상할 마음은 생기지 않기 때문이다.

하지만 동료 두 사람, 야마노베와 파르가는 거리낌 없이 마시고 있었다. 야마노베는 몸속에 알코올 분해 장치를 삽입해서 거나하게 취해도 10초면 멀쩡해질 수 있다. 파르가는 알코올 해소제를 앞에 두고 술을 마시고 있었다.

시카라베는 동료들이 술을 마시는 방식이 조금 내키지 않았지만, 일에 지장이 생기는 것도 아니므로 잔소리하지 않았다.

휴대용 단말에 통지가 뜬다. 확인해 보니 아키라가 지금부터 오겠다는 메시지를 보낸 것이었다.

"아키라는 여기 온다고 하는군. 협상은 내가 하마. 쓸데없는 소리를 해서 방해하지 말라고."

조금 취기가 돈 야마노베가 웃으며 대꾸한다.

"알았어. 그래서? 그 아키라란 녀석은 쓸만해?"

"적어도 우리 발목을 잡을 일은 없어. 너희가 찾는 사람은 어떤데?"

"나는 일단 빚쟁이 헌터가 두 명, 그 감시자가 한 명이다. 실력은 그냥저냥. 채권자 쪽과는 합의를 마쳤지. 채무자가 죽어도 상관없지만, 시체는 꼭 회수해 달라더군. 그 밖에도 몇 사람을 알아봤는데, 여기 올지는 미묘한걸."

"이쪽은 도란캄에 가입할 연줄을 원하는 녀석이 둘이다. 그럭저럭 실력이 있는 녀석과 우리와 비슷한 실력자가 있지. 다른 인력은 중개업자의 연락을 기다리고 있어."

시카라베는 파르가 구한 인력에 관해 듣고서 조금 미심쩍은 표정을 지었다.

"우리와 동급의 실력자라면 딱히 이번 일에 끼지 않아도 도란캄의 창구에서 평범하게 협상하면 될 텐데? 우리의 연줄을 원하다니, 무슨 구린 사정이 있지?"

"듣기로 그 녀석은 다른 데서 시비가 걸려서 뒷배를 원한다고 하더군. 공식 창구로는 힘들 거야. 자세한 사정은 나도 몰라. 직접 만나서 상세하게 듣기로 했다."

"사정을 잘 듣고서, 그만큼 활약해 보라고 부추겨 볼까……."

신용하는 동료가 구한 사람이므로, 시카라베는 다소 구린 사정이 있더라도 용인했다.

시카라베 일행의 목적은 현상수배급 토벌로, 여기는 그 인원을 모집하기 위한 자리다. 아키라를 부른 것도 그런 이유다.

단, 도란캄의 정상적인 협상 창구를 거치지 않는 만큼 엘레나가 예상한 대로 꿍꿍이가 있는 자리였다.

◆

아키라가 시카라베가 지정한 술집을 찾아서 환락가를 걷는다.

화려한 환락가는 슬럼과 다른 의미로 치안이 나쁘다. 헌터들이 목숨을 걸고 번 돈을 빨아들여 만들어진 거리는 자기 피를 대가로 번 돈을 마음껏 낭비할 환경을 유지하기 위해서 오늘도 독특한 화려함을 주위에 뿌리고 있다.

그것은 헌터가 오늘을 사는 활력의 원동력이자, 내일을 잃는 타락의 원인이기도 했다.

평소에는 인연이 없고, 들를 이유도 없는 장소이기도 해서, 아키라는 그 광경을 흥미롭게 구경하고 있었다. 술과 여자를 권하는 삐끼들의 목소리를 의아하게 여기면서, 그것들을 무시하고 걸어 나간다.

그때 아키라는 나란히 걷는 알파가 주위에서 지나치는 상대와 부딪히지 않게 피하면서 이동하는 것을 깨달았다. 알파는 실체가 없으니까 그래도 의미가 없을 텐데. 문득 신기하게 생각했다.

『알파. 왜 굳이 사람을 피해? 부딪혀도 별로 문제없잖아?』

『기분 문제야.』

『사람하고 부딪히면 알파의 기분이 나빠져?』

『아키라의 기분이 나빠지는 거야. 내가 다른 사람과 융합한 모습을 보고도 아키라가 얼굴을 찡그리지 않는다면 문제가 없겠지만.』

알파는 그렇게 말하고 근처를 걷던 헌터에게 다가가 의도적으로 몸을 겹쳤다. 그러자 헌터와 알파의 얼굴 일부가 어중간하고 괴상망측하게 섞인 머리가 달린, 팔다리가 각각 네 개씩 달린 인간형 물체가 완성되었다.

아키라가 무심코 인상을 쓴다. 정말로 봐서 기분이 좋은 것이 아니었다.

『미안해……. 앞으로도 피해 다녀.』

『그렇지?』

알파는 아키라의 곁으로 돌아와 의기양양하게 웃었다.

목적지인 술집은 층마다 높이가 있는 3층 건물이었다. 그 가게 앞에 도착한 아키라가 주위 사람들, 가게 손님인 헌터들을 본다. 유적에서 돌아오는 길에 왔는지 눈에 띄게 무장한 자도 많다. 유물처럼 보이는 물건을 가진 자도 있었다.

아키라의 장비는 강화복과 AAH 돌격총, A2D 돌격총이다. CWH 대물돌격총과 DVTS 미니건은 차와 함께 집에 두고 왔다. 예비 탄약을 채운 배낭도 지금은 짊어지지 않았다.

유적에 가는 느낌으로 무장하면 가게 입구에서 제지당할 것 같아 중무장을 피했는데, 이거라면 너무 신경을 쓸 필요가 없었다. 아키라가 그렇게 생각할 정도로 가게 분위기는 그럭저럭 살벌했다.

그래도 유적이나 쿠가마 빌딩 상층의 고급 레스토랑인 슈테리아나와 비교하면 괜찮다고, 아키라는 대수롭지 않게 술집에 들어갔다.

넓은 가게 안에는 헌터들이 제각기 마음껏 술을 마시고 있었다. 출입구에 가까운 카운터에서 술집 주인이 아키라에게 인상을 쓴다.

"여기는 너 같은 꼬마가 올 곳이 아니야. 나가."

헌터들에게 술을 내주고 가끔은 취객들을 위협해 소란을 잠재우는 것도 주인장의 일이다. 그 위압에는 박력이 있었다.

하지만 아키라는 태연했다.

"그건 나 같은 꼬마를 여기 부른 녀석한테 말하라고. 시카라베란 헌터가 있을 텐데. 몰라?"

그런 아키라의 태도를 보고, 주인장도 장소를 잘못 찾아온 아이를 쫓아낼 배려가 필요 없다고 판단했다. 얼핏 보면 약하지만, 몸에 걸친 장비에 걸맞은 실력이 있을 것으로 보고 귀찮다는 듯 알려준다.

"몰라. 알아서 찾아. 거참…… 꼬마를 이런 데 부른 바보는 대체 누구야?"

불평은 들었어도 허가는 받았다. 아키라는 가게 내부를 둘러보고 시카라베를 찾았다. 그러나 눈에 들어오는 범위에서는 보이지 않는다.

『시카라베는 어디 있지? 연락해서 물어볼까?』

『2층 안쪽에 있어. 가자.』

정보단말을 꺼내려고 하는 아키라의 움직임이 멈춘다. 1층에 없는 시카라베를 어떻게 찾았는지 의문이 샘솟았지만, 지금 와서 신경 쓸 일도 아니라고 자기 자신을 타이른 다음 그 의문을 마음속 깊이 묻었다.

『2층이군. 가자.』

문맹이었던 아키라도 알파의 수업 덕분에 지금은 여러 가지 지식을 습득했다. 인터넷을 통해서 다양한 정보도 입수했다. 상식은 아직 부족한 면이 있지만, 이제는 슬럼의 뒷골목이 세상의 전부였던 아이가 아니다.

하지만 그런 상식적인 지식을 얻을 때마다, 아키라는 알파가 얼마나 터무니없는 존재임을 새로이 느꼈다.

애초에 알파의 정체는 아키라에게 별로 중요하지 않다. 아키라에게 중요한 것은 설령 의뢰를 통한 계약 관계일지라도 알파가 자신의 편이라는 사실뿐이다.

그래서 아키라는 의문과 호기심을 덮는다. 더 중요하고, 더 소중한 것에 무게를 두고, 개봉할 필요가 없는 뚜껑을 열지 않도록, 그날부터 계속되는 행운이 사라지지 않도록, 알파와의 일상을 잃지 않도록, 단단히 봉인했다.

알파의 말대로, 시카라베는 2층 안쪽에 있었다.

"왔군. 아키라. 이쪽이다."

시카라베는 가볍게 손을 흔들어 아키라를 불렀다. 커다란 테이블과 함께 접대부를 옆에 많이 두기 위한 대형 소파에는 현재 시카라베 일행만이 앉아 있었다.

"여기 두 사람은 내 동료인 야마노베와 파르가다. 야마노베. 파르가. 이 녀석이 아키라다. 자, 앉으라고."

아키라는 야마노베와 파르가가 흥미와 의문이 담긴 눈으로 보는 것도 아랑곳하지 않고 시카라베의 맞은편 자리에 앉았다.

"그래서? 무슨 이야기를 하고 싶은데?"

"그래. 그 전에 뭔가 시킬까? 여기는 술집이지만, 안주 말고도 요리가 다양하지."

"필요 없어. 요리는 먹으면서 들을 이야기인지 확인한 다음에 생각할 거야. 가격도 모르니까."

슬쩍 경계하는 아키라에게, 시카라베가 여유롭게 웃는다.

"그래? 그렇다면 바로 본론을 말하지. 우리는 현상수배급 토벌을 계획 중이다. 일단 물어보겠는데, 현상수배급 몬스터가 뭔지는 알겠지?"

"알아."

"그냥 해치운다면 우리만으로 가능하지만, 빠르고 확실하게 처치하려면 전력이 모자란다. 따라서 부족한 전력을 보충하고자 추가 인원을 고용하기로 했다. 그러니까 아키라에게 말을 건 셈이지. 보수는 잘 챙겨주마. 어때? 같이 일해 보겠냐?"

엘레나의 추측한 내용과 같아서, 아키라는 경계심을 낮췄다.

"구체적인 계약 내용을 듣고 나서. 하지만 그 정도 이야기라면 부를 때 간단하게 알려줘도 됐잖아?"

아키라의 의문에 시카라베가 진지한 얼굴로 대답한다.

"지금부터 하는 조건을 듣지도 않고 어설프게 생각해도 곤란해. 이 의뢰는 헌터 오피스를 거치지 않아. 순수하게 헌터가 헌터에게 하는 의뢰지. 이 조건을 받아들여 줬으면 좋겠다."

아키라는 시카라베의 태도에서 꽤 중요한 사실을 들었다고 이해했다. 그러나 그것이 어째서, 얼마나 중요한지는 모르겠다. 그래서 심각한 표정으로 되묻는다.

"그 조건을 받아들였을 때, 구체적으로 어떤 불이익이 생기는데? 가능하다면 설명해 줘."

파르가가 괴이쩍은 투로 대화에 끼어든다.

"피차 초짜도 아니잖아. 그걸 일일이 설명하게 할 셈이냐?"

헌터의 상식 면에서 보면 아키라는 아직 초보에 해당한다. 그 사실을 얼버무리듯이, 경계심을 시선에 슬쩍 섞어서 대꾸한다.

"나는 기본적으로 혼자 다니니까 헌터들의 정한 관례나 암묵적인 사항을 잘 몰라. 게다가 나는 도란캄의 헌터가 아니고, 도란캄과 교류한 적도 없어. 도란캄을 상대하는 협상의, 암묵적인 양보를 기대해도 곤란해."

야마노베는 아키라가 한 말을 상대가 도란캄이라도 물러날 마음이 없다는 식으로 해석하고 납득한 듯이 슬쩍 웃었다.

"아하, 그런 뜻인가."

"그런 뜻이야. 일일이 설명하지 않아도 된다는 암묵적인 흐름이 다툼의 원인이 돼. 물어보지 않아서 말하지 않았다는 식의 일은 없었으면 좋겠어. 나중에 다투기 싫으니까."

시카라베는 오랜 경험을 통해서 단순히 아키라가 지식이 부족한 것이라고 판단했지만, 그 사실을 지적해서 협상을 망쳐도 의미도 없다고 생각해 이야기를 진행하기로 했다.

"좋다. 설명이 애매모호한 것 같으면 그때그때 물어봐라."

시카라베는 아키라가 요구한 대로 평소라면 생략하는 내용을 포함해 자세한 의뢰 내용을 설명했다.

헌터 오피스를 거치지 않고 의뢰를 수행할 경우, 당연하지만 헌터 오피스는 그 의뢰를 인지하지 않고, 간섭하지도 않는다.

이번 의뢰에서 시카라베에게 고용되더라도 헌터 오피스에 실리는 아키라의 개인 페이지에는 활동 이력으로 남지 않는다.

그리고 이 의뢰를 보증하는 것도 없다. 애초에 공식적으로는 존재하지 않는 의뢰로 친다.

헌터 오피스에서 중개하는 계약이라면 의뢰 내용에 하자가 있거나 보수를 떼먹는 일이 발생했을 때 기록으로 남는다. 그것은 계약한 헌터에게 계약 내용을 준수하게끔 하는 강제력으로 작용한다.

그런 것이 하나도 없는 이상, 계약을 준수하게 할 수 있는 자는 계약 당사자인 헌터뿐이다. 즉, 떼먹힌 보수를 억지로 받아내려고 하다가 강도로 취급당해 죽어도 자업자득으로 친다.

방벽 안쪽이라면 또 모를까, 윤리 의식이 부족한 황야의 환경에서 약속이 의미를 상실할 위험성은 너무나도 크다.

헌터 오피스를 거치지 않는 의뢰는 전부 사기라고 생각해라. 심할 때는 그런 소리를 들을 만큼 의뢰의 신뢰도는 하늘과 땅만큼 차이가 난다.

시카라베는 역전의 헌터로서 그 사실을 잘 알고서 이번 의뢰가 헌터 오피스를 거치지 않는다고 말했다. 위험 부담이 큰 만큼 시카라베가 아키라에게 제시한 보수는 막대하다.

현상수배급 토벌 후, 현상금에서 경비를 뺀 나머지 금액을 참가자의 활약에 맞춰 분배한다. 그러나 시카라베를 비롯한 세 사람은 분배 대상에 포함하지 않는다.

최종적인 팀 인원은 조정 중이지만, 만약 아키라를 포함해 여기 모인 네 사람이 현상수배급을 토벌했을 경우, 현상금에서 경비를 뺀 나머지 금액을 전부 아키라가 차지한다.

지급 방법은 시카라베가 먼저 헌터 오피스에서 현상금을 받고, 거기서 경비를 뺀 다음 아키라의 계좌에 입금하는 형태다.

또한 현상수배급 토벌에 실패해도 시카라베가 아키라에게 500만 오럼을 지급한다. 단, 그때 발생하는 자기 경비는 아키라가 부담한다.

시카라베의 설명을 다 들은 아키라가 내용을 곱씹으면서 의문점을 털어낸다.

"확인하고 싶은 것이 몇 가지 있어. 첫째, 경비는 구체적으로 어디까지 쳐주는 거지?"

"세세하게 정할 마음은 없다. 그러니 인정하지 않는 것만 설명하마. 먼저, 빚을 갚은 건 안 된다. 빚을 못 갚으면 작전에 참가할 수 없으니까 그걸 경비로 인정해 달라는 건 안 된다. 그건 각자 받은 보수에서 내줘야겠다."

"그런 걸 경비로 하는 녀석이 있어?"

"있단 말이지. 다음으로 장비값도 안 된다. 5억 오럼의 현상금이 걸린 몬스터를 잡으려고 5억 오럼짜리 새 장비를 샀다고 치자. 그걸 경비로 인정하면 사실상 그 녀석이 현상금을 다 차지하는 셈이니까 말이다."

"그건 뭐, 그렇겠지."

"단, 그 경우에도 탄약을 포함한 소모품 대금과 장비 대여비는 경비로 인정한다. 그리고…….”

시카라베는 말하는 도중에 잠시 생각하는 듯한 기색을 보이더니, 귀찮다는 듯한 태도를 보였다.

“꼼수를 찾으려고 해도 귀찮겠군. 우리 셋은 현상수배급 토벌이 성공해도 현상금에서 1오럼도 챙기지 않겠다고 약속하지.”

아키라도 일단은 그 말에 납득했다.

“둘째, 팀은 몇 명이지?”

“너를 포함해서 최소 네 명. 최종적으로 몇 명이 될지는 앞으로 있을 협상 결과에 달렸지만, 아마도 열다섯 명에서 스무 명 정도가 될 거다. 최대한 많이 모을 작정이지만, 많아야 30명 정도겠지.”

“셋째, 보수를 준다는 보장은?”

“없다.”

시카라베는 간결하게 단언했다. 아키라가 인상을 험악하게 쓰고 매섭게 노려보자 시카라베도 맞받아친다. 그리고 서로가 위압하는 듯이 입을 다물고 시선을 부딪쳤다.

헌터 오피스를 거치지 않는 의뢰의 의미를 서로가 확인하는 침묵을 끝마친 뒤, 시카라베가 말을 보탠다.

“굳이 말하자면…… 보수를 떼먹히는 바람에 분노해 미쳐 날뛰는 너와 사투를 벌이느니 순순히 보수를 내주는 편이 낫다고, 내가 그렇게 생각한다는 거지.”

아키라의 침묵이 상대를 향한 위압에서 내용의 진위를 의심하는 것으로 바뀌었다. 그때 시카라베가 다시 설명을 덧붙인다.

"네 실력은 내가 마음 편히 돈을 떼먹을 정도다. 그러니까 떼먹자. 만약 내가 그렇게 생각했다면 애초에 너를 고용하지 않는다. 도움이 안 되니까 말이지."

아키라가 복잡한 얼굴로 생각에 잠긴다. 좋게 해석하면 시카라베는 아키라의 실력을 인정한다고 말한 셈이다. 하지만 삐딱하게 해석하면 기대에 못 미쳤을 때는 보수를 떼먹겠다는 뜻이기도 하다.

그리고 시카라베의 본심이 어떻든, 실력만 있으면 첫 번째 해석을 시카라베에게 강요할 수 있다. 어떻게 보면 도발이 슬쩍 섞인 대답임을, 아키라도 어렴풋이 눈치챘다.

그 사실을 깨닫고, 아키라도 일단 시카라베의 대답에 만족했다. 나머지 의문으로 넘어간다.

"넷째. 헌터 오피스를 거치지 않는 이유가 뭐지? 지금 들은 내용이라면 그냥 평범하게 계약해도 되잖아?"

아키라에게는 가벼운 질문이었다. 하지만 시카라베는 다시 험악한 표정을 지었다.

"그 질문에 답하지 않으면…… 너는 제안을 거절할 거냐?"

"거절할 거야. 적어도 이상한 다툼에 나도 모르게 휘말리는 건 싫어."

이야기할지 말지 혼자 결정하기는 어렵다고, 시카라베는 동료들의 눈치를 살폈다. 그러자 먼저 파르가가 쓴웃음을 짓고 대꾸한다.

"괜찮지 않겠어? 어차피 조만간 알려질 이야기인데. 뭐, 말하기 싫은 마음은 이해하지만."

이어서 야마노베도 찬성한다.

"퍼뜨리고 다니지만 않는다면 문제없겠지. 시카라베가 추천한 전력이야. 그 정도 이유로 거절하는 건 피하고 싶군."

시카라베가 한숨을 쉰 다음, 아키라에게 신신당부한다.

"어디 가서 떠들고 다니지 마라. 일단은 도란캄 내부의 이야기다. 원래는 외부인에게 말할 일이 아니야."

"알았어."

단단히 고개를 끄덕인 아키라의 태도를 보고, 시카라베가 하는 수 없다는 듯이 한숨을 쉰다.

"간단히 말해서…… 뭐, 도란캄 내부의 세력 다툼 때문이다."

조직의 추태이기도 한 내용을 말하는 탓에, 시카라베의 말투는 조금 언짢았다.

제88화 너무 죽여서 자멸하는 타입

도란캄은 쿠가마야마 시티에 존재하는 수많은 헌터 조직 중 하나다. 헌터 활동을 주업으로 삼은 민간 군사 기업이기도 하다.

단, 그 규모는 다른 곳보다 한 단계 높다. 도시와의 연줄을 강화해 세력을 늘리고, 소속 헌터의 숫자도 발족 당시의 소규모와는 차원이 다르게 늘어났다.

사람이 늘어나면 파벌이 생긴다. 관리직과 여타 조직원 사이에서 알력이 늘어나기 시작한다. 파벌 사이의 알력으로 조직 운영에 지장을 초래할 때도 있다.

그리고 도란캄에서는 현재 그런 파벌 싸움이 한창 벌어지고 있었다.

조직 결성 초기의 헌터를 많이 거느린 고참 파벌. 젊은 신인 헌터를 중심으로 하는 신인 파벌. 조직을 보조하는 직원들이 운영에 참견해서 힘을 키운 사무 파벌. 주로 그러한 파벌이 때로는 협력하고, 때로는 반목하면서 세력 다툼을 벌였다.

그리고 각 파벌도 하나로 똘똘 뭉친 것이 아니다. 넓은 의미에서 보면 같은 파벌이어도, 내부에서 작게 갈라진다.

고참 대다수는 사무 파벌을 싫어한다. 안전한 도시에서 한 발짝도 나가지 않는 주제에 탄약이나 회복약 등의 소모품 사용량을 잘난 듯이 따지기 때문이다. 하지만 일부는 도시와의 연줄로 돈벌이가 되는 의뢰를 찾아주는 사무 파벌과 가깝게 지냈다.

신인 대다수는 자신들을 미숙하게 보고 무시하는 고참들을 싫어한다. 그러나 고참들과의 명확한 실력 차이나 자신들의 장비가 고참들이 번 돈에서 나온다는 사실을 알고 나름대로 태도를 바로잡는 자도 있다.

나아가 사무 파벌은 신인 중에서도 비교적 출신 성분이 멀쩡한 자들을 모은 A반을 편애하고, 같은 신인이라도 슬럼 등의 출신자가 많은 B반의 나쁘게 대우해서 A반과 B반의 대립을 낳았다.

또한 사무 파벌은 헌터 경력이 없는 순수 사무직이 태반이지만, 원래는 헌터였던 자들도 그럭저럭 있다. 그리고 순수한 사무직이라도 헌터 활동이 얼마나 힘든지 이해해 주는 자도 있다. 더불어서 사무직 사이의 출세 경쟁도 있다.

도란캄은 현재 그러한 크고 작은 파벌이 조직 내부에서 영향력을 차지하려고 다투는 상황이다. 그리고 파벌 싸움에서 승리하고자 현상수배급 토벌 공적에 눈독을 들인 것이다.

아키라는 시카라베에게 그러한 파벌 싸움 이야기를 들었다. 하지만 미처 이해할 수 없다.

"그건 알겠는데, 이번 의뢰가 헌터 오피스를 거치지 않는 이유하고 무슨 관계가 있어?"

"헌터 오피스를 거치면 도란캄의 절차상 외부 협상 담당자를 반드시 거쳐야 한다. 그것들은 파벌 싸움에서 한 발짝 물러나

중립인 것처럼 행세하지만, 간단히 말해서 모든 파벌에 정보를 퍼뜨리는 셈이지. 그걸 방지하려는 거다."

"아, 이래저래 골치가 아픈데."

아키라의 가벼운 감상을 듣고, 시카라베가 한숨을 푹 쉰다.

"그렇지. 정말 골치가 아프다."

그 심정이 가득 담아서 내뱉은 시카라베의 말을 듣고, 아키라는 무심코 쓴웃음을 지었다.

"알았어. 내 질문은 이걸로 끝이야."

시카라베가 숨을 내쉬고 의식을 전환한다.

"그래? 그렇다면 의뢰를 받을지 말지 대답을 듣지."

"받아도 되는데, 조건이 있어. 대략적인 작전에는 따르겠지만, 부대 행동의 자잘한 연계는 기대하지 마. 그리고 승산이 없을 것 같으면 내 독단으로 철수하겠어. 그렇게 되기 전에 미리 말은 하겠지만, 남아서 싸우진 않을 거야. 이 조건으로 괜찮다면 의뢰를 받겠어."

"너한테 너무 유리한 조건이군."

"그건 내가 할 소리야. 헌터 오피스를 거치지 않는 의뢰라고 희생양이 되긴 싫어. 그래서? 어쩔 건데?"

"조건을 받아들이지……."

이것으로 계약은 성립했다. 너무 변칙적이긴 하지만, 아키라는 현상수배급 토벌에 참여하게 되었다.

알파가 넌지시 묻는다.

『아키라. 괜찮아? 현상수배급과 마주치지 않으려고 도시에 틀어박힌 거잖아?』

『최소한 내 판단으로 도망쳐도 된다고 약속했어. 그렇게 해도 내 실력으론 위험할까?』

『아키라 혼자 싸우는 것도 아니고, 나도 서포트할 테니까 말릴 생각은 없어. 다만 갑자기 적극적으로 나선 느낌이 들었으니까 조금 궁금했을 뿐이야. 결국에는 엘레나와 사라와는 관계없는 이야기잖아?』

『그러고 보니 그러네. 그건 도란캄에서 비슷한 의뢰가 엘레나 씨네한테도 들어간 거겠지만.』

시카라베가 두 사람과의 관계를 암시한 것은 그렇게 말하면 아키라의 관심을 끌 수 있다고 생각했기 때문이다. 그리고 실제로 그렇게 되었다.

『아무렴 어때. 엘레나 씨네 이야기를 듣고서 여기 온 걸지도 모르지만, 이걸로 현상수배급이 빨리 잡히면 나한테도 좋은 일이야. 아무나 빨리 해치워 달라고 전부 남에게 떠넘기는 것보다는 낫겠지.』

『그래. 그렇게 생각할게.』

알파가 생각에 잠긴다. 아키라가 시카라베의 이야기에 흥미를 느끼고 여기를 찾은 것은 엘레나와 사라의 영향이 크다. 하지만 최종적인 결정에는 관여하지 않았다.

지금으로선 허용할 수 있는 범위다. 그러나 앞으로는 모른다. 필요하다면 대책을 마련한다. 알파는 그렇게 판단했다.

시카라베의 의뢰를 받아들인 아키라는 시카라베의 부탁으로 그 자리에 머물렀다. 지금부터 다른 추가 인원과 협상을 진행할 건데, 작전 참가자로서 동석해 달라고 부탁받은 것이다.

다음으로 협상하러 오는 사람을 방해하지 않게 시카라베의 맞은편 자리로 이동하고, 테이블에 딸린 주문용 단말로 요리를 시켰다. 그 대금은 경비로 쳐도 된다는 말을 들어서 사양하지 않고 많이 시켰다.

시카라베에게 현상수배급 토벌 계획을 들으면서 시간을 조금 보냈을 때, 음식점 종업원보다는 남자를 접대하는 느낌으로 꾸민 여자 점원이 요리를 가져왔다.

여자는 아키라 같은 아이가 있는 것을 보고 조금 놀랐다. 아키라의 앞에 요리를 두면서 의아한 눈치로 시카라베를 본다.

"참 어린 신입도 다 있네. 더군다나 2층에 있다니. 시카라베, 당신이 데려온 거야?"

"그래. 이 녀석은 바빠. 그러니까 영업하지 마. 다른 애들한테도 그렇게 말해."

"아무리 그래도 아이는 상대하지 않아. 당신들은 어때?"

여자가 익숙한 듯이 웃으며 시카라베 일행에게 영업을 시도했다. 하지만 시카라베는 가볍게 뿌리친다.

"우리도 바쁘다고 마스터한테 말했을 텐데. 못 들었어? 이 자리 손님은 전부 대상에서 빼."

"매정하기도 하셔라. 뭐 하러 2층에 있는데?"

"우리한테도 사정이 있어. 일이 끝나고 축배를 들 때는 우리

씀씀이도 좋아지겠지. 그때까지 기다려."

"그 말, 잊으면 안 돼?"

여자는 도발적으로 웃고 자리를 떠났다.

아키라는 시카라베와 여자의 대화가 어떤 의미인지 몰라서 어리둥절한 표정을 지었다.

"시카라베. 2층에 무슨 의미가 있어?"

"아, 여기 3층은 여자들이 몸을 파는 곳이다. 거기 여자들이 2층에서 종업원 일을 하면서 그쪽 주문을 받는 거지. 순수하게 술을 마시러 오는 녀석은 1층에서 마시는 게 관례다."

아키라는 납득하면서도 조금 못마땅한 눈으로 시카라베를 봤다.

"아이를 부를 곳이 아니잖아……."

"헌터 활동에 나이는 상관없잖아. 딱히 너를 골탕 먹이려고 이런 곳을 지정한 게 아니다."

시카라베가 아키라의 비난을 웃어넘기고 말을 보탠다.

"뭐, 너를 불러놓고 할 말은 아니지만, 헌터 오피스를 거치지 않는 의뢰를 받는 녀석은 뒤가 구린 녀석이 많은데? 그런 상대와 협상할 때는 2층이 훨씬 편리하지. 신경 쓰지 마."

아키라가 슬쩍 한숨을 쉰다. 그리고 더는 깊이 생각하지 말고 요리를 먹기 시작했다.

아키라 다음으로 이 자리를 찾은 것은 야마노베가 부른 추가 인원과 그 관계자였다.

빚쟁이 헌터가 2명, 그 감시자가 1명. 그리고 채무 대리인이
자 시카라베 일행과 협상을 담당한 남자가 1명. 총 4명이다.

야마노베가 시카라베와 자리를 바꿔서 그들을 손짓해 부른
다. 협상을 맡은 토메지마가 응해서 야마노베의 맞은편 자리에
앉았다.

"오래 기다렸나?"

"그래. 우리를 기다리게 할 정도의 녀석들을 데려왔겠지?"

"물론이지. 허수아비라도 좋다면 얼마든지 데려오겠지만, 자
네 조건에 맞는 사람을 데려오긴 참 힘들어. 조금 늦어진 정도
는 봐달라고. 현상수배급 토벌에 들이댈 정도의 실력이 있으면
서 헌터 오피스를 거치지 않는 조건을 받아들일 녀석을 찾느라
고생했다고."

"그래서 너희한테 비싼 수수료를 낸 거잖아. 그런데도 뒤에
있는 것들이 쓸모가 없다면, 우리도 그만한 대응을 취할 거다."

"알았어. 그러면 협상을 시작해 보실까."

야마노베와 토메지마가 협상하는 가운데, 아키라는 식사를
잠시 멈추고 감시자로 온 남자에게 조금 인상을 쓰고 있었다.

남자가 쓴웃음을 짓고 아키라의 옆자리에 앉는다.

"오랜만이군."

"그러게……."

감시자는 셰릴과 함께 요노즈카역 유적에 유물을 수집하러 갔
을 때 만난 콜베였다. 그와 동행한 규바가 셰릴을 납치한 일도
있어서, 아키라의 얼굴에는 경계심이 드러나 있었다.

"너무 인상 쓰지 마. 딱히 내가 너한테 뭘 한 건 아니잖아?"

"네 동료가 셰릴을 납치했어. 경계 정도는 해야지. 잠깐……
어떻게 그걸 알아?"

"빚을 진 녀석이 돈을 갚기도 전에 죽었으니까. 조사하는 게
당연하지."

괴이쩍은 표정을 짓는 아키라에게, 콜베가 자신의 처지를 설
명했다.

빚쟁이 헌터로 구성된 집단 유물 수집 작업을 감시하는 직책
이라는 것. 셰릴을 납치한 자들은 거액의 빚이 있었다는 것. 소
식이 끊긴 그들이 도망쳤다고 보고 행방을 조사한 것. 그 조사
과정에서 여러 가지를 알게 되었다는 것. 콜베는 변명을 슬쩍
섞어서 그러한 것들을 설명했다.

앞뒤가 맞는 말이다. 아키라는 그렇게 생각하면서도 미심쩍
은 눈으로 콜베를 봤다.

"정말로 관계없어?"

"잘 감독하지 못했다고 따질 거라면 미안하다고 말할 수밖에
없군. 하지만 그놈들에게 지시한 적은 없고, 간접적으로 부추긴
적도 없다. 그 일과는 무관해."

『알파.』

『적어도 거짓말은 안 했어.』

자신의 협상력이 별로임을 잘 아는 아키라에게, 알파의 판단
보다 더 좋은 진위 판단 방법은 없다. 그래서 일단은 믿어 보기
로 했다.

"알았어. 의심해서 미안해."

아키라는 그렇게 말하고 콜베에게서 경계를 풀었다.

"신경 쓰지 마. 오해가 풀려서 천만다행이군."

아키라가 부추긴 녀석을 모르냐고 묻기 전에, 콜베가 슬쩍 웃으며 말을 돌린다.

"그런데 넌 왜 여길 왔지? 딱히 빚이 많은 것도 아니잖아?""

"빚은 없어. 예전에 시카라베와 팀을 짠 인연이 있어서 현상수배급 토벌 전력으로 고용된 거야."

"그런 이유로 헌터 오피스를 거치지 않는 의뢰를 받는다고? 빚도 없으면서?"

"빚은 상관없잖아?"

아키라와 콜베가 다른 인식 때문에 괴이쩍은 얼굴로 서로를 볼 때, 시카라베가 대화에 끼어들었다.

"이봐, 거기. 우리와 아키라의 계약에 참견하지 마. 입 다물고 있어. 아키라도 신경 쓰지 마. 계약 내용을 다른 사람한테 말하지 말라고."

아키라와 콜베는 그쯤에서 대화를 멈췄다. 하지만 또 다른 사람이 참견하고 나선다.

"이봐! 그 꼬마도 멤버라고? 무슨 소리야?!"

언성을 높인 것은 토메지마의 뒤에 서 있던 카도르라는 헌터였다.

"멋대로 끼어들지 마. 닥치고 기다려."

토메지마가 강하게 경고해도 카도르는 더욱 성질을 부렸다.

"나는 목숨을 걸고 현상수배급과 싸워야 하는데?! 이딴 꼬마가 팀에 들어온다고?! 머릿수만 늘려서 분배하는 보수를 줄일 작정은 아니겠지?!"

"됐으니까 입 닥치고 있어! 협상에 참견하지 마! 콜베, 잘 감시해."

토메지마는 콜베를 카도르의 옆에 세워서 소란을 잠재우고, 좋은 꼬투리가 생겼다면서 속으로 흡족하게 웃었다. 그리고 야마노베와 협상을 재개한다.

"소란을 피워서 미안해. 하지만 그 뭐냐, 저 녀석이 하는 말도 이해하지? 빚을 갚으려고 목숨을 걸어야 하는데 받는 보수가 저런 꼬마와 같으면 불만이 생길 수밖에 없잖아. 어떻게든 안 되겠나?"

"어떻게? 구체적으로 뭘? 너도 협상 담당자라면 구체적인 내용을 먼저 말해."

"저 꼬마를 팀에서 빼라고는 안 하겠어. 그래도 보수의 분배 비율을 실력에 맞게 낮춰 줬으면 좋겠는데."

토메지마는 아키라를 의미심장하게 보면서 제안했다.

도란캄의 신인 헌터는 장비만 고성능이고 실속이 없다는 악평이 있다. 토메지마는 전혀 강해 보이지 않는 아키라를 그런 부류로 보고, 머릿수를 늘리려는 인원이라고 생각했다.

카도르의 생각도 토메지마와 거의 비슷하지만, 더 나쁜 쪽으로 의심했다. 신인 헌터는 고사하고, 슬럼의 꼬마에게 겉만 번지르르한 싸구려 장비를 입혔다고 생각했다. 나아가 토메지마가 시카라베 일행과 결탁해서 자신의 보수를 줄이고, 남는 보수를 챙기려는 게 아닐까 의심했다.

야마노베와 파르가도 시카라베가 일부러 부른 사람이라는 점에서 굳이 참견하지 않았지만, 별로 강해 보이지 않는 아키라의 실력을 속으로 상당히 의심하고 있었다.

그 자리에 있는 사람들의 시선이 아키라에게 쏠린다. 하지만 아키라는 아랑곳하지 않고 식사하고 있었다.

그 시선이 다음으로 시카라베에게 쏠린다. 시카라베는 귀찮다는 듯이 숨을 내쉰 다음 표정을 조금 험악하게 바꿔서 토메지마를 봤다.

"안 돼. 이미 아키라와 협상이 끝났다. 지금 와서 너희 사정으로 계약 내용을 바꿀 마음은 없다."

그리고 이번에는 슬쩍 무시하는 기색으로 카도르를 본다.

"애초에 실력에 맞추라는 이유로, 실력이 부족하다는 이유로 아키라의 보수를 줄였다간 너희에게 줄 보수는 소수점 이하로 버려야 할 거다."

"뭐라고?! 이 자식이! 내가 이 꼬마보다 약하다는 거냐?!"

무시당했다고 인식한 카도르는 무심코 분통을 터뜨렸다. 그렇지만 선을 넘지 않으려는 이성은 가까스로 남아 있었다.

그러나 호통을 듣고 자신에게 시선을 돌린 아키라가 진짜 귀찮다는 듯이 보고 한숨을 쉰 다음 아무 일도 없었다는 것처럼 다시 식사하는 태도를 보고, 마지막 이성이 사라지고 말았다.

카도르에게는 아키라의 행동이 전부 자신을 무시하는 것처럼 보였다.

"이 새끼가!"

카도르가 끓어오르는 감정을 주체하지 못하고 총을 뽑아서 총구를 아키라에게 들이대려고 한다.

상대를 죽이고 싶은 건지, 단순한 공갈인지, 겁먹은 모습을 끌어내서 거슬리는 여유를 없애고 싶은 건지, 카도르 자신도 잘 모른다. 단순히 격렬한 감정에 떠밀려 폭거를 저질렀다.

다음 순간, 카도르는 바닥에 내팽개쳐졌다. 총이 날아가고, 소리를 지르면서 크게 벌린 입으로 총구가 거칠게 파고들고, 목젖을 강타당한 힘으로 쓰러졌다.

총을 입에 물고 드러누워서 놀란 나머지 자신의 상황도 채 이해하지 못할 정도로 혼란에 빠진 카도르의 시야에는 상대의 입에 총구를 쑤셔 넣은 채로 방아쇠에 손가락을 댄 아키라가 있었다.

그제야 카도르는 반사적으로 총을 겨누려다가 자신이 총이 이미 손을 떠났음을 눈치챘다.

아키라가 총을 카도르의 목구멍에 더 세게 밀어붙인다. 그 고통과 더 날뛰면 죽이겠다고 경고하는 눈빛 때문에 카도르는 힘겨운 신음과 공포가 섞인 소리를 작게 내고, 겁에 질린 표정으로 얌전해졌다.

결과에서 과정을 파악한 자들은 경악했다. 처음부터 과정을 파악한 자들은 표정에 슬쩍 놀란 기색을 드러냈다. 전자는 토메지마 일행이고, 후자는 시카라베 일행이다.

아키라에게 총을 겨누려는 카도르의 움직임은 아키라의 시야 밖에서 이루어졌다.

그런데도 아키라는 카도르의 움직임에 반응해서 잽싸게 일어나 거리를 좁히고, 상대의 총을 왼손으로 쳐내고, 오른손으로 총을 뽑아 카도르의 입에 쑤셔 넣었다.

콜베도 카도르를 막으려고 했지만, 아키라가 더 빨랐다. 상대의 움직임을 인식하는 것이 한계여서, 지금은 멍하니 아키라를 지켜보고 있다.

시카라베는 딱히 놀란 기색이 없었다. 하지만 그것은 겉으로만 그런 것으로, 실제로는 마음속에 드러난 놀라움과 의문을 간신히 드러내지 않은 것이다.

(시야에서 벗어난 상대의 움직임에 이만큼 반응하다니. 아키라는 지하상가에서도 멀리 떨어진 곳에 있는 몬스터의 위치를 정확하게 파악했는데, 똑같은 기술인가? 정보수집기를 상시 작동해서 주위를 계속 감시하는 건가? 아닌 것 같군…….)

본인의 직감을 포함한 추측은 부분적으로 옳다. 항상 주위를 감시하는 것은 아키라가 아니라 알파다.

(움직임 자체는 강화복의 성능이라고 쳐도, 지금 아키라가 착용한 강화복은 지하상가 때와는 다른 제품이다. 강화복의 신체 능력을 파악해서 완전히 움직이려면 그만한 훈련이 필요할 터. 그 짧은 시간에 새로운 강화복에 이만큼 숙달한 건가? 아니면 단순히 강화복의 제어장치 성능이 좋은 건가? 그것도 아닌 것 같군…….)

이 직감과 추측도 부분적으로는 옳다. 고도의 강화복 조작은 알파의 서포트 덕분이다.

(모르겠군……. 아키라가 상대일 때는 내 감이 너무 무뎌진단 말이지.)

직감과 추측으로 정답에 가까운 답에 이르고도 그것이 틀렸다고 눈치채는 뛰어난 실력 탓에, 시카라베는 아키라를 더더욱 알 수 없게 되었다.

한편, 야마노베와 파르가는 반신반의했던 아키라의 실력을 확인하고 시카라베가 일부러 부를 정도는 된다며 재평가했다.

애초에 전투 능력만으로 헌터의 평가를 정하는 건 아니다. 다른 부분은 어떨지 생각할 때, 아키라가 움직임을 보였다.

무언, 무표정으로 총을 상대의 입에 밀어 넣던 아키라가 대수롭지 않게 물어본다.

"시카라베. 이 녀석을 죽이면 현상수배급 토벌에 얼마나 지장이 생기지?"

아키라가 카도르를 죽이지 않는 것은 이미 시카라베에게 고용된 상태이기 때문이다. 현상수배급 토벌에 필요한 추가 전력을 없애는 것은 고용된 자로서 나쁜 행동일지도 모른다. 그런 생각이 방아쇠를 당기려는 손가락을 멈추게 했다.

시카라베의 대답에 따라서는 죽는다. 그것을 이해한 카도르가 몸을 더 심하게 떤다.

그리고 대답이 나왔다.

"마음대로 해. 하지만 뒤처리는 알아서 해라."

"뒤처리?"

"여기는 황야가 아니다. 가게에서 시체 처리비와 피로 더러워진 바닥의 청소비, 구멍이 난 바닥의 수선비 정도는 청구하겠지. 그건 네가 알아서 내라."

무표정한 얼굴로 적을 보던 아키라의 얼굴에 귀찮다는 감정이 더해졌다.

"경비로는 안 돼……?"

"안 된다. 총성을 듣고 성질을 낼 주인장도 네가 알아서 대응해라. 나는 귀찮으니까 안 도와줄 거다."

아키라는 한숨을 쉬고 총을 뺐다. 충분히 일방적으로 대처한 것도 있어서, 카도르에 대한 살의는 그 뒤에 있을 귀찮은 일을 허용할 정도로 크지 않았다.

여기가 황야라면 죽였다. 황야라면 시체를 적당히 내버리면 끝이다. 비슷하게 생각하는 자도 그럭저럭 있어서, 황야의 치안을 더욱 나쁘게 했다.

도시와 황야의 차이. 그것이 카도르의 목숨을 아슬아슬하게 살렸다.

아키라가 시카라베를 돌아본다.

"나는 이만 갈래. 이대로 여기 있으면 귀찮은 일이 늘어날 것 같아."

"알았다. 나중에 연락하마. 그때까지 현상수배급 토벌 준비를 마쳐라."

"그래. 잘 있어."

아키라는 그 말만 하고 계단으로 가려고 했다. 그러나 잠시 멈춰서 말을 덧붙인다.

"시카라베. 그 녀석을 고용하는 건 자유지만, 살려서 돌려보내겠다고 약속하지 않는 게 좋아."

시카라베가 웃으며 대꾸한다.

"당연하지."

당부는 했다고 슬쩍 한숨을 쉬고, 아키라는 그대로 자리를 떠났다.

야마노베가 사라지는 아키라를 보면서 말한다.

"성질이 불같군. 저건 너무 죽여서 자멸하는 타입이야."

아키라의 행동을, 야마노베는 굳이 말하자면 부정적으로 봤다. 그러나 파르가는 굳이 따지자면 긍정적으로 보고, 슬그머니 반론한다.

"상대가 얌전하다고 보장할 순 없고, 일단은 정당방위잖아. 덤빌 상대를 가리면 괜찮지 않을까?"

"그런 건 시간이 갈수록 허술해진다고. 그 결과물이 지금 딱 저 바닥에 있잖아?"

야마노베는 그렇게 말하고 슬쩍 비웃으면서 카도르를 손으로 가리켰다.

상대를 가리지 못하고 아무렇지도 않게 총구를 겨눈 자의 알기 쉬운 사례를 본 파르가는 차마 반론하지 못하고 신음했다.

카도르가 몸을 일으켜서 총을 주우려고 한다. 하지만 그 총을 콜베가 먼저 주웠다. 이어서 콜베에게 걷어차이고, 고통스러운 신음을 내면서 바닥에 고꾸라졌다.

콜베가 카도르를 다시 짓밟듯이 걷어차고는 명령한다.

"뻗어 있어."

그것으로 카도르는 본인의 의지와는 상관없이 일어날 수 없게 되었다.

콜베가 카도르를 짓밟고 다른 빚쟁이 헌터에게 경고한다.

"너도 헛수작 부리지 마."

남자 헌터는 겁에 질려서 표정을 일그러뜨리며 힘껏 고개를 끄덕였다.

야마노베가 토메지마를 슬쩍 위압하면서 웃는다.

"자, 협상 중이었지? 물론 나는 너에게 추가요원의 조건을 전달할 때 아군에게 총을 겨누는 바보는 안 된다고 명시하지 않았다. 그 정도는 일일이 전달할 필요도 없는 암묵적인 조건이라고 생각했는데, 토메지마, 미리 잘 전달할 걸 그랬나?"

토메지마가 식은땀을 흘리면서 초조함을 역력하게 드러낸다.

"아, 아니, 그런 건……."

"뭐, 계약은 아직 성립하지 않았지. 해석하기에 따선 너희가 우리 편이 아니라고도 할 수 있는데, 쌍방의 인식 차이를 포함해서 차근차근 이야기해 보자고."

토메지마의 힘겨운 협상은 이제 막 시작되었다.

◆

현상수배급 토벌을 위해서 시카라베에게 고용된 아키라의 첫 예정은 자택 대기였다.

시카라베 일행에게도 준비와 계획이 있다. 그리고 아무리 먼저 해치운 자가 독식한다고 해도, 어떤 현상수배급을 어떤 타이밍에 해치울지를 잘 가늠하는 것이 중요하다. 단순히 빨리 해치우는 것만이 능사는 아니다.

처음에 1억 오럼이었던 탱크란튤라의 현상금은 현재 8억 오럼으로 치솟았다. 섣불리 나선 자들이 역으로 당하고, 실력이 부족한 자들이 수지가 안 맞는다며 손을 떼고, 현상금을 건 수송업자들이 더 강력한 헌터에게 토벌을 부탁하려고 현상금을 자꾸 올린 결과다.

그리고 8배에 달한 현상금도 적정한 금액이라고 보장할 수 없다. 이런데도 수지가 안 맞는 금액일 확률이 얼마든지 있다.

그 점을 고려해서 알맞은 타이밍에 움직인다. 행동에 나서기 전에 여유를 두고 연락할 생각이지만, 상황에 따라서는 곧바로 움직일 테니까 언제든지 행동할 수 있는 상태를 최대한 유지해야 한다. 시카라베에게 그런 지시를 들은 아키라는 집에서 호출이 있기만을 기다리고 있었다.

"그나저나 탱크란튤라는 8억 오럼이구나. 처음에는 1억 오럼이었는데 많이도 올랐어. 그런데도 수지가 안 맞을 수 있다니, 얼마나 강한 거야?"

최신 현상수배급 정보를 보고 얼굴을 찡그리는 아키라에게, 알파가 웃으며 설명한다.

『몬스터가 정확하게 얼마나 강한지 간단하게 알 수 없으니까. 실제로 싸워서 조사해 볼 수밖에 없어.』

"그야 그렇겠지만. 1억 오럼일 때 잡으러 간 녀석은 혼쭐이 났겠네."

『그것을 잘 가늠하는 것도 헌터의 실력인 거겠지. 혹시 몰라서 한동안 황야에 나가는 것을 그만둔 아키라의 판단도 틀리지 않았던 거야.』

의미심장하게 웃는 알파를 보고, 아키라가 쓴웃음을 지으며 대꾸한다.

"그러게 말이야. 나 혼자서 그렇게 강한 현상수배급과 마주치지 않았잖아. 좋은 판단이었다고 치자."

적절한 판단으로 불운을 회피했다고, 아키라는 자학하듯 자화자찬하고 슬쩍 웃었다.

◆

카츠야는 미즈하의 호출을 받고 도란캄의 거점에 있는 회의실을 찾았다.

미즈하는 도란캄 사무 파벌의 간부이다. 지위로 봤을 때는 카츠야 팀의 상사이며, 후원자이기도 하다. 원래라면 카츠야도 살갑게 대하고 싶었다.

하지만 카츠야의 표정은 조금 딱딱하다. 미즈하의 지시로 요노즈카역 유적에 파견된 작전에서 동료가 죽었기 때문이다.

"그래서 무슨 이야기를 하시려는 겁니까?"

미즈하는 태도가 좋다고 보기 어려운 카츠야의 모습에서 여러모로 짚이는 바가 있었지만, 일단은 기분을 풀어주려고 했다.

"이야기하기 전에, 예전에 부탁한 회복약을 조달했으니까 먼저 줄게."

미즈하는 그렇게 말하고 카츠야의 앞에 회복약 상자를 놓았다. 요노즈카역 유적에서 아키라에게 받은 물건과 똑같은 제품이다.

"요새는 다른 파벌의 눈치도 있어서 이런 고급품을 사람들이 보는 앞에서 주면 큰일 나거든."

"그렇게 비싼가요?"

"그럼. 이건 200만 오럼쯤 해도 이상하지 않은 물건이란다."

미즈하는 은혜를 베풀려고 일부러 비싼 금액을 불렀다. 실제로는 도란캄의 소모품 조달 협상에 끼워서 입수한 것이므로, 실제 판매 가격이 어떻든 간에 조달할 때의 비용은 그렇게 비싸지 않다.

하지만 카츠야에게는 회복약이 가격이 200만 오럼이라고 한 아키라의 말이 옳았다는 증거가 되었다.

즉, 아키라는 카츠야처럼 조직 소속이 아닌데도 그만큼 비싼 물건을 구할 정도로 돈을 많이 번다는 증거이기도 했다. 카츠야는 손에 든 회복약을 조금 복잡한 심경으로 봤다. 그래도 어떻게든 고맙다는 뜻을 전했다.

"감사합니다······."

그런 카츠야의 반응을 본 미즈하는 속으로 불만을 느꼈다. 그럭저럭 고생해서 구한 물건을 줬는데도 카츠야의 태도가 별로 달라지지 않았기 때문이다. 하지만 그것을 잘 숨기고 미소를 짓는다.

"뭘 그런 걸 가지고. 사실 구하긴 어려웠지만, 카츠야가 부탁한 거니까. 나도 애써 봤단다."

"네……. 번거롭게 해서 죄송합니다."

미묘하게 답답한 분위기가 계속된다. 하지만 미즈하는 마음을 고쳐먹고 그런 분위기를 털어내려는 것처럼 진지한 태도를 보였다.

"자, 본론을 이야기하자. 요즘 현상수배급이 나타난 건 알지? 도란캄은 그걸 토벌하러 나서기로 했단다. 나도 그 부대를 편성하게 되었고. 대장은 카츠야, 당신이야."

카츠야가 놀라고, 이어서 괴이쩍은 표정을 짓는다.

"제가, 말입니까? 아니, 아무리 그래도 우리끼리 현상수배급을 토벌할 순 없습니다. 요노즈카역 유적 때도 철수하는 것이 고작이었는데요?"

"그 점은 걱정하지 말렴. 대규모 부대를 편제하고, 준비도 단단히 할 거야. 인원은 아직 조정 중이지만, 최대한 늘릴 작정이고. 카츠야한테는 충분한 전력을 마련해 준 다음, 현상수배급을 확실하게 해치우면 돼. 괜찮아. 준비는 우리에게 맡기렴."

카츠야가 강한 망설임을 드러내듯이 잠시 미즈하에게서 눈을 돌린다. 그리고 표정을 굳히고 시선을 되돌렸다.

"그, 그렇게 말씀하셔도……."

강하게 난색을 보이는 카츠야의 태도를 미즈하가 넘겨짚는다. 마음속 불만을 숨기고 슬픈 표정을 짓더니 미안하다는 듯이 머리를 숙였다.

"요노즈카역 유적에서 있었던 일로 나를 믿을 수 없는 모양이구나. 미안해. 믿지 못하겠지만, 그건 나도 모두를 위해 최선을 다하려고 그랬던 거야."

미즈하는 다른 파벌 사람이 자신의 평가를 낮추려고 카츠야에게 쓸데없는 소리를 했다고 판단했다. 그것을 씻어내고자 말을 골라서 한다.

"물론 처음부터 시카라베나 다른 고참들에게 정보를 줬으면 피해가 줄어들었을지도 몰라. 하지만 그랬다간 결국 당신들이 고참의 심부름꾼이 될 수밖에 없어. 언제까지고 무시만 당하는 거야. 그러면 안 됐어."

미즈하는 거짓이 아닌 말을 더해 나간다.

"신인들을 고참들이 무시할 수 없는 존재로 만들려면 적어도 신인만으로 유적을 발굴해서 그 출입구를 점거한 다음에 고참들을 부를 필요가 있었어. 그렇게 하면 장비만 좋은 초보로 대우할 수 없게 되니까. 그렇게 되어야 했는데."

미즈하도 카츠야와 신인 헌터들의 요노즈카역 유적 공략이 실패한 것을 매우 안타깝게 생각했다. 그 본심을, 안타깝고 유감으로 생각하는 부분만을 얼굴에 드러내고 말한다.

"물론, 이건 뒤늦게 어떻게든 말할 수 있는 이유야. 그런 사태를 예상하지 못했다고 변명할 마음은 없어. 나도 카츠야의 신뢰를 저버린 것을 심각하게 받아들일게. 그러니까 신뢰를 회복하기 위해서라도 부대 편제에는 최선을 다할 거야."

실제로도 미즈하는 온 힘을 다할 작정이다. 현상수배급 토벌은 어떻게 보면 미즈하의 탓이기도 한 요노즈카역 유적 공략 실패를 만회할 더없이 좋은 기회다. 그것마저 실패했다간 미즈하도 더는 물러날 데가 없어진다.

"그것만큼은, 꼭 믿어 주렴. 아니…… 그건 결과로 증명해야겠구나. 지금은 믿지 않아도 돼."

그리고 미즈하는 서글픈, 결의를 띤 표정을 지었다.

카츠야도 요노즈카역 유적에서 있었던 일로 미즈하를 의심하기는 했다. 하지만 그것은 미즈하의 태도에서 느껴지는 성실함과 결의를 보고 사라졌다.

그러나 카츠야의 얼굴은 여전히 개운하지 않다.

"아뇨. 미즈하 씨가 우리를 잘 생각해 주시는 건 압니다. 다만, 그런 문제가 아니라, 저기, 제가 그런 대규모 부대의 대장을 잘 해낼 수 있을지 의문이라서……."

예전의 카츠야라면 동료들을 위해서라도 최선을 다하겠다고 즉각 대답할 수 있었다. 무슨 일이 있어도 자신이 모두를 지키겠다고 대답할 수 있었다.

하지만 지금은 요노즈카역 유적에서 구하지 못한 동료들의 모습이 카츠야의 입을 무겁게 했다.

미즈하가 갑자기 환하게 웃는다. 카츠야의 태도가 자신에 대한 불신 탓이 아니라면 상관없다고, 설득의 방향성을 칭찬으로 바꾼다.

"그렇지 않아. 카츠야라면 잘할 수 있어. 이렇게 말하면 안 되겠지만, 그 상황에서 적은 희생만 내고 팀을 무사히 돌아오게 했잖니? 충분히 대단한 성과야."

개개인의 실력은 별개로 치더라도, 수많은 헌터가 몬스터 무리에 휩쓸려 목숨을 잃은 것은 사실이다. 그래서 미즈하는 진심으로 카츠야를 칭찬했다.

"물론, 카츠야는 모두를 구하고 싶었을 거야. 한 명도 희생자를 내고 싶지 않았겠지. 그건 이해한단다. 하지만 그 소동에서 죽은 헌터가 얼마나 많은지 생각하면, 그토록 가혹한 상황에서 팀을 구한 것을 얼마든지 자랑스럽게 여겨도 돼."

나아가 칭찬의 근거를 보충하고, 받아들이기 쉽게 말한다.

"나도 사태를 확인하려고 돌아온 사람들에게 이야기를 들었어. 다들 카츠야한테 고마워하던걸. 카츠야 덕분에 살았다고, 역시 카츠야는 다르다고 칭찬했단다. 팀 리더로서, 모두를 위해서라도 그 칭찬을 받아들이렴."

카츠야가 다소 흔들리는 모습을 보였다. 하지만 그것도 금방 사라지고, 동료를 위해서라며 어떻게든 얼굴에 웃음을 드러낸다.

"알았습니다……. 해 보겠어요."

"고마워. 진전이 있으면 연락할게. 그때까지는 다치지 않게 현상수배급 토벌 때까지 헌터 활동을 자제하렴."

만족한 미즈하에게 배웅받고, 카츠야는 회의실을 나섰다.

복도에서 카츠야의 얼굴이 다시 슬픔으로 일그러진다. 요노즈카역 유적에서 죽었을 터인 동료들이, 구하지 못한 친구가, 뭔가를 따지는 듯한 얼굴로 카츠야를 가만히 바라보고 있었다.

카츠야가 한 차례 눈을 꾹 감는다. 그리고 다시 눈을 뜬다. 동료들의 모습은 사라졌다. 조용히 한숨을 쉬었다.

(환각인 걸 알지만, 힘든걸…….)

구하지 못한 동료가 자신을 비난하는 악몽은 지금껏 자주 꿨다. 하지만 요새는, 정확히는 요노즈카역 유적에서 돌아온 뒤에는 깨어 있을 때도 보이게 되었다.

그때 유미나가 말을 건다. 복도에서 카츠야를 기다리고 있었던 것이다.

"카츠야. 다 끝났어? 무슨 이야기였어?"

카츠야는 곧바로 태연한 척하고 아무 일도 아니라는 듯이 웃었다.

"응? 미즈하 씨한테 현상수배급 토벌 부대의 대장으로 임명받았어."

"진짜? 대단하네."

"그리고 이거, 회복약이야. 사람들 눈에 띄면 큰일이라고, 일부러 안에서 줬어. 이걸 어떻게든 그 녀석에서 전해야 하는데, 어쩔까?"

"그렇구나. 조만간 또 볼 기회가 생길지도 모르니까, 한동안 기다려 보자. 그사이에 또 쓰는 일이 없게, 무리하면 못써."

슬쩍 놀리듯이 웃는 유미나에게, 카츠야는 조금 쓸쓸한 기색으로 웃으며 대꾸했다.

"그래. 나도 알아."

"알면 됐어. 아이리가 식당에서 자리를 맡았어. 가자."

유미나는 웃으면서 카츠야의 손을 잡아당겼다. 카츠야의 웃는 얼굴에 그늘이 진 것을 눈치챘지만, 굳이 지적하지 않고 데려간다.

동료의 죽음을 잊으라고는 말할 수 없다. 하지만 그 죽음이 카츠야를 데려가지 않도록, 단단히 손을 잡았다.

제89화 족쇄와 인식

셰릴은 아키라에게 부탁받은 유물 판매 일로 쿠가마 빌딩을 방문했다. 에리오와 카츠라기 일행도 동행했다.

카츠라기는 이번 일로 셰릴이 불렀을 때 아키라가 예전 경호의 보수로 협력을 부탁했다는 소리를 듣는 바람에 협력할 수밖에 없었다.

더불어서 핫샌드 판매 때 뜻밖에도 셰릴의 장사 재능을 목격한 까닭에, 그렇다면 어쩔 수 없다고 조금 본격적으로 협력을 자청했다. 구체적으로는 셰릴이 공식으로 창업하게 하고, 카츠라기가 소유한 가게의 자회사로 삼는 것을 제안했다.

이것으로 셰릴은 개점 때 헌터 오피스의 계좌나 헌터증을 이용한 결제가 정식으로 가능해진다. 핫샌드 판매 때는 카츠라기의 회계 처리 시스템을 일부 빌려서 결제를 진행했지만, 큰돈이 움직이는 유물 거래에서는 쉬운 일이 아니다. 그래서 꼭 필요한 절차였다.

건물 1층에 있는 헌터 오피스 접수처에서 셰릴이 황야용 코트를 벗는다. 코트 안에서 셰릴의 옷이 드러나자 주위 시선이 다소 모였다.

구세계의 옷을 몇 벌이나 재료로 삼아서 150만 오럼을 수선비로 쓰고, 세렌이라고 하는 수선 장인이 가진 기술을 최대한 발휘한 까닭에 수선한 본인조차도 기적 같은 완성도라고 한 옷. 그것은 이 자리에 있는, 어지간한 어중이떠중이들과는 버는 돈의 차원이 다른 헌터들의 눈길조차 빼앗았다.

나아가 세릴도 최선을 다해 그 옷에 걸맞은 인물처럼 행세하고 있다. 옷에 묻히는 일도 없이, 장소의 분위기에 휩쓸리는 일도 없이, 지극히 자연스러운 모습이다. 그 옷과 자세에서는 희미한 기품마저 느껴졌다. 타고난 미모와 맞물려 좋은 집안의 영애처럼 보인다.

볼일이 있어서 방벽 밖으로 나갔던 상류층 아가씨가 경호원과 함께 방벽 안으로 돌아왔다. 누구나 그렇게 오해할 법한 광경이 펼쳐졌다. 적어도 세릴을 슬럼의 주민으로 간파한 사람은 없다.

그래도 위화감을 주는 원인이 있다. 경호원 역할로 동행한 에리오다.

에리오는 장소의 분위기에 휩쓸렸다. 예전에도 쿠가마 빌딩 근처로 온 적이 있지만, 빌딩 안과 밖은 완전히 다르다.

카츠라기가 협력한 덕분에 에리오도 차림새만 보면 가짜 아키라라고 아슬아슬하게 부를 만큼은 구색을 갖췄다. 하지만 장비만 그렇고 내용물이 따라가지 못했다.

슬럼에서 눈에 띄는 퇴물 헌터와는 급이 다른 헌터들의 분위기에 긴장을 감추지 못하고, 어수선하게 주위를 두리번거리며 식은땀까지 흘렸다.

셰릴이 에리오에게 코트를 건네주면서 조용히 주의시킨다.

"에리오. 침착해. 여기는 딱히 위험한 곳이 아니야. 슬럼 뒷골목보다는 훨씬 안전해. 무서워할 필요는 없어."

"그, 그래도 말이지……."

"천천히, 조용히, 심호흡하고 있어. 그렇게만 해도 차분해질 거야."

에리오가 셰릴이 시키는 대로 심호흡한다. 그것으로 조금씩 침착해지면서, 당연하다는 듯이 태연하게 있는 셰릴을 보고 작은 존경심과 공포에 가까운 감정을 느꼈다.

(거참. 간이 얼마나 큰 거야. 예전에 납치당했다가 돌아왔을 때도 무척 피곤하다는 기색만 보이고 침착했는데. 아무리 아키라가 구해주었다고 해도, 보통 그렇게 태연할 수 있나?)

그 의문 덕분에 에리오는 잠시 긴장을 잊을 수 있었다. 주위 분위기에 휩쓸린 자신도 함께 잊고서 머릿속을 느슨하게 풀어나간다.

(뭐…… 평범한 녀석은 자기 조직을 공격한 헌터에게 제 발로 협상하러 가지 않겠지. 그래서 아키라와 거래하고 조직의 보스가 된 거야. 그런 점에서 배짱은 여간내기가 아니겠지. 역시 어지간한 녀석들과는 다른 건가.)

그리고 느슨해진 머릿속으로 오늘은 아키라가 없다는 사실을 깨달았다. 쿠가마 빌딩에 볼일이 있다는 것은 아키라에게 동행을 부탁할 좋은 구실이다. 어째서 부르지 않았는지 의아하게 생각한다.

"그러고 보니 오늘은 왜 아키라 씨를 안 불렀어?"

"불렀어……. 그런데 바쁜지 거절당했어. 어쩔 수 없어."

셰릴에게는 불행하게도 아키라는 그때 시카라베의 의뢰를 받아 대기 중이었다. 그래서 그 정도의 볼일이라면 안 된다고 퇴짜를 맞았다.

얼마 전에 납치당했을 때 구출하러 오거나, 헌터에게는 중요한 유물 매각을 부탁하거나 하는 등, 셰릴은 아키라와 관계가 더욱 돈독해졌다고 생각하던 참이었다.

그런데도 셰릴에게는 사소한 일이라고 생각했던 부탁을 단칼에 거절하는 바람에 작은 당혹과 불안을 느꼈다.

시카라베의 의뢰는 비공개 안건. 그것을 다른 사람에게 말하면 안 되지 않을까. 그렇게 생각한 아키라는 바쁘다는 말 한마디로 셰릴에게 설명을 마쳤다. 날짜를 바꾸면 되지 않냐는 제안도 전혀 받아들이지 않았다.

그것이 셰릴의 불안을 부채질했다. 그 정도 일을 거부하다니 어쩌면 자신과 함께 있기 싫은 것이 아닐까, 그런 식으로 나쁘게 넘겨짚고 말았다.

그러한 배경도 있어서, 셰릴은 이 화제로 더 이야기하고 싶지 않았다.

하지만 셰릴과 잡담하면서 긴장을 해소하고 싶었던 에리오는 별생각 없이 계속하고 말았다.

"헤에, 무슨 볼일이 있길래?"

"에리오. 그걸 물어봐서 어쩌려고?"

"아니, 나라면 간단한 볼일이 생겨도 아리시아랑 같이 있는 걸 우선할 테니까, 어떤 볼일인지 조금 생각했을 뿐인데…….."

에리오가 아키라에게 셰릴이 납치당했다고 전했을 때, 아키라의 태도는 무덤덤해서 너무 매정해 보일 정도였다. 하지만 곧바로 셰릴을 구출하러 가고, 무사히 구출한 다음 납치한 자들을 모조리 죽였다.

그토록 셰릴을 아끼는 사람이 셰릴을 뒷전으로 할 정도의 볼일이란 대체 뭘까? 에리오는 자신과 애인의 관계에 맞춰서 조금 부자연스럽게 느낀 것이 고작인, 작은 의문에 불과했다.

하지만 그것이 셰릴의 한도를 넘어섰다. 쿠가마 빌딩에 있으니까 평소보다도 더 철저하게 위장해야 한다. 그렇게 생각해서 지은 미소를 감추고, 셰릴이 조용하게 말을 꺼낸다.

"에리오. 설마 나와 아키라의 관계를, 의심하는 거야?"

그 목소리에는 싸늘한 노여움이 깃들어 있었다. 눈에서도 남자를 매료하는 빛이 사라졌다. 그리고 상대의 속을 들여다보는 어둡고, 깊은 눈으로 에리오를 보고 있었다.

큰일 났다. 그렇게 생각한 에리오가 허둥지둥 부정한다.

"아니, 아니야! 오해야! 반대로 생각한 거야! 아키라 씨와 셰릴이 그토록 사이가 좋은데, 데이트할 기회를 버리고…… 보류한 게 의외였던 거야! 그래! 아키라 씨는 돈이 많이 벌잖아! 일일이 셰릴을 상대할 필요는…… 바쁘니까 말이지!"

쓸데없는 소리를 했다가 허둥지둥 말을 바꿀 정도로 당황하면서, 에리오는 간신히 변명했다.

잠시 침묵한 후, 셰릴이 다시 웃는 얼굴을 보였다. 그리고 미소를 지으면서 신신당부한다.

"알면 됐어······. 불필요한 오해를 부르는 언동은 불행의 원인이 될걸?"

에리오도 가까스로 얼굴에 웃음을 띠었다.

"그, 그렇지. 조심할게."

"그리고 목소리가 커. 쓸데없이 주목받으니까 그만둬."

"아, 알았어."

위험했다고 생각하면서, 에리오는 안도의 한숨을 쉬었다. 그 자리의 분위기에 주눅이 들고 움츠러들었던 마음은 이미 완전히 사라졌다.

셰릴도 속으로 한숨을 푹 쉬고 태연함을 되찾으려고 했다.

(진정해. 이 정도로 기분이 상해서는 아키라와의 사이에 불안 요소가 있다고 선전하는 꼴이잖아? 괜찮아. 나는 아키라와의 관계를 의심받아서 조금 언짢아진 거야. 에리오를 진정시키려고 조금 연기했을 뿐이야. 그런 거야.)

에리오에게, 카츠라기 일행에게, 그리고 누구보다도 자기 자신에게 그것이 사실임을 알리기 위해서. 셰릴은 여유로운 미소를 지었다.

"카츠라기 씨. 에리오도 슬슬 진정한 것 같아요. 오래 기다리셨죠? 출발해요."

"알았어. 이쪽이다."

셰릴을 중심으로 한 가짜 아가씨 일행은 카츠라기의 안내를 따라서 당연하다는 듯이 빌딩 안쪽으로 들어간다.

이번 유물 판매를 성공시키면 아키라도 간단히 셰릴을 내치지 못하게 될 것이다. 성공 규모에 따라서는 새로운 이익을 찾아서 더욱 적극적으로 교류하려고 할 가능성도 있다. 그러기 위해서라도 실패할 수 없다. 셰릴은 그렇게 자기 자신에게 말하면서 다시 힘을 냈다.

◆

빌딩 2층에서 사무 처리를 마친 셰릴 일행은 카츠라기의 희망에 따라 1층 카페에 들렀다. 셰릴이 카츠라기와 유물 판매 계획을 짜는 가운데, 에리오와 다리스는 잡담을 주고받고 있었다.

"그래서 말이다, 셰릴. 유물을 매각하더라도 팔리지 않는 물건도 있겠지. 그러니 그걸 가늠할 지식이 필요하다고. 협력하는 이상 그 부분은 내가 맡으려고 하는데, 어떠냐?"

"물론이에요. 일정 기간 매수자가 나타나지 않는 유물은 기본적으로 예전처럼 카츠라기 씨한테 파는 형식으로 처리해도 문제없을 거예요. 카츠라기 씨도 의류 유물을 사들일 때 아키라를 위해 수고했다고 들었어요. 그때는 제가 들어간 비용과 시간을 아키라에게 전해서 허락을 구하겠어요."

"아니야. 그러지 않아도 돼. 일일이 말하지 않아도 아키라라면 이해해 줄 거야. 그보다도 유물을 다루는 이상 경비는 철저하게 하는 게 좋을걸?"

"네. 그 부분은 카츠라기 씨에게 꼭 협력을 구하고 싶어요."

아키라가 가져온 유물 중에서 값비싸게 팔릴 것 같은 물건을 판매하지 말고 자신에게 넘기라고 요구하는 카츠라기에게, 셰릴은 카츠라기가 아키라의 의류 유물을 싸게 사들이려고 했음을 알리겠다고 협박했다.

그래서 카츠라기는 한 발짝 물러났고, 그렇다면 유물을 팔아서 본 이익으로 자기 가게의 장비를 사 달라고 졸랐다. 셰릴은 그것을 받아들였다.

그 뒤에도 비슷한 대화가 이어졌다. 다리스는 카츠라기와 오래 알고 지낸 사이라서 두 사람의 대화에 무엇이 감춰져 있는지 이해할 수 있었다. 그 줄다리기를, 흥정을 즐겁게 듣고 있었다.

에리오 역시 그런 점은 몰라도 뒤에서 뭔가 힘겨루기가 이루어진다는 것 정도는 어렴풋이 느꼈다. 그리고 그런 셰릴이 듬직하다고 생각하면서도, 어느새 저럴 수 있게 되었는지 조금 무서워졌다.

그때 셰릴 일행의 근처를 지나가던 사람이 발걸음을 멈췄다.

"셰릴……?"

목소리가 들린 쪽으로 고개를 돌린 셰릴이 상대를 확인하고서 살갑게 미소를 짓는다.

"오랜만이에요, 카츠야 씨."

셰릴의 미소에, 카츠야가 또다시 매료되었다.

◆

　미즈하는 도란캄 사무 파벌의 간부로서 카츠야를 데리고 쿠가마 빌딩을 찾았다. 그 목적은 자신들의 후원자에게 카츠야를 소개하고 더 많은 지원을 얻는 것이다.

　후원자들 대부분은 도시 부유층의, 이른바 선량한 자들이다. 유물은 원하지만 태연하게 살인을 저지를 정도로 윤리 의식이 없는, 범죄자 같은 자들에게 돈을 주는 데는 거부감이 있다. 그렇게 양심이 있는 자들이다.

　사무 파벌이 준비한 A반의 헌터들, 보호자가 죽거나 해서 경제적으로 곤란한 나머지 헌터가 되었어도 남의 것을 훔치지 않고, 남을 속이지 않고, 남을 죽이지 않는 방벽 안쪽의 윤리관을 갖춘 아이들은 그런 자들이 지원하기 충분한 조건을 지녔다.

　자신들의 지원 덕분에 악행에 손대지 않고 헌터로서 성장한 소년 소녀들이 마침내 현상수배급 토벌을 자청하고 나섰다. 그것을 성공시켜 불우한 아이들에 대한 지원이 옳았음을 증명하기 위해서라도, 더 많은 지원을. 미즈하와 사무 파벌은 사전에 후원자들에게 그렇게 전하고 입식 파티를 마련했다.

　카츠야는 그 파티의 주역이자, 광고탑이다.

　헌터 랭크는 32. 그것은 신인 헌터들 중에서 뛰어난 수준을 넘어서 도시 헌터들 중에서도 상위층에 근접한 숫자다.

　그만한 재능이 있으면서 더 큰 성장을 기대할 수 있는 데다가, 본인은 동료를 아끼고 동료들의 신뢰도 두텁다. 더군다나 얼굴도 잘생겼다.

그 설명만 들으면 후원자들도 너무 과장한 것 아니냐고 의심할 정도다. 그만큼 미즈하는 카츠야를 지원하고, 카츠야의 약진에 미래를 걸었다.

하지만 의욕적으로 쿠가마 빌딩을 찾은 미즈하의 안색은 조금 어두웠다.

"카츠야. 괜찮니?"

"네……."

그런 대답과는 정반대로, 혹은 힘없는 대답에 걸맞게, 카츠야는 기운이 없었다. 그 얼굴에는 패기가 없다. 그냥 내버려 두면 축 처지려는 고개를 억지로 들게 한 듯한 상태였다.

미즈하가 최대한 카츠야를 배려한다.

"요즘 기운이 없다고 유미나와 네 친구들도 걱정했어. 무슨 일이 있으면 말해 보렴. 친구들한테 말하기 어려운 일이라도, 나한테는 말할 수 없겠니?"

"괜찮습니다……."

"그래……."

미즈하는 속으로 골머리를 앓았다. 이 상태의 카츠야를 후원자들에게 소개해도 역효과만 난다. 그러나 파티 예정은 변경할 수 없다.

(파티가 시작하려면 아직 시간이 있어……. 이 시간에 어떻게든 해결해야 하는데…….)

초조해진 미즈하는 좌우지간 카츠야를 근처 카페로 데려가 그곳에서 제한시간이 다 될 때까지 격려하기로 했다.

카츠야가 미즈하의 뒤를 따라간다. 그 눈에는 죽은 동료들의 모습이 비쳤다.

그것은 현실이 아니다. 그러나 카츠야의 마음을 헤집기에는 충분했다.

◆

셰릴은 자신에게 넋이 나간 카츠야에게 미소를 지으면서 대처 방법을 슬쩍 생각했다. 그리고 카츠라기에게 눈짓한다.

그 신호를 본 카츠라기는 장사꾼의 재치를 발휘해 셰릴과 카츠야에게 조금 비굴하게 웃어 보였다.

"셰릴 양. 친구분이십니까?"

셰릴은 그것으로 대처하는 방향성을 카츠라기와 공유하고, 즐거운 기색으로 카츠야에게 웃었다.

"네. 물론, 카츠야 씨가 저를 그렇게 생각해 준다면 말이죠. 어떨까요?"

카츠야가 정신을 차리고 허둥지둥 대답한다.

"어? 아, 응! 친구입니다! 네!"

그때 카츠야가 걸음을 멈춘 것도 모르고 먼저 가던 미즈하가 돌아왔다. 그리고 카츠야의 태도를 보고 놀란다.

"카츠야. 무슨 일이니…… 어?"

카츠야는 조금 허둥대고 있지만, 그 얼굴에는 아까와 같은 어두운 기색이 없었다. 대체 무슨 일인가 싶어서 미즈하는 조금 곤혹스러웠다.

그때 카츠라기가 다 안다는 듯이 고개를 끄덕였다.

"셰릴 양의 친구분이셨군요. 그렇다면 저희는 자리를 피하지요. 아뇨, 신경 쓰지 마시길. 우리의 사업 이야기는 여러분의 환담 다음에 해도 괜찮습니다."

"신경을 써 주셔서 고마워요."

그렇게 말하고 슬쩍 고개를 숙인 셰릴에게 카츠라기가 웃음으로 답하고 일어선다. 이어서 다리스도 자리에서 일어나고, 에리오의 어깨를 두드려서 함께 일어나게 했다. 그리고 그대로 셋이서 옆에 있는 테이블로 자리를 옮겼다.

셰릴이 빈자리를 카츠야와 미즈하에게 권한다.

"괜찮으시다면 앉아 주세요. 자리가 비었으니까요."

카츠야가 망설임 없이 정면 자리에 앉는다. 미즈하는 조금 미심쩍게 생각했지만, 카츠야가 변한 원인이 눈앞에 있는 소녀라고 추측하고 카츠야의 옆자리에 앉았다.

셰릴이 자리에 앉은 두 사람을 보고 의미심장하게 미소를 짓는다.

"다시 인사할게요. 또 만나서 반가워요, 카츠야 씨."

"나, 나도……."

"그나저나 또 같이 다니는 여성분을 방치하고 저에게 말을 걸었군요? 예전과는 다른 분이고, 이번에는 연령도 조금 차이가 나는 느낌인데. 보아하니 폭넓게 갖추는 중일까요?"

"아, 아니야……!"

허둥대며 어쩔 줄 모르는 카츠야의 모습은 나이에 걸맞은 기운찬 소년이다. 가게 밖에서 보인 어두운 분위기는 하나도 없다. 너무나도 큰 변화에 미즈하는 놀라고 있었다.

◆

셰릴, 카츠야, 미즈하. 세 사람만 남은 테이블에서 서로 자기소개를 간단히 마치고 환담을 시작했다.

화제의 중심은 도란캄에서 카츠야가 보인 활약이다. 조직 가입 초기의 고생. 훈련과 실전 속에서 천부적인 재능을 드러낸 점. 헌터 활동에서 보인 활약상. 수많은 동료가 따른다는 사실. 유적에서는 분투. 조직 간부들이 인정한다는 점. 재능이 많은 신인 헌터의 눈부신 성공사가 이어진다.

미즈하는 셰릴이 카츠야를 칭찬하기 쉽게 하려고 이야기 내용을 의도적으로 치우치게 했다. 카츠야를 최대한 기분 좋은 상태로 회장에 데려가 파티를 성공시키기 위함이다.

셰릴도 그 장단에 맞춰 카츠야를 칭찬했다. 카츠야의 경우를 통해서 조직 내부의 사정을 알아내기 위함이다. 더불어 가능하다면 유물 판매에서 도움이 되는 정보를 얻을 수 있을까 하고, 최대한 정보를 캐내고 있었다.

그 결과, 목적은 달라도 수단이 같은 두 사람에 의해 카츠야는 끊임없이 칭찬받았다.

그리고 셰릴이 먼저 이변을 눈치챘다. 살갑게 웃던 태도를 바꿔서 표정에 곤혹과 불안을 실어 걱정하는 눈치로 물어본다.

"카츠야 씨. 제가 뭔가 카츠야 씨의 심기에 거슬리는 소리를 무심코 한 걸까요? 만약 그렇다면 사죄할게요."

조금 멍한 분위기였던 카츠야는 정신을 차리고 허둥댔다.

"어?! 아니야. 그렇지 않아!"

"그럴까요……. 저기, 제 눈에는 아까부터 제가 뭔가 말할 때마다 카츠야 씨의 기분이 나빠지는 것처럼 보였는데요……."

셰릴은 목소리를 낮추면서 그렇게 대답하고 조금 침울한 얼굴로 고개를 숙였다.

카츠야의 표정이 딱딱해진다.

"그, 그건……."

그건 아니라고, 카츠야는 대답하지 못했다. 본인도 알기 때문이다.

실제로 카츠야는 칭찬받을 때마다 기가 죽었다. 처음에는 순수하게 기뻐하고 조금 쑥스러워하면서 웃었다. 하지만 칭찬을 자꾸 들을 때마다 웃는 얼굴에 서서히 그늘이 생겼다.

방벽 안쪽의 후원자들에게 높이 평가받고, 지금은 현상수배급 토벌 부대의 대장으로 임명되었다. 카츠야라면 꼭 성공할 것이다. 미즈하가 그렇게 말을 꺼냈을 때는 이미 어색하게 웃는 것조차 어려워졌다.

셰릴은 곤혹스러운 기색을 보이면서도 카츠야를 배려하는 표정을 지으면서 침착하게 생각에 잠긴다.

조금 노골적으로 칭찬하는 바람에 오히려 기분을 상하게 했을까? 아니다. 그렇다면 칭찬하는 방식이 잘못되었을까? 아니다. 상대는 칭찬을 기쁘게 받아들이면서도 그보다도 더 기가 죽었을 뿐이다. 그렇게 판단했다.

속내와 겉으로 드러나는 표정을 분리하고, 우수에 찬 얼굴로 냉정하게 미즈하의 반응을 살핀다. 카츠야를 걱정하면서 골머리를 앓는 눈치지만, 곤혹이나 놀라움은 느낄 수 없다. 즉, 미즈하가 예상하지 못한 사태가 아니다. 또한 셰릴을 비난하는 눈치도 아니므로 자신이 실수한 것도 아니다.

그렇게 판단한 시점에서 셰릴은 원인 규명을 잠시 중단했다. 그리고 다른 판단으로 넘어간다. 이야기를 계속할지, 중단할지를 말이다.

(예전에 아키라와 다퉜다고 하니까, 이쯤에서 이야기를 끊고 인연도 같이 끊어도 좋겠지만…….)

셰릴은 카츠라기를 힐끗 보고 곧바로 시선을 두 사람에게 돌렸다.

(이 상황에서 어떻게 대처하는지도 시험받을 테니까, 내치는 협상은 평가가 떨어질까…….)

혼자서 이 상황을 정리해 봐라. 자진해서 자리를 비운 카츠라기의 의도를, 셰릴은 그렇게 해석했다.

(이런 데서 카츠라기의 평가가 떨어지면 유물 매각에도 악영향을 미칠 거야. 어쩔 수 없어.)

속행. 그렇게 판단한 셰릴은 곧바로 대처에 나섰다. 카츠야를 격려하고 보듬는 미소에 자기 실수로 상대에게 상처를 주었다는 슬픈 그늘을 자연스럽게 섞어서, 상대를 걱정하는 투로 부드럽게 말을 건다.

"카츠야 씨. 정말로 제 탓이 아니라면, 설령 제 탓이라도 좋으니까, 이유를 말씀해 주실 수 있을까요?"

카츠야가 셰릴과 눈을 마주친다. 그러나 입은 열지 않는다.

"억지로 물어볼 마음은 없어요. 하지만 저라도 좋다면 들을게요. 고민을 해결할 수는 없을지도 모르지만, 다른 사람에게 이야기해 보기만 해도 마음이 편해질 수 있다고 해요. 게다가 고민과 푸념을 가만히 듣는 것 정도는 저도 할 수 있어요. 마음 편히 말씀해 주세요."

일부러 밝게 웃는 듯한, 조금 그늘이 진 셰릴의 미소. 그 얼굴에 카츠야가 빨려든다. 그러나 입을 열지는 않는다.

"알겠어요……. 포기할게요. 억지를 부려서 죄송해요. 저를 친구라고 말해 준 분이 상처받은 이유를 알고 싶었는데, 그게 오히려 상처를 줘서는 친구를 자처할 수 없으니까요. 이미 늦은 것 같지만요……."

미소가 어두워지고, 슬픔이 짙어진다. 셰릴의 미소를 그토록 망치고 말았다는 사실에, 카츠야는 무심코 입을 열었다.

"아니야! 정말로 셰릴은 아무 잘못도 없어…… 저기, 그게…… 뭐라고 하면 좋을까…… 나는 정말로 고민이 있는데…… 나도 잘 말할 수 없어서……."

카츠야가 말할 태도를 보이자 셰릴은 숙였던 고개를 들어 표정에 자상함을 더했다.

두 사람의 눈이 마주친다. 그것으로 카츠야는 마음을 굳게 먹었다. 숨을 크게 내쉬고, 진지한 표정으로 물어본다.

"셰릴은 나를, 대단한 헌터라고 생각해?"

셰릴은 정말 뜻밖이라는 표정을 지은 다음, 웃으며 고개를 끄덕였다.

"네. 그래요."

"정말로……?"

"네. 그 기준은 사람마다 다르겠지만, 적어도 저는 아까 들은 이야기가 전부 거짓이나 허풍이 아닌 한, 정말로 대단한 헌터라고 생각해요."

"그렇구나……."

카츠야는 조금 기쁜 눈치로 웃었다.

"고마워. 기뻐. 하지만……."

그리고 속마음을 토해내듯이 한숨을 푹 쉬고, 표정을 흐렸다.

"나는 그렇게 생각할 수 없어……."

의아한 표정을 짓는 셰릴과 미즈하 앞에서, 카츠야가 또다시 한숨을 쉬고 말을 잇는다.

"나는…… 그 '대단한 헌터'가 뭔지, 잘 모르겠어."

그리고 누구에게도 말하지 못한 고민을 겨우 입 밖으로 꺼내 조금 마음이 편해진 카츠야가 그대로 천천히 이야기하기 시작했다.

◆

　카츠야는 옛날부터 헌터를 동경했다. 헌터가 활약하는 여러 이야기를 보고, 듣고, 그 광경을 상상하면 가슴이 설레었다.

　끝없이 연마해서 자기 자신의 기량을 키우고, 위험하면서도 매력적인 유적으로, 서로 신뢰하는 동료와 함께 떠난다.

　자기 몸집보다도 큰 몬스터 무리와 싸우고, 유적에서 미지의 영역을 정처 없이 나아가 온갖 고난을 동료들과 함께 극복하고, 귀중한 유물을 찾아서 귀환한다.

　막대한 보수를 동료들과 함께 요란하게 써서 소란을 부리기도 한다. 더욱 약진하기 위해서 보수를 어떻게 쓸지를 상의하기도 한다.

　그것들은 동부에 얼마든지 널린 모험담이다.

　언젠가 자신도 그런 모험담으로 퍼질 대단한 헌터가 되겠다. 꿈을 이룬 자기 모습을 상상하면서, 카츠야는 과거에 그렇게 결심했다.

　"이렇게 말하긴 좀 그렇지만, 아마도 그 꿈은 이미 이루었을 거야. 도란캄의 신인 헌터 중에서는 내가 제일가는 실력자라고 하고, 동료도 많이 생겼으니까. 자만하는 걸지도 모르지만, 급이 낮은 상대한테는 질 것 같지 않아."

　사실 카츠야는 이미 어중이떠중이와는 차원이 다른 헌터가 되었다. 도란캄의 신인 헌터의 정점에 선 시점에서 헌터 경력만 오래되고 더 올라가지 못하는 자들과는 급이 다르다. 출세하고,

성공한 사례다.

"그러니까 뭐, 대단한 헌터는 됐을지도 몰라."

그리고 바란 대로 대단한 헌터가 된 카츠야는 과거 가슴을 설레 했던 모험담의 어둠을 직시해야만 했다.

"처음에는…… 아니, 그게 처음인 건 아니지만, 자각했다고 할까, 확실하게 이해한 건 쿠가마야마 시티 방위전의 긴급 의뢰였어. 동료가 죽었거든. 나는 동료를 구하지 못했어."

같은 식당에서 같이 밥을 먹고, 고된 훈련에서 함께 노력하고, 유적 탐색에서, 몬스터 토벌에서, 서로 돕고 도움을 받았던 동료가 죽었다.

적의 포격을 맞고 가루가 되어서 죽었다. 몬스터에 잡아먹히며 미쳐 날뛰다가 죽었다. 치명상이 아니었는데도 가진 회복약이 다 떨어져서 죽었다.

눈부신 모험담은 성공한 자, 살아남은 자의 이야기다. 죽은 자의 이야기는 없다.

"그때는 내가 더 강해지면 된다고, 모두 구할 수 있을 만큼 대단한 헌터가 되면 된다고 생각했어. 하지만 틀렸어. 또 동료가 죽고…… 나는 구하지 못했어."

동료를 잃어서 헌터 활동에서 은퇴하는 자는 많다. 개중에는 동료를 죽게 했다는 후회를 이유로 대는 자도 있다. 헌터를 그만두지 않더라도 다시 동료를 잃는 것을 두려워한 나머지 그 뒤로는 혼자서 활동하는 자도 있다.

"셰릴에게 대단한 헌터라는 말을 들어서 기뻤던 건 진짜야.

하지만 동료를 구하지 못한 나를 대단하다고 하면…… 저기, 여러모로 생각나는 게 있어서. 아무리 대단하다는 소리를 들어도, 또 구하지 못하는 게 아닐까 해서…… 그게 다야."

요노즈카역 유적에서 있었던 일은 카츠야의 마음이 큰 상처를 남겼다. 그것은 단순히 동료를 구하지 못한 것이 아니라, 스스로 동료를 버렸다고 생각했기 때문이다.

게다가 그 뒤에 눈에 보이기 시작한 죽은 동료들의 모습에서는 너는 동료를 구할 수 없다고, 그러니까 혼자 다니는 게 제격이라고 말하는 듯한 의지를 느꼈다.

하지만 지금 와서 헌터를 그만둬도, 앞으로 혼자 활동한다고 해도, 그것은 다른 동료들을 버리는 것이나 마찬가지다. 나는 그럴 수 없다. 그런 생각과 자신을 비난하는 것처럼 응시하는 죽은 동료들의 모습이 카츠야를 몰아세우고 있었다.

◆

셰릴은 겉으로는 카츠야의 고뇌에 공감하는 표정을 지으면서, 속으로는 카츠야의 이야기를 해석하고, 요약하고, 대응을 생각하고 있었다. 그리고 마음속으로 슬쩍 황당해했다.

(아하. 즉, 기본적으로 자기가 노력하면 뭐든지 잘된다고 생각했고, 그런데도 안 되는 일이 계속되는 바람에 풀이 죽은 거구나. 자신감이 너무 넘치네.)

재능도, 성과도, 그렇게 강한 자신감이 생길 정도로 진짜배기

일 것이다. 하지만 그것이 너무 쌓이는 바람에 그 성과를 무의
식중에 당연한 것처럼 여기게 된 시점에서, 과도하게 강해진 자
신감이 본인에게 해를 끼치기 시작했다. 셰릴은 그렇게 추측했
다.

(동료들이 따른다는 것도, 그런 이유인 거겠지. 따르는 수준
을 넘어서서 이미 의존하는 거겠지만.)

위험한 헌터 활동, 거듭되는 궁지 속에서 자신과 동료를 고무
시키기 위해 큰소리치고, 천부적인 재능으로 그것을 실현했다.

사람들을 돕고, 사람들이 기뻐하고, 사람들을 구하고, 사람들
이 의지하고, 사람들에게 부응하고, 사람들이 원한다. 공포를
잊기 위해서, 희망을 찾기 위해서, 사람들은 바란다. 이 사람만
있으면 괜찮다고.

(이것도 재능이 넘쳐나는 바람에 생긴 고뇌일까?)

자신감과 책임감이 너무 강하고, 그것에 부응할 수 있는 재능
도 있다. 결과를 내놓고, 기대받고, 더 많은 사람이 더 큰 성과
를 요구한다.

그리고 마침내 요구가 재능을 추월하고 말았다. 본인의 실력
으로는 다 구하지 못할 정도로, 원하는 사람들이 늘어나고 말았
다. 셰릴은 그렇게 추측했다.

(동료의 죽음을 진심으로 슬퍼하는 거겠지만, 그보다도 구하
지 못했다는 사실을 너무 후회하는 거야. 하지만 그건 자기라면
구할 수 있다고 믿었다는 뜻이잖아.)

죽을힘을 다하고, 최선을 다하고도 실패했다는 뜻이 아니다.

원래라면 구할 수 있는 사람을 아주 작은 실수로 죽게 했다. 그렇게 생각하니까 본인의 책임감도 맞물려 후회도 크다. 셰릴은 그렇게 생각했다.

그리고 가볍게 생각에 잠겨 대응 방법을 정했다. 진지한 얼굴로 카츠야를 보고서 조금 강한 어조로 말한다.

"카츠야 씨. 지금부터 제가 카츠야 씨의 이야기를 듣고 생각한 바를 말하겠어요. 엉뚱하고, 어긋난 소리를 할지도 몰라요. 그때는 한 귀로 흘리거나 코웃음을 쳐 주세요."

카츠야가 힘없이 숙였던 고개를 든다. 자신을 가만히 응시하는 셰릴에게 조금 위축되지만, 이야기에 귀를 기울일 태도를 보였다.

그대로 진지한 얼굴로 서로를 바라본다. 그리고 계속되는 침묵에 카츠야가 희미하게 긴장을 느꼈을 때, 셰릴은 표정을 풀고 미소를 짓더니 머리를 꾸벅 숙였다.

"도시를 지켜주셔서 고맙습니다. 카츠야 씨와 동료 여러분에게, 그리고 도시를 지키기 위해서 싸우다가 돌아가신 분들께, 대단히 감사드려요. 정말 감사합니다."

카츠야는 갑자기 고맙다는 소리를 들어서 정신이 멍해졌다. 고개를 든 셰릴이 카츠야를 똑바로 보면서 말을 잇는다.

"그 몬스터 무리를 물리치지 않았더라면, 도시는 큰 피해를 봤을 거예요. 개중에는 많은 보수를 위해서, 단순히 헌터 활동의 일부로, 경제적인 궁핍함 때문에 어쩔 수 없이, 도시를 지키기 위해서가 아닌 다른 이유로 싸우신 분도 있겠죠."

자기 자신을 위해서 싸운 거니까 고맙게 여길 필요는 없다. 그 말을 미연에 방지하는 의미를 담고서, 셰릴이 다시 머리를 숙인다.

"그래도 죽음의 위험을 무릅쓰고, 실제로 목숨을 잃을 때까지 싸워 주셨다는 점에는 변함이 없어요. 대단히 감사합니다."

카츠야는 자신이 심하게 동요한 것을 깨달았다. 그러나 그 이유는 몰랐다.

"헌터 활동을 계속하는 한, 죽음의 위험은 항상 따라다니겠죠. 그것을 포함해서 다 본인의 책임이라고 한다면 더 할 말이 없을 거예요. 헌터라면 그만한 각오가 필요할지도 모릅니다."

그렇게 전제를 말하고, 부정한다.

"그러나 모두가 그렇게 각오하고 헌터 활동을 한다고는 생각할 수 없어요. 어쩔 수 없는 사정이 있어서 헌터가 되고, 실력과 각오가 부족한 채로 세상을 떠나는 분도 있겠죠."

상황에 공감을 드러낸 다음, 계속 말한다.

"그리고 실력과 각오가 다 있는 분이어도, 불행하게 죽을 수 있어요. 그 불행에는 카츠야 씨의 도움이 미처 닿지 않은 것도 포함될 거예요."

카츠야는 자신의 마음이 조금 가벼워진 것을 깨달았다. 그러나 그 이유는 몰랐다.

"세상을 떠난 동료를, 카츠야 씨가 어떻게 생각하는지는 저도 잘 몰라요. 하지만 함께 목숨을 걸고 싸운 분들을 자랑스럽게 여긴다면, 그분들을 끝까지 기억해 주세요."

셰릴은 그때까지 경의를 담아 웃으면서 이야기하고 있었다. 하지만 그때 다시 표정이 진지하게 바뀐다.

"하지만 만약, 그렇지 않고, 그분들의 죽음이 카츠야 씨의 족쇄가 된다면, 지금 당장 전부 잊어 주세요."

죽은 동료를 잊어라. 그런 소리를 들었다고 여긴 카츠야가 무심코 분노를 드러낸다.

"죽은 사람은 얼른 잊으라고 말하려는 거야?"

그 분노가 실린 위압은 죽은 동료를 모욕했다고 여긴 탓에 과도하게 강해졌다. 평소의 카츠야라면 절대로 하지 않을 짓이다.

하지만 셰릴은 움츠러들지 않았다. 오히려 카츠야에게 진지하고 강한 눈빛을 보여서 움츠러들게 하더니, 분노를 진정시켜 침착함을 되찾게 했다.

그리고 진지한 투로 타이르듯이 말한다.

"세상을 떠난 분을 자랑스럽게 여긴다면 괜찮아요. 그건 카츠야 씨에게 도움이 될 거예요. 곤란한 상황에서도 앞으로 발을 내디딜 힘이 될 거예요. 절망적인 상황에 맞설 의지를 북돋아 줄 거예요."

그리고 진지한 표정에 슬픔을 드러냈다.

"하지만 그분들을 구하지 못했다는 한탄과 후회가 카츠야 씨의 족쇄가 된다면, 그건 카츠야 씨를 죽일 거예요. 잊어 주세요."

그 표정으로 상대를 응시하고, 강하게 호소한다.

"나아가야 할 때 발목을 잡아서 카츠야 씨를 죽일 거예요. 물러나야 할 때 다리를 옭아매서 카츠야 씨를 죽일 거예요. 그러니까 잊어 주세요. 제게 마음껏 호통치고, 생각나는 모든 욕설을 퍼부어서, 그렇게 해서, 잊어 주세요."

카츠야는 묵묵히 이야기를 듣고 있었다. 동료를 잃은 슬픔은 지금도 마음에 남아 있다. 다만 그 슬픔이 낳는 것은 카츠야를 향한 비난이 아니었다.

셰릴은 그때 조금 표정을 풀었다.

"죽은 사람을 위해서 살지 말라고는 하지 않겠어요, 하지만 살아있는 사람을 위해서도 살아 주세요. 아까부터 두 분 모두 걱정하는걸요?"

그렇게 말하고, 셰릴은 카츠야의 등 뒤를 손으로 가리켰다. 뒤돌아본 카츠야가 놀란 기색을 드러낸다. 그곳에는 유미나와 아이리가 서 있었다.

"아, 그게 있지. 사실은 아까부터 있었는데 말을 걸 기회가 없었거든."

유미나는 그렇게 말하고 얼버무리듯 어색하게 웃었다. 아이리는 평소 표정으로 고개를 힘껏 끄덕였다.

카츠야는 그런 두 사람을 정말 오랜만에 본 기분이 들었다. 그리고 그제야 자신이 그만큼 후회와 자기혐오 속에 틀어박혀 두 사람을 걱정시켰다는 사실을 깨달았다.

시야 한쪽에서 죽은 동료들이 보인다. 하지만 카츠야는 더 이상 두려워하지 않았다.

◆

구할 수 없었으니까, 당연히 끔찍하게 원망할 것이다. 그런 착각이 죽은 동료들의 얼굴을 원망스러운 분위기로 바꿨다.

구하지 못했다는 후회가 무의식중에 비난받기를 원했고, 죽은 동료들의 허상을 보여서 자신이 원하는 대로 비난하게 했다.

더는 동료를 잃기 싫다는 마음이 동료를 더 만들지 않게 하려고, 자신을 고립시키려고 했다.

시야에 비친 동료들의 환상은 전부 자신의 착각과 희망을 반영한 것이다. 자신의 약한 마음이 죽은 동료들을 악령으로 둔갑시켰다.

카츠야는 그렇게 확인하고, 인식을 바꿨다.

죽은 동료들이 카츠야가 죽기를 바랄 리가 없다. 바라더라도, 살아있는 동료들을 두고 그쪽으로 갈 수 없다. 미안해. 미안하다.

그렇게 생각하니 시야에 비친 동료들이 웃고 있었다. 그러면 된다고 고개를 끄덕이고, 천천히 사라졌다.

카츠야가 후련해진 듯이 웃는다. 그것은 유미나와 아이리가 넋을 잃을 정도로 오랜만에 보여주는 웃음이었다. 그리고 카츠야는 다시 셰릴에게 단호히 선언한다.

"잊지 않아. 언제까지고 기억하겠어."

그 자리에는 슬픔과 후회를 받아들이고 웃으며 앞을 보는 자가 있었다.

기운을 되찾고 웃는 표정을 짓는 카츠야에게, 셰릴도 웃으면서 대답한다.

"자상하시군요. 솔직히 말하자면, 외부인이 아는 척 아무렇게나 말하지 말라고 호통을 칠 줄 알았어요."

"어? 그렇다면…… 왜 그런 소리를 했는데?"

"카츠야 씨가 한 번쯤 실컷 화내서 속에 끌어안은 것을 발산하면 많이 편해질 것 같았으니까요. 괜히 걱정했네요."

셰릴은 웃으며 아무렇지도 않게 대답했다.

카츠야는 큰 충격을 받았다. 동료를 잃은 뒤로 쭉 끌어안았던 고통을 해소해 준 소녀는 일반인을 손쉽게 해치는 헌터를 화나게 해서라도 카츠야를 걱정하고, 괴로움을 걷어내는 것을 우선해 주었다. 그 사실에 적잖은 감동마저 느꼈다.

그 감정에 따라서 무심코 셰릴을 응시하자, 셰릴도 미소를 지어서 바라봐 주었다. 그래서 조금 머쓱해진 카츠야는 얼버무리듯 웃었다.

◆

새하얀 세계에서 소녀가 언짢은 듯 표정을 일그러뜨린다.

실재하는 것이라도 그것을 보는 자의 인식에 따라 정보가 보완되어 다르게 보일 때가 있다.

실재하지 않는다면 더더욱 그렇다. 그게 맞다고 인식하면 그렇게 보이는 것이다.

"쓸데없는 짓을 하다니."

인식은, 덧씌워졌다.

제90화 계시

카츠야가 셰릴과 이야기한 덕분에 기운을 차린 다음, 그 테이블에는 미즈하 대신 유미나와 아이리가 자리에 앉아 있었다.

파티가 시작하는 시간, 정확하게는 카츠야를 소개할 때까지 아직 시간이 남았으니까 그때까지 다 같이 즐겁게 이야기하라고 미즈하가 권했기 때문이다.

평소보다도 패기가 넘치고, 밝고 활기찬 카츠야. 기품마저 느껴지는 미소를 짓는 셰릴. 감정의 기복이 적어서 평소와 표정이 똑같은 아이리. 그런 세 사람과 비교해서 유미나는 조금 차분하지 못한 기색을 드러내고 있었다.

그런 유미나를, 카츠야가 이상하게 여긴다.

"유미나. 왜 그래?"

"어? 아무것도 아니야."

유미나는 슬쩍 웃어서 태연한 척한 다음, 셰릴에게 머리를 숙였다.

"카츠야의 고민을 들어줘서 고마워. 다행이야."

유미나도 카츠야가 고민하는 원인을 알고 있었다. 그러나 그렇다고 해서 신경 쓰지 말라거나 잊으라고 말하지는 못했다. 말을 잘 골라서 전하지 않으면 더 나빠질 것을 알았기 때문이다.

그리고 카츠야가 쉽사리 마음을 바꿔서 죽은 동료를 잊는 것이 최선일지라도, 언젠가 자신이 죽었을 때도 똑같이 잊을 것 같아서 주저했다.

죽어서도 짐이 되기는 싫다. 하지만 그런 사람도 있었다는 수준으로 카츠야에게 잊히는 것은 싫었다.

아이리도 덩달아 셰릴에게 머리를 숙인다.

"고마워."

아이리도 카츠야의 고민을 어느 정도 예상했지만, 익숙함의 문제라고 생각해서 아무 말도 하지 않았다.

아이리는 카츠야와 유미나처럼 동료의 죽음을 슬퍼하지 않는다. 인간은 죽을 때 죽는다. 그것은 당연한 일이다. 설령 어제 함께 웃었던 상대라도, 결국에는 익숙해진다. 그것을 당연시하는 감각으로 살았기 때문이다.

그렇게 생각하면서도 자신이 죽으면 카츠야가 슬퍼하길 바라는 마음이 있었다. 자신이 죽었을 때 '요새 안 보이던데, 죽었어?'라고 가볍게 취급하는 것이 싫었다.

동료의 죽음 때문에 초췌해진 카츠야의 모습은, 다른 의미에서 보면 자신이 죽었을 때도 그랬으면 좋겠다는 아이리의 소망이기도 했다. 그래서 카츠야에게 동료의 죽음에 익숙해지라고 말할 수 없었다.

셰릴과 이야기하고, 카츠야는 동료의 죽음을 받아들이는 강인함을 손에 넣었다. 유미나와 아이리는 카츠야가 기운을 되찾은 사실에 진심으로 기뻐하면서, 이러면 자신들이 죽어도 잊힐

일이 없다며 무의식중에 적잖이 안도하고 있었다.

"천만에요. 도움이 되었다면 다행이에요."

그렇게 말하고 우아하게 미소를 짓는 셰릴을 보면서, 유미나는 복잡한 감정이 들었다.

카츠야의 고민을 해결해 준 것은 고맙다. 그 카츠야가 셰릴에게 강한 호감을 드러내는 것도 이해할 수 있다.

그러나 카츠야와 오래 알고 지낸 자신이 할 수 없었던 일을, 고작 두 번밖에 만난 적이 없는 소녀가 가뿐하게 해냈다고 생각하니 자신과 카츠야가 보낸 세월은 대체 뭐였는지 질투가 섞이는 자기 자신이 얄밉다.

(아, 안 돼. 이런 생각은 좋지 않아. 카츠야가 기운을 차렸잖아. 그러면 잘된 거야.)

적어도 셰릴은 카츠야를 연애 대상으로 보지 않을 것이다. 그러니까 괜찮을 것이다. 유미나는 그렇게 자기 자신을 굳게 타일렀다.

네 사람이 있는 테이블에 주문한 것들이 나왔다.

카츠야는 앞으로 파티에 나갈 예정이지만, 식사를 목적으로 한 모임이 아니므로 출출해지지 않을 정도의 요리를 시켰다. 유미나와 아이리는 파티에 참석하지 않으므로 망설이지 않고 주문했다. 대금은 미즈하가 조직의 경비로 처리한다.

그리고 셰릴의 앞에는 작은 커피 컵만이 놓였다. 돈은 자기가 부담한다. 미즈하가 같이 내겠다고 했지만, 거절했다.

카츠야가 조금 의아한 표정을 지었다.

"셰릴은 정말로 그걸로 괜찮아? 커피만 시켜도?"

"네. 걱정하지 마세요."

셰릴은 웃으며 대답하지만, 속내를 말하자면 상대가 돈을 쓰게 해서 비싼 요리를 마음껏 즐기고 싶었다.

하지만 지금은 상류층 아가씨를 연기하고 있다. 진짜가 고를 법한 요리도, 상류 계급이 식사 예절도 모르는 상태에서 허투루 행동했다가 사실은 슬럼의 주민이라고 들킬 수는 없다. 참을 수밖에 없었다.

돈을 대신 내겠다고 한 미즈하의 제안을 받아들인 시점에서 행실을 의심받을 우려도 있었다. 그래서 자기 돈을 쓰기로 했다.

그러나 아무것도 안 주문하면 이상하다. 어색하더라도 커피를 마시는 정도라면 아슬아슬하게 속일 수 있을 것이다. 그렇게 생각하고 결단한 것이다.

다른 세 사람 앞에는 요리가 깔렸다. 어쩔 수 없이 눈에 들어온다. 그것을 맛있겠다고 쳐다보는 행위는 유복하게 사는 사람에게 너무 부자연스럽다.

그러므로 요리에 눈길을 줘서는 안 되고, 섣불리 반응해서도 안 된다. 셰릴은 그렇게 자기 자신을 다그치고, 미소를 지으면서도 필사적으로 인내하고 있었다.

그것을 카츠야가 다른 뜻으로 해석했다.

"아, 이 가게는 가격도 적당하면서 제법 맛있는 곳이라고 생각하는데. 셰릴의 입맛에는 맞지 않을까?"

셰릴의 복장을 차분하게 관찰하면 흔한 기성품과는 명백하게 다른 품격이 느껴진다. 역시 방벽 안쪽의 주민이라서 이 정도의 가게에서 나오는 요리로는 만족할 수 없는 게 아닐까 싶었다.

한편, 예상을 벗어난 말을 들은 셰릴은 반응하지 않도록 주의하는 것이 한계였다.

(가격이 적당해?! 이 커피만 해도 1500오럼이나 하는데?! 금전 감각이 어떻게 된 거야?!)

역시 유능한 헌터는 수입이 다르다. 그러니까 아키라도 한 상자에 200만 오럼이나 되는 회복약을 태연하게 사는 것이라고, 셰릴은 납득하면서도 놀랐다.

그리고 그 속내를 감추면서 조금 수줍은 듯 고개를 살며시 가로저었다.

"아뇨. 그렇지는 않아요. 저기, 요리의 질에 불만이 있는 것이 아니고요. 제 체형 개선을 우선한 선택이어서……."

셰릴이 한 말의 내용을 이해하지 못한 카츠야는 신기하다는 듯이 고개를 갸우뚱했다.

"체형? 셰릴의?"

그때 유미나와 아이리가 질타한다.

"카츠야. 입 다물어."

"카츠야. 조금은 생각하고 말하는 게 좋아."

두 사람에게 비난이 시선이 쏟아지자 카츠야는 뒤늦게 사태를 파악했다. 허둥대면서 변명하듯이 입을 연다.

"아니, 나는 셰릴이 살찐 것처럼 보이지 않고, 게다가 조금은 통통한 편이 건강에도 좋을…….."

"카츠야. 됐으니까 입 다물어."

"카츠야. 정말로 더 생각하고 말하는 게 좋아."

더 강한 질타를 받아 형세가 불리함을 깨달은 카츠야는 더 나빠지는 것을 방지하고자 입을 다물었다.

유미나가 쓴웃음을 지으며 셰릴에게 사과한다.

"미안해. 너무 늦은 감이 있지만, 카츠야는 원래 이런 애야. 변명처럼 들리겠지만, 이래 보여도 악의가 있는 건 아니거든. 다만 조금 말실수를 잘한다고 할까……. 아니지, 역시 안 되겠어. 지난번 반성의 효과가 약해진 걸까?"

"미, 미안해. 셰릴도, 내가 잘못했어."

"신경 쓰지 마세요. 모처럼 생긴 기회니까요. 서로 편하게 이야기하죠."

어떻게든 다 얼버무렸다. 셰릴은 그렇게 생각하고 안도한 다음, 작은 커피 컵에 설탕과 밀크를 넣기 시작했다.

그것을 본 카츠야 일행의 표정이 조금 이상해진다. 그리고 서서히 곤혹스러운 기색이 강해진다.

몸집이 작은 셰릴의 손으로도 다 가려질 만큼 작은 커피 컵에는 용량의 70퍼센트 정도 수준까지 커피가 채워져 있었다. 그것에 설탕과 밀크가 계속해서 투입되면서 80퍼센트, 90퍼센트 수준으로 수면이 올라간다.

최종적으로는 사람에 따라서 커피를 모독하는 것처럼 느껴질

양의 설탕과 밀크가 투입되었다. 이미 커피라고 불러도 좋을지 의문인, 일단은 액체 상태인 물체를 셰릴이 입에 머금는다.

그리고 맛있다는 듯이 미소를 짓는다. 이런 상황만 아니라면 카츠야도 넋을 놓았을 정도의 미소다. 하지만 지금은 카츠야도 다른 충격 때문에 정신이 팔리지 않았다.

셰릴이 다른 세 사람의 시선을 알아챈다.

"저기…… 무슨 일 있나요?"

"아, 저기, 달지 않아?"

조심조심 묻는 유미나에게, 셰릴은 어리둥절한 기색으로 대답한다.

"단데요?"

"아니, 그런 뜻이 아니라…… 미안해. 아무것도 아니야."

너무 달지 않겠냐고, 그 물음에 대한 답을 듣기도 전에 유미나는 질문을 거뒀다.

카츠야가 조금 허둥대면서 비슷한 내용을 물어본다.

"저기, 셰릴은 단것을 좋아해?"

"네. 정말 좋아해요."

셰릴은 거짓 없이 웃으며 대답했다. 그것도 넋이 나갈 정도로 예쁘지만, 카츠야는 갑자기 입안에서 단맛이 나는 착각이 들어서 그럴 겨를이 없었다. 어떻게든 화제를 바꾸려는 듯이 이야기를 계속한다.

"그, 그래? 그렇구나. 내 동료 중에도 여자가 많은데, 역시 다들 단것을 좋아해. 헌터 활동 때는 몸을 움직일 일이 많고, 몸속에너지를 소비해서 상처나 체력의 회복 효율을 높여 주는 회복약도 있어. 그래서 칼로리를 걱정하지 않고 마음껏 먹을 수 있다며 엄청나게 많이 먹어대는 사람이 있는데…….”

자신들의 혀로 옮을 듯한 단맛을 잊기 위해서, 카츠야 일행은 전부 못 본 것으로 치고 셰릴의 손에 있는 커피 컵에서 눈을 돌렸다.

◆

다른 테이블에서 셰릴 일행의 상황을 살피던 카츠라기는 전전긍긍하고 있었다.

솜씨를 잘 구경한 수준이 아니다. 도란캄의 간부를 상대로 출신을 위장해 부유층인 것처럼 속여 넘겼을 뿐만 아니라 그 간부가 강력하게 지지하는 헌터의 신뢰를 따냈다.

구세계의 옷을 몇 벌이나 재료로 삼아 만든 옷의 효과도 있겠지만, 그것만으로는 저만큼 훌륭하게 속일 수 없을 것이다. 셰릴의 정체를 몰랐다면 자신도 속았을 것이라고, 카츠라기는 슬쩍 전율하기도 했다.

(그나저나 무섭군. 본심이 하나도 없이 저럴 수 있나? 조직의 보스로 일하는 모습을 모르면 저게 연기라고는 도저히 생각할 수 없다고.)

다리스와 에리오도 분위기를 살피면서 하나같이 비슷한 표정을 짓고 있었다. 자신도 분명 비슷한 표정이겠지. 그렇게 생각하고 쓴웃음에 가깝게 딱딱해진 얼굴을 영업용 얼굴로 되돌리려 했다. 그러자 유미나와 아이리에게 자리를 양보한 미즈하가 말을 건다.

"자리, 괜찮을까요?"

"네! 앉으시죠!"

카츠라기는 일어나서 미즈하에게 자리를 권했다. 그리고 다리스에게 눈짓해 쓸데없는 소리를 하지 말라고, 에리오도 말하지 않게 하라고 지시했다. 다리스는 쓴웃음을 지으면서 슬그머니 고개를 끄덕였다.

맞은편에 앉은 미즈하에게, 카츠라기가 의도적으로 굽신거리는 표정을 짓는다.

"처음 뵙겠습니다. 저는 카츠라기라고 합니다. 셰릴 양과 교우가 있는 분이시죠? 모쪼록 잘 부탁드립니다. 그 뭐냐, 셰릴 양과의 관계를 여쭤도 되겠습니까? 아뇨, 다른 뜻은 없습니다. 이것도 뭔가 인연이 아닐까 싶어서……."

원래라면 만날 수도 없는 중요 인사와 마주친 인연을 어떻게든 살리려고 필사적인 영세 상인. 미즈하는 카츠라기의 태도를 보고 그렇게 판단했다. 그 정도의 인물이 들러붙으면 성가시다며, 말을 잘 고른다.

"네. 뭐, 그렇죠. 아, 소개가 늦었군요. 저는 미즈하라고 해요. 도란캄에서는 주로 사무 처리를 담당하고 있습니다."

미즈하는 셰릴과 가까운 사이임을 부정하지 않고, 그러면서도 명확하게 긍정하지 않는 자기소개로 이야기를 흘려넘겼다.

카츠라기가 거창하게 반응한다.

"도란캄의! 저기, 사무 처리라면, 장비류 조달도 맡으십니까? 사실은 제가 그쪽 물건도 마련할 수도 있어서 말인데……."

"저기, 이런 말씀을 드리긴 죄송하지만, 이 자리에서 이야기하기는 조금……. 게다가 그쪽에서 배려해 주셨다고는 하지만, 셰릴 양과 사업 이야기를 하는 중에 끼어든 몸으로서 그런 이야기를 했다간 셰릴 양에게 결례가 되니까요……."

"그, 그렇군요. 제가 실수했습니다."

카츠라기와 미즈하가 살갑게 웃으면서 서로를 떠보고, 허세를 늘어놓는다.

"그나저나 카츠라기 씨. 셰릴 양과는 뭘 이야기하셨죠? 실례지만 저 아가씨가 헌터용 장비 조달에 관여하는 것이 조금 의외여서요. 게다가 사업 이야기를 할 장소로는 적합하지 않고요."

정말로 사업 이야기인지, 혹시 사기는 아닌지. 미즈하는 그런 의심이 들었다. 그것은 이미 셰릴이 그러한 사기의 대상이 될 정도로 유복한 자라고 여기는 증거이기도 했다.

카츠라기가 일부러 허둥대는 태도를 보인다.

"아, 그게 말입니다. 아니, 뭐, 유물 매매를 포함한 거래에 관해서 조금. 그 일로 여기까지 모신 겁니다. 여기라면 저희 같은 사람도 아슬아슬하게 발을 들일 수 있으니까 말이지요."

카츠라기는 얼버무리듯 대답하고 은연중에 셰릴이 방벽 안쪽의 사람임을 시사했다.

미즈하는 그 점에 의문을 느끼지 않았다. 잘못된 인식이 심어진 채로 다른 부분을 의심한다.

"유물 거래 말인가요. 예를 들면 어떤 거죠?"

"그게 말입니다. 여러 가지가 있지만, 예를 하나 들자면……, 어디 보자. 셰릴 양의 옷을 보시죠."

미즈하가 카츠라기의 말에 따라 셰릴의 옷을 관찰한다. 고급스러운 느낌이 넘쳐나므로 틀림없이 값비싼 의상일 테지만, 구세계의 옷으로 보기는 어렵다. 무슨 관계가 있는지 조금 미심쩍을 표정을 짓는다.

"좋은 옷이군요. 그게 무슨 관계가 있죠?"

그때 카츠라기는 노골적으로 놀라는 표정을 지었다.

"그걸로 끝……입니까?"

"그걸로 끝이라뇨?"

미심쩍은 얼굴로 되묻는 미즈하에게, 카츠라기가 미심쩍은 표정을 짓는다.

"저 옷은 구세계의 의류를 여러 벌 써서 지은 옷입니다. 수선비로만 150만 오럼을 썼다고 하더군요. 재료의 값을 합치면 대체 얼마나 될지. 저는 예상도 하기 어렵군요."

미즈하가 황급히 셰릴의 옷을 다시 확인한다. 그 설명을 듣고 다시 보자 정말로 그만한 물건임을 파악할 수 있었다. 실수했다고 속으로 생각하면서 만회하려고 든다.

"그랬다간 유물의 가치가 사라지지 않나요……?"

"그렇죠. 당연히 사라집니다. 셰릴 양은 그것을 알고도 실행할 수 있는 분인 셈입니다. 셰릴 양과 교우가 있다고 하시지 않았던가요……?"

정말로 셰릴과 친분이 있다면 그 정도를 모를 리가 없다. 은근 슬쩍 의심을 드러내는 카츠라기에게, 미즈하는 지금 와서 친하지 않다고 대답할 수 없어서 그대로 받아친다.

"그래요. 하지만 매각 목적인 유물을 저렇게 다뤄도 되는지 싶어서요. 저기, 유물 매각에 관해서 상의한 게 맞으시죠?"

"네? 아, 그런 말씀입니까. 물론, 저도 그건 좀 아니라고 대답했습니다. 세상에는 그렇게 돈을 쓸 수 있는 손님만 있는 게 아니니까요. 당연하죠."

"그렇죠."

"네."

반박하는 데 성공했다고, 완벽하게 속였다고, 서로 안도하면서 허세를 차곡차곡 쌓는다. 그동안 셰릴의 신분은 한없이 올라갔다.

◆

셰릴 일행은 즐겁게 잡담하고 있었지만, 슬슬 파티 시간이 찾아왔다.

슬슬 일어나자고 말한 미즈하가 카츠야로부터 매우 친근한 시선을 받는 셰릴을 보고 한 가지 꾀를 냈다.

"셰릴 양. 괜찮다면 지금부터 있을 파티에 오겠어요? 모처럼 친분도 생겼으니까, 카츠야도 기뻐할 거예요."

셰릴과 함께라면 카츠야도 더욱 의욕이 생기겠지. 그렇게 생각한 미즈하의 예상대로, 카츠야도 몸을 슬쩍 내밀 정도로 기대하는 반응을 보였다.

그러나 셰릴은 고개를 가로젓는다.

"죄송해요. 말씀은 감사하지만, 상담 중이니까 사양할게요."

"그렇군요. 아쉽네요."

카츠야는 노골적으로 시무룩해졌다. 그 모습을 본 셰릴이 쓴웃음을 짓는다.

"카츠야 씨. 이미 양손에 꽃인 상태니까 더 욕심을 부리는 건 추천하지 않아요. 파티에서 새로운 꽃을 챙기는 것도 참는 게 좋을 거예요. 그걸 개성으로 어필할 거라면 말리지 않지만요."

카츠야가 허둥댄다.

"그런 짓은 안 한대도! 애초에 유미나와 아이리는 파티에 참석하지 않…… 어라? 참석하던가?"

미즈하에게 유미나와 아이리는 참석하지 않는다는 통보를 받았는데, 그렇다면 왜 여기 있는지 카츠야가 그제야 이상하게 여긴다.

유미나는 누가 봐도 기운이 없는 카츠야를 미즈하가 억지로 데려갔다는 소식을 듣고 걱정이 된 나머지 아이리와 함께 찾으러 왔을 뿐이다.

또한 카츠야가 여기 있는 줄은 몰랐지만, 아이리를 따라서 여기까지 왔다. 아이리라면 당연히 알겠지 싶어서 유미나는 그 사실에 의문을 느끼지 않았다.

미즈하도 유미나와 아이리가 여기를 찾아온 것이 모종의 방법으로 자신들이 있는 곳을 알아낸 것으로 판단해서 신경 쓰지 않았다.

실제로는 아이리도 몰랐다. 카츠야의 위치를 대충 짐작해서 여기에 왔을 뿐이다. 어째서 알 수 있었는지는 아이리 자신이 신경을 쓰지 않고 아무도 물어보지 않아서 대충 넘어갔다.

그리고 미즈하가 대화에 끼어든다.

"카츠야는 그 강화복 차림으로 괜찮지만, 두 사람은 옷을 갈아입는 게 좋아."

사실은 유미나와 아이리를 파티에 참석하게 할 마음이 없었다. 슬럼 출신인 아이리를 참석시키면 후원자들이 좋아하지 않을 것으로 판단했기 때문이다. 유미나와 아이리는 굳이 말하지 않아도 알기 때문에 자기 분수를 생각해서 말하지 않았다.

하지만 미즈하는 스스로 알아차리지 못하는 카츠야에게 진짜 사정을 말하면 틀림없이 기분이 상할 것으로 여겨서 부대의 대표라는 명목으로 카츠야만 데려가겠다고 전했다.

그러나 미즈하는 여기서 그 판단을 바꿨다. 셰릴이 있는 데서 슬럼 출신을 차별하는 것처럼 행동하면 좋지 않다고 생각한 것이다.

도시 방위전에 대해 고마워한 태도로 봐서, 셰릴에게는 슬럼 출신을 멸시하는 가치관이 없다. 더군다나 그 이유로 아이리의 참석을 막았다는 사실을 알면 화낼 우려가 있다.

따라서 셰릴의 심기를 불편하게 하는 것은 위험하다. 도시 부유층에 어떤 영향력을 가진 사람인지 잘 모르기 때문이다. 거기에 카츠야가 동조하면 더더욱 큰일이다.

그렇다면 유미나와 아이리를 참석하게 해서 카츠야를 칭찬하는 것이 더 낫다. 미즈하는 한순간에 그 정도로 판단했다.

그리고 유미나와 아이리가 괜한 소리를 하기 전에 이 자리에서 물리기로 했다. 두 사람의 등을 떠밀면서 카츠야에게 넌지시 전한다.

"카츠야. 우리는 파티용 옷으로 갈아입고 나서 먼저 갈게. 시간은 아직 더 있지만, 지각하지 말렴."

"아, 알겠습니다."

카츠야는 조금 이상하게 여겼지만, 특별히 더 생각하는 일 없이 그대로 세 사람을 배웅했다.

셰릴이 남은 카츠야를 보고 생각한다.

(어? 이럴 때는 같이 가야지?)

그토록 카츠야를 좋아하는 유미나와 아이리에게 그 태도는 조금 아니라고, 셰릴은 카츠야의 평가는 조금 낮추면서 문득 아키라는 어떻게 했을지 상상한다.

그리고 즉각 그 상상을 중단했다. 아키라가 자신에게 똑같은 태도를 보였을 때, 단순히 눈치가 없는 성격인지, 셰릴을 대수롭지 않게 여기는지, 그러한 양자택일은 하기 싫었다.

그것은 굳이 따지자면 후자라고, 셰릴 자신도 잘 안다는 증거였다.

셰릴이 자신의 쓸데없는 생각에 조금 언짢아졌을 때, 조금 망설이는 듯한 기색을 보이던 카츠야가 진지하게 물어본다.

"나도 슬슬 가야 하는데, 그 전에 하나 물어봐도 될까?"

"뭘요?"

카츠야는 잠시 주저했다. 하지만 다시 힘내서 입을 연다.

"사실은 얼마 전부터 헌터 활동 중에 컨디션이 오락가락해. 그래서 말인데. 이상한 뜻으로 이해하지 않았으면 좋겠지만. 뭐라고 할까, 꼭 그렇다는 건 아니고. 훈련이든 실전이든 나 혼자 움직일 때가 훨씬 좋아. 왜 그럴까?"

그걸 왜 나한테 묻냐고. 그런 감정을 얼굴에 드러내지 않도록 조심하면서, 셰릴이 생각에 잠기는 척한다.

"기분 탓이거나, 너무 심각하게 생각한 탓 아닐까요?"

"아니야. 내가 생각해도 확실할 정도로 상태가 달라져."

"하지만 카츠야 씨가 혼자 있을 때 반드시 좋아지는 것도, 누군가와 함께 있을 때 반드시 나빠지는 건 아니죠?"

"그렇긴 한데…… 달라. 절대로 기분 탓이 아니야."

카츠야는 진지하게 단언했다.

셰릴은 속으로 귀찮아하면서도, 뭔가 말을 잘 끼워 맞추지 않으면 카츠야가 납득하지 않는다고 판단했다. 그래서 뭐가 없을까 적당히 생각해 본다.

"엉성한 추측이라도 괜찮을까요? 그리고 이걸 들으면 카츠야 씨가 화낼지도 몰라요."

"괜찮아. 그리고 절대로 화내지 않겠어. 약속할게."

카츠야는 진지하게 성의를 드러내고 대답했다.

셰릴이 해결해 준 고민만큼 심각하지는 않지만, 이쪽 고민도 몹시 신경이 쓰이는 데다가 해결의 실마리조차 보이지 않는 상태라서 난처했다.

나아가 동료들과 상의할 수 없는 내용인 점도 똑같다. 유미나에게, 아이리에게, 같이 있으면 내 컨디션이 나빠진다고 말할 수는 없다.

잠들면 악몽에 신음하고, 잠에서 깨면 환각에 시달리는 고민을 즉석에서 해결해 준 셰릴에게, 카츠야는 일종의 신앙심 같은 것을 안고 있었다.

그런 셰릴이라면 이쪽 고민도 해결해 주지 않을까 하고 기대했다. 기도하고, 소망할 정도로.

그리고 셰릴이 계시를 내린다.

"아마도, 카츠야 씨가 동료를 지키려고 해서 그런 거예요."

"…………어?"

하지만 그 계시의 내용은 너무나도 예상을 벗어나, 카츠야는 화내기 전에 정신이 멍해지고 말았다.

그 와중에 셰릴의 설명이 더해진다.

카츠야의 실력이 10이라면, 혼자서 행동할 때는 자기 자신을 위해 10을 전부 쓸 수 있다.

그러나 동료와 함께 행동할 경우, 카츠야는 동료를 지키기 위해서 10 중에서 7이나 8을, 심하면 9를 쓰고, 나머지를 자기 자신을 위해서 쓴다.

그리고 카츠야는 팀 행동이 기본이므로, 동료를 아끼는 탓에 실력을 제대로 내지 못하는 상태가 기준점이 되고 만다.

나아가 카츠야는 동료와 서로 돕는다고 생각하지만, 실제로는 서로 돕기는커녕 나머지 모두를 지키려고 한다. 그래서는 모든 실력을 발휘할 수 없다.

그래서 동료를 지킬 필요가 없이 혼자 있을 때는 그 부담이 없는 만큼 컨디션이 매우 좋은 것처럼 느껴진다.

동료를 지키지 못한 것을 그토록 후회할 정도다. 평소에도 동료를 지키려고 온 힘을 다할 것이다. 그야말로 무사한지 확인하는 것만으로 실력을 소진할 정도로.

혼자서 컨디션이 나쁠 때는, 다른 장소에 있는 동료의 안전이 걱정되어서 견딜 수 없으니까. 동료들과 함께 있어도 컨디션이 좋을 때는, 뭔가 이유가 있어서 지킬 필요가 없다고 무의식중에 판단했거나, 동료를 지킨다고 생각할 겨를도 없는 상황이니까.

셰릴은 다 말하고 잠시 카츠야의 반응을 살폈다. 화내는 기색은 없었다.

카츠야는 반쯤 경악한 상태였다. 동료를 지키려고 한 탓에 약해져서 동료를 지키지 못하게 되다니, 주객전도여서 순순히 받아들이기 어려운 부분이기도 했다.

그러나 셰릴이 한 말에 그럴지도 모른다고 한번 생각해 버리면 의심할 여지가 사라진다. 나아가 부분적으로 앞뒤가 맞는 구석도, 마음에 짚이는 구석도 있다.

예전에 요노즈카역 유적 지상부에서 지면이 함몰되는 사태에 휘말렸을 때는 유미나와 아이리도 있었지만, 진짜로 온 힘을 다할 수 있었다. 내가 지키겠다고 말할 상황이 아니었다.

그 뒤에 아키라와 함께 싸웠을 때는 모든 힘을 발휘했다. 어쩌다 보니 협력해서 싸우게 되었지만, 상대를 지킨다는 의식은 없었다.

설명의 앞뒤가 맞는다. 실제 사례도 있다. 그렇다면 이제는 그렇다고 생각할 수밖에 없었다.

그리고 셰릴이 더 말한다.

"현상수배급 토벌 부대의 대장으로 임명된 분께 이렇게 말하면 안 되겠지만, 아마도 카츠야 씨는 그런 대규모 부대의 대장이나 지휘관에는 맞지 않을 것 같아요."

만약 카츠야가 100명 규모 부대의 대장이 된다면, 각 부대원을 개별적으로 인식하고 모두를 확실하게 지키려고 할 것이다. 그리고 각 부대원의 상황을 항시 확인하는 것만으로 한계에 도달해 전체 지휘를 잡을 수 없게 된다.

나아가 한 명을 희생하면 나머지 99명이 사는 상황이라도, 카츠야는 그 한 명을 버릴 수 없을 것이다. 어쩔 도리가 없는 상황이라도 아주 작은 가능성을 믿고 다 같이 구하러 가서, 피해를 더 늘리고 말 것이다.

그런 설명을 들은 카츠야는 스스로 그 상황을 상상해 봤다. 그리고 똑같은 결과를 떠올리고 무심코 인상을 험악하게 썼다.

"어, 어쩌면 좋을까?"

그 답에 구원을 바라며, 카츠야는 다시 물어보았다.

그걸 왜 나한테 묻냐고 다시 생각하면서, 셰릴이 입을 연다.
"그러네요……. 예를 들자면……."
팀 행동의 인식을 바꾼다. 동료를 일방적으로 돕는 것이 아니라, 정말로 서로 돕는다. 무리라면 모두가 자기 자신이라고 생각한다. 카츠야라면 강하든 약하든 그 결과를 포함해서 최선을 다할 것이다.

부대 지휘에서는 그 내용보다도 부대원이 지시에 따라 움직이는지가 더 중요할 때도 있다. 확실한 작전이라도 부대원이 지시를 믿지 못해서 멋대로 움직이면 헛수고가 된다. 무난한 지휘라도 완벽하게 통솔된 부대로 수행하면 그 이상의 성과를 끌어낼 수도 있다.

대장으로서 모두에게 존경받는다면, 실패해도 내가 다 책임질 테니까 무조건 지시에 따라 움직이라고 말해 보는 것도 좋을 수 있다.

동료를 도저히 버릴 수 없다면, 대단한 헌터 수준이 아닌 더 위를 목표로 삼는다. 다른 99명을 구하기 위해 스스로 미끼가 되고, 그러면서도 자기가 살아남을 만큼 엄청나게 대단한 헌터가 된다.

"이 정도일까요……. 고작해야 초보의 의견이에요. 코웃음을 치고 그냥 무시해 주세요."
셰릴은 자기가 생각해도 황당무계한 소리를 했다고 생각하고 마지막으로 그렇게 빠져나갈 구석을 만든 다음에 웃었다.

그러나 카츠야의 반응은 신기할 정도로 좋았다. 납득한 것처럼 고개를 힘껏 끄덕인다.

"그렇구나……. 그러면 되는 거였어……."

그리고 환하게 웃었다.

"고마워. 덕분에 살았어."

"처, 천만에요."

셰릴은 스스로 생각해도 이상할 정도로 동요하는 것을 채 감추지 못했다.

곱상한 얼굴에 자신감이 넘치는 웃음을 띠고, 패기가 넘치는 태도로 고맙다고 말하는 카츠야에게서 이상할 정도로 존재감이 느껴졌다. 한차례 확인해 버리면 도저히 무시할 수 없는 무언가가 있었다.

(이게…… 뭐지……? 카츠야가, 원래 이랬던가?)

셰릴이 동일 인물인지 의심할 정도로, 카츠야는 달라졌다.

"고민을 들어줘서 고마워. 나는 이만 가 볼게."

카츠야는 다시 고마움을 표했다. 그리고 이어서 쑥스러운 기색으로 웃고 셰릴을 응시한다.

"마지막으로, 진짜 한 가지만 물어볼게. 저기…… 또 만날 수 있을까?"

셰릴은 형세를 회복하고자 놀리듯이 의미심장하게 웃었다.

"저를 유혹하는 건가요?"

"그, 그건 아니지만…… 저기, 기왕이면 또 만나서, 무슨 일이 있으면, 상의할 수 있으면 좋겠어."

"농담한 거예요. 인연이 있으면 또 봐요. 현상수배급 토벌, 힘내 주세요."

"그래. 잘 있어, 셰릴."

카츠야가 자리를 떠난다. 셰릴은 미소를 짓고 그 뒷모습을 배웅했지만, 카츠야의 모습이 완전히 사라지자마자 괴이쩍은 표정을 지었다.

"대체 뭐지……?"

그 의문에 대답하는 자는 없었다.

그 뒤에 열린 파티는 성공리에 끝났다. 패기가 넘치는 카츠야를 모두가 칭찬했다.

너무나도 달라진 카츠야의 모습을, 유미나만이 기뻐하면서도 이상하게 여겼다.

◆

거점으로 돌아온 셰릴은 자기 방에서 한숨을 쉬었다. 그때 에리오가 조금 복잡한 얼굴로 나타난다.

"에리오. 무슨 일이야?"

"아니, 조금 물어보고 싶은 게 있어서."

에리오는 자기 입으로 그렇게 말하면서도 주저하고, 망설이고, 한차례 입을 다물었다. 그 낌새를 셰릴이 이상하게 여긴다.

"뭔데? 난 피곤하니까, 물어보고 싶은 게 있으면 얼른 말해."

"아, 그게 말이지. 저기, 셰릴은 카츠야란 녀석과 이야기했을 때, 뭔가 많이 말했잖아? 그건…… 얼마나 진심으로 한 거야?"

"진심?"

셰릴은 에리오의 질문에 담긴 의도를 금방 이해하지 못해서 살짝 곤혹스러운 표정을 지었다.

"에리오, 미안한데 무슨 소리야?"

"아니, 그 뭐냐. 동료가 죽어서 힘들다고 하는 그 녀석한테, 잊으라고, 신경 쓰지 말라고, 그런 소리를 열심히 했잖아."

"아, 그거? 동료가 죽었다고 주절주절 떠드니까, 자꾸 징징대지 말고 조금은 긍정적으로 생각해 보는 게 어때? 라는 말을 조금 각색한 거 말이야?"

"조, 조금 각색한 거라니……."

놀라서 어쩔 줄 모르는 에리오에게, 셰릴이 조금 황당해하는 표정을 짓는다.

"잠깐, 에리오. 내가 그걸 진심으로 말했다고 생각한 거야? 정신 차려."

"아니, 그래도 말이야. 도시를 지켜줘서 고맙다고 했잖아. 게다가 몬스터 무리가 도시까지 오면 우리도 위험한 건 사실이잖아?"

"그 사람들이 지키는 도시에 슬럼이 포함될 것 같아? 그럴 리가 없잖아. 그때는 시간을 끄는 목적으로 방패로 삼거나 함께 날려버릴 거야. 고맙다고 할 요소가 어디 있는데?"

"그야 다른 헌터는 그럴지도 모르지만…… 그 녀석은, 슬럼도 같이 지키려고 하지 않았을까?"

셰릴은 그제야 에리오의 태도가 이상하다는 것을 느꼈다. 속을 떠 보기 위해서 가볍게 긍정한다.

"뭐, 그럴지도 몰라."

그러자 희미하게나마 셰릴을 비난하는 것처럼 보던 에리오의 태도가 확 변했다.

"그렇지? 동료를 못 구했다고 그토록 후회하는 녀석이야. 분명 우리도 지켜줄……."

이야기가 조금 비약하고, 아주 조금이지만 심취하고 열성적인 기색을 보이기 시작한 에리오의 분위기를 셰릴이 미심쩍게 여긴다. 그리고 미간에 주름을 잡고서 슬쩍 타이른다.

"에리오. 먼저 말해 두겠지만, 카츠야도 아키라처럼 우리의 뒷배가 되기를 바라는 거라면 절대로 안 되는 줄 알아."

강하게 단언하자 에리오는 정신이 든 것처럼 슬쩍 주춤거렸다.

"어? 아, 안 될까?"

"안 돼. 오히려 되는 요소가 어디 있는데."

"아니, 왜 있잖아. 셰릴과 엄청 친해 보였으니까, 열심히 부탁하면 어떻게든……."

"그건 나를 부잣집 아가씨로 착각해서 그런 게 뻔하잖아? 도란캄의 헌터가 슬럼의 아이를 진지하게 상대할 것 같아?"

"보통은 그렇겠지만, 카츠야도 꼭 그렇다는 보장은……."

이상하게 물고 늘어지는 에리오의 태도를 보고, 셰릴은 마음속으로 우려를 강화했다. 상대의 반응을 확인하면서 안 되는 근거를 계속해서 말해 나간다.

"첫째로, 만약에 카츠야가 우리의 뒷배가 된다고 쳐도 어떻게 보답할 건데?"

"그건 아키라도 어떻게든 됐잖아……."

"그건 내가 아키라의 애인이라서 그렇잖아. 아니면 그것까지 포함해서 어떻게든 해 보라는 거야?"

셰릴은 무의식중에 싸늘한 노여움을 목소리에 드러내고 있었다.

"그, 그런 뜻이 아니라고."

그렇다고 대답한 시점에서 자신은 끝장난다. 그 정도는 에리오도 알았다. 어떻게든 하라는 뜻이 몸으로 농락한다거나, 양다리를 걸친다거나, 진짜로 갈아탄다거나, 그중 어느 하나라도 셰릴이 격노할 내용임은 확실하기 때문이다.

식은땀을 흘리는 에리오는 그것으로 가슴속에 있던 이상한 흥분이 식는 것을 느꼈다. 침착함을 되찾고, 자기가 생각해도 조금 이상한 소리를 했다며 슬며시 한숨을 쉰다.

"맞아……. 정말 안 되겠네. 미안해."

"알면 됐어. 그런데 왜 갑자기 그런 소리를 했어?"

"왜긴. 그냥 그렇게 되면 좋겠다고 생각했을 뿐인데."

"그래?"

고작 그 이유로 너무 물고 늘어졌다. 셰릴은 속으로 의심했지만, 지금의 에리오는 거짓이나 꿍꿍이가 느껴지지 않았다.

그것도 이상하다고 여기지만, 뭔가 이유가 있더라도 본인도 모르는 무언가일 것이다. 그러니 다그쳐도 소용없다고 판단했다. 그리고 일단은 말을 조금 덧붙인다.

"뭐, 만약에 카츠야를 우리 뒷배로 삼는다면, 에리오는 아리시아한테 차이겠지만."

당연한 듯이 딱 잘라 말하는 바람에 에리오가 무심코 슬쩍 기침했다.

"왜, 왜 그런데?"

"왜긴. 아리시아는 간부니까. 카츠야가 조직의 뒷배가 된다면 접촉할 기회도 많아질 거야. 뭔가 계기가 생겨서 반해도 이상하지 않겠지?"

"아, 아니지. 그 정도로⋯⋯."

"그때도 여자 둘을 데려왔으니까, 여자를 다루는 것도 익숙하겠지. 그리고 카츠야는 여자를 착각하게 하는 언동이 많다나봐."

"그, 그렇다고 해서⋯⋯."

"미남이고, 강하고, 재능이 있고, 돈도 잘 벌고 자상하고, 자신들의 뒷배로서 지켜주고, 잘하면 부양해 줄지도 모르는 사람. 그런 사람이 호의가 있는 것처럼 말하면, 가능성이 있다고 생각하면, 순식간에 진심으로 반하겠네."

그 광경을 상상한 에리오가 안색이 나빠진다. 셰릴은 그 반응을 진지하게 관찰하고 있었다.

"그래서? 에리오. 결국 뭘 이야기하고 싶었던 거야? 나는 피곤해. 대단한 이야기가 아니면 나중에 하면 좋겠는데."

"그, 그래. 미안해. 나중에 할게."

에리오는 왠지 힘없는 걸음걸이로 방을 나갔다.

혼자 남은 셰릴이 에리오의 말과 행동을 돌이켜 본다.

대충 추측해 보면, 에리오는 뭔가 착각해서, 혹은 생각이 짧아서, 카츠야를 조직의 후원자로 삼을 수 있지 않을까 생각했을 것이다.

그러나 아무리 생각해도 연기에 불과한 것을 진심이냐고 물어본다거나, 카츠야를 뒷배로 삼는 것은 불가능한데도 물고 늘어진다거나, 에리오의 평소 말과 행동과 동떨어지는 부분이 많아서 어색하기 짝이 없었다.

"정말로, 대체 뭘까……?"

그 뒤로도 한동안 생각해 봤지만, 잘 모르겠다는 결론만 나온다. 그래서 셰릴은 그 생각을 중단했다. 그것 말고도 생각해야 할 일은 많기 때문이다.

셰릴의 진심과 뒷배 이야기는 관련성이 없다. 그러나 관련이 있는 것처럼 생각한 셰릴은 그 사실을 깨닫지 못하고, 그 까닭에 카츠야에게 보인 연기가 무심코 진심인지 물어보고 싶을 정도로 두려움을 샀다는 사실을 눈치채지 못했다.

제91화 반 카츠야 파벌의 기대주

한밤중인지 이른 새벽인지 판단하기 어려운 시간대. 아키라는 차를 타고 황야를 달리고 있었다. 목적지는 시카라베 일행과의 합류 지점. 목적은 현상수배급 토벌이다.

자택 대기 중이던 아키라에게 시카라베가 연락한 것은 어제로, 해가 저문 뒤였다. 일찍 취침했는데도 수면 시간이 부족하다. 아키라는 희미한 졸음을 참으면서 운전하고 있었다.

조수석에 있는 알파가 아키라를 배려한다.

『아키라. 내가 운전할 테니까 이참에 잠시 눈을 붙여. 잠이 부족하면 작전에 차질이 생길 거야.』

"그렇군. 부탁할게."

눈을 감은 아키라는 잠기운도 있어서 금방 잠들었다.

이미 운전을 교대한 알파가 차가 흔들려서 아키라가 깨지 않도록 포장되지 않은 황야를 정밀한 운전 기술로 나아간다. 그 덕분에 아키라는 차에서도 푹 잘 수 있었다.

그럭저럭 쪽잠을 잤을 때, 알파가 아키라를 깨웠다.

『안녕. 아키라. 졸음은 가셨어?』

"뭐…… 조금은."

아키라가 잠기운이 채 가시지 않은 상태로 주위를 둘러본다. 해는 아직 뜨지 않았다.

『이참에 아침을 챙겨 먹어. 시카라베 일행과 합류한 다음에 그럴 시간이 생긴다는 보장은 없어.』

"그래."

차에 실린 짐의 태반은 탄약류인데, 일단은 식량도 챙겼다. 아키라는 짐에서 헌터용 휴대식량을 꺼냈다.

헌터를 대상으로 판매하는 휴대식량에는 일반적인 휴대식량과는 다른 부분을 선전하는 상품도 많다.

얼핏 보면 평범한 식량이고 맛과 식감도 보통이지만, 몸속에서 완전히 소화, 흡수되어 밖으로 배출되는 양이 적고, 나아가 배설 욕구도 억제할 수 있는 물건.

회복약 대용으로 사용할 수 있는 물건. 전투 중에 위장이 파괴되어 소화 중인 것들이 몸에 퍼져도 탈이 안 나는 물건. 이상할 정도로 소화와 흡수가 빠른 물건. 의식 각성을 촉진하여 집중력을 끌어올리는 물건.

도시 내부에서 평범하게 생활할 때는 절대로 필요하지 않은 기능이나 효과, 안전성을 선전하는 상품들이다.

아키라는 그러한 상품을 시험 삼아 이것저것 사 봤다. 지금 손에 집은 헌터용 휴대식량은 얼핏 보면 샌드위치와 커피 같다.

굳이 말하자면 샌드위치는 정말 부드럽고, 커피는 따뜻하다. 그리고 화장실 걱정이 필요 없는 물건이다.

아키라가 미심쩍은 눈치로 그것을 입에 넣는다.

"으음. 평범하네. 이것도 의외로 대단한 거겠지만."

『평범한 맛에 불만이 있다면 다음에는 맛도 고려해서 고르는 게 어떨까? 싸울 의지를 북돋기 위해서라도, 따뜻하고 맛있는 식사는 중요하니까.』

"그래. 조금은 생활에 여유도 생겼으니까, 그 정도 사치는 부려도 되겠지. 아마도."

다르게 보면 매우 소박한 아키라의 발언에 알파가 즐겁게 쓴웃음을 지었다.

『장비값으로 8000만 오럼을 아무렇지도 않게 내고, 200만 오럼짜리 회복약을 서슴없이 쓰는 헌터의 발언 같지 않은걸. 평소에 조금 더 좋은 걸 먹어도 되는데?』

"으음. 그렇게 말해도, 평소엔 그 정도면 딱히 불만이 없으니까 말이지."

아키라의 평소 식사는 슬럼 시절과 비교하면 아주 호화롭다. 더불어서 한 번뿐이기는 해도 슈테리아나의 너무 맛있는 요리를 맛본 바람에 혀가 고급이 되어서 무의식중에 조금씩 식비를 늘리고 있었다.

그래도 아키라가 현재 벌어들이는 돈과 비교하면 식사에 쓰는 돈이 매우 검소한 수준이다. 더군다나 아키라는 그런 식사에 이미 만족했다.

물론, 아키라에게도 더 맛있는 요리를 먹고 싶은 욕구가 있다. 그러나 자기 돈으로 비싼 것을 먹는 행위는 오랜 뒷골목 생활 탓도 있어서 여전히 망설이고 있었다.

『억지로 권하진 않을게. 하지만 더 사치를 부려도 문제없다는 사실은 기억해 둬. 적어도 헌터용 휴대식량을 마음껏 고를 정도론 말이야.』

"그래. 그렇다면 더 먹을까. 양이 조금 부족했어."

아키라가 추가 휴대식량을 집는다. 그 정도로 기분이 좋아진 것을 보고, 알파는 쓴웃음을 지었다.

◆

아키라는 시카라베 일행과의 합류 지점에 도착했다. 그곳에는 이미 장갑수송차를 중심으로 여러 대의 차량이 서 있었다.

그때 동료들과 현상수배급 토벌 작전을 상의하던 시카라베가 근처에 차를 세운 아키라를 알아챘다.

"아키라인가. 상태는 어때?"

"문제없어."

"그런가. 시간이 되면 바로 출발하마. 그때까지 저기 저 녀석에게 물어봐서 준비를 마쳐라. 준비가 끝나면 대기한다. 적당히 시간을 죽이라고."

시카라베는 그렇게 말하고 장갑수송차를 손으로 가리켰다. 개방된 장갑차 뒷문에서 용병 헌터가 참가자들에게 현상수배급 토벌용 물자를 꺼내 분배하고 있었다.

지시에 따라서 그곳으로 간 아키라는 간단한 설명을 듣고 다양한 물자를 받았다.

대형 몬스터 전투용 로켓 런처와 로켓탄. 사용하는 재밍 스모크의 성분표와 정보수집기 설정 데이터. 통신기와 통신 코드. 그것들을 챙기고 자신의 차로 돌아간다.

아키라는 장갑수송차에 실린 대량의 로켓탄을 보고 자신이 화력 담당으로 고용됐음을 새삼스럽게 자각하면서, 격파하는 데 이만한 화력이 필요한 현상수배급의 강력함을 이해했다.

작전이 시작될 때까지 아직 시간이 있다. 시카라베 일행이 고용한 추가요원도 아직 다 모이지 않았다. 운전석에 앉아 작전 시작을 기다리던 아키라를 잠기운이 다시 덮친다. 하지만 또 쪽잠을 자는 것도 이상하다고 생각해 알파와 잡담하면서 졸음을 참고 있었다.

그 모습을 보고 알파가 제안한다.

『아키라. 졸리면 잠기운도 쫓을 겸 몸풀기 체조를 하는 게 어떨까?』

『체조? 이런 데서? 황야인데?』

『주위는 내가 경계할 테니까 괜찮아. 그리고 이제부터 현상수배급과 싸워야 하는걸? 이참에 몸을 잘 풀어두는 것도 좋을 거야.』

아키라는 조금 이상하게 여겼지만, 알파가 그렇게 말해서 제안에 따랐다.

장소의 분위기가 조금 맞지 않는다고 생각하면서도, 이것으로 자신의 움직임이 좋아진다면 됐다고, 아키라는 알파와 함께 몸풀기 체조를 계속했다.

알파는 아키라의 앞에서 어떻게 움직일지 시범을 보였다. 따라 하는 상대가 신체의 움직임을 잘 확인할 수 있도록 한다는 구실로 맨살을 대담하게 드러낸 수영복 차림으로 갈아입었다.

그 모습으로 팔다리를 넓게 벌리고, 사지를 비틀고, 허리를 돌리고, 손끝에서 발끝까지 쭉 펴고, 능숙하게 한쪽 다리를 들어서 선다. 선정적으로 보이는 것이 목적이 아닌 몸풀기 체조인데도 예술적인 사지와 기능미가 더해져서 그 매력을 한층 키우고 있었다.

애초에 아키라는 그 모습에 정신이 팔릴 상황이 아니었다. 다 펴지지 않는 몸을 알파가 강화복을 조작해 다치지 않는 아슬아슬한 선에서 잡아당기기 때문이다.

『알파. 아파. 조금 아파.』

『몸이 조금 뻣뻣하구나. 부상을 예방하기 위해서라도, 동작의 효율성을 위해서라도, 신체 유연성은 중요해. 강화복 훈련과 조정을 겸해서 앞으로도 계속하는 게 좋겠어.』

『사, 살살 해. 아, 아파. 자, 잠깐만. 저기, 진짜로 아프다고!』

『괜찮아. 조금 뜯어져도 회복약이 있어.』

『그건 괜찮다는 근거로는, 절대로 잘못된 거야!』

아키라는 즐겁게 미소를 짓는 알파에게 불평하면서도 그만두라고 하지는 않았다.

다리를 벌리고 몸을 앞으로 숙이는 자세의 시범을 보인 알파가 두 다리를 일직선으로 쭉 펴고 가슴을 바닥에 대서 여유롭게 웃는다. 똑같이 자세를 잡은 아키라는 고통스러운 표정을 짓고 있었다.

그 자리에 시카라베가 찾아온다.

"뭐 하는 거지……?"

"보면 몰라? 몸풀기 체조야."

"그렇군……."

시카라베가 물어보려는 것은 지금, 왜, 그런 짓을 하냐는 것이지만, 당연하다는 듯이 대답한 아키라의 태도에 더 추궁할 마음이 사라졌다. 그 대신에 인상을 쓴 아키라를 보고 다른 의문을 떠올린다.

"그냥 궁금해서 묻는 건데, 그 강화복은 추종식인가? 아니면 감지식인가?"

"어……."

『감지식이야.』

"감지식이야."

"그렇군……. 아키라는 괜찮겠지만, 조심하는 게 좋을걸?"

인상을 조금 굳히고 의미심장하게 말하는 시카라베의 태도에, 아키라가 영문을 모르겠다는 듯이 되묻는다.

"조심해? 뭘?"

"네 팔다리가 꺾이지 않게 말이다."

괴이쩍은 표정을 지은 아키라를 보고, 시카라베가 설명을 보탠다.

원래라면 천부적인 소질이 필요한 신체 능력을 비싸도 돈만 쓰면 손에 넣을 수 있다는 점에서, 강화복은 돈을 잘 버는 헌터들의 기본 장비라고 할 정도로 인기가 있다.

당연하지만 기업도 그 시장에서 경쟁하고, 선전에 힘을 쏟는다. 착용하기만 하면 누구나 초인(超人)이 될 수 있다고, 과도한 선전 문구마저 떠들 때가 있다.

그리고 범람하는 과대광고에 혹해서 과장임을 알면서도 그 성능을 잘못 가늠하고, 착각하는 자도 나타난다. 누구든지, 입기만 하면, 곧바로, 그만한 힘을 가질 수 있다고 환상을 꿈꾸듯 오해하는 것이다.

그리고 시카라베의 지인 중에도 그렇게 잘못 판단한 자가 있었다. 그자는 고성능 강화복을 입수하려고 어둠의 루트에 손댔고, 재판매 처리를 마치지 않은 유출 장비를 구했다.

나아가 착용자에게 맞춘 조정도 자동으로 해 준다고 착각하고, 다른 사람의 데이터가 남은 강화복을 그대로 착용하고 말았다.

"그리고 나는 그 녀석과 같이 유물을 수집하러 갔지. 그 녀석도 이동 중에는 문제가 없었다. 그때까지는 걷거나 앉는 정도의 일반적인 동작만 했기 때문이겠지. 하지만 그 뒤가 문제였다."

불쌍하게도. 그런 표정을 지은 시카라베를 보고, 아키라의 얼굴에 불쾌한 땀이 밴다.

"무슨 일이 있었는데……?"

"그 녀석은 대기 시간에 시간을 죽이려고 강화복의 동작을 확인할 겸 간단하게 몸풀기 체조를 시작했지. 그리고 몸을 크게 움직인 순간, 강화복이 생체의 한계를 넘는 범위로 관절을 꺾어서 그 녀석의 팔다리를 힘껏 부러뜨렸다. 팔도, 다리도, 아주 끔찍했지."

아키라가 무심코 표정을 굳힌다. 시카라베도 그때 광경을 떠올린 듯 인상을 썼다.

"그 녀석의 강화복은 감지식이었고, 더군다나 이전 사용자가 인간의 몸으로는 불가능한 범위까지 움직이는 사이보그였다고 하더군. 그 데이터로 관절을 움직이려고 한 거다. 추종식 강화복이라면 본인의 움직임을 벗어날 일이 없으니까 그런 사고가 일어나기 어렵지만 말이다."

신경 전달을 감지하는 방식의 강화복은 반응 속도를 올리려고 본인보다 먼저 움직일 때가 있다. 아프다고 느꼈을 때는 이미 늦은 셈이다.

아키라는 그 광경을 상상하고 소스라치듯, 고통스러운 표정을 지었다.

"안전장치는, 없었어……?"

"이전 사용자가 기능을 껐다고 하더군. 그런 녀석은 의외로 많을걸? 생체 설정이면 자유롭게 움직일 수 없는 사이보그도 많고, 사이보그가 아닌 녀석들도 뼈가 부러질 각오로 움직이지 않으면 살아남을 수 없는 상황이 있으니까 말이다. 그럴 때는 안전장치가 오히려 목을 죄지."

그리고 시카라베가 슬쩍 쓴웃음을 짓는다.

"애초에 안전장치가 작동했더라도, 사이보그인 이전 사용자의 안전을 기준으로 움직였을 테니까 결과는 똑같았겠지만."

"그 녀석은, 그 뒤로 어떻게 됐어……?"

"그때는 회복약을 왕창 퍼먹고 가까스로 버텼다. 다만 그 녀석은 그 일로 강화복을 두려워하게 되어서, 그 뒤로는 신체강화 확장 처리와 방호복 조합으로 바꿨지만. 뭐, 심정은 이해해."

아키라가 무심코, 정확하게는 걱정되는 눈치로 눈을 돌리면서 알파를 본다. 알파는 부드럽게 웃고 있었다.

회복약 이야기는 농담일 것이다. 아키라는 그렇게 생각하기로 했다.

다시 정신을 차리고 쓸데없는 우려를 머릿속에서 털어낸 뒤, 아키라는 몸풀기 체조를 끝내고 일어섰다.

"그나저나 시카라베, 무슨 일로 왔어? 슬슬 출발해?"

"어이쿠. 그랬지. 슬슬 출발할 텐데, 그 일로 찾아온 건 아니다. 조금 부탁할 게 있어서 말이다. 아키라, 네 차에 이 녀석을 태웠으면 한다."

시카라베는 그렇게 말하고 등 뒤에 있는 소년을 아키라의 앞에 세웠다.

도란캄 소속 신인 헌터는 무의식중에 아키라를 평가하듯이 본 다음, 왠지 모르게 험악하고 괴이쩍은 표정을 지었다. 그래도 일단은 외부 헌터에게 예의를 차린다.

"토가미다. 잘 부탁해."

"아키라야. 잘 부탁해."

아키라도 괴이쩍은 표정을 지었다. 하지만 그 대상은 토가미가 아니라 시카라베다.

"시카라베. 태우라고 하면 태우겠는데, 그건 같이 싸우라는 의미야? 경호도 해 달라는 의미는 아니겠지?"

"걱정하지 마라. 나는 너를 추가 전력으로 고용했다. 그렇게 귀찮은 일은 부탁하지 않아. 협력해서 싸울 필요는 없다. 각자 알아서 싸워라."

"마음대로 해도 된다면, 나를 방해할 때는 차 밖으로 내던져도 돼?"

아키라도 의뢰받은 이상 되도록 지시를 따를 작정이다. 하지만 가능하면 혼자 싸우고 싶기도 해서 거절하고 싶은 마음이 있었다.

그래서 아키라 나름대로 의뢰에 대한 태도를 굽히지 않는 범위에서, 지시를 철회해 주기를 기대하고 시험 삼아 말해 봤다.

그러나 시카라베는 슬쩍 웃고 대꾸한다.

"그때는 되도록 내 차로 던져라. 줍기 귀찮으니까."

그렇게 말하면 아키라도 따를 수밖에 없었다.

"알았어……. 태울게."

"미안하다. 금방 출발할 거다. 늦지 말라고."

시카라베가 토가미를 두고 자기 차로 돌아간다. 짐짝으로 취급받은 토가미가 언짢게 인상을 쓰지만, 아키라와 시카라베는 신경 쓰지 않았다.

토가미의 물자를 아키라의 차에 실어서 준비를 마치자 때마침 시카라베의 출발 지시가 떨어졌다. 아키라가 다시 마음을 굳게 먹는다.

『좋아. 가 볼까.』

『그래. 힘내 보자.』

토가미를 조수석에 태우는 바람에 반대편 공중에 뜬 알파의 위로를 들으면서, 아키라의 현상수배급 토벌이 시작되었다.

◆

일출 전의 어둑어둑한 황야를 아키라 일행이 집단으로 달린다. 시카라베 일행이 탄 지휘차량인 장갑수송차를 선두에 두고서, 추가요원을 태운 여러 대의 차량이 뒤따른다.

토가미는 출발 전부터 기분이 언짢았다. 더군다나 이동 중에 더욱 불쾌해졌다. 조수석에서 운전석에 있는 아키라를 다시 관찰해도 역시 전혀 강해 보이지 않은 것이 원인이다.

치밀어 오르는 짜증에 떠밀려서, 무의식중에 아키라를 얕잡아보면서 못마땅하게 말을 건다.

"이봐. 출발 전에 경호니 뭐니 했는데, 그건 무슨 뜻이야?"

"무슨 뜻이라니? 뭐가?"

"뭐냐고?! 웃기지 마. 아무리 생각해도 나를 짐짝처럼 취급했잖아. 방해되면 차 밖으로 내던지겠다고? 반대로 내가 너를 내던져 주마. 그렇게 안 되게, 나를 방해하지 말고 정신 똑바로 차리라고."

"알았어."

끝까지 대수롭지 않은 듯한 아키라의 태도가 토가미를 더더욱 불쾌하게 했다.

(시카라베, 그 자식이……. 나를 이딴 녀석과 같이 보내다니, 뭘 생각하는 거야?)

토가미는 시카라베의 지시에 따라 아키라의 차에 탑승했지만, 그 이유는 듣지 못했다. 닥치고 타라고, 고압적으로 명령받았을 뿐이다.

시카라베의 그런 태도에도 조금 욱했지만, 실력과 장비, 경력과 랭크도 좋은 헌터가 지시한 것이어서 얌전히 따랐다.

자신의 실력을 믿지만, 그래도 고참 실력자가 봤을 때는 한참 먼 애송이임을 이해하므로, 그럴 때 물러날 정도로는 자기 주제를 잘 알았다.

하지만 그렇게 지시한 이유는 궁금하다. 굳이 자기를 같이 타게 할 정도니까 그만한 의미가 있을 것이다. 토가미는 과도한 자기평가가 맞물린 탓에 그렇게 넘겨짚었다.

그러나 그 동승자는 아무리 살펴봐도 강해 보이지 않는 꼬마였다. 장비만 잘 갖춘 애송이. 도란캄의 신인 헌터가 뒤집어쓴 악평과 똑같은 인물이었다.

(아 자식을 보고 조금은 자기 처지를 돌이켜 보라고 말하고 싶은 건가? 똑같이 보지 말라고!)

나는 다르다. 그렇게 확인하듯이 토가미가 입을 연다.

"이봐. 네 헌터 랭크는 몇이야? 말해 보라고."

"21이야."

그것을 들은 토가미의 얼굴에 자기 실력을 근거로 하는 자신
만만한 조소에 드러났다.

"21? 그 정도의 헌터 랭크로 나한테 그딴 태도를 보여? 나는
27이야!"

장비는 조직에서 빌리면 되니까 돈보다도 헌터 랭크를 올리는
것이 낫다. 그런 사무 파벌의 계략 탓에 도란캄의 신인 헌터들
은 헌터 랭크를 특히나 중시하는 경향이 강하다.

토가미도 조직에서 장비를 빌리는 처지다. 그 영향에서 벗어
나지 못하고, 아키라의 헌터 랭크를 듣고 무의식중에 서열을 정
하고 말았다.

그런 탓에 아키라의 반응이 자신을 힐긋 보는 것으로 끝나고,
금방 대수롭지 않다는 듯이 시선을 앞으로 돌리는 태도를 보이
자 토가미는 더욱 불쾌해졌다.

"이봐! 내 말 안 들려?!"

몇 번이고 불러도 아키라는 더 반응하지 않았다. 완전히 무시
당했다. 그러자 토가미는 성질을 내듯이 혀를 차고 언짢은 얼굴
을 황야로 돌렸다. 그리고 희미하게 웃었다.

나한테 이런 태도를 보인다면, 실력 차이를 보여줘서 이해하
게 해 주마. 그렇게 생각하고 기세등등하게 굴었다.

운전석 쪽에서는 귀찮아진 토가미를 무시하는 아키라에게,
알파가 공중에 걸터앉아 웃고 있었다.

『내버려 둬도 돼?』

『소음 말고도 더 방해하면 시카라베의 차에 내던지자.』

아키라는 아무렇지도 않게 대꾸했다.

시카라베도 허가했다. 아키라는 정말로 그럴 작정이었다.

◆

앞에서 아키라 일행을 유도하는 장갑수송차에는 시카라베, 야마노베, 파르가가 셋이서 탔다.

장갑차의 정원은 10명. 중무장한 헌터가 정원에 맞춰 여유롭게 탈 수 있을 만큼 넓다. 7명분의 여유 공간에는 현상수배급 토벌용 물자가 실렸지만, 아키라를 포함한 추가요원들에게 태반을 분배한 까닭에 지금은 공간이 많이 남았다.

즉, 토가미는 차량 내부의 여유와 관계없이 쫓겨난 셈이다.

운전석에 있는 야마노베가 그 점을 조금 의아하게 여긴다.

"시카라베. 굳이 쫓아낼 거면 왜 토가미를 데려왔지? 애초에 넌 애들을 싫어하잖아?"

시카라베가 정찰반이 보내는 현상수배급의 위치 정보를 확인하면서 대답한다.

"싫어하지. 하지만 B반 놈들은 A반 놈들과 비교해서 그나마 멀쩡하다고 본다. 사무직 놈들의 편애로 무장과 의뢰에서 혜택을 보는 A반 놈들과는 다르게 조금은 자기 힘으로 애쓰는 놈들이니까."

"하지만 눈에 거슬리니까 우리 차에서 내쫓을 정도로는 싫어하잖아?"

"아니야. 토가미를 데려온 건 B반의 세력을 키우고 싶은 놈들과 거래한 결과지. 토가미를 아키라와 동행하게 한 것도 그런 사정으로 조금 수작을 부린 거다."

도란캄의 고참은 사무 파벌의 운영 방침으로 조직에서 후하게 지원받는 신인들을 기본적으로 싫어한다.

하지만 B반은 슬럼과 같은 혹독한 환경에서 살던 자들이 태반이고, 나아가 형식적이나마 목숨을 건 시험을 돌파한 자들이라며 이해해 주는 자들도 그럭저럭 있었다.

시카라베에게 거래를 제안한 것도 그들이다. B반의 실력자를 현상수배급 토벌에 넣어서 토벌을 성공시켰다는 명예를 준다. 그리고 그 인물을 중심으로 삼아 A반에 대항하는 세력을 유지하는 것이 목적이었다.

최근에 A반이 요노즈카역 유적 공략에 실패하면서 사무 파벌에도 영향을 미쳤다. 잘하면 A반과 B반의 세력을 엇비슷한 수준으로 만들 수 있으리라. 그렇게 생각한 움직임이다.

그것은 시카라베가 혐오하는 파벌 싸움, 분쟁의 범주이기는 하다. 그러나 A반과 사무 파벌은 그보다 더 싫어서, 시카라베는 거래에 응해 토가미의 동행을 받아들였다. 그리고 그 대가로 현상수배급 토벌 자금을 얻었다.

그러한 이야기를 들은 파르가가 슬쩍 흥미를 드러낸다.

"헤에, 그래서 그 명예를 줄 대상으로 그 녀석이 선택받은 건가. 그래서? 시카라베. 실력은 어때? 나한테는 잘난 줄 알고 까부는 꼬맹이로만 보이는데."

"글쎄다. 이름에 금칠할 녀석으로 선택받았으니까. 까불 만큼의 실력은 있지 않을까?"

"흐음. 그렇다면 그 녀석이 B반의, 아니 A반에 대항하는? 아니지. 카츠야파에 대항하는 파벌의 기대주라 이건가."

A반, B반이란 구분은 신인 헌터들 사이의 이야기다. 카츠야파라고 할 때는 도란캄 전체의 파벌을 말한다. 카츠야를 중심으로 한 A반 인원들, 카츠야를 중심으로 한 집단을 뒤에서 지원하는 미즈하의 사무 파벌, 나아가 장래를 생각해서 그들을 돕는 자들이다.

신인의 범주를 벗어난 세력으로서, 카츠야파는 도란캄 전체에서도 무시할 수 없는 파벌로 성장했다.

카츠야의 이름이 나오자 시카라베의 얼굴이 노골적으로 언짢아졌다. 파르가가 그것을 보고 웃는다.

"넌 진짜 그 자식을 싫어하는구나."

"그래. 싫다."

질색하는 얼굴로 단호하게 대답하는 시카라베의 태도를 보고, 야마노베도 쓴웃음을 지었다. 그러다가 색적 장치의 반응을 알아채고 즐겁게 웃는다.

"그러면 시카라베의 기분을 풀기 위해서라도, 여기서 반 카츠야 파벌의 기대주 실력을 구경해 보실까."

그리고 통신기에 대고 토가미에게 지시를 전달한다.

"8번! 진로에 몬스터가 있다! 나와서 치우고 와!"

"8번! 알았다! 금방 끝내겠다!"

힘찬 대답을 듣고, 야마노베와 파르가가 즐겁게 웃는다.

시카라베는 슬쩍 한숨을 쉬었다.

◆

파르가에게 지시받은 토가미는 아키라에게 자신의 실력을 과시할 기회가 일찍 왔다며 기세등등하게 웃었다.

"8번! 알았다! 금방 끝내겠다!"

그리고 자신감이 넘치는 얼굴로 아키라를 보고 지시한다.

"이봐! 곧장 몬스터 근처로 차를 이동시켜! 서둘러!"

아키라는 묵묵히 차를 급가속했다. 나아가 전방에 있는 장갑수송차를 추월하기 위해서 진로를 확 틀었다. 그 반동으로 차체가 심하게 흔들렸다.

그 탓에 토가미의 몸이 휘청거린다. 하마터면 조수석에서 떨어질 뻔했다. 황급히 자세를 바로잡고 언성을 높인다.

"이봐! 더 멀쩡하게 운전해! 무슨 생각으로 그러는 거야!"

아키라는 토가미를 힐긋 보고, 시선을 앞으로 돌렸다.

아키라는, 곧장, 서둘러서, 지시에 맞게 움직였을 뿐이다. 그러나 무의식중에 알파의 서포트가 있는 상태를 기준으로 삼는 바람에 토가미가 심술로 받아들일 정도로 운전하고 말았다.

토가미가 분노를 드러내고 아키라를 노려본다.

"이 자식이……."

아키라는 토가미가 노려봐도 전혀 신경 쓰지 않았다. 그래도 일단은 차의 가속을 줄였다.

장갑수송차를 추월해서 서둘러 이동하자 전방에 대형 육식동물을 중심으로 한 몬스터 무리가 나타난다. 차만큼 커다란 짐승은 아키라의 차를 알아채고 우렁차게 포효한다. 그리고 집단으로 사냥감을 향해 내달리기 시작했다.

그리하여 상대와의 거리가 급속히 줄어드는 가운데, 아키라가 토가미를 보지도 않고 물어본다.

"그래서? 얼마나 더 가까이 가면 되지?"

"저쪽에 적당히 세워!"

토가미는 성질을 부리듯이 대답했다. 아키라는 말없이 차를 천천히 세웠다.

차에서 내린 토가미는 총을 쥐고 몸을 휙 돌려서 아키라에게 웃어 보였다. 조소에 가깝고, 상대를 깔보는 웃음이지만, 확실한 자신감이 있었다.

"지시는 나 혼자 받았어. 즉, 나 혼자서도 충분하단 뜻이다. 너는 얌전히 거기서 지켜보라고. 실력의 차이를 보여주마."

토가미는 이번 현상수배급 토벌에서 멀쩡한 전력은 자신을 포함한 도란캄의 헌터들밖에 없다고 생각했다.

그 인식은 대체로 옳다. 시카라베 일행이 모은 추가요원 중 태반은 빚을 진 퇴물 헌터로, 그 실력은 시카라베 일행과 비교했을 때 한참 못 미친다. 토가미와 비교해도 잔챙이만 모인 하수들이다.

그리고 자신이 이번 현상수배급 토벌에 낀 것도 고참들이 자신의 실력을 비로소 인정했기 때문이라고 생각했다. 그것도 틀린 것은 아니지만, 토가미의 인식과 고참들의 인식은 다소 동떨어졌다.

토가미 자신도 인정하는 시카라베 일행에게, 급이 떨어지는 추가요원들에게, 그리고 아키라에게. 토가미는 자신의 실력을 보여주겠다며 기세등등하게 굴었다.

먼저 주위를 둘러보고, 저격에 적합한 위치를 신속하게 찾아낸다. 곧바로 그곳으로 이동한 다음, 이번 작전을 위해서 마련한 대형 총을 겨눈다. 그리고 적 집단의 선두를 조준해서 방아쇠를 당겼다.

사격의 반동으로 토가미의 몸을 뒤로 밀어낼 만큼 강력한 탄환이 허공을 가른다. 그리고 그대로 표적의 몸통 측면을 파헤친다. 스친 상처로 보기에는 너무 헤집힌 상처 부위에서 살점이 섞인 선혈이 사방으로 튀었다.

그런데도 거대한 짐승은 투지를 잃지 않고 오히려 분노해서 맹렬히 돌진한다. 토가미는 박력이 넘치는 그 모습을 조준기로 보면서도 여유롭게 웃으며 다음 탄을 쏘았다.

잠시 후 대형 총에서 사출된 탄환이 비정상적인 몬스터의 생명력을 깎는다.

굵직한 다리 여덟 개가 다섯 개로 줄어들고 몸통에 구멍이 났는데도 전진하려고 하는 짐승도 구멍이 더 커지면 움직임이 굼떠진다. 그때 최후의 한 발을 머리에 맞고 마침내 숨이 끊겼다.

그동안에도 몬스터 무리는 토가미에게 밀려들고 있었다. 이미 꽤 가까워졌다. 그러나 토가미는 초조해하지 않고 총을 다시 잡더니 적 집단을 향해 난사했다.

조준이 다소 흐트러지더라도 충분히 보완할 수 있을 만큼의 탄환이 연속으로 날아간다. 그것이 제각기 몬스터의 가죽과 살과 피와 뼈를 꿰뚫는다.

거대한 짐승의 근처를 지키던 중형 개체도 황야를 배회하는 만큼 강인하다. 한 발 한 발이 약점에 맞지 않는 이상 큰 부상이 되지는 않는다.

그러나 그것을 온몸에 맞으면 치명상이 된다. 확장 탄창이라는 충분한 공급원을 보유한 총이 그럭저럭 커다란 부하 몬스터를 차례차례 격파해 나간다.

토가미가 그것들을 다 해치웠을 때, 크게 우회해서 탄막을 피한 소형 개체가 토가미에게 달려들 정도로 가까워졌다. 무리의 잔당이 식욕보다 분노에 휩쓸려 원수에게 덤벼든다.

하지만 이미 그 접근을 눈치챈 토가미는 적의 돌격을 손쉽게 피했다. 게다가 타이밍을 맞춰서 카운터 공격을 먹인다. 강화복의 신체 능력으로 소형 짐승을 걷어찼다. 고깃덩어리가 뼈를 으스러뜨리며 허공에 뜨고, 땅바닥에 세게 부딪혔다.

토가미는 그대로 똑같이 덤벼든 몇 마리에게 비슷한 일격을 먹인 다음, 이미 제대로 움직일 수 없는 상대를 총으로 쏴서 숨통을 끊었다.

어지간한 신출내기 헌터라면 도망치는 게 한계인 몬스터 무리를, 토가미는 본인이 선언한 대로 혼자서 격파했다.

"좋아. 이 정도면 되겠지. 쉬운걸."

자랑할 만한 활약이라고, 토가미는 만족했다. 그리고 자신이 싸우는 모습을 지켜봤을 아키라의 반응을 기대하고서 차로 돌아갔다.

그러나 그 기대는 꺾였다. 아키라는 운전석에 앉아서 심심한 눈치로 앞을 보고 있었다. 시카라베 일행이 탄 장갑수송차가 그 옆을 지나간다.

아키라의 태도에 토가미가 살짝 놀라고, 이어서 괴이쩍은 표정을 짓는다.

(안 봤어……? 아니야. 봤을 거야. 돌아올 때 이쪽을 봤어. 확실해.)

그리고 언짢음을 감추지 않고 아키라에게 말을 건다.

"이봐…… 나한테 할 말이 없어?"

"빨리 타. 못 쫓아가잖아."

아키라의 반응은 그게 다였다.

토가미의 기분이 단숨에 나빠진다.

어쨌든 자신이 싸운 모습을 보고 반응했다면 토가미는 만족했을 것이다. 그것이 칭찬이라면 순순히 받아들이고, 비난이라면 분해서 그러는 거라고 받아들였을 것이다. 어느 쪽이든 간에 자존심을 살릴 수 있었다.

그러나 아키라의 반응은 거의 없다. 단순히 무시하는 것조차 아니었다. 방금 있었던 전투에서는 특별히 평가할 점이 아무것도 없었다. 아키라의 태도는 마치 그렇게 말하는 듯했다.

토가미가 무심코 언성을 높이려고 한다. 하지만 그것을 통신기에 나온 파르가의 목소리가 막았다.

"8번. 9번. 너무 멀어졌다. 뭐 해? 아까 전투로 차에 문제라도 생겼냐?"

아키라가 슬쩍 한숨을 쉰다.

"여기는 9번. 차체에는 손상 없음. 이유는 모르겠지만 8번이 타지 않는다. 두고 가도 될까?"

"8번은 근처에 있나? 8번. 무슨 일이지? 부상으로 움직일 수 없나?"

"아, 아니. 그런 건……."

"그렇다면 빨리 타!"

파르가의 질타를 끝으로 통신이 끊겼다.

토가미는 몸을 떨고, 이를 악물어서 속에서 끓는 감정을 가까스로 참은 다음 몹시 언짢은 기색으로 차에 탔다. 아키라가 곧장 차량을 움직인다.

그 뒤로 아키라의 차에서는 아무런 대화도 없었다.

◆

장갑수송차에 있는 기기로 토가미가 싸우는 것을 지켜본 시카라베 일행이 간단하게 소감을 주고받고 있다.

파르가는 좋게 평가했다.

"나쁘지 않은데? 나이와 장비를 생각하면 합격 수준인데."

한편, 야마노베의 평가는 미묘하다.

"그래? 팀 행동 중인데도 이길 수 있다고 혼자 들이대는 건 어떤데?"

"그건 내가 저 녀석한테 지시해서 그런 거겠지."

"그렇다고 해도 말이다. 지시를 이유로 리더를 맡고, 아키라에게 지원하게 시키면 될 일이잖아. 혼자서 이기는 실력은 인정하지만, 그건 여유가 아니라 방심이지. 황야니까 무의미한 위험을 무릅쓸 필요는 없어."

"까다롭군. 시카라베. 너는 어때?"

시카라베가 가볍게 대답한다.

"보류다. 뭐, 현시점에서 평가하라고 한다면 저 정도 잔챙이를 해치운 정도로 까부는 녀석은 필요 없다고 봐야겠지."

파르가가 야마노베와 함께 웃는다.

"너도 까다롭군. 저 녀석은 반 카츠야 파벌의 기대주인데 말이야. 카츠야가 싫다면 그만큼 저 녀석의 평가를 높여도 되지 않겠어?"

"나는 개인적인 감정으로 평가를 바꿀 마음이 없다. 현상수배급과 싸울 때 활약하면 그만큼 평가해 주지."

야마노베가 조금 의아한 기색을 보인다.

"현상수배급과 싸울 때 저 녀석을 내보낼 거야? 저 녀석에게 명예를 주기로 거래한 거잖아? 죽으면 어쩌려고 그래?"

"그때는 그때다. 그 정도의 녀석이라면 금칠해도 금방 벗겨지겠지. 애초에 거래 내용에 저 녀석의 경호는 없어.”

　야마노베와 파르가는 시카라베의 엄격한 말을 듣고 그것도 옳
다며 웃으며 맞장구쳤다.

제92화 억대급 헌터들

아키라 일행은 현상수배급이 출몰하는 지역을 찾아서 일출 전 황야를 이동하고 있었다.

아키라와 토가미의 사이에는 대화가 없다. 아키라는 겉으로 말이 없어도 알파와 잡담 중이며, 토가미는 아키라에게 불만이 있어 입을 다물고 있다. 양쪽 모두 상대에게 말을 걸 필요성을 느끼지 않아서, 어떻게 보면 그런 부분에서만 협조성을 발휘하고 있었다.

마침내 해가 뜨고, 여명의 빛이 황야를 비추기 시작했다.

아키라가 무의식중에 아침 해를 향해 시선을 돌린다. 그곳에는 토가미가 조수석을 차지하는 바람에 차와 나란히 허공을 나는 알파의 모습이 있었다.

밤과 아침에 뒤바뀌는 아주 짧은 시간의 광경. 햇빛이 비친 곳이 아침으로 변하고, 빛이 닿지 않은 그늘은 여전히 밤인, 아침과 밤이 동시에 존재하는 찰나의 풍경.

그 경치 속에서, 아침 햇살을 받은 알파가 머리카락과 피부에서 환상적인 빛을 내며 아키라에게 미소를 짓고 있다.

『아키라. 아침 해가 떴어.』

『그러네…….』

아키라가 대꾸한 말에는 그 광경을 본 자가 입에 담을 만한 감성이 너무 부족했다.

알파가 조금 놀리듯이 웃는다.

『여전히 반응이 밋밋하구나. 뭐랄까, 더 느끼는 게 없어?』

『그렇게 말해도 말이지…….』

실제로는 아키라도 그 광경에 일종의 감명을 받았다. 하지만 마음속에서 샘솟는 것을 적절하게 표현할 정도로 어휘력이 풍부하지 않았다.

그래도 일단은 솔직한 마음을 말한다.

『뭐, 슬럼에서 보는 일출보다는 기억에 남는 광경이긴 하네.』

아키라가 한 말은 그게 다였다. 그러나 고작 그 말을 하는 데 필요한 것을, 과거의 아키라는 하나도 가지지 못했다.

예를 들면 일출이 보이는 장소다. 슬럼 뒷골목에서 살 적에는 잠든 사이 죽지 않게 잠자리를 조심조심 고를 필요가 있었다. 그런 곳에는 일출의 빛이 닿지 않는다.

다음은 일출을 구경할 여유다. 누군가에게 습격당하지 않게끔 항상 경계해야 했다. 시선을 줘야 하는 곳은 해가 닿는 곳이 아니라 어둠이나 길이 꺾이는 곳 등, 기습받을 위험이 큰 장소였다. 해가 뜨는 것을 의식할 여유는 없다.

그 밖에도 여러 가지 요인이 천천히 일출을 구경하는 사치를 과거의 아키라에게 허락하지 않았다

그리고 지금, 이 장소에도, 아키라가 그런 사치를 부리지 못하게 하는 요인이 존재했다.

알파가 황야 저편을 가리킨다.

『아키라. 몬스터가 있어. 조금 멀지만, 이미 이쪽을 포착했어. 돌진할 거야.』

『알았어…….』

아키라는 자신도 잘 모르는 불쾌함을 느끼고, 그 감정에 따라서 차 뒤쪽으로 이동했다. 그리고 그곳에 설치한 CWH 대물돌격총을 총좌에서 빼 언짢은 얼굴로 겨눴다.

알파의 서포트로 확장된 시야가 불쾌함의 원인이 된 존재의 모습을 크게 표시한다. 거대한 생물형 몬스터가 커다란 몸뚱이의 중량을 아랑곳하지 않고 힘차게 달려온다.

몸통 크기는 시카라베 일행이 탄 장갑수송차의 갑절은 되며, 온몸이 장갑 같은 비늘로 뒤덮였다. 상어와 악어를 합친 것처럼 생겼지만, 어느 쪽과도 일치하지 않는 절지동물 형태의 굵은 다리가 여럿 달렸다.

그리고 머리에 부채꼴로 배치된 십여 개의 눈으로 아키라 일행을 단단히 포착하면서, 울퉁불퉁한 황야를 능숙하게, 그리고 강인하게 달리고 있었다. 보기만 해도 땅이 울리는 소리가 들릴 법한 광경이었다.

그 모습을 직시하면서 아키라가 언짢으면서도 진지한 얼굴로 방아쇠를 당긴다. 굉음과 함께 날아간 총탄이 순식간에 허공을 가로지르고, 멀리 떨어진 표적을 한 치의 엇나감 없이 맞혔다.

단순히 멀리 떨어진 적을 맞혔다는 의미가 아니다. 적의 약점인 작은 부위에 정확하고 정밀하게 명중했음을 의미했다.

CWH 대물돌격총의 전용탄이 피탄 위치에서 적의 몸속에 침입해 충격을 내부에 퍼뜨린다. 어지간한 전차에도 통하는 위력으로, 표적의 강인한 육체를 내부에서 분쇄한다.

탄환은 목표를 관통하지 않았다. 그만큼 저 생물형 몬스터가 강인하다는 증거다.

하지만 전용탄의 위력을 온몸으로 받고도 무사할 만큼 강인하지는 않았다. 단단한 외피 덕분에 전체적인 형상을 유지하면서도, 탄환에서 전파된 충격으로 내부가 곤죽이 되어 숨이 넘어간다. 의식을 잃은 커다란 몸뚱이가 그대로 요란하게 나자빠졌다.

조금 뒤늦게 통신기에서 파르가의 지시가 아키라에게 전달된다.

"9번. 3시 방향에 대형 몬스터 반응이 있다. 이동 속도로 봐서는 방치하면 따라잡힐 거다. 가능하다면 너희가 대처해. 무리라면 우리가 하마. 먼저 목표를 확인해 줘."

"여기는 9번. 끝났어."

"그래? 할 수 있겠어?"

"아니야. 이미 해치웠어."

"뭐……?"

그 짧은 말은 아키라의 대답이 얼마나 예상을 벗어났는지를 잘 알려줬다. 잠시 후, 장갑수송차의 색적 장치로 목표 격파를 확인한 파르가의 목소리가 들린다.

"아…… 이쪽에서도 확인했다. 다음에도 그렇게 부탁하마."

"9번. 알았다."

아키라는 그 말만 하고 운전석으로 돌아갔다. 적을 해치웠는데도 여전히 조금 언짢은 기색이다.

그리고 아키라는 자신을 보고 즐겁게 웃는 알파를 알아차리고, 쑥스러움을 감추듯이 무뚝뚝한 태도를 보였다.

『왜 웃어?』

알파가 의미심장하게 미소를 짓는다.

『이유는 없어. 아키라도 방해받아서 화낼 정도로는 일출 풍경을 즐긴 거구나.』

『뭐…… 그렇지.』

일출은 전투 중에 끝났다. 일출 풍경만을 즐긴 것은 아니지만, 아키라는 그렇게만 대꾸했다.

그것만이 아니라는 사실도 들켰음을 알지만, 자진해서 놀림당할 마음은 없으니까 더 대꾸하지 않았다.

사람은 익숙해진다. 하지만 아침 햇살을 받은 알파의 한없이 아름다운 자태만큼은, 아키라는 아직 익숙해지지 않았다.

운전석으로 돌아간 아키라의 옆에서는 토가미가 넋을 놓고 있었다.

◆

아키라에게 몬스터를 격파하라고 지시했더니 이미 해치운 다음이었다. 파르가도 그 사태에는 놀랄 수밖에 없었다. 잡다한 표적이 아니고, 힘에 부칠 것 같다면 자신들이 대신 해치워야겠다고 판단할 만큼 거물이었다. 그것이 파르가의 호기심을 강하게 자극했다.

"시카라베. 저런 녀석을 어디서 찾았어?"

"쿠즈스하라 시가지 유적 지하상가에서 함께 행동한 적이 있었지. 그때가 계기다."

"아하, 그거? 야라타 전갈 소굴이 있는 곳이지? 쓸데없이 큰 소굴이 발견되어서 대규모 소탕 작전을 벌였다고 했던가? 그때 활약해서 부른 건가."

"아니야. 동행한 건 지하상가 탐색 때다. 그때도 뭐…… 큰 활약은 없었다. 발목을 잡지 않을 정도였지."

파르가가 미심쩍은 표정을 짓는다.

"그러면 왜 아키라를 부른 건데? 시카라베의 감이냐? 너는 헌터로 활동하려면 감이 좋아야 한다고 했으니까 말이지."

시카라베가 슬쩍 웃는다.

"부정하진 않겠지만, 아무리 그래도 내 감에 너희까지 끌어들일 수 없다고. 다른 정보를 고려해서 부른 거다."

그리고 정보단말을 조작해 그 근거가 되는 데이터를 파르가와 야마노베에게 전송했다.

야마노베가 그 내용을 보고 의아한 표정을 짓는다.

"이건, 헌터 오피스에 실린 아키라의 개인 페이지 사본인가? 나도 술집 소동 때 그 녀석에게 흥미가 생겨서 봤는데…… 대단한 이력은 없던데?"

파르가도 동의하듯이 고개를 끄덕였다. 야마노베처럼 호기심이 생겨서 열람했지만, 아키라의 이력은 거의 비공개였고, 열람할 수 있는 지하상가 전투 이력도 평범하게 중도 이탈이어서 흥미로운 내용은 하나도 없었다. 그래서 시카라베의 감이 움직였다고 생각한 것이다.

시카라베가 설명을 보탠다.

"일부러 사본을 준 이유를 생각해 보라고. 그건 정보상에게 산 데이터다. 일반적으로는 열람할 수 없는 부분도 들어갔지. 지하상가 쪽 이력을 보라고."

시키는 대로 그 부분을 본 파르가가 즐겁게 웃는다.

"이력의 내용이 바뀌었군. 쿠가마야마 시티 영업부 기밀 관련 의뢰. 상세 내용은…… 볼 수 없잖아!"

야마노베도 똑같은 부분을 흥미진진한 기색으로 확인한다.

"권한이 별로 높지 않은 직원을 통해서 복사한 건가. 열람할 수 있는 내용은…… 장소와 의뢰 내용의 개요 정도군."

"그래. 하지만 보수 금액은 대충 열람할 수 있지. 보라고."

시키는 대로 보수 금액을 확인한 순간, 야마노베와 파르가의 표정이 확 변했다. 파르가가 무심코 소리친다.

"1억 6000만 오럼?! 그 자식, 억대급이었냐!"

억대급이란 의뢰 보수 금액이 기업 통화로 1억을 넘는 헌터를 가리키는 말이다. 그만큼 돈을 버는 실력자라는 뜻이자, 증거이며, 헌터의 급을 정하는 하나의 지표이기도 했다.

당연하지만, 어중간한 헌터가 도달할 수 있는 영역이 아니다. 따라서 억대급이면 주위의 대우도 달라진다. 야마노베와 파르가도 아키라에 대한 인식을 크게 바꿨다.

파르가가 납득한 듯이 고개를 끄덕이고, 동시에 깨달았다.

"어쩐지 강하더라 했어. 아…… 그런 거였어? 그래서 토가미를 아키라한테 보낸 거군?"

현상수배급 토벌이 성공하면 헌터 오피스의 현상수배급 정보에 토벌한 사람이 기록된다. 그러나 이번에는 도란캄 소속 네 명의 이름만 올라간다. 아키라를 포함한 추가요원들의 이름은 실리지 않는다. 공식적으로는 현상수배급 토벌 참가자가 아니기 때문이다.

현상수배급 토벌 성공이 헌터에게 명예가 된다고 해도, 도란캄의 고참 100명이 나서서 두들겨서는 빛이 바래서 명예의 의미도 사라진다.

명예의 가치를 지키려면 현상수배급을 적은 인원으로 격파했다는 상황이 필요하다. 그래서 시카라베 일행은 명목상 도란캄 소속의 네 명, 토가미를 빼면 세 명이 현상수배급 토벌에 도전한 것으로 꾸몄다.

시카라베 일행이 헌터 오피스를 거치지 않는 의뢰로 아키라와 추가요원을 고용한 것도, 표면상으로는 도란캄의 헌터만으로 해치운 것으로 하기 위해서 공식적으로는 존재하지 않는 추가요원이 필요했기 때문이기도 하다.

그리고 파르가는 그 전제로부터 시카라베가 토가미와 아키라를 동행시킨 이유를, 다른 사람이 토가미와 아키라의 실력을 혼동하게 하기 위함이라고 판단했다.

현상수배급 토벌에 토가미를 동행시켜 명성을 주려고 시도해도, 실력이 너무 부족하면 무리수가 된다. 짐짝 꼬마가 너무 눈에 띄어서는 빚이 있는 추가요원들의 입을 막는 것에도 한계가 있다. 애초에 철저하게 숨긴 것도 아니다. 조금만 조사해 보면 그럭저럭 정보가 빠져나간다.

하지만 같은 자리에 비슷한 꼬마인데도 억대급 실력자인 아키라를 두면 누가 활약하고 누가 짐짝인지 외부인은 알 수 없다.

토가미나 아키라나 외부에 얼굴이 알려지지 않았다. 공개된 정보만 보고 판단하면 헌터 랭크가 더 높은 사람이 활약했다고 보기 쉽다. 게다가 아키라는 표면상으로 동행하지 않은 것으로 친다. 다른 추가요원과 비슷한 처지라고 오인할 가능성이 크다.

물론, 그것도 잘 조사해 보면 알 일이다. 하지만 일일이 알아보는 사람은 적다. 시카라베도 그 점을 잘 아니까 어쩌다가 착각해 주면 다행이라는 정도로만 생각했다. 파르가는 시카라베가 수작을 부렸다고 말한 이유를 그렇게 판단했다.

득의양양한 파르가에게, 시카라베도 흥겹게 웃고 대답했다.

"그런 거다. 입 다물고 있으라고."

"알았어."

야마노베가 납득하면서도 미심쩍은 눈치를 보인다.

"이 데이터를 보고 판단하자면, 단순한 전투 이력 비공개만이 아니라 외부에 드러나는 정보도 고쳤나 보군. 그 정도라면 도시와 아키라 사이에서 뭔가 거래가 필요했을 텐데. 대체 무슨 일이지?"

"글쎄다. 하지만 적어도 보수 금액은 틀림없겠지. 내부 정보니까 일부러 고칠 필요도 없다. 즉, 어떤 일을 했는지 외부에 드러내지 못한다고 해도, 그 돈을 받을 만큼 일한 거겠지. 그 정도 실력이 있다는 것만 알면 돼."

"하긴, 그렇군."

야마노베도 솔직히 자세한 내용이 궁금하지만, 도시의 기밀 정보를 섣불리 건드려서 눈 밖에 나고 싶지는 않았다.

"그런데 시카라베. 억대급이면 어떤 의미로는 우리와 동급이라는 거잖아. 그런 녀석의 보수를 떼먹었다간 큰일이 날걸? 괜찮겠어? 죽어도 난 모른다?"

그렇게 말하고 놀리듯 웃는 야마노베에게, 시카라베도 기분 좋게 웃는다.

"뭘, 현상수배급을 하나라도 잡으면 흑자야. 그 돈을 내주기 위해서라도, 아키라도 열심히 일해 줘야지."

"하긴."

목숨을 걸고 장래의 일확천금을 꿈꾼다. 그것도 헌터의 일상이다. 차이는 있어도 황야에 나선 이상, 헌터 활동은 언제나 목숨을 건 도박이다. 상대가 유적이든 현상수배급이든, 승리하면 영광이, 패배하면 파멸이 기다린다는 점에서는 차이가 없다.

그래도 이기면 문제없다. 그 전제를 당연히 여기고, 시카라베 일행은 다 같이 웃었다.

야마노베와 파르가에게는 말하지 않았지만, 시카라베가 이번 현상수배급 토벌에 아키라를 부른 이유는 조금 더 있었다. 적잖은 돈을 내고 정보상에게 기밀 정보를 산 이유도 그것이다.

쿠즈스하라 시가지 유적 지하상가에서 아키라의 실력을 본 시카라베는 아키라가 부상으로 중도 하차한 사실에 의문을 느꼈다. 그 의문은 자신의 직감에 대한 신뢰도에도 영향을 미쳤다.

역시 그 정도밖에 안 되는 자였을까. 아니면 뭔가 숨겨진 사정이 있었을까. 아키라의 실력을 가늠할 수 없었던 시카라베는 고민하고, 독자적으로 조사에 나섰다.

결과는 '뭔가 있었다'로 밝혀졌다. 하지만 상세한 정보는 알수 없다. 같은 시기에 있었던 유물 강탈범 소동과의 관련도 생각해 봤지만, 추측의 영역을 벗어나지 못했다.

그래서 아키라를 현상수배급 토벌에 부른 것이다. 다시 한번, 아키라의 실력을 확인하기 위해서.

신뢰하는 동료들에게 아키라를 보여주고 반응을 확인한다. 현상수배급과의 싸움에서 아키라의 실력을 객관적으로 판단한다. 그 결과를 통해서 자신의 직감을 얼마나 믿어도 되는지 가늠한다. 그런 목적이 있었다.

엮이기도 싫은 파벌 싸움에 시카라베가 조금 적극적으로 나선 배경에는 그런 사정도 있었다.

◆

조수석에서 황야 쪽으로 고개를 돌렸던 토가미가 다소 딱딱해진 표정으로 아키라를 힐끗 본다. 반응은 없다. 아키라는 토가미가 보는 것을 알면서도 무시하고 있었다.

아키라가 거대한 몬스터를 혼자서 해치운 다음에도 두 사람 사이에는 대화가 없었다.

하지만 변화는 있었다. 지금의 토가미는 그토록 언짢았던 기색이 조금도 없다. 그 대신에 정체 모를 인물에 대한 의문과 경계, 나아가 불안과 초조함이 드러났다. 아키라의 저격은 토가미에게 그만한 영향을 주었다.

멀리 떨어진 몬스터의 존재를 한발 먼저 감지하고, 이동 중에 흔들리는 차에서 사격해 한 방에 격파한다. 똑같이 할 수 있는지를 토가미가 자신에게 물어보면 불가능하다고 즉각 대답할 정도의 묘기였다.

그것을 시카라베 일행이 했다면 그만한 실력이 있냐고 놀라는 선에서 그쳤다. 하지만 하수로 보고 얕잡아보던 사람이 손쉽게 성공시켰다. 그만큼 토가미의 놀라움은 커서, 혼란의 영역에 달해 있었다.

혼란에 빠진 머리가 사태의 정합성을 요구한다. 무의식중에 아키라를 자꾸 보면서 추측을 전개해 나간다.

그리고 토가미는 이치에 맞는 이유를 떠올리고 말았다.

그 순간, 토가미의 얼굴이 확 일그러졌다. 인정하기 싫은 마음이 표정에 짙게 드러났다.

자신의 옆에 있는 자보다, 헌터 랭크도 낮고 전혀 강해 보이지 않는 자보다, 장비만 잘 갖춘 애송이라는 악평이 딱 들어맞는 자보다, 토가미 자신이 미숙하다면 말이 된다. 그렇게 생각하고 말았다.

(아니야! 그럴 리가 없어!)

무심코 부정한다. 흔들린 자신감을 질타해서 똑바로 세운다. 하지만 흔들림은 멈추지 않는다.

(나는 강해! 이번에 특별히 현상수배급 토벌에 낀 것도, 내가 그만큼 강해서 그런 거야!)

실제로 토가미는 스스로 그렇게 말할 만큼 실력이 있었다. 헌터 랭크도 도란캄의 신인 중에서는 카츠야 다음으로 높다. 반 카츠야 파벌을 규합할 인재로 기대받을 만큼 높이 평가받고 있다. 좋게 말하자면 자랑할 정도로는, 나쁘게 말하자면 건방지게 설칠 정도로는 힘이 있었다.

그리고 그 자신감을 근거로 다른 정합성을 찾는다. 허세를 부리듯 언짢은 표정을 짓고, 아키라에게 단단히 말한다.

"이봐, 우연히 맞혔다고 까불지 마. 나는 그게 네 실력이라고 인정하지 않는다고."

아키라가 얼굴을 토가미에게 돌렸다. 대수롭지 않게 여기는 평범한 시선이지만, 토가미는 살짝 긴장하고 무심코 몸을 조금 뺐다.

잠시 후, 아키라가 대꾸했다.

"그래. 내 실력으로 맞힐 자신은 없어."

그 말만 하고 아키라는 시선을 앞으로 돌렸다.

짧은 침묵이 있고, 토가미가 허탈하게 웃기 시작한다.

"하, 하하……! 역시 단순한 우연이었나! 사람 놀라게 하고 말이야! 그래! 고작해야 랭크 21인 녀석이 그런 묘기를 보일 리가 없다고!"

토가미는 자만할 만한 실력과 이를 뒷받침하는 재능이 있다. 젊지만 적극적으로 황야에 나가 헌터 활동의 경험을 많이 쌓았고, 헌터의 직감도 갈고닦았다.

그 전부가, 우연이 아니라고 토가미에게 말했다. 그 탓에 웃음을 터뜨린 토가미의 얼굴은 희미하게 떨리고 있었다.

알파가 의아한 눈치로 아키라를 본다.

『아키라. 그렇게 말해도 돼?』

『응? 딱히 거짓말한 건 아니잖아. 우연은 아니지만, 내 실력으로 맞힌 것도 아니야. 알파한테 서포트를 받아서 맞힌 거니까.』

『그건 그렇지만, 예전에 엘레나도 말했잖아? 괜히 겸손하면 비꼬는 것으로 받아들이는 사람도 있다고.』

아키라는 조금 인상을 썼다. 하지만 그리고 반대로 생각한다.

『그러면 그건 비꼰 걸로 치자.』

『어머, 그런 식으로 나오기야?』

『일일이 시비를 거는 녀석의 비위를 맞출 필요도 없잖아.』

잘 반박했다며, 아키라는 찡그린 얼굴을 도로 폈다. 하지만 알파가 가볍게 지적한다.

『저 사람이 아키라에게 시비를 거는 건 아키라가 처음에 차 밖으로 내던지겠다고 말한 탓 같은데?』

아키라는 말문이 막혔다.

『트러블 제조기는 여전히 고성능 같지만, 슬슬 출력을 낮춰도
될 것 같은걸?』

『죄송합니다…….』

즐겁게 웃는 알파에게, 아키라는 애써 사죄의 말을 끄집어냈
다. 아키라의 성격은 여전히 삐뚤지만, 그런 말을 꺼낼 정도로
는, 일단은, 조금이나마, 모난 성격이 누그러졌다.

◆

아키라가 해치운 거대 몬스터 근처를, 거미처럼 생긴 다른 몬
스터가 어슬렁거리고 있었다.

몸길이는 1미터 정도. 사이보그처럼 몸 일부가 기계인 몬스터
의 머리에 달린 눈은 카메라다.

그 거미는 카메라로 아키라의 저격을 지켜보고 있었다. 죽인
자와 죽은 자를, 확실하게 인식하고 있었다.

제93화 탱크란튤라

아키라의 차가 여전히 침묵 속에서 황야를 나아가고 있다. 아키라는 토가미를 무시하고 있다. 도로 차분해진 토가미는 가끔 괴이쩍은 얼굴로 아키라에게 눈길을 주지만, 그것으로 끝이다. 몬스터에 습격당하는 일도 없이 평화로운 시간이 흘러갔다.

하지만 그 평화도 통신기에서 나온 시카라베의 목소리가 끝을 알린다. 드디어 시작된 것이다.

"슬슬 토벌 목표인 현상수배급과 조우가 예상되는 구역에 진입한다. 상대는 탱크란튤라. 현상금은 8억 오럼이다. 정신 단단히 차려라."

아키라와 토가미도 금방 의식을 전환하고 진지한 표정을 짓는다. 특히 토가미는 과도하게 투지를 드러내고 있었다.

시카라베가 통신으로 모두에게 작전을 전달한다.

적과 접촉하기 전에 산개해서 목표를 효과적으로 포위한다. 각자의 초기 배치는 분배한 통신기 화면에 표시된다.

그러고 나서 야마노베와 파르가가 움직일 테니까 나머지 인원은 탱크란튤라의 공격을 유도하는 미끼 역할과 견제에 전념한다.

야마노베와 파르가의 임무가 끝나는 대로 전면 공격으로 이행한다. 로켓 런처는 그때 사용할 것이므로 지시가 있을 때까지 마음대로 써서는 안 된다.

아키라에게 전달된 작전 내용은 그 정도로 매우 간략했다.

"이상이다. 질문할 녀석은 있나?"

토가미가 괴이쩍은 얼굴로 질문한다.

"8번이다. 작전 내용이 너무 애매모호한데. 각자의 이동 경로나 배치, 공격 타이밍은 지시하지 않아?"

"철수 판단 말고는 각자의 임기응변으로 판단해라."

"임기응변? 마음대로 하라는 거야?"

"각자 최선을 다해라. 필요할 때 이쪽에서 지시하겠다."

"아무리 그래도 너무 엉성하잖아……. 부대 지휘는 그쪽에서 할 일 아니야?"

어찌 보면 토가미의 의견도 옳다. 시카라베의 지시로는 추가 요원들을 고작해야 오합지졸보다 조금 나은 정도의 집단으로 만든다. 부대 행동의 이점을 대부분 포기했다.

하지만 시카라베도 그 사실을 알면서 지시했다. 추가요원은 대부분 빚이 많아서 이번 현상수배급 토벌에 참여하게 된 자들이므로, 정밀한 연계가 필요한 효율적 부대 운용은 처음부터 불가능하다고 판단했다.

토가미가 그 점에 생각이 미치지 않은 것은 사무 파벌에서 홀대한다고는 해도 도란캄의 신인 헌터로서 집단전 훈련을 받았기 때문이다. 그 경험에 따라서 추가요원들도 그 정도는 할 수 있다고 생각하고 말았다.

똑같은 헌터라도 내포한 상식이 다르다. 그것에서 생기는 판단 기준의 차이도 고참과 신인의 알력을 낳는 원인이었다.

그리고 지금의 시카라베에게는 말씨름할 시간도, 의지도 없다. 조금 거센 어조로 대답한다.

"너는 자잘한 지시가 없으면 아무것도 못 하냐? 그렇다면 우리 방해만 하지 마라. 나머지는 알아서 해라. 질문할 사람은 더 없나?"

아무도 더 질문하지 않았다. 아키라는 각자 판단해서 움직이면 된다는 지시에 불만이 없고, 빚을 갚으려고 참가한 자들은 두당 보수만 받으면 상관없어서 적극성이 부족했다.

"질문이 없으면 끝내겠다. 각자 보수만큼은 일해라."

그것으로 통신이 끊겼다. 활약에 따라 보수가 커진다고 계약한 아키라가 보수를 최대한 늘리려고 의욕을 북돋운다.

그 옆에서, 토가미는 통신기를 노려보고 있었다.

◆

시카라베가 장갑수송차 안에서 야마노베와 파르가에게 말을 건다.

"너희 준비는 끝났나?"

두 사람은 장갑수송차 안에서 황야 사양 바이크에 걸터앉아 있었다. 양쪽 모두 여유롭게 웃으며, 딱 알맞은 긴장이 낳은 고양감을 살짝 드러내고 있다.

"그래. 언제든지 갈 수 있다."

"나도."

야마노베는 무반동총과 저격총을 섞은 듯한 대형 총을 손에 쥐었고, 파르가는 대형 유탄기관총을 들었다. 그것들은 각자의 바이크에 장착된 자동 급탄식 탄약고와 연결되어 있었다.

단단히 준비한 두 사람의 모습을 보고, 시카라베도 웃으며 고개를 끄덕였다.

"좋아. 어쩔까? 먼저 나갈까? 다른 녀석들이 얼마나 성실하게 미끼가 될지는 알 수 없다. 상황에 따라서는 내가 미끼를 맡겠지만, 그때는 너희를 차에 두면 의미가 없으니 말이지."

야마노베가 고개를 가로젓는다.

"아니, 돌발적으로 바이크가 직격을 맞으면 곤란해. 최소한 적의 위치를 파악하고 나가야지. 이 차량의 장갑은 단단하지?"

"그래. 집중 공격을 받아도 한동안은 버티겠지. 이 차량의 내구가 위험해지면 철수한다. 너희도 무리하지 말라고."

파르가가 기분 좋게 웃는다.

"나도 알아. 살아서 집에 가야 헌터지. 욕심부리다가 죽을 마음은 없어."

언제나 위험과 보수를 저울질하고, 정확한 판단을 고른다. 욕심이 보수의 무게추를 늘리고 위험을 상대적으로 가벼이 여길 때, 헌터는 황야에 삼켜져 죽는다.

시카라베 일행은 오늘도, 그리고 앞으로도 죽을 마음이 없었다.

그때 장갑수송자 달린 색적 장치가 큰 반응을 포착했다. 시카라베가 곧장 반응의 진원지를 확인한다. 그리고 여유롭게 웃더니 통신기에 대고 힘차게 소리친다.

"탱크란튤라를 발견했다! 전투 개시다!"

그 호령과 함께, 현상금 8억 오럼이 걸린 몬스터와의 싸움이 마침내 시작되었다.

◆

아키라는 시카라베 일행보다 먼저 탱크란튤라를 발견했다.

산개 지시를 받았을 때 통신기로 자신이 갈 위치를 확인하고 부대의 전방, 장갑수송차의 앞쪽으로 많이 진출한 상태였다. 그 위치에서 알파가 색적한 결과다.

『아키라. 현상수배급을 발견했어.』

알파가 황야를 손짓하고, 아키라가 그쪽을 주시한다. 그러자 알파의 서포트로 성능이 훨씬 좋아진 정보수집기가 맨눈으로는 콩알만 하게 보이는 적의 모습을 망원 렌즈 기능으로 포착해 아키라의 확장 시야에 크게 표시했다.

그 모습을 본 아키라는 무심코 경계심보다 흥미가 다분히 담긴 놀라움을 얼굴에 드러냈다.

『저게 탱크란튤라……. 커다란걸.』

탱크란튤라는 거대한 거미 형태의 몬스터다.

그 크기는 3층짜리 집만 하다. 장갑판 같은 외골격이 온몸을 감싸고, 16개나 되는 다리가 머리가슴만이 아니라 배에도 달렸다.

머리가슴과 배 위쪽에는 전차의 포탑 같은 부위가 있으며, 각각 대포 2문을 갖췄다. 몸 아랫부분에는 사람의 키보다도 큰 여러 개의 타이어와 무한궤도가 달렸다.

어지간한 헌터가 우연히 맞닥뜨리면 도망치는 것이 제일. 그 자리에 어울리지 않을 만큼 강력한 몬스터가 그곳에 있었다.

아키라의 시선이 닿는 곳에서 탱크란튤라가 그을리고 반파된 차량을 입으로 가져가 씹고 있다. 차량의 잔해가 강인한 이빨처럼 생긴 분쇄기에 찢기고, 으깨져서 거대한 몸뚱이 안으로 빨려든다.

『차를 먹고 있는데……. 식사 중인가?』

『그런가 봐. 차 주인은 반격해서 해치운 헌터일 거야.』

『끝내주는 잡식성인데…….』

아키라는 자신의 차가 먹히는 광경을 상상하고 끔찍하다는 듯이 얼굴을 찡그렸다. 그사이 탱크란튤라가 차량을 다 먹었다.

어지간한 소형차와 다른 황야 사양의 차량이다. 저렇게 덩치가 커도 배가 부르겠지. 다 먹으려면 시간이 더 걸릴 것이다. 아키라는 그렇게 생각했지만, 왕성한 식욕으로 금방 다 먹어 치우고 말았다.

『벌써 다 먹었어? 뭐 저딴 녀석이 다 있지.』

『저 지경으로 커졌으니까, 잡식성과 식욕도 그만큼 강해졌을 거야.』

『예전에 말한 변이종 말이야……?』

『그래. 분명 요노즈카역 유적 내부에서 변이했을 거야. 그곳에서 대량의 먹잇감을 구해서 성장한 거겠지. 그리고 유적 내부에서 살지 못할 정도로 커지는 바람에 밖으로 나온 거야.』

『뭐, 저만큼 크면 유적 안에 못 있겠지. 유적에 있던 먹이를 배불리 먹고 저렇게 커진 건가.』

아키라는 그렇게 생각하고 납득했다. 하지만 알파가 조금 더 덧붙인다.

『유적에서 나온 직후에는 저렇게 크지 않았을 거야. 지금처럼 거대화한 원인은 그 뒤로 있었겠지.』

『어? 하지만 황야에는 먹이가 많지 않잖아. 먹이는 그 유적에 있던 몬스터 무리 아니야?』

신기해하는 표정을 지은 아키라에게, 알파가 의미심장하게 미소를 짓는다.

『그 대신에 다른 무리가 몰려들었잖아? 뭐, 그러는 바람에 먹이가 금속류에 편중되어서, 그런 먹이도 먹을 수 있게 더욱 변이한 거겠지만.』

아키라도 그제야 깨달았다. 그리고 끔찍하다는 듯이 얼굴을 더 찡그렸다.

먹이는 현상수배급 토벌에 나선 헌터들이다. 반격해서 해치운 자들을 장비와 차량과 함께 먹어치워서 더 강해지고 커진 것이다.

『현상금이 자꾸 올라가는 이유가 있었어…….』

그때 통신기에서 시카라베의 목소리가 울린다.

"탱크란튤라를 발견했다! 전투 개시다! 작전대로 탱크란튤라의 공격을 단단히 유도해라! 시작해!"

아키라가 의식을 전환하고 정신을 바짝 차린다. 그리고 선두에 배치된 이상, 자신이 가장 먼저 돌진하기를 기대할 것으로 생각하고 차의 속도를 올렸다.

그 탓에 몸이 흔들린 토가미가 허둥댄다.

"이봐?! 뭐 하는 거야!?"

"뭐 하긴, 가까이 가서 미끼가 되는 거야. 그런 작전이잖아?"

작전이라는 이유로 주저하지 않고 탱크란튤라를 향해 돌진하려는 아키라의 말과 행동에, 토가미는 놀라서 몸을 굳혔다.

"내릴 거면 시카라베의 차에 다가갈 테니까 말해. 미안하지만 너까지 돌볼 여유는 없어."

하지만 이어지는 말을 듣고 거칠게 소리쳤다.

"지랄하지 마!! 나를 짐짝처럼 취급하지 말라고!"

"그래?"

아키라는 그것을 괜찮다는 말로 받아들였다.

『알파. 괜찮다는데? 그러니까 걱정하지 말고 마음껏 해.』

『알았어. 저 사람이 차 밖으로 날아가면 내던질 수고를 덜었다고 치자.』

『여유가 생기면 주워서 시카라베의 차에 던져 줄 수는 있어.』

의미심장하게 웃는 알파에게, 아키라는 쓴웃음을 지었다.

운전이 갑자기 난폭해진다. 차체가 진행 방향을 억지로 틀면서 가속한다. 장갑수송차가 탱크란튤라의 사선에 들어가지 않게 하려는 것인데, 그 의도를 전달받지 않은 토가미는 몸에서 균형을 크게 잃고 조수석에서 떨어질 뻔했다.

"이봐! 이번엔 또 뭐야……?!"

놀란 토가미가 다른 놀라움 때문에 무심코 말을 멈췄다. 극심하게 흔들리는 차에서, 아키라가 운전석에서 태연하게 일어나 자세를 전혀 흐트러뜨리지 않고 뒤쪽으로 가고 있었다.

그리고 지난번 사격 때와 똑같이 CWH 대물돌격총을 겨누는 아키라의 모습을 보고, 토가미는 주춤거리고 말았다.

(설마…… 명중하나?)

차체의 흔들림은 지난번에 비교도 할 수 없다. 표적이 지난번보다 크다고 해도 어렵다. 그렇게 생각하면서도 단단히 총을 겨누는 아키라의 보면 그 생각을 부정할 수 없었다.

(야, 이게 말이 돼?! 나는 일어서기도 어려운데?!)

방아쇠가 당겨진다. 황야 저편에 있는 표적을 향해, 굉음과 함께 총탄이 사출되었다. 토가미는 난간에 손을 대고 결과를 주시했다.

알파의 난폭 운전은 이미 탱크란튤라가 감지했을 위험성을 고려해 아키라가 적의 사선에 들어가지 않게끔 하기 위해서다.

멀쩡하게 포장되지 않은 황야에서 그렇게 운전했다간 당연히 차체가 심하게 흔들린다. 그럴 때 일어서려고 하면 일반적으로는 금방 차에서 떨어진다.

하지만 아키라는 태연하게 총을 겨누고 있다. 이것은 알파가 강화복을 통해 중심을 정밀하게 제어한 덕분이다. 정보수집기로 차와 주위 상황을 확인하고, 운전에 따른 차체의 진동을 계산함으로써 아키라의 움직임을 미세하게 보조한 것이다.

나아가 아키라는 집중해서 체감 시간을 조작하고, 천천히 농밀하게 흐르는 세계 속에 자신의 의식을 둠으로써 차체의 흔들림을 상대적으로 완화하고 있었다.

그런 상태에서 총구에서 뻗는 파란색 탄도 예측선을 탱크란튤라에 맞춘다. 그리고 더욱 집중해서 한순간의 밀도를 최대한 농축하고, 차체의 흔들림이 완전히 사라졌다고 착각한 순간에 방아쇠를 당겼다.

CWH 대물돌격총에서 사출된 전용탄이 허공을 가른다. 반동으로 차체가 흔들릴 정도의 위력으로 목표와의 사이에 있는 공기층을 억지로 꿰뚫고, 그 위력이 쇠하면서도 표적에 명중했다.

명중한 탄환은 탱크란튤라의 단단한 외골격에 쉽사리 튕겨 나갔다.

『맞았나……?』

알파의 서포트도 있으니까 빗나갔을 것 같지는 않지만, 상대에게서 피탄의 영향이 보이지 않는다는 사실에 아키라가 괴이쩍은 표정을 지었다.

『명중했지만, 도탄했어..』

『전용탄을 맞고도 멀쩡하냐고…….』

『하지만 상대의 주의를 끄는 데는 성공했어. 포탄이 올 거야. 회피하기 위해서 운전이 더 거칠어질 거니까 조심해.』

『알았어.』

아키라는 총구를 내리고 한 손으로 차체를 꽉 잡았다.

탱크란튤라는 피탄 전부터 아키라 일행의 존재를 알고 있었다. 그러나 상대와의 거리와 더 먹음직한 대형 차량을 찾아서 무시했다.

하지만 공격당하면서 상처는 없어도 대처하는 우선순위를 끌어올려 반격에 나선다. 포탑을 돌리고, 조준을 맞추고, 꾕음과 함께 포격을 개시했다.

포탄이 아키라의 차를 날려버리고자 고속으로 차례차례 쏟아진다. 그것을 알파가 능숙하게 운전해서 회피해 나간다.

탱크란튤라의 포각에서 탄도를 예측하고, 발포 후 포탄을 인식해 탄도를 재계산하고, 착탄 위치를 정확하게 산출해서 포격 사이사이를 누빈다.

그 운전은 탑승자의 생명을 잘 고려한 것이지만, 거센 포격에서 도망치는 대가로 탑승감을 완전히 무시하고 있었다. 급가속, 감속, 방향 전환이 이루어질 때마다 맹렬한 관성이 아키라와 토가미를 덮친다.

아키라는 그것을 강화복의 신체 능력으로 버티고 있었다. 한 손으로 차체를 꽉 붙잡고 떨어지는 것을 방지하면서 다른 손으로 CWH 대물돌격총을 쏘고 있었다. 탱크란튤라의 공격을 유도하기 위해서라도 사격을 멈출 수는 없었다.

지면에 착탄하고 땅속에서 폭발한 포탄에 의해 연기와 흙과 잔해가 치솟는다. 그 충격과 폭풍으로 차체가 한순간 뜨고, 아키라와 토가미는 붕 뜨는 느낌을 받으면서 착지했다.

아키라도 이번만큼은 얼굴을 실룩거린다. 두 다리가 아주 잠시나마 차에서 떨어지는 바람에 한 손으로 차체를 꽉 붙잡지 않았더라면 위험했을 것이다.

그런데도 알파는 여유롭게 웃고 있다.

『상대의 조준 정확성은 꽤 떨어지나 봐. 이 정도면 더 접근할 수 있어.』

『그렇다면 착탄 지점에서 더 떨어져 줘! 아까 건 조금 위험하지 않았어?!』

『괜찮아. 그 정도의 위력이면 직격을 맞아도 한 발 정도는 버틸 수 있어.』

『그건 차를 말하는 거지?! 직격을 맞으면 나는 죽지?!』

『아무래도 아키라의 강화복으로 저걸 막을 수는 없어. 성능이 더 좋은 걸 사야지.』

논점이 어긋나기 시작했지만, 아키라는 그럴 겨를이 없었고, 알파는 신경을 쓰지 않았다.

『말도 안 되는 소리 하지 마! 그런 건 대체 얼마나 하는데!』

『아키라가 혼자서 탱크란튤라를 해치우면 그 현상금으로 살 수 있을 거야.』

『그런 돈은 없어!』

『그렇다면 돈을 더 많이 벌어야겠네. 열심히 벌어 보자.』

『그래. 그래야겠네!』

당연하다는 기색으로 미소를 짓는 알파에게, 아키라는 조금 자포자기한 느낌으로 대꾸했다.

◆

시카라베 일행은 장갑수송차에 달린 기기를 통해서 아키라의 전투 양상을 지켜보고 있었다. 무모하게 보이는 그 모습에 파르가가 매섭게 웃는다.

"제법인데. 역시나 억대급. 배짱이 두둑해."

야마노베도 감탄한 표정을 보인다.

"미끼로선 충분해. 조금 이르지만, 우리도 나설까. 시카라베, 열어 줘."

시카라베가 조작해서 뒷문이 천천히 열린다. 장갑수송차도 꽤 고속으로 이동 중이어서 문밖으로 보이는 지면이 빠르게 움직이고 있었다.

"무리하지 말라고. 일을 마치면 곧장 거리를 벌려."

"나도 알아. 그야 저걸 보고 조금 흥분했지만, 나도 좋은 모습을 보여주겠다는 마음은 안 생겨."

"박수갈채 속에서 죽을 마음은 없지. 그런 건 다른 녀석들이나 하면 돼. 우리는 평소처럼 하마."

시카라베는 동료들의 그런 모습을 보고 안심한 듯이 조금 표정을 풀었다.

"좋아! 그러면 다녀와!"

"2번. 작전을 시작한다."

"3번. 작전 개시!"

야마노베와 파르가가 바이크를 타고 장갑수송차 밖으로 힘차게 뛰쳐나간다. 그리고 주행 중인 차량에서 나온 관성으로 착지 후에 지면을 미끄러지지만, 훌륭한 운전 기술로 바이크의 자세를 단단히 유지한다. 그대로 가속해서 장갑수송차를 앞지르고 둘로 나뉘어서 탱크란튤라를 향해 움직였다.

◆

아키라는 포격의 틈새를 누비면서 탱크란튤라와의 거리를 더욱 좁히고 있었다. 미끼 담당으로서 적의 의식을 붙잡아두기 위해서, 나아가 가능하다면 다소 손상을 주기 위해서, 더욱 접근해서 사격의 효과를 키워나간다.

CWH 대물돌격총의 전용탄이 탱크란튤라에 다시 명중했다. 접근해서 위력을 키운 보람이 있는지 튕겨서 손상을 못 주는 결과로는 이어지지 않았다. 피탄의 충격으로 우그러진 장갑이 떨어져 나간다.

하지만 그것도 표면이 벗겨졌을 뿐이다. 그 안에는 멀쩡한 새 장갑이 있고, 밖으로 밀려나서 원래대로 돌아간다. 현재로서는 탱크란튤라에 이렇다 할 손상을 주지 못했다.

아키라는 적의 튼튼함에 인상을 썼다.

『이만큼 접근해서 쏘는데도 전혀 통하는 느낌이 없어……. 알파. 이쯤 되면 총구를 들이대고 쏴야 하나?』

『그렇게 하면 어느 정도는 효과가 있겠지만, 아무리 그래도 그만큼 접근하면 너무 위험해. 미끼 역할은 잘 수행하고 있으니까, 이제는 시카라베 일행의 작전을 기대하자.』

『그렇군. 알았어.』

그때 차가 진행 방향을 억지로 크게 틀어서 차체가 심하게 흔들린다. 조금 뒤늦게 수평으로 날아온 포탄이 근처를 지나갔다. 통과하면서 흐트러진 대기의 풍압이 아키라의 머리카락을 헝클어뜨리고, 뺨을 뒤흔들고, 식은땀을 날린다.

아키라는 포탄이 떨어진 곳이 날아가는 것을 보고 이마에 식은땀을 보충했다.

『위험해라! 알파! 계속해서 안전 운전을 해 줘! 내가 말하기도 조금 그렇지만, 안전 운전의 의미가 뭔지 궁금해지는걸.』

그렇게 말하고 나서 쓴웃음을 짓는 아키라에게 알파가 짓궂게 웃었다.

『어머, 나는 정말로 안전하게 운전하고 있는걸. 그 증거로 이만큼 포격을 받는데도 탑승자는 무사하잖니?』

『그러네…….』

아키라는 무사하다는 말의 정의도 따지고 싶지만, 본인도 자기 몸을 건사하느라 한계여서 다른 탑승자까지 신경 쓸 여유는 없었다.

◆

아키라의 저격을 보고 마음의 지주로 삼던 자기 실력에 대한 자신감이 흔들린 토가미는 무의식중에 과도하게 투지를 키우고 있었다.

자신이 자랑하는 실력을 발휘해 현상수배급 토벌에서 크게 활약하고, 흔들린 자신감을 되찾겠다. 그러기 위해서라면 다소의 위험은 각오했다.

그 각오는 지금도 있다. 하지만 현재 상황은 그런 각오로 어떻게 할 수 없는 것이 아니었다.

아키라의 차는 탱크란튤라의 포격을 피하려고 계속해서 지그재그로 움직이고 있고, 나아가 급정지, 급가속, 급선회를 되풀이하고 있었다. 그 관성과 함께 포탄의 폭풍과 충격이 토가미를 심하게 뒤흔들었다. 한순간이라도 긴장을 풀었다간 차 밖으로 내동댕이쳐질 것 같았다.

토가미가 자신의 실력을 차에서 떨어지지 않는 데만 쓰면서 똑같은 상황에 처했을 인물을 본다. 그러자 일단은 한 손으로 차체를 붙잡고 몸을 지탱하면서, 그 와중에도 나머지 손으로 총을 잡고 탱크란튤라를 향해 계속해서 사격하는 아키라가 눈에 들어왔다.

(이 자식은 대체 뭐야?! 헌터 랭크가 21이라고? 웃기지 마!

이런 헌터 랭크 21이 있을까 보냐!)

토가미는 저격 실력을 빼고서도 아키라의 실력을 비정상으로 여길 수밖에 없었다.

적의 포격을 자동 운전으로 피하는 것은 무리가 있다. 그리고 이것이 아키라의 차인 이상, 아키라가 원격 조작으로 운전하는 것으로 생각할 수밖에 없다.

원격 조작 자체는 단순히 정보단말 등의 통신 기기를 통해서 차량의 제어장치를 조작하기만 하면 된다. 기술적으로는 가능한 일이다.

하지만 그것을 심하게 흔들리는 차에서 적을 사격하면서 한다면, 토가미로서는 상식을 초월했다고 생각할 수밖에 없다. 그러면서 저격을 성공시키다니, 우연이 개입할 여지가 눈곱만큼도 없는 기적의 기술이었다.

그 사실에 경악하면서, 토가미가 다른 이유로 인상을 쓴다.

자신도 탱크란튤라를 쏴서 상대의 의식을 붙들어둬야만 한다. 차에 매달리려고 동승한 것이 아니다. 그렇게 자기 자신을 질타하면서도, 일어서면 차 밖으로 날아갈 것임을 알아서 일어설 수가 없다.

(내가, 내가 짐짝이라고?! 제기랄!)

입을 열면 혀를 깨물 것 같아서, 토가미는 끓어오르는 감정을 목소리로 내지도 못했다. 그것이 토가미의 마음을 더더욱 고통스럽게 했다.

◆

　바이크로 탱크란튤라와 거리를 좁히던 야마노베가 자신의 임무 위치에 자리를 잡았다.

　"시카라베의 걱정은 헛고생으로 끝났군. 미끼가 잘 일했어."

　야마노베는 미끼 담당들의 분투로 예상보다 일이 편해질 것 같다며 호의적으로 인식했다. 하지만 작은 의문도 느낀다.

　"그런데…… 저만큼 잘하는 녀석들이 두 팀이나 있을 줄은 몰랐는걸. 아키라는 시카라베가 데려온 억대급이다. 이해하지 못할 일은 아니지. 하지만 저쪽의 4번…… 아마도, 네르고였던가? 저 녀석은 저런 실력으로 왜 추가요원 일을 받은 거지?"

　네르고는 이번 현상수배급 토벌에 파르가의 소개로 가담한 헌터다. 팔이 넷 달린 사이보그로, 의체와는 달리 몸이 확실하게 기계처럼 생겼다. 아키라와 마찬가지로 자기 차로 탱크란튤라에 꽤 가까이 다가가 대형 총을 능숙하게 조작해 사격을 퍼붓고 있었다.

　돈을 원해서 이번 현상수배급 토벌에 참여한 다른 추가요원들과는 다르게 네르고는 보수로 도란캄 가입을 요구했다. 그리고 시카라베에게 충분한 활약을 조건으로 잘 소개해 주겠다는 약속을 받았다.

　"정식 창구로는 안 되니까 우리 연줄로 도란캄에 들어가고 싶다고 들었는데, 저 실력으로 정식 창구가 곤란하다면 대체 어디서 얼마나 사고를 친 거지……."

야마노베는 그런 의문이 생겼지만, 지금은 일하는 중이라고 의식을 전환했다.

"아무렴 어때. 저렇게 미끼 역할을 잘해 주니까 나도 편하지. 나는 내 일을 끝내자."

표정을 굳게 바꾸고, 바이크를 탄 채로 대형 총을 겨눈다. 그리고 총보다는 포에 가까운 대구경 총구를 탱크란튤라로 돌리고, 계속해서 미끼 담당들에게 포격하는 커다란 몸을 잘 조준해 방아쇠를 당겼다.

총구에서 사출된 것은 소형 기계다. 강한 접착성 물질에 감싸여 명중 후에는 그대로 표적에 달라붙는다.

탱크란튤라는 야마노베의 저격을 감지하고 있었다. 하지만 그것이 손상을 목적으로 하는 행위가 아닌 까닭에 강력한 탄환을 쏘는 아키라와 네르고에 대한 공격을 우선했다.

그 덕분에 야마노베는 편하게 연사할 수 있었다. 소형 기계가 거대한 몸통의 곳곳에 달라붙는다.

일을 마친 야마노베가 다음 임무를 담당하는 파르가에게 연락한다.

"여기는 2번. 마킹을 마쳤다."

"여기는 3번. 알았다. 먼저 돌아가."

"일단 남아서 기다리지. 네가 실수하면 큰일이니까."

"말하는 꼬라지 하고는."

농담을 주고받고, 야마노베의 작업이 먼저 끝났다.

파르가는 이미 탱크란튤라와 거리를 좁혀서 미끼 담당들 덕분에 본인이 먼저 공격하지 않는 한은 공격 대상이 되지 않는 경계선의 아슬아슬한 위치에 있었다.

그리고 야마노베에게 연락을 받고, 슬쩍 웃으면서 그 경계선을 돌파했다.

그것을 감지한 탱크란튤라는 곧바로 파르가를 공격 대상에 추가했다. 포격으로 대상을 분쇄하고자 포탑을 돌린다. 아키라와 네르고가 사격해서 상대의 조준을 자신들에게 되돌리려고 하지만, 파르가가 거리를 더 좁히는 바람에 무시당했다.

가속하는 파르가를 포탑의 대포가 쫓으며 조준한다. 파르가는 자신을 완전히 조준하기 전에 대형 유탄기관총을 겨누더니 의기양양하게 웃고 방아쇠를 당겼다.

무수한 유탄이 허공을 날아가 명중과 동시에 대량의 연기를 흩뿌린다. 일부 유탄은 명중하고도 폭발하지 않고 탱크란튤라에 달라붙어 발연통처럼 연기를 확산시킨다.

파르가가 그대로 유탄기관총을 연사한다. 바이크에 장착한 탄창에서 대량으로 공급되는 유탄을 총구에서 토해낸다. 그리하여 탱크란튤라의 주위는 짧게나마 짙은 연기에 휩싸였다.

그 연기 속에서 거대한 포탄이 파르가를 노리고 발사된다. 그러나 그 포탄은 엉뚱한 곳으로 날아갔다. 포격은 몇 번이고 거듭됐지만, 조준이 전부 대폭 어긋났다. 파르가는 그 모습을 지켜본 다음 그 자리에서 유유히 이탈했다.

그것이 단순한 연막이라면 탱크란튤라는 파르가를 문제없이 노릴 수 있었다. 그러나 가시광선만이 아니라 적외선과 초음파 등 상대를 포착하는 온갖 정보가 차단된 상황에서는 제아무리 현상수배급이 될 정도의 몬스터라도 정확한 포격이 불가능했다.

파르가가 쏜 것은 재밍 스모크 발생 장치였다.

시카라베는 야마노베와 파르가가 사전 준비를 완료했다는 보고를 받고 두 사람에게 곧바로 목표를 이탈하라고 지시했다. 그리고 통신 대상을 전체로 바꾼다.

"여기는 1번! 분배한 로켓 런처의 사용을 허가한다! 전원, 탱크란튤라를 정조준할 수 있는 거리까지 접근해라! 일단은 내 신호에 따라서 일제히 발사한다! 절대로 늦지 마라!"

잘되면 이것으로 승리할 수 있다며, 시카라베는 짙게 웃음을 띠었다.

◆

연기에 휩싸인 탱크란튤라를 본 아키라가 표정을 굳힌다. 적은 거대해서 맞히기 쉽지만, 그 커다란 몸뚱이를 감싼 연기의 범위는 더 넓다. 이래서는 멀쩡하게 맞힐 수 없다며 경계심을 끌어올렸다.

『연막인가……. 귀찮은걸. 알파. 어쩔까? 어떻게든 될까?』

『괜찮아. 그리고 저 연막은 재밍 스모크이고, 시카라베 일행이 한 일이야. 탱크란튤라가 만든 게 아니야.』

재밍 스모크 발생 장치를 쏴서 탱크란튤라에 붙인 것이다. 알파는 그렇게 설명을 보탠 다음에 아키라의 시야를 확장했다.

그러자 연막에 파묻힌 탱크란튤라의 모습이 또렷하게 비친다. 재밍 스모크의 성분표를 기준으로 표시를 수정한 것이다.

『오오, 굉장한걸. 이렇게 하면 상대는 우리가 보이지 않고, 우리는 상대가 훤히 보이는 건가. 편리하네. 이렇게 편리하면 그때 사도 되지 않았어?』

『유감이지만, 이건 카츠라기의 트레일러에서 파는 싸구려로는 흉내도 낼 수 없어.』

성분표를 기준으로 보정하면 노이즈가 합쳐져 정보를 수집할 수 있게 되는 재밍 스모크는 제조하기 어려운 만큼 비싸다.

시카라베 일행은 그 비싼 제품을 대량으로 써서 적의 색적을 최대한 방해하고 아군의 정보 수집 방해를 최소한으로 했다.

아키라가 그 설명을 듣고 감탄한 표정을 짓자 알파가 의미심장하게 웃으며 본다.

『이 정도로 고성능 고급품을 지금처럼 대량으로 쓰면 비용도 상당히 커질 거야. 현상수배급과 싸우려고 무척 분발한 것 같은걸. 현상금에서 그 비용을 빼면 얼마나 남을까?』

참가자들에게 주는 보수는 그 나머지 금액에서 나온다. 아키라의 표정이 조금 딱딱해졌다.

『현상금, 남으면 좋겠는걸?』

『괘, 괜찮겠지…….』

그때 시카라베가 로켓 런처를 사용하라고 지시했다. 샘솟는 불안을 얼버무리듯이, 아키라는 곧장 준비하기 시작했다.

탱크란툴라는 재밍 스모크의 영향으로 엉뚱한 데만 포격한다. 이동해서 연기를 빠져나가려고 해도 발생원이 자기 몸에 달라붙은 상태다. 금방 연기로 뒤덮인다.

피탄 위험이 극적으로 줄어들면서 알파가 거친 운전을 억제했다. 그 덕분에 토가미도 간신히 일어날 수 있게 되었다. 무척 지쳤지만, 비틀거리며 어떻게든 자세를 바로잡았다.

"이, 이봐……."

토가미는 무의식중에 아키라에게 말을 걸었다. 하지만 그 의도는 자기 자신도 잘 몰랐다.

난폭한 운전에 대한 불평. 어째서 그만한 실력이 있느냐는 질문. 짐짝이 된 자신을 속이기 위한 변명. 그것들이 입 밖으로 나가기 전에 충돌하고, 말이 되지 못한 채 무언으로 바뀐다.

아키라는 그런 토가미의 태도를 그냥 '나한테도 로켓 런처를 내놔.'라는 의미로 해석하고, 로켓 런처와 로켓탄을 토가미에게 던졌다.

그리고 조금 당혹스러워하는 토가미를 방치하고 준비를 계속했다. 로켓 런처의 조준기는 이미 목표 고정을 마치고 자동 추적이 유효가 되었음을 알리는 내용이 표시되고 있었다.

통신기에서 시카라베의 지시가 들린다.

"15초 후에 공격한다! 이걸 위해서 데려온 거다! 공격에 동참하지 않은 녀석은 보수를 깎을 거다!"

토가미가 허둥지둥 준비하기 시작한다.

"5! 4! 3! 2! 1!"

아키라는 이미 로켓 런처를 겨누는 상태다. 토가미 역시 가까스로 늦지 않았다.

"0!"

시카라베의 호령에 맞춰 아키라를 포함한 추가요원들이 일제히 로켓탄을 발사했다.

로켓탄이 차례차례 탱크란튤라를 향해 날아간다. 그리고 그대로 목표에 어느 정도 접근하자 궤도를 바꿔 상승하고, 각자의 비거리와 발사 타이밍에 따른 오차를 공중에서 수정해서 모이더니 거의 동시에 탱크란튤라에 명중했다.

다음 순간, 무수한 로켓탄 폭발이 합쳐진 대폭발이 일어났다. 섬광이 황야에 번쩍이고, 탱크란튤라를 한순간에 집어삼킨 폭염이 주위에 퍼져 일대를 불사른다. 매섭게 몰아치는 폭풍은 아키라가 있는 데까지 도달하고, 그 강풍으로 차체가 들썩거렸다.

아키라는 조금 넋을 놓고서 폭발 지점을 지켜보고 있었다.

『굉장한데. 현상수배급을 해치우려면 이 정도는 해야 하는 건가.』

격렬한 공격에 놀라면서도, 그렇기에 이것으로 이겼다고 여긴 아키라는 무의식중에 경계가 느슨해지고 말았다.

그것을 알파가 경고한다.

『아키라. 긴장을 풀긴 일러. 아직 해치웠다고 확정된 건 아니야.』

『어?!』

예상에서 벗어난 소리를 들은 아키라가 무심코 알파를 본다. 아무도 없는 곳을 쳐다보는 이상한 사람이나 할 짓인데, 그 정도로 놀랐다.

『아니, 알파. 아무리 그래도 해치웠겠지. 만약 살았다고 해도 저걸 맞았잖아. 이미 빈사 상태일 거야. 이제는 모두가 로켓탄을 퍼부어서 천천히 숨통을 끊으면…….』

『아키라. 저걸 봐.』

탱크란튤라는 주위에 깔린 재밍 스모크가 폭풍으로 날아가 맨눈으로도 볼 수 있게 되었다.

다리를 몇 개 잃었다. 포탑처럼 보이는 금속 부위도 날아갔다. 거대한 배가 크게 일그러져서 터졌다. 몸 아랫부분의 타이어와 무한궤도도 파괴되었다.

그런데도, 그 폭발을 겪었음에도, 탱크란튤라는 원형을 유지하고 있었다. 더군다나 움직이려고 했다. 나머지 다리를 써서 그 거대한 몸을 억지로 움직이려고 발악하고 있었다.

하지만 나머지 다리도 손상이 심하고, 줄어든 다리로는 부하도 커진다. 거대한 몸을 채 지탱하지 못하고 다리가 몇 개 더 부러지는 바람에 굉음을 내고 주저앉았다.

『그, 그걸 맞고도 움직일 수 있어?! 아니, 그래도 이젠 움직이지 못하는 것 같으니까 괜찮겠지?』

아키라는 너무나도 튼튼한 탱크란튤라를 목격하고 놀라면서도, 다 죽어가는 움직임을 보고서 안도했다.

그때 통신기를 통해서 시카라베가 지시한다.

"한 번 더 간다. 유도 장치를 다 붙이는 대로 똑같이 공격한다. 각자 로켓 런처를 준비해 둬라."

"여기는 2번. 알았다. 바로 끝내마."

"여기는 3번. 나는 어쩔까? 혹시 모르니 재밍 스모크를 다시 붙일까?"

"목표의 상태를 확인할 테니까 잠시 기다려라. 적은 원거리 공격 능력을 상실했으니까 괜찮겠지. 다음 현상수배급과의 전투에서도 쓸 거다. 남겨 둬. 상황이 바뀌어서 필요해질 것 같으면 써라."

"알았다. 뭐, 적 주포는 파괴했으니까. 재밍 스모크는 필요 없나……. 음? 저게 뭐야?!"

당황하는 파르가의 목소리가 통신기를 통해서 모두에게 전해졌다.

이 자리에 있는 자들의 인식은 다양하다. 승리를 확신하고 완전히 긴장을 푼 자도 있다. 아직 살아있다고 일정한 경계심을 남긴 자도 있다.

그러나 조금씩 다르기는 해도, 자신들이 압도적으로 우세하며 이제 뒷정리만 남았다고 생각한다는 점에는 차이가 없었다.

그 모두의 예상을 뒤엎는 광경이 아키라 일행 앞에 나타난다. 이미 일부가 터진 탱크란튤라의 배가 더 크게 갈라지고, 그곳에서 대량의 소형 탱크란튤라가 쏟아져 나온 것이다.

무수한 새끼 거미가 주위에 퍼진다. 소형이라고 해도 어미 거미와 비교했을 때의 이야기다. 크기는 들쑥날쑥하지만, 몸길이가 2미터 정도 되는 개체도 대량으로 섞여 있었다.

그 소형 탱크란튤라 무리가 타이어와 무한궤도를 힘차게 움직여 아키라 일행을 향했다.

새끼 거미 한 마리가 소형 포탑을 아키라의 차가 있는 곳으로 돌린다. 포탄이 발사되고, 차량 근처에 떨어져 폭발했다. 그 위력은 어미 거미의 대포와 비교해서 급이 떨어지지만, 몇 번이나 맞으면 황야 사양 차량이라도 크게 손상할 파괴력을 지녔다.

알파가 차를 힘껏 발진시킨다. 무수한 새끼 거미들이 일제히 포격하고, 무수한 포탄이 후방에 차례차례 떨어졌다. 급발진하는 차와 적의 포격 모두에 허둥댄 토가미가 비명을 질렀다.

심하게 흔들리는 차에서 아키라가 장비를 교환한다. 오른손에 CWH 대물돌격총을, 왼손에 DVTS 미니건을 들고서 그 화력으로 새끼 거미 무리를 때렸다.

확장 탄창에서 공급하는 탄환이 DVTS 미니건의 연사 속도에 맞춰서 적 무리를 덮친다. 무리 중에서도 비교적 소형인 개체는 그 탄막을 뒤집어쓰고 산산조각이 났다.

그 소사를 버틴 대형 개체에는 CWH 대물돌격총에서 사출된 전용탄이 박힌다. 표적이 된 개체가 피탄과 동시에 대파해 날아갔다.

그래도 아키라는 인상을 험악하게 쓰고 있었다.

『어미보단 약하네! 하지만 숫자가 너무 많아!』

『그래도 해치우면 줄어들 거야. 아무튼 숫자를 줄이렴.』

『알았어!』

무리 일부를 해치워도 나머지가 동족의 잔해를 짓밟고 육박한다. 탱크란튤라의 배에서 대량의 새끼 거미가 어미의 부피를 무시한 것처럼 지금도 쏟아져 나오고 있다. 그러한 무리가 포격하는 바람에 대량의 포탄이 탄막이 되어서 일대에 쏟아졌다.

알파는 그 포탄을 고도의 운전 기술로 회피했지만, 포격이 너무 격렬한 탓에 전부 피하지는 못했다.

큼직한 포탄의 빗발 중에서 하나가 전방에 떨어지고, 충격으로 차체가 흔들린다. 그 위력을 몸으로 느낀 아키라는 차에서 떨어지지 않도록 이를 악물고 간신히 버텼다.

『알파! 제발 부탁이니까 잘 피해 달라고?!』

『괜찮아. 이 정도의 위력이라면 다소 맞아도 지장은 없어.』

『그러니까! 그건! 차를 말하는 거지?! 나는?!』

『됐으니까 아키라는 적을 줄이렴. 포격의 원인을 줄이면 맞을 확률이 그만큼 확실하게 내려갈걸?』

『알았어! 하면 되잖아! 하면!』

아키라는 조금 자포자기한 기색으로 대꾸했다. 그리고 계속해서 CWH 대물돌격총과 DVTS 미니건의 화력을 적 무리에 퍼붓는다. 알파의 서포트도 있어서 최대 효율의 화력이며, 무수한 새끼 거미들이 속수무책으로 파괴되어 간다.

그래도 상황을 개선하는 데는 이르지 않는다. 소형이어도 현상수배급에서 쏟아져 나온 개체인 만큼 하나하나가 어지간한 몬스터보다 강하다. 그것이 무리를 지어 덮쳐드는 이상, 고전을 면할 수 없다.

상황은 로켓 런처를 일제히 사격하기 전보다 나빠지고 있었다.

제94화 현상수배급 격파

시카라베 일행은 탱크란튤라의 배에서 쏟아져 나온 새끼 거미에 대처하느라 정신이 없었다. 아키라와 다른 추가요원들도 각자의 차량으로 도망치면서 싸우고 있지만, 상황은 좋지 않다.

통신기에서 시카라베의 지시가 튀어나온다.

"도망치는 개체는 무시해! 그것들을 잡는다고 현상금이 나오는 건 아니야! 어미를 지키는 것이라면 그 어미를 잡았을 때 주위에 흩어질 가능성도 있다. 어미 격파를 주목적으로 생각해라! 2번! 마킹은 어떻게 됐어!"

"여기는 2번! 어미 개체에 유도 장치를 설치해도 새끼 개체가 파괴해! 잠깐만……?! 어미의 유도 장치를 떼고 이탈한 개체가 있다! 유도 장치를 가지고 1번 차량으로 이동하고 있어! 유도 설정을 안 바꾸면 그쪽으로 로켓탄이 날아갈 거야!"

"제기랄! 어미 개체는 이동할 수 없지? 위력은 다소 떨어지겠지만 어쩔 수 없다! 유도 설정을 어미 개체의 좌표로 변경한다! 2번은 작업을 새끼 개체의 격파로 바꿔라! 로켓 런처를 가진 자들은 1분 간격으로 공격한다! 발사 타이밍은 통신기 카운트에 맞춰!"

통신기에서 기계 음성이 흘러나온다.

"59, 58, 57……."

모두의 통신기에서 같은 음성이 나온다. 지시는 전달되고 있지만, 헌터들의 태반은 그럴 경황이 아니었다.

◆

아키라는 인상을 매우 험하게 쓰고 응원하고 있었다. 그토록 얼굴을 찡그린 이유에는 새끼 거미 무리에 포위당한 상황을 넘어서는 사정이 있었다.

『알파! 왜 나만 이렇게 공격당하는 거야?!』

새끼 거미들은 명확하게 아키라의 차를 우선해서 공격하고 있다. 다음으로 노리는 것은 시카라베 일행의 장갑수송차로, 여타 추가요원들은 꽤 뒷전이다.

어떻게 보면 그 덕분에 전투 능력이 뒤떨어지는 다른 추가요원들이 갑자기 전멸하는 사태를 면할 수 있었다. 하지만 아키라에게는 자신만 불합리하게 공격하는 것처럼 느껴졌다.

『적 무리를 너무 많이 해치우는 바람에 상대의 교전 알고리즘이 우선해서 격파해야 하는 강적으로 설정한 걸지도 몰라. 운이 나쁘다고 생각하자.』

자신의 불운 탓이라고 들은 아키라가 쓴웃음을 짓는다.

『이것도 내 운이 나빠서 그렇다고? 그렇군! 그렇다면──.』

그리고 일부러 씩씩하게 웃었다.

『──평소처럼 쓸어버리면 되겠네!』

알파도 웃고서 아키라의 기운을 북돋아 준다.

『그런 셈이야. 평소처럼 쓸어버리자!』

알파가 차량의 제어장치를 통해서 네 바퀴를 제각기 정밀하게 움직이고, 타이어의 회전 방향을 따로따로 제어해서 차체를 그 대로 옆으로 미끄러뜨리듯 회전시킨다.

아키라는 그 관성을 강화복 조작으로 흘린다. 중심 이동을 조금이라도 실수했다간 곧바로 차 밖으로 내팽개쳐질 정도로 불안정한 상황에서, 탄약이 다 떨어지는 것도 아랑곳하지 않고서 두 손에 든 총으로 계속 사격한다.

그 결과, 아키라가 겨눈 DVTS 미니건은 전방의 적 무리를 쓸어버리는 수준을 넘어서 차와 함께 두 바퀴를 돌아 사방에 총탄을 뿌렸다.

소사 범위를 넓힌 만큼 밀도가 떨어진 탄막은 확장 탄창의 혜택을 마음껏 누려서 충분한 밀도를 확보했다. 촘촘한 총탄 폭풍이 새끼 거미들을 꼼꼼하게 분쇄하고, 살점과 금속 조합의 혼합물로 바꿔 나간다.

아키라의 시야에는 적의 위치가 위에서 내려다보는 시점으로 빨갛게 표시되고 있다. 그 빨간 부분이 아키라를 중심으로 차차 사라지고, 조금 전까지만 해도 온통 빨갛게 물들었던 영역에 색이 없는 원형 구역을 만들었다.

그래도 원은 다시 서서히 작아진다. 그만큼 적이 많이 남아 있었다.

이미 주변에는 부서진 소형 탱크란튤라의 잔해가 사방으로 널렸다. 그러나 적의 포격이 약해질 기미는 전혀 없다. 아키라도 이제는 완전히 질렸다.

『알파. 이건 아무리 그래도 너무 많지 않아? 이만큼 해치웠잖아. 탱크란튤라의 커다란 배에서 나온 것들은 다 해치웠을 텐데?』

아키라 혼자 무리를 상대하는 것은 아니다. 시카라베 일행도, 다른 추가요원들도, 조금씩 차이는 있어도 상당수의 개체수를 격파했다. 그런데도 이 상황은 너무 이상하다고, 아키라는 의문을 느끼기 시작했다.

『아키라. 그 건에 관해서는 안타까운 소식이 있어.』

『뭔데? 설마 분열해서 늘어난다고 하진 않겠지?』

『아니야. 다른 장소에서 증원이 지금도 속속 모이고 있어. 그래서 근처 개체를 다 해치운 정도로는 눈에 띄게 줄어들지 않아.』

아마도 탱크란튤라는 교전 전에도 대량의 새끼 거미를 낳았으며, 그것들은 황야에 풀어놓았을 것이다. 그리고 성장한 개체를 불러서 자신을 지키게 하고 있다. 알파는 그렇게 덧붙였다.

아키라가 질색하는 표정을 짓는다.

『어쩐지 줄어들지 않더라. 뭐, 분열하는 것보단 낫나.』

통신기에서는 로켓 런처 공격 타이밍을 맞추기 위한 기계 음성이 이어지고 있다.

"……5, 4, 3, 2, 1, 0."

새끼 거미를 상대하느라 빠듯한 아키라에게 로켓 런처를 쏠 여유는 없다. 하지만 토가미가 대신 쐈다.

다른 추가요원들이 쏜 것도 합쳐서 총 10발의 로켓탄이 상공을 날아간다. 그리고 공중에서 궤도를 크게 틀어 탱크란튤라를 향했다.

그러나 어미 거미 주위에 있는 새끼 거미들이 쏜 포탄에 맞는 바람에 6발만이 명중했다. 위력이 부족해서 탱크란튤라의 숨통을 끊는 데는 이르지 못한다.

고개를 슬며시 가로젓는 알파를 보고, 아키라가 무심코 한숨을 쉰다.

『정말 튼튼하네. 그래도 한 번만 더 처음처럼 공격할 수 있으면 해치울 텐데…….』

『그러려면 새끼 거미를 제거할 필요가 있어. 적어도 추가요원의 반이 공격에 가담할 수 있을 정도로는 말이야.』

추가요원의 태반은 새끼 거미에 대처하느라 정신이 없다. 일단 시카라베도 차량에 탑재한 기총으로 적 무리를 일시적으로 쫓아내 공격할 틈을 만들려고 하지만, 적의 물량을 저지하는 것이 한계였다.

『아무튼, 할 수 있는 만큼 해볼 수밖에 없나.』

『그런 셈이야. 나도 서포트할 테니까 힘내렴.』

아키라가 알파에게 격려받으면서 새끼 거미 무리를 총으로 쏜다. 비싼 확장 탄창을 중간에 몇 번이고 교체하고, 그 경비는 반드시 받아내겠다며 조금 어긋난 느낌으로 다짐하고 있었다.

◆

통신기에서 이어지는 자동 음성을 들으면서, 토가미가 인상을 굳히고 로켓 런처를 준비한다.

"20, 19, 18……."

차에서 떨어지지 않도록 조심하면서, 양손에 하나씩 잡고서 겨눈다. 조준할 필요는 없다. 쏘기만 하면 자동 유도로 날아간다. 타이밍을 맞춰 방아쇠를 당긴다.

"2, 1, 0. 59, 58, 57……."

그리고 다음 공격에 대비한다. 새끼 거미에 대처하느라 여유가 없는 탓에 로켓 런처 공격에 가담할 수 없는 아키라를 대신해서 장전을 마친 로켓 런처를 양손에 하나씩 들고 2인분을 확실하게 쏠 태세를 갖춘다.

그 반복이 토가미에게 가능한 최선의 행동이었다.

운전은 예전보다도 훨씬 나아졌다. 새끼 거미를 격퇴하는 데도 가담할 수 있다. 하지만 자신이 무리를 공격해서 얼마나 의미가 있을까. 그렇게 생각하니 그쪽을 택할 수 없었다.

그렇다면 이쪽이라고, 로켓 런처 공격에 전념한다. 그렇게 해서 같은 차에 탄 의미를 보강한다. 본인도 구차한 변명과 같은 행위임을 잘 알면서도, 자신을 완전한 짐짝으로 만들지 않기 위해서 최선을 다하고 있었다.

그래도 토가미는 한심한 자신에게 분노하며 몸을 떨었다.

◆

　새끼 거미 섬멸에 전념하던 아키라의 앞에 무리 중에서는 대형인 개체가 출현했다. 단단한 장갑으로 온몸을 감싸고, 다리로는 낼 수 없는 속도를 타이어와 무한궤도로 내면서 차를 향해 돌격했다.

　아키라가 DVTS 미니건으로 다른 새끼 거미와 함께 쓸어버리려고 하지만, 그 개체는 총탄에 장갑이 우그러지면서도 맹렬하게 돌진한다.

　그 튼튼함에 조금 놀라면서도, 아키라는 허둥대지 않고 CWH 대물돌격총을 겨눴다. 사출된 전용탄은 적의 단단한 장갑을 쉽사리 관통하고, 머리가슴 부분을 파괴해서 개체를 즉사시켰다. 머리가슴 부분에서 떨어진 배가 관성으로 허공을 날아간다.

　다음 순간, 그 배가 터지고, 내용물을 쏟아냈다. 아키라가 무심코 표정을 굳힌다.

　주변에 흩날린 것은 아키라의 주먹만 한 크기의, 대량의 거미였다.

　반사적으로 공격하지만, 전부 격추하는 것은 불가능했다. 새끼 거미에서 태어난 작은 거미가 아키라의 차에 쏟아진다.

　『이건 뭐야?!』

　『아키라! 차에 달라붙은 개체를 빨리 처리하렴! 차를 먹으려고 해!』

　『으헉?!』

아키라는 허둥지둥 근처에 있는 작은 거미를 걷어찼다. 이어서 확장 시야에 강조되어 표시되는 다른 개체를 제거하려고 나선다.

장갑 타일이나 좌석이라면 허용 범위에 들지만, 차량의 제어 장치나 타이어 등이 갉아먹히면 치명적이다. 서둘러서 제거한다. 죽일 필요는 없다. 차체에서 떼어내는 것이 급선무다.

작은 거미를 처리하는 사이에도 새끼 거미가 덮쳐들어서 양손에 있는 총을 놓을 수 없다. 잘못 쏘지 않게 조심하면서 차체에 달라붙은 것을 쏘거나, 좌석에 있는 것을 총으로 쳐내거나, 바닥에 있는 것을 발로 걷어차거나 한다.

그때 다른 총성이 울린다. 아키라가 반사적으로 시선을 돌리자 토가미가 황급하게 권총으로 거미를 쏘고 있었다. 아키라는 무심코 성질을 냈다.

"야?! 조심해서 쏘라고! 아니, 안쪽에 있는 녀석은 쏘지 말고 처리해!"

"권총탄 정도는 괜찮잖아! 황야 사양 차량인데! 그 정도로 망가질 것 같아?!"

"내 차거든?!"

그렇게 쓸데없이 말다툼을 벌이는 동안에도 작은 거미가 아키라의 차를 갉아먹고 있다. 게다가 다시 대형 새끼 거미가 차를 향해 돌진했다.

아키라는 불길한 예감이 들면서도 무시할 수는 없다. 방치해서 차에 격돌하고, 이런 상황에서 전복되기라도 했다간 치명적이다. CWH 대물돌격총을 겨눠서 방아쇠를 당긴다. 전용탄이 머리가슴을 날려버리고, 거미의 배가 다시 허공을 날았다.

아키라는 즉각 DVTS 미니건을 배에 겨누고 연사했다. 이참에 내용물을 한꺼번에 분쇄하면 다행이다. 총탄에 맞아서 날아가도 괜찮다. 그렇게 생각하고 취한 행동이다.

하지만 배 표면의 장갑이 그 탄막에 어중간하게 저항했다. 총탄으로부터 내용물을 지키면서도 버티지 못하고 터져 나간다. 그 결과, 내용물인 작은 거미가 다시 주변에 뿌려졌다. 그 일부가 아키라의 차에도 쏟아진다.

『또냐!』

『아키라. 관성으로 떼어내 볼 테니까 떨어지지 않게 조심하라고 저 사람에게 전해.』

"떨어지지 않게 꽉 붙잡아!"

그 말을 들은 토가미가 차를 단단히 붙잡으려고 한다. 하지만 그때, 작은 거미 한 마리가 토가미의 팔에 달라붙었다. 무심코 그것을 쳐내려고 차에서 손을 뗀 순간, 극심한 관성이 토가미를 덮쳤다.

알파는 차를 빠르게 돌리면서 급격하게 U턴시켰다. 차에 달라붙은 작은 거미들이 그 관성과 원심력에 의해 날아간다. 그리고 토가미도 함께 차 밖으로 날아갔다.

아키라는 공중에 뜬 토가미에게 손을 뻗으려고 했지만, 닿지 않았다.

◆

　차에서 떨어진 토가미가 지면에 내팽개쳐진다. 강화복 덕분에 상처는 없지만, 상황은 치명적이다. 차 밖으로 날아갈 때 총을 놓쳤고, 주위에는 새끼 무리가 있고, 더군다나 차는 멀어지고 있었다.

　"제기랄! 위험해!"

　상황을 다 저주한 토가미가 무의식중에 몸을 옆으로 날린다. 잠시 후 대형 새끼 거미가 토가미의 바로 옆을 지나갔다.

　공격을 회피당한 새끼 거미는 타이어와 무한궤도를 옆으로 돌려서 급선회하고 다시 표적을 덮치려고 했다.

　반사적으로 총을 겨누려고 하던 토가미가 움직임을 멈춘다. 총은 없다.

　"빌어먹을!"

　이런 데서 끝날 수는 없다. 그 의지를 주먹에 담고, 토가미는 자신에게 돌진하는 새끼 거미에게 온 힘을 다해서 일격을 날렸다.

　강화복의 신체 능력이 충분히 실린 주먹이 적의 안면에 꽂힌다. 반동을 지지하는 두 다리가 닿은 지면이 균열이 생기는 것을 넘어서 함몰될 정도의 그 일격은 상대의 머리가슴을 파고들어서 거대한 몸뚱이의 관성을 상쇄했다.

　충돌 때 발생한 관성으로 거미의 배가 위로 올라가고, 그것이 지면에 떨어져 큰 소리를 냈다. 타이어와 무한궤도도 정지했다.

하지만 새끼 거미를 해치우는 데는 이르지 못했다. 타이어와 무한궤도가 다시 움직이고, 토가미를 깔아뭉개고자 힘을 더한다.

토가미는 곧바로 두 손으로 상대를 붙잡았다. 상황은 좋아지지 않았다. 자칫하면 단숨에 깔린다. 하지만 이대로 가면 언젠가 힘으로 밀린다.

다 틀렸다. 그런 자각이 토가미의 얼굴에 감추지 못하는 공포를 드러냈다.

죽음의 인식이 의식을 가속하고, 세계의 흐름을 느리게 한다. 하지만 그것도 농밀한 시간 속에서 공포를 숙성하는 효과만 낳았다.

"내가…… 이런 데서…… 제기랄……."

입에서 흘러나온 작은 체념과 함께, 토가미는 의지를 잃고 말았다.

다음 순간, 토가미의 눈앞에 있는 거미가 아키라에게 짓밟혔다.

◆

토가미가 차에서 떨어진 후, 아키라는 귀찮다는 표정을 지으면서도 차 밖으로 뛰쳐나갔다. 그리고 강화복의 신체 능력으로 도약한 다음, 토가미를 덮치는 새끼 거미를 힘껏 짓밟았다.

그것은 두 손에 들린 총기의 무게까지 합해서 상당한 위력을 지녔지만, 새끼 거미를 죽이기에는 모자랐다. 그러나 적의 움직임을 멈추기에는 충분했다. 반동으로 다시 살짝 도약하면서, 아래에 있는 거미를 총으로 쏜다.

CWH 대물돌격총의 전용탄에 정통으로 맞은 머리가슴이 터져 나가고, DVTS 미니건의 연사를 가까이서 뒤집어쓴 배가 이번에야말로 내용물과 함께 분쇄된다. 거미는 한순간에 숨이 끊기고, 힘을 잃었다.

그대로 아키라는 넋을 놓고 있는 토가미의 앞에 착지하고 그대로 주위를 견제하는 목적으로 탄막을 뿌린 다음, 토가미의 옆에 다가와 걷어찼다.

정확하게는 발등을 잠깐 대고 날리듯이 밀어낸 건데, 그것이 신속하게 이루어지는 바람에 토가미로서는 걷어차였다고 생각할 수밖에 없었다.

공중에서 비명을 지르는 토가미를, 다시 U턴해서 돌아온 차의 뒷좌석이 받아낸다. 아키라도 몸을 날려서 차에 탔다.

차에 달라붙은 작은 거미는 두 차례의 고속 U턴으로 다 제거했다.

토가미는 반쯤 넋이 나가 있었지만, 뛰어서 차에 올라탄 아키라를 보더니 정신이 혼란스러운 상태로 입을 연다.

"무……무슨 짓이야……."

"미안해. 두 손이 바빴거든."

그 말만 하는 아키라를 본 알파가 살짝 쓴웃음을 지었다.

『일거리만 늘려 주었네. 그래서 이 사람은 어떻게 할 거야?

이렇게 말하긴 조금 그렇지만, 이대로 태우고 가도 더는 도움이
안 될 거야.』

『그렇군…….』

아키라가 잠시 생각하고 나서 고개를 끄덕인다.

『좋아. 나를 방해했으니까 시카라베가 원하는 대로 그쪽 차에
내던지자.』

『알았어.』

알파는 웃으면서 차의 진로를 바꿨다.

◆

시카라베가 탄 장갑수송차도 수많은 작은 거미가 습격하고 있
었다. 새끼 거미를 차량에 탑재한 기총으로 분쇄했을 때 주위에
떨어진 것이다.

장갑수송차는 아주 튼튼하지만, 기총을 집중적으로 갉아먹으
면 언젠가는 지장이 생긴다. 그러나 차체에 달라붙은 작은 거미
를 차량에 탑재한 기총으로 파괴하는 것은 불가능하다.

시카라베는 밖에 있는 추가요원들에게 퇴치하라고 시킬까 고
민했지만, 그들은 차량을 어설프게 공격해서 피해만 쓸데없이
키우겠다고 판단했다.

"하는 수 없지. 내가 알아서 해결할까."

혀를 차고 자동 운전으로 바꾼다. 그리고 바깥으로 나가고자
뒷문을 열었다. 그때 밖을 본 시카라베는 무심코 괴이쩍은 표정

을 지었다.

아키라가 차를 몰아서 시카라베 쪽으로 이동하는데, 더군다나 차 위에서 토가미를 억지로 붙잡고 높이 쳐들고 있었다.

"어이, 진짜로 내던질 셈이냐?"

시카라베가 무심코 쓴웃음을 흘리자 토가미가 진짜로 내던져졌다. 비명을 지르면서 허공을 날고, 장갑수송차의 내부를 향해 날아든다.

시카라베는 능숙하게 토가미를 붙잡아 차량 내부에서 격돌하는 것만큼은 방지했다. 하지만 그대로 바닥에 내팽개치듯 내려놓는다.

"마침 좋을 때 왔군. 토가미. 차는 운전할 줄 아냐?"

토가미는 다짜고짜 내던져지는 혼란 속에서 대답할 수 있는 상태가 아니었다.

시카라베가 혀를 차고 토가미를 슬쩍 걷어찬다.

"야! 토가미! 내 말 들리냐! 차량 운전 말이다! 할 수 있냐?"

"어? 그, 그래. 할 수 있어."

"나 대신 운전해라. 자동 운전에는 한계가 있으니까 말이지. 무슨 일이 생기면 연락해라."

시카라베는 그렇게 지시하고는 뒤쪽 천장 부분을 붙잡고 능숙하게 장갑수송차 위로 올라갔다. 그리고 차체에 들러붙은 작은 거미를 차례차례 총으로 쏜다.

피탄의 충격으로 차체에서 떨어진 작은 거미가 지면에 닿은 순간 밟혀서 으깨졌다.

혼자 남은 토가미는 정신 차리고 허둥지둥 운전석으로 갔다.

◆

토가미를 내던진 아키라는 장갑수송차 위에서 작은 거미를 처리하고 있는 시카라베를 보고 살짝 감탄했다.

『굉장한걸. 나랑 다르게 알파의 서포트도 없는데 용케 저럴 수가 있어. 떨어지면 어쩌려고 저러지?』

『현상수배급 토벌에 나설 정도니까, 그만한 실력도 있는 거겠지. 감탄만 하지 말고 아키라도 자기 일로 돌아가.』

『알았어. 하자.』

아키라가 토가미를 던지려고 내려놓았던 CWH 대물돌격총과 DVTS 미니건을 다시 집는다. 그러자 알파가 조금 대담하게 웃었다.

『이제 저 사람을 떨어뜨릴 걱정이 없으니까 이제부턴 평소처럼 운전할 수 있겠네.』

『그러네. 잠깐만…… 그게 살살 운전한 거였어?』

『그래. 가자.』

아키라의 차가 급가속한다. 아키라는 흐트러지는 자세를 황급히 바로잡았다.

◆

아키라 일행의 필사적인 응전으로 상황은 조금씩 좋아지고 있었다. 적의 증원도 많이 줄어든 데다가, 아키라, 시카라베 일행, 네르고와 같은 실력자가 무리의 숫자를 확 줄인 덕분이다.

차량 제어장치가 망가진 게 아닐까 의심할 정도로 난폭하게 운전하는 알파에게, 아키라는 회복약을 먹고 불평에 가까운 자포자기 발언을 자주 하면서 싸운 보람이 있다며 슬쩍 웃는 여유마저 보였다.

하지만 그때 알파에게 전투의 상황을 듣더니 표정을 흐렸다. 이대로 가면 이길 수 없다는 말을 들었기 때문이다.

『어? 하지만 적 무리도 거의 다 해치운 상황인잖아? 질 요소가 없어 보이는데, 뭐가 문제인 거야?』

『지는 게 아니라, 이길 수 없다는 거야.』

원래라면 첫 일제 공격으로 승패가 갈렸을 것이다. 하지만 그 이후로 혼전이 벌어진 탓에 두 번째 일제 공격이 막혔고, 미리 준비한 로켓탄을 효과적으로 쓰지 못하는 상황에서 대량으로 소비하고 말았다.

나아가 탱크란튤라는 새끼 거미에게 자신을 지키게만 하지 않고, 죽은 새끼 거미를 가져오게 해서 먹고 있었다. 충분한 먹이와 시간만 있으면 파괴된 부위도 완전히 회복할 것으로 예상된다.

그만큼 회복하지 않아도 타이어와 무한궤도의 자기 수복을 마치면 이동 정도는 가능해진다. 이미 무리와 전투하면서 시간을 많이 빼앗기고 말았다. 자칫하면 그대로 도주할 우려가 있다.

아키라가 무심코 탱크란튤라로 시선을 돌린다. 확장 시야 속에서 크게 표시된 대형 거미 몬스터는 왠지 모르게 각 부위의 회복이 제법 끝난 것처럼 보였다.

『어? 이걸 어쩌지. 이만큼 싸우고 놓치는 건 아무래도 사양하고 싶은데.』

『아마도 그것을 어떻게 할지를 포함해서 시카라베가 슬슬 지시를 내릴 거야.』

알파의 예상은 옳았다. 통신기에서 시카라베의 지시가 나온다.

"전원에게 통달! 다음 일제 공격으로 결판을 낸다! 로켓탄의 유도 설정을 변경해서 체공 시간을 최대한 늘리고 공격한다! 다음 신호에 받은 로켓 런처를 다 써라!"

시카라베는 탱크란튤라에 회복 시간을 더 줘서는 위험하다고 판단하고 결판을 내려고 했다.

"로켓탄을 다 쏜 녀석은 어떻게든 탱크란튤라의 주위를 총으로 쏴라! 적의 요격을 최대한 막아! 다음이 마지막이다! 그럴 작정으로 죽을힘을 다해라! 해치우지 못하면 현상금은 없다! 너희한테 줄 보수도 없어진다고!"

아키라는 슬쩍 웃은 다음에 숨을 크게 내쉬고, 표정을 진지하게 바꿔서 정신을 바짝 차렸다.

『좋아. 기왕이면 이기고 끝내겠어. 힘내자.』

『지금이 중요한 때야. 힘내자. 그 전에 아키라, 누가 다가오고 있어.』

『응? 누구지?』

다가온 것은 네르고의 차였다. 그대로 아키라의 차에 나란히 붙어서 살갑게 말을 건다.

"안녕. 나는 네르고라고 하는데. 함께해도 될까? 사실은 지급된 로켓탄을 거의 다 써서 말이지."

"뭐, 난 상관없는데."

"감사하마."

네르고는 그렇게 대답하고 아키라의 차로 뛰었다. 무인이 된 네르고의 차가 자동 운전으로 아키라의 차를 뒤따른다.

아키라가 조금 놀란다. 이동 중인 차와 차 사이를 나머지 로켓탄을 안고서 도약했는데도 네르고의 움직임은 진짜 자연스러웠다. 착지할 때도 아키라의 차가 흔들리지 않고, 소리도 들리지 않았을 정도다.

"무슨 문제라도 있어?"

"아, 아니. 주행 중인데도 참 가뿐하게 넘어와서 조금 놀랐을 뿐이야."

"그럭저럭 돈을 쓴 기체거든. 고성능이야."

"아, 그래요…….."

"그나저나 네 이름을 물어봐도 될까?"

"아키라, 인데…….."

"아키라로군. 좋은 이름이야. 소중히 간직해."

"고, 고마워."

아키라는 네르고에게 이상한 분위기를 느껴서 영문도 모른 채 조금 주춤거렸다.

네르고가 네 개의 팔에 각각 총을 들고 주위에 있는 새끼 거미들을 쏜다.

그것은 몬스터 전용 무기치고는 꽤 작은 총이었다. 하지만 총구에서 나오는 탄환은 위력이 충분히 강했다. 더군다나 그 조준은 네 자루 모두 다른 표적을 개별적으로 정확하게 노렸다.

위력과 정밀성을 겸비한 사격에 새끼 거미가 차례차례 분쇄된다.

아키라도 황급히 사격에 가담한다. CWH 대물돌격총과 DVTS 미니건을 겨누고 얼마 남지 않은 무리를 격파해 나간다.

네르고가 사격하면서 아키라에게 말을 건다.

"실력이 훌륭하군. 사실은 전투가 시작되고 나서부터 네가 싸우는 모습을 자주 봤는데, 하나같이 뭐라 할 구석이 없더군. 나는 보다시피 사이보그인데, 어쩌면 너도 의체이거나 하나?"

"아니. 나는 생체야. 강화복은 입었지만."

"흠. 너는 강화복을 쓰는군."

네르고는 주위의 적에 문제없이 대처하면서 아키라를 가만히 보고 있다. 아키라는 조금 위축되었다.

"뭐, 뭘 보는데."

"아, 직업상 나는 너 같은 강자에게 흥미가 있거든. 강화복을 착용했다고 해도 생체로 그런 움직임은 정말 대단해. 모종의 신체 확장 처리를 받았을까? 아니면 혹독한 훈련의 성과일까?"

"훈련과 실전이야. 신체 강화는 받지 않았어."

"그렇군. 정말 훌륭해."

아키라는 기분이 이상한 나머지 칭찬받는데도 괴이쩍은 표정을 지었다.

알파의 서포트를 받는 실력을 칭찬해도 전혀 기쁘지 않다는 이유가 아니다. 정체 모를 인물이 강하게 흥미를 보인다는 사실에서 느끼는, 가슴속이 술렁이는 듯한 감정에 가까웠다.

『이, 이 녀석은 뭐지……. 알파. 뭔가 알 수 있어?』

『보다시피 사이보그고, 아까 움직임을 봐서는 기체 성능을 완전히 발휘할 수 있는 실력자야. 알 수 있는 건 그 정도네. 흥미를 보이는 건 아키라가 그만큼 활약해서 그럴 테지만, 정확한 이유는 몰라.』

『그, 그래?』

그때 통신기에서 이어지는 기계 음성 카운트다운에 섞여 시카라베의 목소리가 울린다.

"시간이 거의 다 됐다! 신호와 동시에 내가 철수를 지시할 때까지 계속해서 쏴라! 이 마지막 공격에 동참하지 않은 녀석은 쓰레기로 판단하겠다! 살아서 보수를 받을 수 없을 줄로 알아라!"

"10, 9, 8……."

아키라와 네르고가 로켓 런처를 겨눈다. 두 손에 든 아키라와 다르게 네르고는 네 손으로 하나씩 잡고 있었다

"7, 6, 5……."

탱크란튤라의 근처에서는 야마노베와 파르가가 유도 장치와 재밍 스모크를 쏘고 있었다. 새끼 거미가 줄어든 덕분에 접근할

수 있어서, 두 번째 일제 공격을 위해 최선을 다하고 있다.

"4, 3……."

시카라베는 로켓탄의 유도 설정을 변경해서 목표의 위치를 크게 벗어난 유도 장치를 무시하도록 조정하고 있었다. 나아가 토가미에게 차량에 탑재한 기총으로 새끼 거미를 쏘게 했다.

"2, 1……."

다른 추가요원들도 로켓 런처를 겨누고 있다. 이 기회를 놓치면 정말로 보수를 받을 수 없다는 생각에 필사적이었다.

"0."

기계 음성의 카운트다운에 맞춰, 헌터들이 일제히 로켓탄을 쐈다. 수많은 로켓탄이 차례차례 허공으로 날아갔다.

아키라는 시카라베의 지시에 따라 곧장 다음 로켓탄을 쏘려고 했다. 그것을 네르고가 제지한다.

"로켓탄 발사는 내가 도맡지. 내가 손이 더 많으니까. 너는 요격 방지를 부탁하마."

"아, 알았어."

탱크란튤라의 주변에 있는 새끼 거미는 짙게 깔린 재밍 스모크의 영향으로 로켓탄을 요격할 수 없다. 하지만 다른 곳에 있는 새끼 거미들은 체공 시간을 한계치까지 늘려서 유도 중인 로켓탄을 노릴 수 있다.

그러한 새끼 거미들을 아키라가 우선하여 격파한다. 알파의 서포트도 있어서 최대 효율로 적의 요격을 방지하고 있었다.

네르고는 네 개의 팔로 로켓탄을 능숙하게 연달아 쏘면서, 아키라의 뒤에서 그 실력을 유심히 관찰하고 있었다.

허공을 날아가는 수많은 로켓탄이 공중을 가볍게 선회하면서 체공 시간을 늘리고, 다음 로켓탄과 합류해 무리가 된다. 그리고 숫자가 충분히 갖춰진 순간, 일제히 탱크란튤라를 덮쳤다.

궤도와 명중 타이밍을 각자 자동으로 조정하고, 거의 동시에 사방에서 목표물을 맞히고, 기폭한 로켓탄 무리가 첫 번째 공격보다도 훨씬 맹렬한 폭발을 일으켰다.

폭풍으로 심하게 흔들리는 차에서, 아키라는 그 위력에 놀라고 있었다.

『이걸로 못 해치우면 더는 정말로 어떻게 할 수 없다고!』

『괜찮아. 아키라. 저걸 봐.』

알파가 웃으며 가리킨 곳에는 요란하게 폭발해 산산조각이 난 탱크란튤라가 있었다.

게다가 주위에 있는 새끼 거미들도 정지했다. 몇 마리는 고속으로 이동하다가 멈춘 탓에 그대로 다른 개체와 충돌하고 나자빠져 있었다.

『아마도 어미가 제어하는 상황에서 그 어미가 파괴되고, 새끼도 동시에 제어장치와 함께 정지한 것 같아. 이젠 괜찮아.』

『이긴 거지?』

『그래. 이겼어.』

아키라가 숨을 크게 내쉰다. 승리의 실감은 환희보다 안도를 더 크게 불렀다.

네르고가 침착한 태도로 아키라에게 말을 건다.

"무사히 토벌했나 보군. 참 잘됐다. 그러면 나는 이만 물러나지. 인연이 있으면 나중에 또 보자."

네르고는 그 말을 남기고 자신의 차로 뛰더니 그대로 사라졌다.

아키라가 의아한 기색으로 미묘한 표정을 짓는다.

『결국…… 저 녀석은 뭐였지?』

『글쎄. 뭐, 우리가 신경 쓸 일은 아니야.』

『하긴 그렇네. 아, 피곤해…….』

아키라는 정말로 지친 얼굴로 운전석에 앉고 온몸에서 힘을 뺐다. 그리고 그대로 8억 오럼의 현상금이 걸린 몬스터를 해치운 기분 좋은 피로감에 몸을 맡겼다.

알파가 평소처럼 아름답게 웃으며 아키라를 위로한다.

『아키라. 수고했어.』

그것은 정말로 평소와 똑같은 웃음이며, 8억 오럼짜리 현상수배급도, 흔한 몬스터도, 알파에게는 큰 차이가 없음을 알려주고 있었다.

예상을 벗어나는 사태가 발생하기는 했지만, 아키라는 시카라베 일행과 함께 탱크란튤라를 격파하는 데 성공했다.

제95화 하찮은 수작

현상수배급 토벌은 표적을 해치웠다고 끝나는 게 아니다. 토벌자의 이름을 널리 알리고 현상금을 받으려면 각종 절차를 밟아야 한다.

헌터 측으로서는 고액의 현상금과 토벌 성공의 명예를 확실하게 손에 얻기 위함이다. 현상수배급을 우리가 해치웠다고 다른 헌터가 거짓말해서 성과를 가로채이는 것은 참을 수 없다. 대상은 황야에서 자취를 감췄지만, 당사자가 해치웠는지를 확인할 수 없다며 현상금 지급을 거부당해도 난처하다.

지급하는 측으로서는 고액의 현상금을 주는 이상 대상이 확실하게 토벌되었다는 보증이 필요하다. 의도적인 거짓말은 논할 가치도 없다. 그 정도면 해치웠을 것이라는 억측도, 살아있을 우려가 있다면 쉽게 거금을 줄 수 없다.

그러므로 헌터 오피스에서 현상수배급 격파를 철저하게 검증한다. 그 검증이 있고 나서 뭔가 오류가 발견되더라도, 그것은 헌터 오피스조차 예상할 수 없는 사태였다는 증거이므로 이어질 분쟁을 온건하게 해결할 수 있다.

만약 전투에서 현상수배급이 완전히 가루가 되어서 사체의 유무로는 대상 격파를 확인할 수 없는 상태라도, 정보수집기의 토벌 데이터 등을 통해 표적을 확실하게 해치웠다고 헌터 오피스에서 인정하면 공적인 토벌 성공이 된다.

협력 관계가 아닌 헌터 팀들이 혼전 속에서 현상수배급을 해치웠을 때도 어느 팀이 해치웠는지를 헌터 오피스의 판단에 맡김으로써 불필요한 다툼을 피할 수 있다.

그러한 이유에서도 헌터 오피스의 토벌 확인 절차는 매우 중요했다.

또한 현상수배급으로 인정할 만큼 강력한 몬스터는 그만큼 강해질 정도로 변이나 자체 개조가 이루어진 특별한 개체일 경우가 많다. 따라서 생물형, 기계형을 불문하고 기업의 연구 대상으로서 격파 후에도 큰 가치가 있다.

그리고 그 사체나 잔해 등은 격파 판정을 조사한다는 명목으로 헌터 오피스에서 소유권을 가진다.

다만 현상수배급의 시체 등이 명확하게 남았고, 헌터가 양도를 거부했을 때는 협상이 필요해진다. 돈이 부족하지 않은 헌터가 현상금을 바라지 않고 취미나 명예를 이유로 현상수배급을 토벌해 박제해서 집에 장식하는 일도 종종 있었다.

시카라베는 헌터 오피스와 토벌 처리를 진행하면서 추가요원들에게 탱크란튤라의 잔해를 긁어모으라고 지시했다.

물론, 시카라베는 탱크란튤라의 박제를 만들 생각이 없다. 그것을 미리 모아서 헌터 오피스에 곧바로 넘김으로써 현상수배급 격파 처리를 신속하게 처리하기 위함이다.

그런 수준의 이유이기도 해서, 아키라나 네르고처럼 추가요원 중에서도 충분히 활약한 자들은 휴식하라는 지시를 들었다.

대규모 전투의 상흔을 짙게 남긴 황야에서, 살아남은 자들은 제각기 시간을 보내고 있었다.

◆

아키라는 늦은 점심을 먹으려고 했다. 가져온 휴대식량을 바닥에 늘어놓고 뭘 먹을지 고민한다. 그리고 몇 가지 종류에서 고른 샌드위치를 입에 가득 넣었다.

한바탕 일하고 난 뒤라서 그런지 딱 알맞게 출출한 상태다. 식감이 좋은 재료를 꼭꼭 씹으면서 식사의 고마움을 주로 위장으로 만끽하며 표정을 느슨하게 푼다.

그런 아키라의 앞에서 알파도 미소를 지으며 똑같이 샌드위치를 입에 넣고 있었다.

애초에 알파에게는 식사가 불필요하고, 샌드위치 역시 영상만 있다. 그러므로 함께 식사하는 풍경을 꾸민 것에 불과하다.

그래도 아키라가 무심코 식사를 중단할 정도는 되었다.

『왠지…… 그게 더 맛있어 보이는데.』

『아키라도 먹어 볼래? 자, 앙~.』

알파가 웃으며 자기가 먹던 샌드위치를 아키라의 입가로 가져간다. 잘 부푼 빵. 신선한 채소. 소스가 흘러내리는 고기. 그것들로 구성되어 정말 먹음직스럽게 보이는 샌드위치에는 알파의 잇자국이 있었다.

아키라가 얼굴을 찡그린다.

『그런 식으로 사람을 괴롭히지 말라고…….』

시각 정보만으로 이토록 맛있게 보일 만큼 완성도가 좋은 샌드위치지만, 실존하지는 않는다. 아키라의 두 눈을 통해 입안에서 침이 고이게 하고 위장을 강하게 자극하지만, 먹을 수 없다. 그것은 일종의 고문이었다.

『어머, 미안해.』

알파는 즐겁게 웃으면서 샌드위치를 자신의 입가로 도로 가져가 맛있다는 듯이 입에 물었다.

아키라는 못마땅한 듯이 인상을 쓰면서 먹을 수 있는 샌드위치를 다 먹었다. 아침때도 똑같은 것을 먹었지만, 부족한 느낌의 차원이 다르다.

『좋아. 결심했어. 돌아가면 더 맛있는 걸 먹을 거야. 가격을 신경 쓰지 않고 맛있어 보이는 걸 살래.』

결의가 담긴 아키라의 선언을 듣고, 알파가 조금 호들갑스럽게 고개를 끄덕인다.

『그러면 돼. 아키라도 그 정도 사치는 배워야지. 나도 이렇게 한 보람이 있어.』

『거짓말. 그냥 놀린 거잖아.』

『어머. 나는 아키라에게 거짓말하지 않아. 못 믿는 거니?』

믿는다고 하면 놀리지 않았다고 인정하는 셈이다. 하지만 믿지 못한다고 대답하기는 싫다. 아키라는 못마땅한 듯이 침묵으로 반응했다. 그리고 알파의 샌드위치 때문에 쓸데없이 활발해진 위장을 억지로 달래기 위해서 폭식하듯 식사를 재개했다.

알파는 그 모습을 보고 즐겁게 웃었다.

◆

시카라베 일행은 장갑수송차 내부에서 헌터 오피스 직원들이 도착하기를 기다리고 있었다. 휴식하면서 잡담을 나누고 탱크 란튤라와의 전투를 돌이켜 본다.

야마노베와 파르가는 현상수배급 격파를 높이 평가하고 흥겹게 웃지만, 시카라베는 조금 떨떠름한 얼굴로 한숨을 쉬고 있었다.

"실수했어. 저걸 잡고 8억 오름은 수지가 안 맞아. 잘못 판단했군."

그렇게 엄격한 평가를 들은 야마노베가 슬쩍 웃는다.

"뭐, 정말로 강하긴 했지. 그 정도면 12억은 받고 싶은걸."

파르가는 흥겹게 웃으면서 고개를 가로저었다.

"아니, 14억은 받아야지. 현상금 목적으로 저걸 잡는다면, 그 정도는 받아야 수지가 맞아. 안 그래, 시카라베?"

"그러니까 실수했다고 한 거잖아. 수지가 안 맞는 일에 불러서 미안하군."

시카라베가 한숨을 쉬었다. 야마노베가 씁쓸하게 웃고 파르가를 달랜다.

"너무 그러지 마. 애초에 이번엔 현상수배급 토벌 자체가 목적이고, 처음부터 채산을 무시했다고. 그래도 흑자는 유지했지. 그 점을 생각하면 충분하잖아."

시카라베 일행이 탱크란튤라와 싸운 것은 현상수배급 토벌에 성공한 공적으로 도란캄 내부의 파벌 싸움에서 우위에 서기 위해서다. 그러한 이유가 있어서 다른 파벌이나 도란캄 소속이 아닌 헌터들에게 추월당하지 않게 서두를 필요가 있었다.

더 기다렸으면 현상금이 수지에 맞는 수준으로 올라갈 가능성도 충분히 있었다. 하지만 추월당할 위험도 커진다. 그리고 정말로 수지에 맞는 현상금인지 아닌지는 실제로 싸울 때까지 알 수가 없다.

시카라베도 그 점을 고려해서 타이밍을 판단한 것인데, 이번에는 조금 성급했다며 조금 후회하고 있었다. 그만큼 한숨도 크다.

"14억까지 기다릴 순 없었더라도, 하다못해 10억까지는 기다려야 했군. 아아, 조금 위험한데."

그렇게 말하고 슬그머니 머리를 감싸는 시카라베의 태도를 본 야마노베가 조금 신기해한다.

"응? 뭐가 다른데? 수지에 맞지 않다고 해도 적자만 안 보면 우리한테는 큰 차이가 없잖아. 우리는 현상금을 안 받기로 계약했으니까."

현상수배급을 토벌하는 데 성공해도 자신들은 1오럼도 챙기지 않는다. 시카라베 일행은 추가요원들을 고용할 때 그런 식으로 거래했다.

하지만 시카라베는 그것을 알면서도 골머리를 앓고 있었다.

"그게 문제야. 그건 기본적으로 현상금에서 경비를 빼고, 우리를 제외한 인원끼리 나누는 거잖아? 그리고 활약에 따라 분배 비율을 바꾸겠다고 부채질했지."

"그랬지. 그래서?"

"아키라와 네르고가 그토록 활약할 줄은 나도 예상하지 못했단 말이지. 단순히 현상금에서 경비를 빼고 나누면 아무리 생각해도 활약에 걸맞은 보수가 되지 않아. 하지만 활약에 걸맞게 보수를 주려면 다른 녀석들에게 줄 보수가 증발한다고."

"아하, 그렇군. 고생이 많은걸."

"네르고 쪽은 도란캄에 소개받는 것이 목적이니까 어떻게든 되겠지만, 아키라는……."

헌터 오피스를 거치지 않은 위험한 비공식 의뢰인 이상, 보수도 그만큼 많이 주기를 기대할 것이다.

헌터 오피스를 거치는 정식 의뢰라면 그 권위를 이용해 보수가 예상보다 적더라도 계약상 그렇게 되었다는 식으로 밀어붙일 수 있다.

하지만 비공식 의뢰에서 그랬다간 '장난하지 마'가 된다. 높은 위험성과 높은 보수를 전제로 목숨을 걸고 황야에 나선 것이다. 그 대가인 돈을, 자신의 목숨을 가볍게 여긴다면 보통은 사투로 발전한다.

시카라베도 헌터로서 그 대가를 아낄 마음이 없다. 나아가 아키라와 사투를 벌이고 싶지도 않다. 하지만 그렇다고 다른 추가 요원들에게 줄 보수를 줄이면 그쪽과도 사투가 벌어진다. 그쪽은 여유롭게 이길 수 있겠지만, 다음에 있을 거래에 현저한 악영향을 준다.

시카라베는 어떻게 해서든지 양쪽 모두와 평화롭게 해결해야만 했다.

파르가가 신나게 웃고 시카라베를 놀린다.

"아키라와 협상한 사람은 시카라베잖아. 그러니 네 담당이야. 잘 협상해 보시지?"

"나도 알아."

파벌 싸움만 없으면 이런 일도 안 생겼다며, 시카라베는 속마음을 토하듯이 한숨을 쉬었다.

◆

토가미는 시카라베 일행과 장갑수송차에 동승했지만, 담소에 낄 사이도 아니어서 조금 거리를 두고 있었다.

긴 의자에 앉아서 복잡한, 어딘가 궁지에 몰린 듯한 표정으로 정보단말을 조작한다. 헌터 오피스 사이트에 접속하고, 아키라의 개인 페이지를 열람한다.

그리고 기도하는 마음으로 헌터 랭크를 확인했다.

기도는 통하지 않았다.

"21……이라고……?"

아키라의 실력은 이미 인정할 수밖에 없다. 그렇다면 자신을 골탕 먹이려고 거짓말한 것은 아닐까? 실제보다 훨씬 낮은 헌터 랭크를 말한 것은 아닐까? 그게 사실이라면 그렇게 강한 것도 말이 된다며 마지막 희망을 걸었지만, 헛수고였다.

헌터 랭크를 비공개할 수는 있어도 거짓 숫자로 변경할 수는 없다. 설령 가능하더라도, 낮게 위장할 리가 없다. 낮게 유지할 의미도 없다. 토가미는 그러한 근거를 바탕으로 거짓말이 아님을 인정할 수밖에 없었다.

"그 녀석은 21⋯⋯. 나는 27⋯⋯. 대체 뭐가 어떻게 된 거야⋯⋯."

토가미는 조금 초췌해진 얼굴로 일어났다. 그리고 그대로 시카라베의 앞으로 간다.

시카라베가 괴이쩍은 표정을 짓는다.

"무슨 일이냐?"

"그 아키라란 녀석은⋯⋯ 정체가 뭐야?"

"내가 고용한 외부 헌터다."

"그런 걸 물어보는 게 아니야!"

갑자기 언성을 높인 토가미에게 시카라베 일행이 놀란다. 평소의 시카라베 일행이라면 기분이 상해서 위압으로 받아쳤을 테지만, 왠지 모르게 궁지에 몰린 듯 보이는 토가미의 분위기도 맞물려서 의아한 표정을 짓는 수준으로 반응했다.

"그 실력으로 헌터 랭크가 21일 리가 없잖아! 그 녀석은 대체 정체가 뭐야?!"

헌터 랭크는 헌터의 실력을 가늠하는 잣대이지, 전투 능력의 기준이 아니다. 교전이 서툴러도 색적과 은신 능력이 뛰어나 유적에서 몬스터에게 들키지 않고 대량의 유물을 챙기는 고랭크 헌터도 있다.

반대로 전투 능력은 뛰어나도 유물을 수집하는 능력이 엉망이고, 더군다나 유적에서 유물을 챙겨야 진정한 헌터라고 집착하는 바람에 성과도 시원치 않아서 헌터 랭크가 낮으면서 강한 헌터도 없지는 않다.

하지만 양쪽 모두 극단적인 사례다. 색적이나 은신 능력이 뛰어나도 전투는 발생한다. 유물을 수집하는 능력이 떨어져도 강력한 몬스터를 격파할 수 있는 실력이 있다면 미발견 구역에서 유물을 쓸어담을 수 있다. 그런 이유로 헌터의 전투 능력은 대체로 헌터 랭크에 비례하는 것이다.

토가미도 그 사실을 안다. 하지만 예외가 존재한다는 것도 안다. 아키라가 그 예외이며, 시카라베는 그것을 아니까 아키라를 고용했을지도 모른다. 그러기를 무의식중에 바라며 언성을 높였다.

"네가 고용했지?! 그렇다면 뭔가 알 거잖아! 말해! 그 녀석은 대체 정체가 뭐야?!"

속내를 털어낸 토가미는 거칠게 호흡하고 있었다. 그러자 멍하니 있던 시카라베 일행이 웃기 시작했다.

"정체가 뭐냐고 해도…… 글쎄다?"

파르가는 그렇게 말하고 의미심장하게 웃으면서 시카라베에게 시선을 돌렸다. 야마노베도 편승한다.

"그래. 우리에게 물어봐도 말이지. 시카라베, 아는 거 없어?"

"나도 모른다. 하긴, 나는 아키라와 쿠즈스하라 시가지 유적 지하상가에서 잠깐 동행한 적이 있으니까 그 녀석이 흔한 애송이와 다르다는 걸 알았지. 그래서 현상수배급 토벌에 불렀다."

토가미가 표정에서 힘을 살짝 뺀다.

"그, 그렇지? 그 녀석은 그런 녀석이 맞⋯⋯."

"하지만 아키라는 지하상가 의뢰에서 중간에 이탈했으니까, 굳이 말하자면 그 정도겠지. 야마노베와 파르가도 왜 그런 애송이를 부르냐고 한마디 했으니까."

파르가가 다 알면서 이야기에 편승한다.

"하지만 헌터 오피스의 정보잖아? 그걸 믿으면 애송이가 맞잖아. 보통은 의심하지 않는다고."

야마노베도 장난에 가담한다.

"파르가. 그건 네가 자기 실력을 과신해서 그런 거잖아. 헌터 랭크만 보고서 자기보다 아래라고 무시하니까 그래."

"어어? 그런가?"

"진짜 실력자라면 자연스럽게 남을 무시하지 않게 된다고. 헌터 랭크에 현혹되지 않고, 상대의 실력을 정확하게 간파할 수 있게 되니까 말이야. 그게 진짜 실력자야. 너는 너무 나대니까 말이지."

"무슨 소리야. 나는 괜찮아. 이번 현상수배급 토벌에서도 잘 활약했잖아?"

농담을 주고받는 야마노베와 파르가의 옆에서 토가미가 안색이 나빠진다. 그리고 시카라베가 결정타를 꽂았다.

"뭐, 너보다 헌터 랭크가 낮은 녀석에게 활약할 기회를 빼앗겨서 기분이 나쁜 건 이해하지만, 그 불만을 나한테 말하기 전에 네가 헌터 랭크에 걸맞게 활약하는 모습을 우리에게 보여줬으면 될 일 아닌가?"

그러지 못했다고 아는 자가 은근슬쩍 네 실력은 헌터 랭크에 걸맞지 않다고 말하자 토가미는 언성을 높일 기력을 잃었다.

"잠깐 바람 좀 쐬고 오겠습니다……."

고개를 푹 숙이고 조금 휘청거리는 걸음으로 토가미가 장갑수송차 밖으로 나간다. 그리고 문이 닫힌 순간, 시카라베 일행이 폭소했다.

흐름의 원인을 제공한 파르가가 자기가 한 짓은 무시하고 웃는다.

"시카라베. 너도 참 성격 고약하다. B반 녀석들은 그나마 낫다고 했으면서, 너무한걸."

"판을 짠 네가 할 소리냐. 게다가 비교적 멀쩡하다고 했을 뿐이다. 똑같이 우리가 번 돈으로 장비를 갖춘 놈들이야."

"뭐, 그렇긴 하지만."

"게다가 저 녀석은 너무 까불고 있다. 그런 녀석은 자기가 잘난 줄 알다가 실력을 과신하고 죽는단 말이지. 이쯤에서 분수를 아는 것도 나쁘지 않잖아. 다 저 녀석을 생각해서 그런 거다."

"말은 그럴싸하게 잘하는걸."

그러자 시카라베가 겉으로는 대수롭지 않게 말을 잇는다.

"게다가 너도 토가미를 비웃을 순 없잖아? 술집에서 아키라를 처음 봤을 때, 별로 강해 보이지 않는다고 생각했지?"

파르가가 노골적으로 눈을 피한다. 야마노베는 쓴웃음을 짓고 긍정한다.

"아니, 시카라베. 그야 나도 그 녀석이 첫눈에 약해 보였다는 건 인정할게. 하지만 그 자리에서 그 녀석을 억대급으로 간파하는 건 너무 말이 안 되잖아."

파르가도 그 말에 편승한다.

"그렇지! 저런 헌터 랭크 21은 어지간해선 없다고! 네 직감은 굉장해! 대단하다고! 시카라베, 이거면 되지?"

"거참. 아무 말이나 막 하는군."

시카라베는 동료들의 농담 섞인 칭찬을 웃음으로 받아쳤다. 그리고 속으로 생각에 잠긴다.

(야마노베도 파르가도, 아마도 토가미도, 아키라의 실력을 첫눈에 잘못 봤나. 역시 그 녀석에게는 뭔가 있나?)

실전에서 확인한 아키라의 실력과 자신의 직감이 말하는 아키라의 실력은 지금도 크게 동떨어진다. 시카라베는 그 차이에 골머리를 앓았다.

◆

현장에 헌터 오피스 직원이 도착했다. 시카라베 일행은 미리 모은 탱크란튤라의 잔해, 파괴된 포탑, 떨어진 다리, 날아간 장갑 등을 전투 데이터와 함께 헌터 오피스에 넘기고 현장 절차를 마친 다음 도란캄의 사무실에 처리를 넘겼다.

표면상의 토벌자는 시카라베, 야마노베, 파르가, 토가미, 이상 네 사람이다. 다른 추가요원들이 근처에 있지만, 그 부분은 도란캄의 문제이므로 헌터 오피스에서는 관여하지 않는다.

대형 트럭에 탱크란튤라였던 물체가 실린다. 그곳에는 새끼 거미도 섞여 있었다.

"그나저나 시카라베, 이제부턴 어쩔 거지? 우리도 철수하나? 아니면 속행하나?"

야마노베가 물어보자 시카라베는 복잡한 표정을 지었다.

처음 예정으로는 탱크란튤라를 토벌한 다음에 다른 현상수배급을 위력 정찰, 가능하다면 그쪽도 해치우려고 계획했다. 그러려고 탄약도 대량으로 준비했다.

그러나 탱크란튤라와 싸우면서 예상보다 많은 탄약을 소비한 탓에 시카라베는 지금 상태로 연달아 싸우기는 어렵다고 판단했다.

나머지 탄약으로 위력 정찰만 해도 큰 의미는 없다. 그렇게 해서 얻은 정보를 바탕으로 금방 움직일 수 있는 부대가 없다.

현상수배급 토벌에 나선 도란캄의 고참들은 시카라베 일행 말고도 있지만, 전력을 잘못 예상해서 철수했다. 부대를 재편성하려면 며칠이 걸린다. 곧바로 움직일 수는 없다.

나머지 탄약을 퍼부어서 위력 정찰을 겸해 상처를 입혀도 다음에 그 현상수배급과 싸우는 다른 헌터 팀만 득을 볼 것이다.

시카라베가 조금 고민한 다음 떠올렸다.

"야마노베. 파르가. 추가요원 대우라도 허용할 수 있나? 최악의 경우, 비공식 취급이다. 공식 취급이라도 공개되는 현상수배급 토벌자 이름에는 안 실리겠지."

"비공식이라면 돈을 보고. 공식이라면 개인 페이지에 이력 정도는 남기고 싶지만, 그것도 돈을 보고 생각하지."

"그리고 문제가 생기면 시카라베 책임. 그렇다면 하겠는데?"

"알았어."

시카라베는 쓴웃음을 지으면서도 승낙받았다고 생각하고 정보단말을 꺼내 연락을 취했다.

◆

헌터 오피스의 차량에 이어서 추가요원들도 도시로 복귀한다. 아키라가 그 모습을 보고 이제야 철수한다고 생각했을 때, 시카라베가 말을 걸었다.

"아키라. 한 번 더 싸울 수 있겠냐?"

아키라는 무심코 무척 미심쩍은 얼굴로 쳐다봤다. 시카라베가 곧장 말을 보탠다.

"아, 네가 생각하는 그런 게 아니다. 마침 다른 현상수배급과 싸우는 녀석들이 있어서 말이다. 그곳에 추가요원으로 참가하려는 참이다."

아키라에게 탱크란튤라와 싸웠을 때처럼 또 활약하기를 기대하는 것이 아니라, 이번에는 자신들을 포함해서 지원을 맡는다. 날뛰고 싶다면 말리지 않지만, 기본적으로는 무난한 화력 증원에 임하면 된다. 그 설명을 들은 아키라가 살짝 신음하고 생각한다.

"그걸 거절하면 어떻게 되는데?"

"강요할 마음은 없다. 돌아가서 푹 쉬고 다시 대기하고, 연락을 기다려라."

그때 시카라베가 문득 생각난 것처럼 웃는다.

"아, 그런 이야기가 아니라 거절했을 때 생길 불이익을 말하는 거라면…… 그렇군. 앞으로 우리에게 무슨 일이 생기면 최악에는 보수를 줄 사람이 사라지겠군. 그 정도는 아니어도 고전하면 경비가 늘어나지 않을까?"

아키라는 조금 질색한 다음 한숨을 쉬었다.

"알았어……. 같이 갈게."

"그래? 그렇다면 우리 차를 따라와."

시카라베는 그 말만 하고 돌아갔다.

알파가 조금 의아한 표정을 짓는다.

『아키라. 그래도 돼?』

『이번엔 시카라베 쪽도 추가요원이야. 괜찮겠지. 아마도. 그리고…….』

『그리고?』

『내가 없는 데서 크게 다쳤습니다. 치료비가 몇억이나 들어서 경비로 현상금을 전부 썼습니다…… 같은 일이 생기면 싫으니까.』

장갑수송차가 심하게 망가졌다고 해도 똑같다. 실제로는 대수롭지 않은 파손이라도 동행하지 않으면 아키라가 확인할 방도가 없다.

『알았어. 그 감시는 나한테 맡겨.』

『부탁할게.』

조금 부정적인 이유로, 아키라는 추가 전투를 받아들였다.

◆

시카라베는 다음 현장으로 이동하면서 거래 상대인 쿠로사와와 연락하고 있었다.

"그래. 이미 출발했다. 앞으로 30분 정도면 도착할 거다."

"그렇군. 확인해 두겠지만, 내 지휘하에 들어가도 문제는 없나? 도란캄의 헌터가 일시적이라도 내 밑으로 들어가면 위험하지 않겠나?"

"괜찮아. 만약에 무슨 문제가 생기더라도 잔소리는 내가 들으니까. 문제없어. 신경 쓰지 마."

잠시 침묵한 뒤, 쿠로사와의 목소리가 이어진다.

"그렇군……. 뭐, 좋다. 추가로 확인하마. 보내준 계약 내용에는 참가자가 리더인 도란캄 소속 헌터 시카라베를 포함한 4명으로 나온다. 왜지?"

"응? 딱히 이상한 부분은 없잖아."

"그쪽 정형문에 따르면 도란캄 소속 헌터 4명으로 치고, 개인 이름이 따로 실릴 텐데. 왜 굳이 바꿨지?"

"뭐가 어때서. 부대 단위 참가에, 책임자는 나. 그게 전부다."

통신기에서 쿠로사와의 한숨 소리가 들렸다.

"너까지 그런 수작에 손대게 될 줄이야. 헌터가 사내 정치에 연연하다가 자기 손발을 묶어서 어쩌자는 거냐. 어처구니없 군."

쿠로사와는 원래 도란캄 소속 헌터였다. 그러나 조직의 규모가 커져 파벌이 생기고, 나아가 사무 파벌이 대두하면서 조직 내부의 정치 싸움이 심각해지자 더는 함께할 수 없다며 포기하고 조직에서 이탈했다.

한편, 시카라베는 남았다. 그리고 쿠로사와가 예상한 대로 조직의 귀찮은 일에 엮이게 되었다.

자신도 안다며, 시카라베는 쓴웃음을 지었다.

"미안하군. 안 그러면 나중에 들어온 것들이 우리가 쌓은 것을 송두리째 앗아간다고. 아무리 놈들에게 조직을 키운 공적이 있다고 해도, 너랑 다르게 나는 깔끔하게 털어낼 수 없어. 적어도 지금은 말이지."

쿠로사와의 말투가 조금 부드러워진다.

"뭐, 상관없나. 하고 싶은 말은 많지만, 지금 할 소리는 아니군. 다음에 같이 술을 마시러 갔을 때 하지. 네 사람이지? 그쪽에 몇 명이 있어도 대우는 보수를 포함해서 4인분이다. 그래도 되나?"

"그래. 고맙군. 꼬마가 한 명 더 있지만, 보더라도 신경 쓰지 마."

"꼬마? 넌 도란캄의 꼬마들을 질색했을 텐데. 그런 짐짝까지 데려온 건가?"

"그쪽도 괜찮아. 짐짝이 되지는 않는다고."

"그렇다면 괜찮겠지만. 그러면 현지에서 보세."

쿠로사와와 통신이 끊긴 다음, 시카라베가 슬쩍 한숨을 쉰다.

시시한 짓을, 하찮은 짓을 한다는 것은 시카라베 자신도 안다. 헌터가 이래도 되냐는 생각도 든다. 하지만 그렇다고 도란캄을 버릴 마음은 생기지 않는다.

시카라베는 깔끔하게 털어낼 수 없었다.

◆

미나카도 유적은 반쯤 쓰러진 고층 빌딩이 늘어선, 쇠락한 유적이다. 이미 유물이 다 털려서 유물을 수집하는 장소로서 가치를 잃었고, 더군다나 서식하는 몬스터가 그럭저럭 강해서 평상시에는 아무도 얼씬거리지 않는다.

하지만 요즘은 매우 북적거리는 모습을 보였다. 현상수배급 몬스터, 다연장포 마이마이가 정착하면서 그 토벌 장소가 된 것이다.

처음에는 1억 오럼이던 현상금도 이미 15억 오럼까지 늘어났

다. 그만큼 강하고, 어떻게든 죽어 주기를 바라는 현상수배급이
다.

다연장포 마이마이는 크기가 2층 가옥 정도 되는 달팽이다.
거대한 금속 패각에 달린 무수한 대포로 맹렬히 포격해 적을 분
쇄하는 몬스터이며, 그것이 마이마이(달팽이)란 이름의 유래이
기도 하다.

하지만 지금은 현상금을 노리는 헌터들과 격전을 벌이는 바람
에 패각에 금이 가고, 수많은 대포를 파괴당하고도 재생이 따라
잡지 못해 다연장포 부분은 이름과 일치하지 않게 되었다.

그래도 처음부터 눈길을 끈 특대형 대포는 건재하다. 그것을
짊어진 채로 반쯤 무너진 고층 빌딩에 달라붙어 있다.

그리고 멀리서 보면 천천히, 근처에서 보면 자동차 수준의 속
도로 빌딩을 올라가 그 꼭대기 근처에서 특대형 대포를 유적 바
깥으로 돌렸다.

◆

미나카도 유적으로 이동하는 시카라베 일행에게 쿠로사와가
지시한다.

"다연장포 마이마이의 포격 범위에 너무 가까이 갔다. 더 멀
어져라."

아키라도 시카라베 일행의 장갑수송차에 있는 기기를 통해서
그 지시와 주변 지도 정보를 받았다. 적의 포격 범위를 알리는

지도의 빨간색 부분에서 차량의 진로를 바꿔 멀어진다.

『알파. 포격은 어디서 오는 것 같아?』

『저쪽이야.』

알파는 그렇게 말하고 전방을 가리켰다.

아키라가 그쪽을 본다. 확장 시야에서 주시하는 부분을 지시하고, 나아가 몇 차례의 확대 표시를 거쳐 멀리 떨어진 유적에 있는 다연장포 마이마이의 모습을 출력했다.

『저건가. 응……?』

거대한 달팽이는 고층 빌딩에 달라붙어서 패각에 달린 대포를 아키라 일행이 있는 쪽으로 돌리고 있었다.

다음 순간, 그 포구에서 빛이 쏟아져 나온다. 아키라의 확장 시야 일부, 확대 표시 부분이 강렬한 섬광에 뒤덮였다.

조금 뒤늦게 그 빛이 황야의 지표에 도달한다. 고에너지 광선이 땅을 따라 달리고, 접촉한 곳을 불사르는 것을 넘어서 융해하더니, 폭발을 일으켰다.

그 폭풍에 차체가 심하게 흔들리는 가운데, 잠시 넋이 나간 아키라의 곁에서 알파가 태연하게 지시한다.

『조금 더 떨어지는 게 좋을 것 같아. 아키라. 빨간 영역에서 더 거리를 둬.』

『그, 그래.』

아키라는 차의 진로를 더욱 틀었다. 그리고 빛에 불타 연기가 피어오르는 대지의 참상을 보고 얼굴을 실룩거렸다.

『알파. 방금 그건 뭐야?』

『적의 포격이야.』

『아니, 그건 아는데…….』

『흔히 말하는 레이저포야. 요노즈카역 유적에서도 조금 설명했는데, 그것은 통칭이지 딱히 빛의 속도로 공격할 수 있는 건아니고, 지향성을 지닌 고출력 에너지가 대기 중에 있는 무색안개에 반응해서…….』

『아니, 그것 말고…….』

『현상수배급인 다연장포 마이마이가 쏜 거야. 아마도 들러붙은 빌딩에서 에너지를 흡수해 위력을 키웠을 거고. 아키라가 직격을 맞으면 티끌도 안 남겠지만, 조준 정밀도는 많이 떨어지는것 같으니까 알려준 포격 범위에 들어가지 않으면 괜찮아.』

이러면 되냐고 물어보듯 미소를 짓는 알파에게, 아키라가 어색하게 감사를 표한다.

『그, 그래? 알았어. 고마워.』

『별말씀을.』

알파는 평소처럼 웃으며 대답했다

빨간 영역에 절대로 들어가지 않게 주의하면서, 미나카도 유적에 신중히 접근한다. 조금 전에는 아키라도 다연장포 마이마이의 포격이 보인 위력에 식은땀을 흘렸지만, 알파가 괜찮다고해서 차분함을 되찾았다.

『탱크란튤라의 현상금은 8억이었지? 다연장포 마이마이의현상금은 얼마야?』

『15억 오럼이야.』

『15억이라……. 자칫하면 탱크란튤라보다 2배는 강하다는 건가? 저런 포격이 가능할 정도니까…….』

『현상금의 액수와 강함은 비례하지 않아. 얼마나 빨리 토벌하기를 바라는지 하는 요망의 크기와 비례해.』

다연장포 마이마이에 달린 주포의 정확한 사거리는 알 수 없지만, 멀수록 위력이 감소한다고 해도 유효 사거리는 꽤 멀 것으로 추측할 수 있다. 수송차량의 색적 범위 밖에서 포격해도 어지간한 수송차량을 크게 망가뜨리는 위력이 있을 것으로 예상된다.

그러한 몬스터가 황야를 배회하면 수송에도 큰 차질이 생긴다. 유통업자들로서는 특급 요금으로 현상금을 올려서라도 빨리 토벌하기를 바랄 것이다. 그러니까 그토록 강하지는 않을 수도 있다. 알파는 그렇게 설명을 보탰다.

『뭐, 애초에 다연장포 마이마이와 싸우더라도 우리는 단순히 추가요원으로 참가하는 거니까 탱크란튤라 때처럼 애쓸 필요는 없어. 그러니까 위험은 적을 거야. 걱정하지 마.』

『그러네.』

아키라는 납득하고, 안심한 듯 갈 길을 서둘렀다.

◆

미나카도 유적에 도착한 아키라 일행은 쿠로사와의 지휘하에서 다연장포 마이마이와 싸웠다. 이미 전투는 시작되어서 중도 참전이다.

추가요원이라고는 해도 현상수배급과의 두 번째 전투다. 아키라는 다시 바짝 긴장하고 다연장포 마이마이와의 싸움에 임했다.

그러나 그 긴장은 다른 의미로 무의미했다. 결국 아키라는 다연장포 마이마이와 직접 싸울 일이 한 번도 없었다.

아키라 일행이 받은 지시는 전투 구역의 통로를 유지하라는 것이었다. 현상수배급과 요란하게 싸우면 유적에 있는 몬스터도 몰려든다. 그것들이 다른 헌터들의 이동을 방해하지 않게끔 제거하는 역할이다.

길을 가로막는 대형 몬스터는 차량이나 강화복으로 도로에서 치운다. 소형이라도 숫자가 많으면 근처 건물 안에 내던져서 방해되지 않게 한다.

그 작업 동안에도 다연장포 마이마이의 위치에 따라 변화하는 포격 범위 데이터를 항시 수신해서 그곳에 진입하지 않게 주의한다.

그것만 조심하면 현상수배급과 비교도 안 되게 약한 몬스터를 처리하는 것으로 끝이다. 아키라에게는 김이 샐 정도로 편한 일이었다.

◆

쿠로사와는 다연장포 마이마이의 토벌에서 안전을 철저하게 중시했다.

다연장포 마이마이에 패배하고 돌아온 헌터들에게 정보를 사고, 목표를 원거리에서 관찰해 대책을 단단히 세우고, 안전하게 이길 수 있다고 확신한 다음 행동에 나섰다.

계속되는 전투로 이미 실탄을 쓰는 포가 대파 직전인 상태였던 다연장포 마이마이를 상대로, 먼저 그 포를 집중적으로 공격해 확실하게 사용 불가 상태로 만들었다.

그러고 나서 에너지포 방어 대책을 마련한 부대로 공격에 나섰다. 그동안 반격을 받지 않는 위치를 철저하게 지키게 했다.

그리고 쿠로사와는 작전 지휘관으로서 정보 수집 담당이 보내는 정보를 항시 확인하고, 상대의 포격 범위를 가늠한 다음에 대원들에게 개별적으로 지시를 내렸다. 도중에 참전해 에너지 방어 대책이 없는 시카라베 일행은 만약을 대비해 포격 범위 밖으로 보냈다.

그렇게 빈틈없는 작전이 다연장포 마이마이를 서서히, 확실하게 궁지로 몰아넣는다. 이미 주포 말고 다른 포를 전부 파괴당해 자잘한 공격이 불가능한 상태다. 유적 내부에서 주포를 쏘고 그 위력으로 주위 건물을 무너뜨려도, 쿠로사와와 일행은 그것을 상정하고 사전에 대피했다.

아키라 일행이 통로를 유지해 주고 있어서 쿠로사와와 일행은 이동 중에 다른 몬스터에 방해받는 불행도 생기지 않는다. 안전하게 대피하고, 반격했다.

공격 담당의 인원도, 각자의 탄약도, 여유롭게 준비했다. 화력은 충분하다. 다연장포 마이마이는 빌딩에서 빨아들인 에너지를 방어로 돌리지만, 대량의 포탄, 너무나도 촘촘한 탄막, 쇄도하는 로켓탄의 화력이 그 방어를 뚫었다.

집중포화를 맞은 다연장포 마이마이는 들러붙은 빌딩에서 세 차례 떨어지고, 때로는 빌딩과 함께 날아가고, 유적 내부를 도망쳐서 다른 빌딩에 세 번이나 올라갔지만, 네 번째 추락에는 버티지 못했다.

낙하의 충격으로 패각이 부서지고, 노출한 내용물에 승리를 굳히는 포격을 받아서, 다연장포 마이마이는 내부의 살점을 요란하게 퍼뜨리며 철저하게 격파당했다.

◆

다연장포 마이마이가 쓰러진 뒤, 아키라 일행은 헌터 오피스 직원이 도착할 때까지 다시 대기 상태가 되었다.

차 운전석에 걸터앉은 아키라가 슬쩍 한숨을 쉰다.

『뭐랄까. 간단했네.』

알파는 평소처럼 여유롭게 웃고 있었다.

『마지막에는 심심해졌으니까 말이야.』

실제로 아키라는 주변 몬스터를 거의 해치워서, 길옆으로 치운 다음에는 적의 포격 범위에 들어가지 않게 조심하는 것 말고는 할 일이 없었다.

시카라베 일행은 중간부터 로켓 런처의 유도 설정을 변경해 공격에 가담했지만, 아키라는 주위 경계로 돌려졌다. 그것도 기본적으로 알파에게 맡겼으니까 그 말대로 심심하기는 했다.

아키라는 탱크란튤라와는 너무나도 다른 현상수배급과의 전투에, 불만은 없어도 미묘하게 납득할 수 없는 기분이 들었다.

아키라와 조금 떨어진 장소에서, 쿠로사와는 시카라베와 잡담하고 있었다. 그리고 잠시 아키라에게 시선을 돌렸다가 의미심장한 눈으로 시카라베를 본다.

"오호라. 탱크란튤라 토벌전은 그런 느낌이었나. 그렇군. 그나저나 저 녀석이 토가미인가? 반 카츠야 파벌의 기대주……라고 하던데?"

아니라는 사실을 알면서도 하는 질문에, 시카라베도 쓴웃음을 짓고 대답한다.

"뭐, 그렇다고 생각해 줘."

"그렇다면 그렇게 생각하지. 다만 그렇게 친다고 해도, 토가미란 녀석은 별로 대단하지 않은 것 같은데. 괜찮겠나?"

"괜찮아. 딱히 나도 진심으로 위장할 마음은 없다고. 소문으로 누군가가 조금 착각해 주면 좋겠다는 정도야."

그렇게 말하고 나서, 이번에는 시카라베가 의미심장하게 웃는다.

"쿠로사와. 나로선 그런 의미에서 저 녀석이 오히려 적임자 같은데? 얼핏 보면 약하지만, 저 녀석의 실력은 진짜다. 그건 아까 실제로 지휘해 본 너도 잘 알겠지?"

"그렇지."

"하지만 현장에 없는 녀석은 모르지. 그러니 저 녀석의 성과와 본인을 결부할 수 없어지는 거다."

쿠로사와가 시카라베가 하고 싶은 말을 이해하고 쓴웃음을 짓는다.

"그리고 붕 떠버린 성과는 기록상으로 그 자리에 있던 누군가, 그만한 성과를 내도 이상하지 않은 인물이 차지하는 건가."

"그런 셈이지."

하찮은 수작이다. 쿠로사와와 시카라베 모두 그 인식을 공유하면서 쓴웃음을 주고받았다.

그토록 하찮은 수작을 벌였다는 사실. 그럴 수밖에 없는 상황. 시카라베에게는 지금도 소속된 장소이며, 쿠로사와에게는 옛 터전이기도 한 도란캄의 상황이 그만큼 나빠졌다는 현실. 그러한 인식이 낳은 복잡한 감정이 두 사람의 표정에 드러났다.

그리고 쿠로사와가 문득 생각한다.

"시카라베. 저 녀석과 잠시 이야기해도 될까? 말은 잘 맞추마."

"나야 상관없지만. 이상한 소리를 해서 괜히 다툼을 일으키지 말라고."

"알았대도."

쿠로사와는 그렇게 말하고 작은 흥미를 느끼며 아키라가 있는 곳으로 갔다.

아키라가 있는 곳으로 온 쿠로사와는 시카라베가 아키라에게 자신을 소개하는 사이 가까이서 아키라를 다시 관찰했다. 그리고 속으로 끙끙댔다.

쿠로사와는 시카라베에게 들은 탱크란튤라 토벌전 이야기와 함께 자신의 지시에 정확하게 움직이는 아키라의 모습에서 아키라의 실력을 인정했다.

그 평가는 한없이 객관적이다. 탱크란튤라 토벌전 정보는 다른 사람의 평가고, 쿠로사와 자신의 평가는 포함되지 않는다. 또한 다연장포 마이마이 토벌전 평가도 자신의 지시라는 입력에 대한 아키라의 출력을 평가한 것이므로 부감적인 판단이 더 강하다.

쿠로사와는 지휘관으로서 다른 사람에게 들은 이야기나 간접 정보에서 타인을 객관적으로 평가할 수 있는 실력자였다. 그것은 주관이나 직감이 내놓은 평가와 객관적으로 내놓은 평가의 차이가 크지 않음을 의미한다.

그런데도 쿠로사와는 자신이 간접적으로 내놓은 아키라의 주관적 평가가 객관적인 평가와 크게 다르다는 사실에 적잖이 당혹스러워했다.

(으음. 그만한 실력자임을 알고서 보는데도 겉으로 보이는 인상은 흔한 애송이 같군. 그 녀석과는 정반대야.)

쿠로사와는 아키라를 보면서 다른 사람을 떠올리고 있었다. 그 사람은 아키라와 방향성이 다르지만, 직감적인 평가와 객관적인 평가가 현저하게 차이 난다는 점에서 똑같았다.

그때 상대가 다연장포 마이마이 토벌전의 지휘관임을 안 아키라가 물어본다.

"조금 물어보고 싶은데, 다연장포 마이마이를 해치우는 데 경비가 얼마나 들어갔어?"

"응? 얼추 계산해서 10억 정도로군."

"십, 10억……."

아키라는 무심코 얼굴을 실룩거렸다. 다연장포 마이마이의 현상금은 15억 오럼이므로, 그만큼 써도 흑자다. 그러나 아키라에게는 터무니없는 도박으로 보였다.

쿠로사와는 그런 아키라의 태도에서 무슨 말을 하고 싶은지 이해하고 웃으며 대답했다.

"그야 경비를 그만큼 쓰면 현상금에서 경비를 빼고 분배되는 각자의 보수는 큰 액수가 아니지. 그러니까 그 정도의 보수를 위해서 현상수배급에 도전하는 것이 수지가 맞지 않는다고 여기는 것은 이해할 수 있다."

그렇게 운을 떼고, 쿠로사와는 고개를 슬쩍 가로저었다.

"하지만 현상수배급과 싸우는데 경비를 아껴서 일확천금을 노리려고 하는 녀석은 대체로 죽는다. 나는 죽기 싫다. 그러니까 다소 이익을 줄여서라도 안전하게 싸우고 싶은 거지."

쿠로사와는 우수한 헌터이며 지휘 능력도 좋지만, 그러한 판단 기준 때문에 겁쟁이라고 비웃음을 사는 일도 많았다. 실제로 유물 수집에서도 상황을 너무 비관적으로 봐서 조금만 더 버티면 손에 넣을 수 있는 이익을 쉽사리 내팽개치고 귀환하는 일도 있었다.

하지만 한편으로 쿠로사와가 지휘하는 팀의 생환율은 매우 높다. 미지의 유적에서 유물을 쓸어담는 헌터 활동의 매력과는 인연이 없지만, 장기적으로는 충분한 흑자를 확보하고 있었다.

이번 다연장포 마이마이 토벌전에서도 사망자는 고사하고 중상자도 나오질 않았다.

"안 그래도 헌터 활동은 목숨을 걸어야 하지. 예상 밖의 사태도 자주 있다. 그 위험을 고려하면 생채기 하나 없이 승리하려고 생각하는 정도가 딱 좋다. 그것이 시시하게 힘으로 밀어붙이는 것이라도 말이지."

다연장포 마이마이를 토벌한 쿠로사와의 작전은 어떻게 보면 단순히 적을 물량으로 뭉개는, 시시한 내용이다. 유적에, 몬스터에, 위험을 무릅쓰고 곤란에 도전하고, 운과 실력을 총동원해 눈부신 영광을 얻는다. 그렇듯 극소수의 성공자가 말하는 영웅담과는 정반대다. 남들에게 자랑할 요소는 별로 없다.

쿠로사와는 그래도 괜찮다고 여긴다. 눈부신 영광을 위해서 목숨을 바치는 자를 부정하지는 않지만, 자신은 그러지 않고, 함께할 마음도 없다. 그걸로 끝이다.

"뭐, 그래도 승리는 승리다. 전투 이력에 현상수배급 토벌 성공자로 명예가 남지. 잘 활용하면 장차 헌터 활동에서 여러모로 도움이 될 거다. 그 부분을 가미해서 명예를 안전하게 손에 넣을 수 있다고 생각하면 딱히 나쁜 이야기가 아니지."

그때 쿠로사와가 시카라베에게 의미심장한 시선을 보낸다.

"넌 겨우 넷이서 탱크란튤라를 해치웠다지? 고생은 없었나?"

"있었지. 하지만 모두 무사했으니까 됐어."

정확하게는 추가요원이 다섯 명 죽었다. 하지만 공식적으로는 시카라베 일행이 넷이서 해치운 것이므로 죽은 사람은 없다.

"그것참 대단하군. 대단하지만, 그만큼 고생이 심했을 테지. 이득은 봤나?"

쿠로사와는 그렇게 말하고 의미심장하게 웃었다. 실제로는 네 사람이 아니었다는 사실도, 몰래 수작을 부리는 바람에 더 고생하는 지경에 처했다는 사실을 알면서 그에 걸맞은 이익이 있었냐고 물어봤다.

시카라베가 쓴웃음을 짓는다.

"뭐, 그럭저럭 봤지."

"그렇군. 원해서 고생하는 건 자유지만, 적당히 하라고."

하찮은 수작만 안 부리면 그런 고생도 안 한다고, 쿠로사와는 친구에게 슬쩍 충고했다.

쿠로사와가 잡담을 마치고 돌아간 뒤, 다연장포 마이마이 토벌전의 경비를 안 아키라가 조금 불안한 기색으로 시카라베에게 묻는다.

"저기…… 탱크란튤라 토벌전도 이득을 봤지? 내 보수는 얼마나 돼?"

"현상금은 도란캄의 회계 처리를 거친 다음에 받으니까 네게 돈을 주려면 시간이 걸린다. 너는 그 전에 경비를 계산해서 나한테 줘라. 구체적인 보수는 그런 다음에 정해진다."

"알았어."

속으로 불안과 초조함이 커진 자들은 일단 그쯤에서 대화를 마무리했다.

◆

쿠로사와는 지휘차량인 수송차로 돌아갔다. 안에 들어가자 동행자이지만 부대원이 아닌 소년이 말을 건다.

"실례합니다. 다연장포 마이마이 토벌전의 지휘와 관련해서 조금 물어보고 싶은데요……."

쿠로사와는 그 소년을 보고 온갖 생각이 들지만, 일단은 도로 삼켰다. 그리고 사무적으로, 간단하게 대답한다.

"거절한다."

"네?"

"도란캄에서 의뢰해서 자네가 부대에 동행하는 것도, 지휘차량에 동승하는 것도 허가했다. 전투 기록의 열람과 반출도 허용했지. 하지만 교관 역할은 받지 않았다. 그러니 그 질문에는 대답할 수 없다."

"네……."

"교관 역할이 아니라는 이유로, 반대로 단순한 잡담으로서 무책임하게 대답해도 되지만, 내가 괜한 소리를 하는 바람에 자네의 지휘에 나쁜 영향을 미쳤다간 자네 상사에게 괜한 짓을 한

책임을 추궁당할 우려가 있다. 그러니 쓸데없는 소리는 안 하겠다. 미안하네. 카츠야 군."

"그, 그렇군요……. 알겠습니다."

그 소년은 카츠야였다. 대규모 부대를 동원한 현상수배급 토벌전의 분위기에 익숙해지게 하려고 미즈하가 쿠로사와에게 의뢰한 것이다.

자기 발로 나온 조직의 의뢰이지만, 보수에는 문제가 없고, 의뢰는 의뢰다. 쿠로사와는 그런 생각으로 의뢰를 받았다.

"뭐, 도시로 돌아갈 때까지 안에서 편히 있게나. 자네도 헌터지. 손님 대우는 바라지 않을 테지만, 자네를 무사히 돌려보내는 것도 의뢰에 포함되니까 말일세."

쿠로사와는 그렇게 말해서 카츠야를 달래더니, 지휘관으로서 할 일이 있다는 핑계로 이야기를 중단했다. 그리고 작업하면서 카츠야를 곁눈질한다.

(역시, 그 녀석과는 정반대로군.)

카츠야에게 헌터의 재능이 없다고는 생각하지 않는다. 오히려 충분히 있고, 장래가 유망하다고 판단한다. 그 점에서는 주관적 판단과 객관적 판단이 일치한다.

그러나 카츠야에게 부대 지휘관의 재능도 있는지에 관해서는 직감적 판단과 객관적 판단 사이에서 현저한 차이가 나타났다.

직감은 카츠야에게 부대 지휘의 재능도 충분히 있다고 말한다. 하지만 쿠로사와는 그것을 믿지 않았다.

쿠로사와는 유능한 지휘관으로서 사물을 객관적으로 보는 기술을 연마했다. 기본적으로 충분한 정보를 충분히 해석해서 도출한, 의심할 수 없는 사실을 바탕으로 확실한 승리를 얻으려고 한다. 불완전한 정보에서 직감을 바탕으로 도박에 나서는 위험을 저지르지 않도록 명심하고 있다.

그토록 우수한 객관화 능력이 적어도 현시점의 카츠야가 지휘관으로서 변변하지 못하다고 말한다. 사전에 입수한 정보에서도, 지휘차량에서 자신의 지휘를 배우려고 하는 태도에서도, 지휘관의 재능은 그 싹을 포함해서 찾아볼 수 없다고 대답했다.

자신의 직감과 객관이 이토록 어긋나는 일은 지금껏 한 번도 없었다. 쿠로사와는 그 사실에 놀라기 이전에 불쾌함을 느껴서 조금 험악한 눈으로 카츠야를 봤다.

하지만 다른 우려가 괜한 걱정이었다고 판단해서 슬쩍 쓴웃음을 지으며 표정을 풀었다.

(뭐, 시카라베가 갑자기 가담한 것이 이 녀석과 관계가 없었으니 다행이라고 칠까.)

시카라베는 기록상 존재하지 않는 누군가의 활약, 붕 떠버린 성과를 카츠야에게 주려고 참가한 것이 아니다. 단순한 우연이었다. 그것을 확인한 쿠로사와는 무의식중에 안심했다.

자기 발로 떠났다고는 해도, 조직에 남은 친구가 조직 내부의 뒷공작을 위해서 그런 짓까지 하는 자가 되지 않았다는 사실에, 황야에 나서는 헌터가 아니라 조직 내부의 권력 투쟁에 힘쓰는 자가 되지 않았다는 사실에, 안도하고 있었다.

◆

두 번의 현상수배급 토벌전을 마치고 집으로 돌아온 아키라가 목욕물에 몸을 담그고 피로를 풀고 있다.

"알파. 경비 계산을 부탁해도 될까? 공부해야 한다고 나한테 시키는 건…… 오늘은 봐줘."

『알았어. 푹 쉬렴.』

"부탁할게……. 그랬으면 좋겠어……."

의식을 목욕물에 녹이면서, 아키라는 오늘 전투를 떠올렸다.

격전이었다는 말로 표현할 수밖에 없는 탱크란튤라 토벌전. 헌터가 싸우는 방식을 묻는 다연장포 마이마이 토벌전. 정반대인 전투였지만, 돌이켜 보면 인상도 강하다.

그리고 문득 생각했다.

"현상수배급, 아직 둘이나 남았네. 게다가 현상금이 훨씬 큰 녀석이."

『맞아. 오늘 해치운 건 둘 다 현상금이 적은 쪽이야.』

"그렇단 말이지."

그토록 강한데도 넷 있는 현상수배급 중에서는 약한 편이었다. 아키라가 그 사실에서 생긴 감정을 토하듯 한숨을 쉰다. 그러자 알파에 설명을 보탠다.

『조금 덧붙이자면, 더 동쪽 지역에는 그런 몬스터가 널렸어.』

"그, 그래?"

『그래. 더 말하자면, 그 정도의 몬스터를 간단하게 해치우는 헌터도 널렸어. 그러니까 현상수배급은 안 되지만.」

아키라는 달아오른 머릿속으로 그토록 무시무시한 지역의 광경을 상상하고, 감동한 것처럼 중얼거린다.

"세상은…… 참 넓구나……."

아키라는 슬럼의 뒷골목에서 뛰쳐나와 자신의 세계를 넓혔지만, 그 세계가 더 넓어질 계기는 아직 많이 남아 있었다.

제96화 카츠야의 부대

도시 변두리의 황야에서 헌터들이 진을 치고 현상수배급 토벌 준비를 진행하고 있다. 목표는 과합성 스네이크. 현상금은 20억 오럼이다.

지휘차량인 장갑수송차를 중심으로, 장갑차와 황야 사양 차량이 여러 대 주차되어 있다. 전부 어중간한 헌터들이 사용하는 싸구려가 아니라 고성능 차량으로, 이번 현상수배급 토벌을 위해서 쏟은 자금이 얼마나 많은지를 알려주고 있었다.

그러한 차량 주위에는 탑승해서 싸울 사람들, 부대의 주력이 보인다. 의기양양하게 준비를 진행하는 자들은 모두가 도란캄 소속 신인 헌터다.

이 부대는 카츠야가 지휘하는 카츠야파의 현상수배급 토벌부대다.

엘레나와 사라는 그 주력부대에서 조금 떨어진 위치에 주차한 상태다. 사라가 차에 몸을 기대고 부대의 상태를 보고 있다.

"인원은 많지만 정말로 젊은 애들만 있네. 나이만 가지고 업신여길 마음은 없지만, 이렇게 다들 어리면 조금 불안해. 괜찮을까?"

헌터는 기본적으로 경력이 길어질수록 나이를 잘 알아보기 어려워진다.

　고성능 회복약을 상용해서 세포 단위로 치료가 반복적으로 이루어지고, 신체 능력 저하의 원인이 되는 노화가 억제된다. 의체 변환이나 사이보그 처리 등, 겉모습의 노화와는 인연이 없는 몸을 구할 수도 있다. 혹독한 헌터 활동이 길어지다 보면 그런 일도 많아진다.

　그래도 그 모습은 기본적으로 성인 이후가 된다. 헌터용 장비는 어른에게 맞는 규격으로 제작되어서 아이는 다루기 어려운 물건이 많기 때문이다. 어지간한 고집이 없는 이상, 아이 체격을 굳이 유지하려는 자는 없다.

　그러한 이유에서 성인 미만의 외모인 헌터는 외모와 나이가 일치할 때가 많다. 아이라면 당연히 헌터 경력도 짧으므로 실력도 그 정도인 자가 태반이다. 젊은 신인 헌터들이 무시당하는 이유이기도 하다.

　사라도 도란캄 소속 신인 헌터들을 별로 강하게 여기지 않았다. 적어도 현상수배급 토벌에 자진해서 참여할 정도의 실력자로는 보이지 않았다.

　이번 일을 받기로 판단한 엘레나가 슬쩍 옹호하고 나선다.

　"인원과 장비는 충분히 합격점을 줄 수 있어. 최소한 토벌에 성공해도 흑자가 될지 미묘할 정도로는 자금을 투입했거든."

　"음. 하지만 엘레나, 말은 그래도 상대는 20억짜리 현상수배급인걸? 인원과 장비로 밀어붙이는 것도 한도가 있을 것 같은데……."

그렇게 다소 우려를 드러낸 사라에게, 엘레나는 조금 의미심장하게 웃고 대답했다.

"무슨 소리야. 그걸 어떻게든 하려고 우리 같은 외부 헌터를 보조요원으로 고용한 거잖아?"

엘레나와 사라는 도란캄의 이번 현상수배급 토벌에서 보조요원으로 고용되었다.

비공식 참가자로서 고용된 아키라와는 다르게 헌터 오피스를 거친 정식 의뢰이지만, 그 내용은 작전 행동 보조라는 매우 애매모호한 것이다.

이것은 전투 이력을 헌터 오피스에 실을 때 보조요원들이 얼마나 활약했는지를 도란캄 측에서 조정할 수 있음을 의미한다.

주력부대인 신인 헌터들이 과합성 스네이크를 해치우면 그것으로 끝. 어렵다면 추가 화력으로 참여해 주력부대만으로 격파할 수 있는데도 만약을 대비해서 참여한 것으로 기재한다.

어느 쪽이든 현상수배급 토벌자 정보에 보조요원의 이름이 올라갈 일은 없다.

사라가 슬쩍 쓴웃음을 짓는다.

"아하, 그런 거구나. 요컨대 주력부대 경호, 나쁘게 말하면 보호자를 겸한 일이야."

"그렇게 명시하진 않았어. 하지만 주력부대 생환율을 기준으로 우리에게 주는 보수를 정하게 계약한 시점에서 암암리에 기대하는 거겠지."

현상수배급에 막대한 손상을 줘도 보수는 조금도 늘어나지 않고, 주력부대 피해가 클수록 보수가 줄어든다. 계약 내용에서는 주력부대를 경호하라고 명시하지 않았어도, 그것을 요구한다는 점은 명백했다.

그때 다른 차가 나타나 엘레나와 사라의 차 옆에 선다. 그리고 무장한 소년이 내려서 두 사람에게 살짝 고개를 숙였다.

"죄송해요. 조금 늦었습니다."

"신경 쓰지 마. 우리가 갑자기 부른 거니까."

엘레나는 그렇게 말하고 웃은 뒤, 상대를 살짝 주시하고 말을 잇는다.

"그런 내가 말하기는 조금 그렇지만, 몸 상태는 괜찮아? 무리하지 않아도 되는걸? 피로가 안 풀렸을 때 억지로 부른 꼴이 되면 내가 시즈카한테 혼날 거야."

"괜찮아요. 문제없습니다. 완벽해요."

시즈카의 이름을 대도 기운차게 웃는 상대를 보고, 슬쩍 떠본 엘레나도 웃으며 고개를 끄덕였다. 사라도 즐겁게 웃는다.

"그렇다면 아키라. 오늘은 잘 부탁해."

"네. 잘 부탁해요."

엘레나의 팀에 가담하는 형태로, 아키라의 세 번째 현상수배급 토벌전이 시작되려고 했다.

◆

미즈하는 지휘차량인 장갑수송차 안에서 골머리를 앓고 있었다. 그런 미즈하 앞에서는 릴리라고 하는 신인 헌터 소녀가 언성을 높이고 있다.

"납득할 수 없어요! 왜 우리 말고 다른 헌터를 데려가는 건데요! 카츠야의 실력을 신용할 수 없다고 말할 참인가요?!"

"그런 소리는 안 했잖니. 물론, 나도 카츠야의 실력을 믿어. 너희의 힘도 말이지. 그래서 카츠야네를 주력으로 부대를 편성한 거잖니? 모르겠니?"

"몰라요! 그렇다면 우리만으로 충분할 거예요! 지금이라도 쓸데없는 사람들은 내버려 두고 가야 해요!"

"그럴 순 없어……."

"왜죠?! B반 애들이라면 이제야 카츠야를 인정했다고 이해할 수도 있는데, 외부 헌터라뇨. 우리의 성과를 가로채기만 할 게 뻔하잖아요!"

카츠야파의 신인 헌터들 사이에서도 파벌로 부를 정도는 아니어도 카츠야에 대한 인식이 차이가 나는 경우가 있다. 개중에는 카츠야의 실력을 과대평가하고, 마치 자기 일인 것처럼 받아들이는 집단도 있다.

그리고 릴리는 명확히 그 집단이었다. 카츠야는 대단하다. 그 인식을 기본으로 삼아서 동료인 자기들도 대단하다고, 약간의 차이는 있어도 무의식중에 동일시하고 있었다.

미즈하가 릴리를 달래면서 속으로 한숨을 쉰다.

"요노즈카역 유적에서는 예측하지 못한 사태 때문에 카츠야도 고생했다고 들었어. 그것을 방지하는 대비 정도는 있어도 좋지 않겠니?"

"그렇게 일반적이지 않은 사태를 근거로 삼지 마세요! 그렇게 말하면 항상 이번처럼 대규모 부대로 행동해야 하잖아요!"

"그야 그렇지만……."

"그리고 카츠야는 그 사태를 자기 힘으로 돌파했는데요?! 그런 카츠야의 실력을 몰라요?!"

"자기 힘으로? 우연히 그 자리에 있던 다른 헌터의 도움을 안 받았으면 위험했는데? 그런 보고를 받았어."

"그건 그냥 카츠야가 겸손하게 말한 거예요! 오히려 다른 헌터를 구했을 게 뻔해요! 미즈하 씨는 카츠야가 그렇게 약하다는 거예요?!"

"그런 소리는 안 했잖니……."

미즈하도 카츠야의 실력을 믿는 사람으로서, 그 사실을 후원자들 앞에서 호언장담한 사람으로서, 카츠야의 실력이 부족하다고 인정하는 식으로 말할 수 없다. 따라서 요노즈카역 유적에서 있었던 일로 상대를 설득하기는 어렵다고 판단했다.

"사실은 있지. 카츠야도 이번처럼 대규모 부대를 이끄는 걸 불안해하는 눈치였거든. 나는 그 불안을 줄여주기 위해서 추가 전력을……."

"시시한 거짓말로 속이려고 들지 마세요! 지금의 카츠야를 보면 그 말이 거짓인 걸 알 수 있어요! 그리고 카츠야도 의욕이 강하다고, 예전부터 우리한테 말했잖아요!"

미즈하가 할 말을 잃는다. 예전에 카츠야의 상태가 나빴을 무렵, 미즈하는 카츠야에게 현상수배급 토벌부대 지휘를 상당히 억지로 받아들이게 했다.

그리고 다른 사람들에게 모르게 하려고 카츠야의 의욕이 매우 크다고 말했다. 나아가 그 거짓말이 들키지 않게 카츠야가 다른 사람과 되도록 마주치지 않게 조정했다.

그 공작은 지금의 카츠야가 패기가 넘치는 덕분에 어떻게 보면 사실이 되었다. 이제는 본인이 부정해도 믿어주지 않는다. 즉, 사정을 모르는 사람이 보면 미즈하가 카츠야의 의지를 무시하고 전력을 증강했다고 오해할 사태였다.

미즈하도 그것을 잘 아는 만큼 골치가 아팠다.

그때 동료들을 격려하는 일을 마친 카츠야가 유미나, 아이리와 함께 돌아왔다.

"미즈하 씨. 최종 체크를 마쳤습니다. 언제든지 출발할 수 있습니다……? 릴리. 왜 여기 있어? 네가 있을 위치는 여기가 아니잖아?"

언제든지 작전을 시작할 수 있다고 보고하려던 찰나, 자기 위치에 가지 않은 동료를 발견한 카츠야가 조금 멋쩍은 눈치를 보였다.

하지만 릴리는 조금도 아랑곳하지 않고 오히려 카츠야에게 따지고 들었다.

"카츠야! 왜 보조요원 동행을 허가했어! 우리가 그렇게 믿음직하지 못하다고 말하고 싶어?!"

"갑자기 왜 그래?! 무슨 소리야?!"

영문을 몰라서 괴이쩍은 표정을 짓는 카츠야에게, 미즈하가 사정을 설명했다. 그것을 들은 카츠야는 살짝 고개를 끄덕이고, 웃으며 릴리를 달랜다.

"무슨 소리야. 릴리 말대로 우리끼리 해치우면 될 일이잖아."

"그렇지? 그러니까⋯⋯."

릴리는 기가 살아난 것처럼 기쁜 듯 얼굴을 폈다. 하지만 곧바로 어두워진다.

"그러다가 조금 위험해지거나, 힘에 부치는 일이 생기면 엘레나 씨나 다른 보조요원들의 도움을 받으면 돼. 그걸로 끝이야. 미즈하 씨가 애써 준비해 주었는데, 두고 갈 필요는 없잖아. 그러면 릴리. 바로 자기 위치로 돌아가서⋯⋯."

카츠야에게는 그것으로 끝날 이야기였다. 하지만 릴리는 얼굴에 노여움마저 드러내고 언성을 높인다.

"카츠야도 그런 소리를 하는 거야?!"

카츠야가 놀라고, 이어서 괴이쩍은 표정을 짓는다.

"그런 소리라니⋯⋯. 유미나. 아이리. 내가 뭔가 이상한 소릴 했어?"

"안 했어."

"안 했어."

"그렇지?"

유미나와 아이리의 대답을 들은 카츠야는 조금 안심한 것처럼 고개를 끄덕이고, 역시 릴리가 이상한 것이라며 괴이쩍은 얼굴로 쳐다봤다.

릴리가 카츠야의 태도에 표정을 구긴다. 그리고 성질을 내듯이 유미나와 아이리를 매섭게 노려봤다.

"너희가 그딴 식이니까……."

릴리의 태도에 카츠야가 곤혹스러운 가운데, 미즈하가 결론을 내렸다.

"카츠야. 작전이 시작되기 전에 엘레나 씨한테 가서 인사 정도는 해 두렴."

"네? 그래도 되나요?"

아무리 지인이라도 작전 중에는 보조요원에 불과하다. 그런 사람에게 부대의 대장이 인사하면 특별 대우가 되고, 전체의 지휘가 흐트러질 우려가 있다. 그래서 엘레나 일행에게 말을 거는 것은 자제해 달라고, 카츠야는 미즈하에게 그런 말을 들었다.

그랬던 미즈하가 웃으며 앞서 한 말을 뒤집는다.

"그렇게 해서 카츠야의 의욕이 더 커진다면, 다른 보조요원의 불평 정도는 내가 대신 받아도 좋겠다고 생각했어. 카츠야의 의욕이 가장 중요해."

카츠야가 기쁜 듯이 웃고 감사를 표한다.

"감사합니다!"

"괜찮아. 신경 쓰지 말렴. 그러면 나는 릴리를 배치 장소로 데려간 다음에 바로 도시로 돌아갈 테니까, 나머지 일은 카츠야 대장님에게 맡길게."

"네!"

패기가 넘치는 카츠야의 대답을 듣고 만족스럽게 웃은 미즈하는 그 얼굴을 조금 진지하게 바꿨다.

"릴리. 가자."

"잠깐! 아직 이야기는 끝나지⋯⋯."

못마땅한 듯 언성을 높이려고 하는 릴리에게, 미즈하가 조직의 간부로서 엄숙하게 말한다.

"따라와. 지시를 못 따르겠다면 작전에서 뺄 거야. 대장은 카츠야라도, 책임자는 나인데?"

그렇게 말하자 릴리도 차마 거역하지 못하고, 말없이 미즈하와 함께 장갑수송차에서 내렸다.

◆

미즈하와 릴리는 장갑수송차 옆에 세운 소형차에 같이 탔다. 그리고 태도를 확 바꾼다.

"너무 쌀쌀맞게 굴어서 미안하구나. 그 차는 사무 파벌에서 준비한 거고, 나도 그 사무 파벌이지만, 그곳에서도 이런저런 사정이 있어서 섣부른 발언이 기록에 남으면 곤란하거든. 이건 내 개인용 차니까 괜찮아."

갑자기 태도가 나긋나긋해진 미즈하를 본 릴리는 조금 전의 불만도 잊고 살짝 곤혹스러워했다. 그때 미즈하가 더욱 밀어붙인다.

"이해해. 카츠야는 뭐랄까, 믿음직한 리더였으면 하지? 나한테 맡겨! 잠자코 따라와! 같은 느낌으로."

무의식중에 고개를 끄덕이는 릴리를 보고, 미즈하에게 계속해서 말한다.

"그렇다면 외부의 헌터를 무심코 의지하고 만다고 할까, 의지하지 않으면 싸울 수 없다고 할까, 그런 건 왠지 모르게, 조금, 그렇다는 거지?"

"그, 그래요! 그걸 당신이……!"

상대의 기를 살려준 시점에서, 웃으며 타이른다.

"알아. 이해해. 하지만 스폰서의 의향이란 것도 있어. 돈을 주셨지만 안 쓸게요, 라는 말은 통하지 않는 거야. 상대는 사람이 많이 모이면 잘 몰라도 돈이 많이 들어가겠지, 하고 생각해 주니까. 실제로는 별로 쓰지 않는다고 해도 말이야."

"그, 그래요?"

"그래. 그리고 보조요원의 보수는 성과에 달렸어. 그러니까 너희가 현상수배급을 후다닥 해치우면 돈을 적게 써도 돼. 그렇게 되면 보조요원은 허수아비나 마찬가지가 될 테고. 스폰서들도 다음에는 이렇게 많이 안 필요하다고, 오히려 그런 데 돈을 쓰지 말라고 할 거야. 그러니까 기대해도 될까?"

"맡겨 주세요! 카츠야라면 괜찮아요!"

릴리의 투지가 충분히 고조된 것을 확인하고 나서, 미즈하는 마지막 공략에 나섰다.

"뭐, 카츠야는 괜찮겠지만. 그 카츠야가 너희를 괜찮다고 생각할지는 의심스러운걸."

기분이 좋아졌던 릴리가 그 말에 무심코 언성을 높인다.

"무슨 뜻이죠?! 카츠야가 우리를 짐짝처럼 여긴다고 말하려는 거예요?!"

"나쁘게 말하자면, 그래."

분통을 터뜨리는 릴리에게, 미즈하가 말을 보충해 나간다.

아직 인솔자가 있던 시절의 카츠야는 유미나와 아이리 같은 동료가 있는 상태에서도 경호원 같은 사람은 필요하지 않다며 실력을 드러냈다. 그 뒤에도 자신들을 무시하는 고참들을 실력으로 입 다물게 하려고 신인들끼리만 활동했다.

그러나 지금은 어떻게 보면 경호원 같은 보조요원을 받았다. 그 차이를 생각해 보면, 새로이 가담한 동료들이 이유임을 알 수 있다. 즉, 릴리를 비롯한 새 동료들이다.

그만큼 인원이 늘어나면 아무래도 동료를 다 지킬 수 없다. 요노즈카역 유적에서도 죽은 동료가 있었다. 그래서 카츠야는 보조요원 동행을, 타협해서 받아들인 것이다.

그 설명을 들은 릴리가 놀라서 정신이 조금 멍해진다.

"거, 거짓말! 카츠야는 그렇게 말한 적 없어!"

"당연하지. 무의식중에 그렇게 생각할 테니까. 자각했더라도 너는 짐짝이라고 절대로 말하지 않아. 말없이 지킬 뿐이지."

릴리는 반론하지 못하고 입을 다물고 말았다. 그러자 미즈하가 부드럽게 말을 건다.

"물론, 그건 카츠야가 착각하는 거야. 그러니까 카츠야에게 네 실력을 보여주고, 인정받으면 문제가 안 돼. 이번 현상수배급 토벌이 좋은 기회 같지 않니?"

미즈하가 속삭이는 소리가 릴리의 마음을 침식한다.

"카츠야가 리더고 유미나와 아이리가 서브리더. 유미나와 아이리는 카츠야와 오래 알고 지냈다는 이유로만 그 자리에 있어. 그렇게 생각하고 불만이 있는 사람도 있는 모양이지만, 카츠야가 인정하니까 불평할 순 없고. 그런 사람도 있겠지?"

릴리도 그런 사람이다. 그 불만에 불이 붙은 시점에서 기대와 희망이 꽂힌다.

"하지만 오래 알고 지냈다면 그만큼 상대의 실력을 알 기회가 많다는 뜻이야. 그러니까 카츠야는 유미나와 아이리의 실력을 인정하고, 짐짝으로 보지 않아서 곁에 두는 거지. 그런 상황에서 다른 사람의 실력을 인정하면 카츠야의 마음도 바뀔지도 모르겠는걸."

미즈하가 웃는다. 이미 어떻게 대답할지 알았다

"어쩔래? 네가 원한다면 카츠야에게 그 실력을 보여주기 쉽게, 지금이라도 네 장비와 배치를 바꿀 수 있는데."

"부탁합니다……!"

"알았어."

미즈하는 정보단말을 꺼내서 릴리의 기대에 부응해 주었다.

◆

엘레나 일행과 잡담하면서 주력부대가 있는 곳을 바라보던 아키라가 문득 괴이쩍은 표정을 짓는다. 그 시선이 가는 곳에는 대형 장갑차가 서 있는데, 딱 봐도 원래의 무장이 아닌 거대한 포가 달려 있었다.

그리고 아키라는 그 대포가 눈에 익었다.

『알파. 익숙한 게 보이는데, 잘못 봤다거나, 기분 탓이거나, 내가 착각한 걸까?』

『아니야. 나도 전에 똑같은 것을 봤어.』

『그렇군…….』

그 대포는 다연장포 마이마이의 주포였다. 포탑을 장갑차 지붕에 억지로 결합해서 차체를 돌리지 않으면 조준할 수 없는 것처럼 보인다.

『저걸…… 쏠 수 있어?』

『저걸 허세나 위장용으로 달아도 몬스터 상대로는 의미가 없어. 그러니까 쏠 수 있겠지.』

『그렇군……. 쏠 수 있구나…….』

『하지만 위력이 똑같진 않을 거야. 제아무리 차량에 대형 발전기를 여럿 달았더라도, 위력은 대폭 떨어질 것 같아.』

『아하. 하긴, 그렇겠지.』

아키라는 납득하고, 왠지 모르게 안도했다. 그래도 다연장포 마이마이의 주포 위력을 떠올리고 감회에 젖어 있었다.

그때 아키라 일행 근처로 장갑수송차가 다가온다. 그리고 근처에서 멈추더니 안에서 카츠야가 유미나, 아이리와 함께 내렸다.

엘레나가 살갑게 대응한다.

"카츠야 대장. 슬슬 작전을 시작하는 걸까?"

"네. 오늘은 형식상 제 지휘하에 들어가지만, 잘 부탁합니다…… 응?"

그리고 카츠야가 그제야 아키라를 알아차렸다. 예상 밖의 인물을 보고 살짝 놀란 다음, 괴이쩍은 얼굴로 아키라를 본다.

"네가 왜 여기 있어?"

"엘레나 씨네가 고용했으니까."

우호적으로 대할 의도를 조금도 찾아볼 수 없는 짤막한 대화를 주고받은 뒤, 카츠야는 엘레나와 사라에게 조금 당혹스러운 기색을 보였다.

"저기, 엘레나 씨. 저도 대장으로서 보조요원 리스트 정도는 확인했는데, 이 녀석은 없었는데요……."

"아, 그건 계약 형식 때문에 그런 거야."

아키라는 어디까지나 엘레나 팀에서 고용한 인원이다. 도란캄에서는 고용하지 않았고, 보조요원조차 아니다. 따라서 공식적으로 이번 현상수배급 토벌에 참여하지 않았다.

비슷한 일은 엘레나 팀만이 아니라 다른 보조요원 팀에서도 하고 있다. 이것은 서류상에 존재하는 보조요원 숫자를 최대한 줄이려고 한 미즈하의 술수이기도 했다.

표면상으로는 자신들의 전력에 불안을 느낀 보조요원들이 멋대로 한 짓으로 친다. 그리고 서류상으로는 이번 작전과 무관한 자들을 고용할 수 있게끔, 그 의도를 말로는 명시하지 않고 넌지시 전한 상태에서 보수를 늘렸다.

엘레나는 그것을 비밀 엄수 의무에 걸리지 않게끔 암암리에 설명했다. 카츠야는 미묘하게 이해하지 못했지만, 유미나가 설명을 보태서 이해했다.

"그렇게 된 거군요……."

아키라를 동행시키는 것은 내키지 않는다. 카츠야는 그렇게 생각하면서도 엘레나와 사라의 앞이라는 점도 있어서 말하지 못했다. 그랬다간 아키라를 고용한 두 사람에게 실례이기 때문이다.

나아가 요노즈카역 유적에서 아키라가 싸우는 모습을 보고 그 실력이 진짜라고 여긴 점도 있어서, 내키지는 않지만 이럴 때는 타협해야 한다고 자기 자신을 타일렀다. 그리고 조금 사나운 눈으로 아키라를 본다.

"이봐. 이분들한테만 의지하지 마. 동행하는 이상, 일하라고."

우리만으로 충분하다. 방해하지 마라. 발목을 잡지 마라. 동행할 거면 똑바로 일해라. 두 사람의 짐짝이 되지 마라. 그렇게 이런저런 말을 하려던 것을, 카츠야는 엘레나와 사라에게 실례가 안 되도록 아슬아슬하게 말을 골랐다.

"알아. 일할 거야."

나를 고용한 건 여기 두 사람이다. 네가 아니다. 그러니까 너한테 명령받을 이유는 없다. 평소라면 그렇게 말할 것을, 아키라는 엘레나와 사라에게 고용되었다는 이유도 있어서 자중했다. 자진해서 불필요한 다툼을 만들면 두 사람에게 피해를 주기 때문이다.

사이가 너무 나빠 보이는 아키라와 카츠야의 분위기에, 대처하기 곤란해진 엘레나와 사라는 미묘하게 쓴웃음을 지었다.

유미나도 속으로 골머리를 앓는다. 그러나 두 사람 모두 엘레나와 사라의 앞에서 충돌을 피하려는 의지가 느껴져서 섣불리 중재하지 않았다. 그 대신에 볼일을 마치고 얼른 돌아가는 것을 권하려고 한다.

"카츠야. 이참에 아키라에게 회복약을 줘. 두 분한테도 인사했으니까, 남은 볼일은 그 정도밖에 없잖아?"

"어? 아, 그렇지."

카츠야가 미즈하에게 받은 회복약을 말없이 아키라에게 던졌다. 아키라는 그것을 받고 잠시 생각한 다음 유미나에게 던졌다. 유미나가 당황하고, 카츠야가 괴이쩍은 얼굴로 아키라를 본다.

"무슨 짓이야?"

"현상수배급 토벌이 끝나고 나서 줘."

다치면 써도 괜찮다는 배려일까. 아니면 한 상자에 200만 오럼인 회복약이 필요한 상황에 부닥칠 것이라는 도발일까. 다른 사람이라면 판단하기 어려운 언동이었다.

아키라는 전자의 의미였다. 그래서 유미나에게 줬다. 그리고 유미나는 전자에 가까운 의미로 받아들였지만, 카츠야는 아키라와 사이가 나빠서 무심코 후자에 가깝게 해석하고 말았다.

불필요한 다툼이 발생하지 않도록, 유미나가 재빨리 사이에 끼어든다.

"알았어. 아키라. 끝난 다음에 봐. 엘레나 씨. 사라 씨. 무슨 일이 생겼을 때는 잘 부탁할게요. 카츠야, 돌아가자."

그리고 엘레나 일행에게 잽싸게 고개를 숙이고 카츠야를 잡아당겼다.

"유, 유미나, 잡아당기지 마. 아, 저도 이만 가 보겠습니다."

엘레나 일행에게 겨우 인사한 카츠야가 그대로 끌려간다. 아이리도 고개를 숙인 다음 뒤따랐다.

사라가 대수롭지 않은 투로 떠본다.

"아키라. 카츠야랑 사이가 안 좋아 보이던데, 무슨 일이라도 있었어?"

"뭐, 그렇죠."

아키라는 긍정했지만, 자세한 사정은 말하지 않았다.

엘레나는 그것이 본인의 성격 때문인지, 아니면 말하기 싫은 건지, 조금 생각해 본 다음에 다시 물어보기로 했다.

"괜찮다면 무슨 일이 있었는지 물어봐도 될까?"

아키라가 조금 망설인다.

"죄송해요. 제가 말하긴 좀 그러네요. 기회가 생기면 유미나에게 물어봐 주세요."

그것은 아키라가 나름대로 카츠야와 가까운 유미나를 배려해서 한 판단이었다. 솔직하게 말하든, 얼버무리든, 마음대로 하면 좋다고 여겼다.

"그렇구나……. 알았어."

사라가 웃으면서도 조금 복잡한 표정을 짓는 가운데, 엘레나가 일부러 밝게 말했다.

"뭐, 그건 그거고 이건 이거야. 우리가 고용했으니까 열심히 일해 주길 바랄게."

"네. 물론이에요."

개인적인 감정은 개입시키지 않겠다는 의미도 포함해서, 아키라는 잘 웃고 끄덕였다.

"응. 같이 힘내자."

똑 부러지게 대답한 아키라의 태도에, 엘레나와 사라도 지금은 됐다고 생각하기로 했다.

◆

유미나는 카츠야, 아이리와 함께 지휘차량으로 돌아와 대놓고 한숨을 쉬었다. 그리고 조금 매서운 눈으로 카츠야를 본다.

"카츠야. 딱히 아키라와 친하게 지내라곤 안 하겠지만, 조금만 더 어떻게 안 돼? 아키라와는 이런저런 일이 있었지만, 요노즈카역 유적에서 두 번이나 도움을 받았잖아?"

상당히 심각하게 혼나는 바람에 카츠야는 조금 주춤거렸다. 그리고 복잡한 속내를 얼굴에 드러낸다.

"미안해. 하지만 그 녀석하고는 상성이 나빠."

"그걸 알면 들이대지 마. 우리가 먼저 자극하지 않으면 상대도 엮이려고 하지 않을 거야. 아마도."

유미나는 그렇게 말하고 아까 받은 회복약을 카츠야에게 건넸다. 그리고 의아해하는 표정을 짓는 카츠야에게 신신당부한다.

"그걸 쓸 필요가 생기지 않게, 침착하게 지휘해 줘."

동료가 위험하다고 평소처럼 멋대로 뛰쳐나가는 짓은 하지 마라. 그런 의미로 받아들인 카츠야가 쓴웃음을 짓는다.

"알았어. 대장으로서 전체를 지휘할게. 이거면 되지?"

유미나는 웃으며 고개를 힘껏 끄덕였다.

"좋아. 그러면 카츠야 대장님. 슬슬 시작하죠."

"그래."

카츠야는 부대 전체에 통신을 연결하고 의기양양하게 작전 개시를 선언했다.

주력부대의 차량이 차례차례 움직이기 시작한다. 지휘차량인 장갑수송차를 선두에 세우고, 거대한 포를 짊어진 장갑차가 그 뒤를 따르고, 보조요원들의 차량도 각자의 판단에 따라 대열을 만들고 이동한다.

여러 사람의 마음을 싣고서, 과합성 스네이크 토벌 작전이 시작되었다.

제97화 과합성 스네이크

대규모 헌터 부대가 황야를 나아간다. 과합성 스네이크 토벌을 목표로 삼은 도란캄 소속 카츠야파 헌터들의 부대다. 수십 대의 황야 사양 차량이 황무지를 힘차게 돌진하는 모습에는 대규모 몬스터 무리의 습격에 뒤지지 않는 박력이 있었다.

당연히 그 소란으로 주변 몬스터를 부른다. 하지만 손쉽게 물리쳐 나간다. 20억 오럼짜리 현상수배급을 토벌하려는 부대다. 그 정도도 못 해서는 말이 안 된다.

애초에 카츠야가 이끄는 주력부대는 거물을 죽이는 목적으로 무장이 편중되어 있어서 잡다한 몬스터를 소탕하는 데는 적합하지 않다. 따라서 보조요원들이 상대하고 있다.

아키라가 CWH 대물돌격총을 겨누고 방아쇠를 당긴다. 사출된 철갑탄이 허공을 가르고 목표의 미간에 박힌다. 대형 육식동물이 요란하게 자빠져 숨을 거뒀다.

조금 떨어진 곳에서 달리던 엘레나 팀의 차에서 사라가 통신기를 통해 칭찬한다.

"잘했어. 역시 제법인걸."

"고맙습니다."

자기 힘으로 명중시킨 것도 있어서, 아키라도 웃으며 칭찬을 들었다.

"그나저나 우리 일은 이런 송사리만 상대하는 걸까요?"

"기본적으로 그래. 주력부대가 현상수배급을 화려하게 공격하는 것을 다른 몬스터가 방해하지 않게 하는 것이 우리 일이야. 저것들만 좋은 걸 골라 먹는다고 느낄지도 모르지만, 그건참으렴."

농담조로 그렇게 말하는 사라의 뒤에서 엘레나도 웃으며 말한다.

"그만큼 보수는 듬뿍 받아. 우리가 아키라를 개인적으로 고용할 정도로는 말이야. 뭐, 그렇게 된 거니까 뭔가 불만이 생기면우리한테 말하렴. 최대한 대응할 테니까."

"아뇨. 불만은 없어요. 이번에도 편하게 일할 수 있다면 오히려 달갑죠."

그러자 사라가 의아한 기색으로 말한다.

"아키라. 시카라베가 고용해서 현상수배급 토벌에 참여했다고는 들었는데, 그렇게 편했어?"

"어……."

아키라가 말을 흐린다. 비공식 의뢰이고, 시카라베가 퍼뜨리고 다니지 말라고 했기 때문이다.

하지만 엘레나와 사라에게는 편했다, 힘들었다 정도는 대답해도 문제가 없을까 싶었다. 너무 감추면 오히려 이상하지 않을까도 생각했다.

끙끙대는 아키라의 반응을 알아차린 엘레나가 말을 보탠다.

"시카라베의 의뢰 사정이라면 우리도 아키라를 고용할 때 시카라베한테 들어서 괜찮아."

아키라는 지금 엘레나 팀에 고용되었지만, 엄밀하게는 시카라베가 파견한 형태다. 두 사람이 아키라에게 고용 의사를 밝혔을 때 개인적으로는 가고 싶어도 이미 시카라베에게 고용되어서 어렵다고 대답했고, 엘레나가 시카라베에게 연락해 조정한 것이다.

시카라베는 조금 망설였지만, 아키라에게 줄 보수가 미묘해질 것 같은 상황에서 자기 사정으로 엘레나와 사라의 제안을 거절하게 하면 쓸데없이 아키라의 기분을 망치겠다고 판단했다.

덤으로 사무 파벌이 신인 헌터를 활약시키고 싶은 상황에서 일단은 자신이 고용한 아키라가 활약하면 재미있어질 것 같다며 승낙했다.

즉, 아키라가 이곳에 있는 것도 어떻게 보면 도란캄이 파벌 싸움을 벌인 결과였다.

"비공식 추가요원으로 탱크란튤라 토벌전과 다연장포 마이마이 토벌전에 참여했지? 그건 알아. 그런데도 말하기 싫다면 억지로 캐묻진 않을게."

"아뇨. 그런 거라면 괜찮아요."

사라가 아키라에게 현상수배급 토벌전의 감상을 듣고 흥미진진한 기색을 보인다.

"에헤, 그렇게나 달랐구나."

"네. 완전 달랐어요. 8억 오럼짜리 현상수배급보다 15억 오럼짜리 현상수배급을 더 쉽게 해치운 느낌이 들어서, 기분이 조금 이상해졌을 정도예요."

그때 과합성 스네이크를 발견했다는 보고가 왔다. 아키라 일행의 전방에 대규모 흙먼지가 피어오르고 있다.

사라가 엘레나에게 부탁해서 자신들의 차를 아키라의 차 옆으로 가까이 대고, 웃으며 직접 말을 건다.

"과합성 스네이크의 현상금은 20억 오럼! 강적이야! 주력부대가 상대한다고 해도, 우리도 힘내자!"

"네!"

아키라도 기운차게 웃고 대답했다.

◆

초고층 건축물과 비슷하거나, 그 이상. 그만한 몸길이와 덩치를 지닌 뱀이 지면에 널린 장해물을 날리면서 황야를 기세등등하게 나아가고 있다. 멀리서 보면 천천히 이동하는 것 같지만, 그것은 거대한 모습에 따른 착각이며, 실제로는 차와 비슷한 속도를 내고 있었다.

과합성 스네이크로 명명된 20억 오럼짜리 현상수배급 몬스터는 요노즈카역 유적에서 나왔을 때보다 더 거대해졌다.

카츠야는 표적의 측면을 찌르는 형태로 주력부대를 전개하고 공격 개시를 지시했다. 도란캄의 신인 헌터들이 일제히 로켓탄을 발사한다.

차량에서 내리고 쏜다. 지붕도 문도 없는 차량에 탄 채로 쏜다. 문을 열고 몸을 내밀어서 쏜다. 황야 사양의 대형 트럭 짐칸에서 측면을 위아래로 크게 개방하고 쏜다. 대량의 로켓탄이 공중에서 꼬리를 그리면서 목표에 똑바로 명중했다.

폭발이 거대한 뱀의 비늘을 태우고, 벗기고, 분쇄한다. 계속되는 명중으로 안쪽에 있는 살을 태우고, 헤집고, 터뜨려서 날린다. 로켓탄이 거대한 몸뚱이 여기저기에 빗발쳐 비슷한 피해를 준다.

그러나 그것도 과합성 스네이크에는 큰 부상이 아니다. 몸통은 고층 빌딩 수준으로 굵고, 전체 몸길이는 몸통이 굵게 보이지 않을 만큼 길다. 그 거대한 몸으로 움직일 수 있을 만큼의 근력과 생명력 앞에서는 살점이 아주 조금 파인 정도이며, 아무렇지도 않다.

그리고 카츠야가 이끄는 부대도 그 정도는 이해한다. 그 방대한 생명력을 깎아내고, 완전히 죽이기 위해서, 계속해서 포화를 퍼붓는다.

사용하는 로켓탄은 유도 성능이 떨어져서 시카라베 일행이 탱크란튤라와 싸웠을 때처럼 써먹을 수 없다. 그러나 사거리와 위력이 뛰어나며, 가격도 싸서 대량으로 마련할 수 있다.

과합성 스네이크처럼 몸집이 크면 잘 조준하고 쏠 필요가 없다. 대충 조준해도 어딘가에 잘 맞는다.

맞는다면 다음은 물량이다. 로켓탄 탄막이라고 하는 다소 상식을 초월한 화력으로 적의 생명력을 조금씩, 확실하게 깎아 나간다.

각자의 로켓 런처에서, 차량에 달린 로켓 발사대에서, 로켓탄이 차례차례 발사되어 거대한 몸통 어딘가에 명중한다.

부상 부위는 강인한 생명력으로 재생되지만, 다 낫기도 전에 다음 로켓탄이 명중한다. 뱀의 몸에서 살점이 조금씩 떨어져 나가 황야의 지면에 흩어진다.

카츠야가 이끄는 부대는 그러면서 과합성 스네이크와 일정 거리를 유지하고 있었다. 상대가 도망치면 쫓아가고, 가까워지면 멀어지고, 표적을 유효 사거리 안에서 놓치지 않는다. 그리고 하염없이 쏴댔다.

이제는 탄약이 다 떨어지기 전에 적을 해치울지 어떨지에 달렸다. 그 탄약은 충분히 준비했다. 필요하다면 보조요원들도 공격에 가세하게 한다. 그래도 부족하면 카츠야파만으로 승리하는 성과를 버리고 도란캄에서 추가 요원을 보내게 한다.

빈틈은 없다. 모두가 승패가 갈렸다고 예상했다.

◆

대량의 로켓탄을 맞고 불길과 연기로 온몸을 장식하면서도 움직임이 굼떠질 기색이 전혀 없는 과합성 스네이크의 상태를 보고, 아키라는 놀라움과 황당함을 모두 느끼고 있었다.

『박력이 넘치는 공격이네. 저걸로도 못 해치우면 어떻게 된 거야. 알파. 아무리 그래도 저걸로 손상이 없진 않겠지?』

『멀리서는 눈에 띄는 부상이 없으니까 멀쩡해 보이지만, 제대로 손상을 입고 있어. 결손 부위를 재생할 때도 체력을 쓰니까 전체적으로는 꽤 피해를 봤을 거야.』

『그렇구나. 그렇다면 이길 수 있겠네.』

자기가 한 일은 전투의 소란으로 모여든 몬스터를 해치운 정도니까 대단한 일은 하지 않았다고 생각하면서도, 승리는 승리라고 아키라는 슬그머니 안도했다.

그러나 그때 알파가 조금 진지한 얼굴로 당부한다.

『아키라. 승리를 확신하기는 아직 일러.』

『알아. 마지막까지 긴장을 풀진 않아.』

『그것만이 아니야. 저걸 봐.』

아키라의 시야가 확장되고 주변 색적 정보가 부감 시점으로 추가되었다.

아키라나 카츠야가 이끄는 부대의 위치는 점으로 표시되는데, 과합성 스네이크는 너무 커서 굵은 선으로 나타난다.

그 주위에는 몬스터의 점이 드문드문 표시되는데, 보조요원들이 해치워서 숫자가 줄어들었다. 지금도 아키라가 한 마리를 해치워서 점이 하나 사라진 참이다.

『딱히 문제가 있어 보이지는 않는데…….』

아키라가 괴이쩍게 여겼을 때, 시야에 표시된 색적 범위가 대폭 넓어졌다. 지금껏 굵은 선으로 표시되던 과합성 스네이크의 반응이 가는 선으로 바뀔 만큼 확대되었다.

그 색적 범위 가장자리에는 멀리서 조금씩 다가오는 대량의 점이 표시되고 있었다. 확대하기 전의 색적 범위 밖에서 몬스터 무리가 몰려온 것이다.

아키라가 무심코 인상을 쓴다.

『잠깐만. 뭐가 어떻게 된 거야? 전투의 소란으로 몰려들었다고 쳐도, 이건 좀 이상한데?』

『아마도 과합성 스네이크가 의도적으로 부른 거겠지.』

표정을 더욱 괴이쩍게 바꾼 아키라에게, 알파가 설명을 보충해 나간다.

과합성 스네이크가 저토록 거대하게 성장하려면 그만큼 많은 먹잇감이 필요하다. 그러나 단순히 황야를 배회하는 정도로는 대량의 먹이를 절대로 구할 수 없다. 몬스터 무리를 발견하더라도 상대도 도망친다. 포식할 수 있는 것은 그 일부다.

따라서 과합성 스네이크는 무리의 일부를 잡아먹어도 거대한 몸뚱이를 유지할 수 있을 만큼 대량의 몬스터를 유인하는 모종의 수단, 몬스터 유도기에 가까운 기관을 지녔을 것으로 예상된다.

또한 과합성 스네이크는 황야를 무턱대고 나아가는 것처럼 보이지만, 실제로는 거대한 원을 그리듯이 이동하고 있었다.

그리고 원 바깥쪽을 향해 적 유도 기관을 사용했다. 카츠야가 이끄는 부대의 공격으로 생긴 상처를 회복하려고 대량의 먹이를 부른 것이다.

그 설명을 들은 아키라는 상황이 다소 나빠졌다고 이해하면서도 살짝 안도했다. 적어도 그 몬스터 무리는 과합성 스네이크

편이 아니기 때문이다. 탱크란튤라 토벌전 같은 사태는 피할 수 있다. 최소한 삼파전이다. 그렇게 생각했다.

『알파. 일단 물어보겠는데, 우리만으로 그 무리를 상대할 수 있을까? 보조요원이라고 해도 과합성 스네이크와 싸우려고 모인 헌터들이야. 나는 괜찮을 것 같은데.』

『나도 괜찮을 것 같아.』

아키라가 의아한 표정을 짓는다.

『그렇다면 문제없잖아……?』

하지만 알파는 표정을 풀지 않았다.

『그건 나나 아키라가 아니라, 카츠야의 부대에서 판단하는 거야. 애초에 문제가 있다고 판단해도 안전한 길을 택한다면 괜찮아. 올바르게 판단해 주면 좋겠는데 말이야.』

사람이 항상 올바르게 판단할 수 있다면 세상의 어지간한 문제는 해결되었을 것이다.

아키라는 조금 불안해졌다.

◆

적어도, 카츠야는 대장 지위의 범위에서는 판단을 그르치지 않았다.

카츠야의 지휘 능력은 변변하지 않다. 이만한 대규모 부대의 지휘를 맡길 정도는 아니다.

그래도 최선을 다했다. 대장으로서 애썼다.

나아가 이 대규모 부대는 그렇듯 변변하지 않은 지휘 능력으로도 이길 수 있도록 편제되었으며, 신들린 지휘가 필요하지 않을 만큼의 전력을 갖췄다. 지시가 다소 늦어져도, 지시 내용이 다소 잘못되더라도, 충분히 보완할 여력이 있었다.

그리고 과합성 스네이크가 부른 몬스터 무리에 대해서도 카츠야는 안전을 택했다. 먼저 지휘차량의 고성능 색적 장치로 얻은 정보를 보조요원들에게 돌리고, 대응할 수 있는지를 물어봤다.

그 대답은 모두가 똑같았다. 똑바로 확인해 본 것을 평가한 자도, 겁이 많다고 속으로 무시한 자도, 자신들의 실력을 과소평가한다고 불만을 느낀 자도, 괜찮다고, 문제없이 대응할 수 있다고 대답했다.

카츠야는 추가로 안전한 길을 택했다. 미즈하에게 연락하고, 실제로 지원군을 파견해 달라고는 안 해도 만약의 사태를 대비해 준비 정도는 해 달라고 부탁한다.

그리고 미즈하는 되도록 현지 인원으로 대응한다는 조건으로 카츠야의 요청을 수락했다.

이것으로 만약의 사태도 방지했다. 카츠야는 그렇게 판단해서 안심하고, 그 내용을 동료들에게 전달했다. 카츠야로서는 그러니까 안심하고 싸워 주기를 바라는, 동료들에 대한 배려였다.

그리고 카츠야가 바란 대로, 동료들의 불안은 해소되었다.

그러나 불만은 해소되지 않았다. 오히려 늘어난 것을, 카츠야는 상상조차 하지 않았다.

카츠야 팀이 탄 지휘차량에는 대형 모니터가 설치되었는데, 그곳에는 모든 차량의 위치가 표시된다. 카츠야는 그것을 보고 세세한 지시를 내리고 있었다.

그리고 한 차량에서 움직임이 나타난다. 지금껏 과합성 스네이크와 적절한 거리를 유지했는데 갑자기 거리를 좁히기 시작한 것이다.

그 사실을 알아챈 카츠야가 곧바로 지시한다.

"2호차. 표적과 너무 가까워. 더 떨어져 줘."

하지만 2호차는 지시를 따르지 않고 과합성 스네이크와의 거리를 더욱 좁힌다. 카츠야가 괴이쩍은 얼굴로 다시 지시한다.

"2호차! 표적과 너무 가까워! 더 떨어져 줘!"

그런데도 2호차는 원래 거리로 돌아가지 않는다. 당황한 카츠야가 거칠게 말한다.

"2호차! 더 떨어지라고 했잖아! 내 말 안 들려! 대답해!"

"잘 들려!"

예상 밖의 목소리를 듣고 카츠야가 놀란다. 호통을 치는 듯한 목소리의 정체는 릴리였다. 그리고 릴리는 2호차의 탑승자가 아니었을 터였다.

◆

2호차는 다연장포 마이마이의 주포를 결합한 장갑차다. 운전자는 릴리로, 카츠야의 지시를 어긴 것도 릴리의 의지였다.

"잘 들려!"

짜증을 내는 투로 대답하자 당황한 카츠야의 목소리가 통신기에서 울린다.

"릴리?! 왜 2호차에 탔어?! 아니지. 그보다도 빨리 돌아와!"

"싫어!"

릴리는 단언했다. 지휘차량 내부의 경악을 쉽게 눈치챌 수 있는 침묵이 깔린 뒤, 이번에는 유미나의 목소리가 들린다.

"릴리. 뭔가 생각이 있어서 그러는 걸 테지만, 현상수배급 토벌 중에 명령을 무시하면 가벼운 처벌로 끝나지 않아. 뭔가 사정이 있다면 들어줄 테니까, 안전을 위해서라도 일단 돌아와. 카츠야도 릴리를 걱정해서 말하는걸? 카츠야, 그렇지?"

유미나는 작은 경고를 섞어서 카츠야가 걱정한다는 이유로 릴리를 말리려고 했다. 경고는 머리에 피가 쏠려서 무시하더라도, 카츠야가 걱정한다는 이유라면 무시하기 어려울 것으로 판단했기 때문이다.

"물론이야. 그러니까 릴리. 일단 돌아와서……."

카츠야도 진심으로 말을 이어받았다.

하지만 역효과였다. 릴리가 진짜로 노여움을 드러내고 소리친다.

"웃기지 마! 카츠야! 그렇게 우리가 짐짝 같아?!"

그 말에 통신기 너머에서 카츠야가 경직했다.

"아까부터 듣자 듣자 하니까, 보조요원들한테 우리를 지킬 수 있는지 확인하질 않나, 미즈하 씨한테 지원군을 요청하질 않나,

대체 뭐야! 보호자나 도우미가 없으면 쓸모없는 녀석들이라고 무시당하는 걸 가장 싫어한 사람은 카츠야잖아?! 그런 카츠야가 그렇게 말하기야?!"

충격받아서 굳었음을 알리는 상대의 침묵이 계속되는 가운데, 릴리가 선언한다.

"우리 실력을 그렇게 못 믿겠으면, 거기서 구경하고 있어!"

"2호차 인원에게 명령! 릴리를 힘으로 막아!"

그런 유미나의 목소리와 동시에 릴리가 통신을 끊었다. 그리고 핏발 선 눈으로 다른 탑승자를 본다.

"해 볼래?"

2호차에는 릴리 말고도 도란캄의 신인 헌터 세 사람이 탔지만, 모두가 릴리에게 압도당했다.

"아니, 저기, 아무리 그래도 명령 무시는 위험하지 않겠어?"

"아무리 카츠야의 지시라도, 고참들 뒤에 숨어서 싸우라는 명령에 따르란 말이야? 그런 지시에 순순히 따를 정도로 약하다고 보니까, 카츠야도 우리에게 경호를 붙이려고 하는 거잖아!"

신인들이 서로 눈치를 살핀다. 그 표정이 릴리에게 동의하고 싶은 심정을 확실하게 드러내고 있었다. 그리고 살짝 한숨을 쉬고 각오를 굳힌다.

"알았어. 그래서? 어쩔 건데? 그렇게 말한 이상, 카츠야가 우리를 다시 평가할 정도의 성과를 낼 작전이 확실하게 있는 거겠지?"

"물론이야. 그러려고 미즈하 씨한테 부탁해서 배치를 바꿨으니까.”

릴리는 그렇게 말하고 위를 가리켰다.

“최대한 접근해서 이 장갑차의 주포를 쏠 거야. 잘하면 그것만으로 과합성 스네이크를 해치울 수 있어.”

주포는 레이저포이며, 거리가 멀어질수록 위력이 줄어든다. 반대로 말하면, 가까워질수록 위력이 커진다. 원래는 1억 오럼이었던 현상금이 15억까지 올라간 원인을 제공한 무장이다. 충분히 접근하기만 하면 과합성 스네이크라도 한 방에 해치울 수 있다.

릴리는 그렇게 생각했고, 자신들의 실력을 증명하기 위해서 그 한계를 노릴 작정이었다.

◆

주변 몬스터는 다 해치웠지만, 떨어진 무리는 직접 해치우러 가기에는 멀다. 그런 이유도 있어서 아키라는 반쯤 전투를 구경하고 있었다.

그때 알파가 전투 상황을 설명한다.

『아키라. 보아하니 카츠야의 부대는 서둘러 결판을 내려는 것 같아. 그 주포를 탑재한 차량이 과합성 스네이크와 거리를 좁히고 있어. 위력을 최대한으로 끌어올리려고 접근해서 쏠 작정일 거야.』

『그건 나쁜 작전일까?』

『꼭 그렇진 않아. 잘하면 큰 피해를 줄 수 있고, 실패해도 차량 하나만 잃은 가벼운 피해라고 할 수 있으니까.』

『그렇구나. 그렇다면 잘되길 빌어야겠네.』

그만한 위력이 있는 주포다. 적이 쓰면 위협이지만, 아군이 쓰면 든든하다. 아키라는 그렇게 생각하고 알파에게 장갑차의 주변을 확대 표시해 달라고 해서 전투 상황을 지켜봤다.

◆

지휘차량 안에서, 유미나가 인상을 험하게 쓰고 카츠야를 본다.

"카츠야. 어쩔 거야?"

"어, 어쩌긴……."

카츠야의 태도에서 구체적인 대답을 기대할 수 없다고 느낀 유미나가 질문의 선택지를 두 가지로 바꾼다.

"릴리를 멈추게 할 거야? 말 거야?"

"멈추게 해야지. 어쩌지?"

"알았어. 아이리. 부탁해도 될까?"

"알았어."

아이리는 고개를 끄덕이고 차량 내부에 세운 바이크에 올라탔다. 유미나가 차량 뒷문을 개방하려고 한다. 그것을 본 카츠야가 당혹스러운 기색을 보인다.

"잠깐만. 뭘 할 작정이야?"

아이리가 조금 의아한 표정을 지으면서도 카츠야가 물어본 말에 대답한다.

"2호차에 쳐들어가서 기절시킬 거야."

"기, 기절시켜……? 동료인데?"

아이리가 조금 험악한 표정으로 유미나를 본다. 그러자 유미나는 엄숙한 눈으로 카츠야를 봤다.

"다시 통신을 연결해도 릴리는 듣지 않을 거야. 그리고 내가 힘으로 막으라고 했는데도 2호차가 멈추지 않은 걸 보면, 다른 인원은 릴리에게 졌거나 편을 든 거야. 그런 상황에서 릴리를 막으려면 직접 쳐들어갈 수밖에 없잖아."

아이리도 고개를 끄덕였다. 반론하지 못하고, 카츠야가 인상을 험하게 쓴다.

"하지만 그건…… 아니, 그럴 바에는 차라리 내가……!"

유미나가 거센 어조로 카츠야의 말을 가로막는다.

"카츠야는 대장으로서 전체를 지휘해야 해. 그러니까 안 돼."

유미나는 설령 카츠야가 2호차에 가더라도 거기서 실랑이만 벌어질 것으로 예상했다. 그래서 폭력적인 수단을 주저하지 않을 아이리에게 부탁한 것이다.

"카츠야. 다시 묻겠어. 릴리를 멈추게 할 거야? 말 거야?"

카츠야는 대답하지 못했다. 유미나가 잠시 대답을 기다리고, 이어서 주력부대에 지시한다.

"공격 속행! 2호차에 최대한 안 맞게 주의해!"

"잠깐만?! 그래도 이대로 공격하면 릴리네도 맞을 텐데?!"

허둥대는 카츠야의 눈을 똑바로 보고, 유미나가 말한다.

"그렇다면 카츠야가 대장으로서, 내 지시를 취소해. 대장의 지시를 어긴 자를 부대 전체로 지원하는 것이 카츠야의 선택이라면 나도 상관없고, 따를게. 얼마든지 기다릴 테니까, 정해."

유미나는 그 말만 하고 카츠야에게서 눈을 돌렸다. 대형 모니터를 보고 부대 전체의 세부 지시를 멋대로 이어받는다. 아이리도 바이크에서 내리고 유미나를 돕는다.

카츠야의 일은 선택하는 것이다. 동료를 공격하라고 동료에게 지시하는 한이 있더라도 릴리를 멈추게 할지, 대장인데도 명령을 위반한 자를 옹호해서 스스로 지휘계통을 무너뜨릴지, 선택해야만 한다.

하지만 그럴 수 없다. 시간이 흘러간다.

그리고 유미나는 그래도 된다고 생각했다.

동료에게 총부리를 겨누는 것도, 내버리는 것도, 카츠야가 할 필요는 없다. 그 비정한 선택이 가능한 능력은 카츠야와 어울리지 않는다. 그리고 그런 선택이 필요하다면 자신이 대신하면 된다고 생각했다.

그래서 유미나는 카츠야에게 지금 당장 정하라고 하지 않고 얼마든지 기다리겠다고 한 것이다. 카츠야가 그것을 선택하지 않게 하게끔.

◆

릴리가 과합성 스네이크와 거리를 좁힌다. 그동안에도 주력 부대의 공격은 계속되어서, 대량의 로켓탄이 과합성 스네이크를 향해 발사되고 있다.

하지만 릴리가 탄 장갑차는 공격에 휘말리지 않았다. 유미나의 지시와 적이 너무 거대해서 유도 성능이 떨어지는 로켓탄으로도 릴리의 장갑차를 피해서 노릴 수 있었던 덕분이다.

그리고 릴리는 그것을 카츠야가 자기 행동을 인정한 것으로 여겼다. 그렇다면 더더욱 실패할 수 없다며, 거리를 더 좁힌다.

얼마나 접근해서 쏠지는 릴리의 판단에 달렸다. 원근감이 이상해질 정도로 거대한 상대에게 가까워진다고 이해하고, 반대로 상대는 아직 멀다고 생각해서 계속 접근한다.

과합성 스네이크는 너무나도 크고, 몸을 비틀기만 해도 주변에서 큰 바위와 잔해가 작은 돌멩이처럼 휘날린다. 장갑차의 근처로 날아가 요란한 소리를 냈다. 비교적 작은, 그런데도 사람 머리보다 큰 바위가 차량에 부딪혀 탑승자들이 비명을 지른다.

"리, 릴리?! 슬슬 위험하지 않아?!"

"아직이야! 더 접근해야 해! 두 번이나 쏠 수 있다고는 볼 수 없어! 한 방에 끝내야 해!"

쏟아지는 바위가 커지고, 양도 많아진다. 거대한 몸에서 전해지는 진동으로 지면이 떨린다. 그 위에 있는 장갑차도 전진하기 어려워질 만큼 심하게 흔들린다.

더 갔다간 자살이나 다를 바가 없다. 그렇게 생각한 신인 헌터들이 릴리를 힘으로 막으려고 했을 때, 릴리가 결단했다.

"지금이야!"

다음 순간, 장갑차의 대포, 다연장포 마이마이의 주포였던 포구에서 빛이 쏟아졌다.

여러 대의 대형 발전기에서 이미 한계 직전까지 공급되던 에너지가 단숨에 방출되고, 사선에 있는 모든 것을 소각하는 듯한 빛의 홍수가 과합성 스네이크의 몸통에 그대로 명중했다.

명중한 곳의 비늘과 살점이 순식간에 날아가고, 기화하고, 대기와 뒤섞인 열기의 파도가 되어서 휘몰아친다. 그 파도가 주변을 더욱 불사르고, 주포에서 계속 방출되는 에너지와 섞여서 터져 나갔다. 그리고 부풀어 오른 에너지가 대기에 있는 무색 안개와 반응해서 빛나는 폭발이 되어 확산하기 시작하더니, 흘러나온 빛이 주위를 삼켜 그림자가 사라졌다.

◆

과합성 스네이크가 레이저포의 맹렬한 일격을 맞는 것을 본 아키라가 무심코 소리친다.

"해치웠나?!"

빛이 사그라진다. 그곳에는 몸통의 일부가 날아가고 명중한 곳에서 절단된 과합성 스네이크가 늘어져 있었다. 피탄 부위는 머리에서 봤을 때 전체 몸길이의 3분의 2 지점으로, 절단면이 완전히 탄화했다. 불타서 떨어진 것이 아니고, 그 부분이 소실했다.

"해치웠……나?"

아키라가 판단을 망설인다. 기이할 정도로 거대한 뱀이고, 비정상적인 생명력을 지닌 생물형 몬스터다. 머리가 무사하고 몸통이 3분의 2나 남았다면 건재하다고 볼 수 있기 때문이다.

알파가 과합성 스네이크의 상태를 판단한다.

『아직 죽지 않았어. 하지만 큰 피해를 봤을 거야.』

아키라가 다시 놀라움과 황당함을 함께 드러낸다.

『저래도 안 죽어……? 진짜 터무니없네. 머리에 더 가까운 부분을 노렸으면 해치웠을까?』

『그럴지도 모르지만, 그랬다간 쏘기도 전에 과합성 스네이크가 직접 공격했을 거야. 꼬리에 가까우면 상대의 움직임도 파악하기 쉬우니까 비교적 용이하게 접근할 수 있어. 최대한 접근해서 쏘는 것을 우선한 거겠지.』

『최선을 다한 셈인가. 응……? 머리가 있는 쪽이 움직이는데.』

과합성 스네이크가 심각한 부상이 느껴질 정도로 천천히 움직여서 활동을 재개했다.

하지만 도망치지도, 공격하는 것도 아니다. 떨어진 꼬리 쪽으로 움직이더니 먹기 시작했다. 통째로 삼키는 것이 아니라 뱀 같은 외모와 다르게 빼곡하게 난 이빨로 물어뜯고, 먹어 치운다. 그리고 그 자리에서 똬리를 틀더니 움직이지 않았다.

『알파. 저건 무슨 행동일까?』

『나도 잘 모르겠어. 방어는 아닐 것 같은데.』

아키라는 스스로 거대한 고정 과녁이 된 과합성 스네이크의 행동에 조금 당혹스러워하면서도, 뼈아픈 부상을 만들었다는 점은 변함없다며 상황을 낙관적으로 보고 있었다.

◆

　지휘차량 안에서는 과합성 스네이크에 막대한 손상을 입힌 릴리를 칭찬하는 신인 헌터들의 목소리가 통신기에서 울리고 있었다.
　유미나가 릴리의 성과를 인정하면서도 속으로 복잡한 기분을 느낀다.
　(이건 반드시 전례가 될 거야.)
　명령을 무시해도 성과를 거두면 문제없다. 그 억지가 통용되기 시작하면 지휘계통이 쉽게 무너진다. 제멋대로 행동하다가 혼쭐이 나는 사람도 생기겠지만, 그것을 실행하는 사람은 자기라면 할 수 있다고 믿기에 그러는 것이다. 그만두라고 해도 멈추지 않는다.
　그리고 어떻게 보면 그것도 카츠야를 모방한 행위다. 그 목적이 다른 사람을 구하는 것이라도, 무모하다는 의미에서는 다른 점이 없다. 그리고 카츠야파의 신인 헌터들 중에는 카츠야를 동경하는 사람도 많다. 나도 카츠야처럼, 하고 자신과 카츠야를 동일시하고 행동하는 것이다.
　유미나는 지금 와서 릴리의 명령 무시를 벌해도 오히려 모두에게 반감을 사기만 할 것임을 잘 알았다. 카츠야의 활약으로 부대를 통솔한 대가를 지금 청구받은 것이다.

그때 통신기에서 들려오는 환성이 갑자기 당황스러운 목소리로 바뀌었다. 과합성 스네이크가 움직이기 시작한 것이다. 대다수가 이미 승리했다고 여겨서 긴장을 풀고 말았다. 이미 해치운 것이 아니냐며, 곤혹스러워하는 목소리가 들린다.

하지만 과합성 스네이크는 주력부대의 긴장이 느슨해진 틈을 노려서 덤벼들지 않았다. 자기 꼬리를 물어서 먹어 치운 다음, 똬리를 틀고 움직이지 않았다.

그제야 유미나도 정신을 차렸다.

"공격 속행! 아직 죽지 않았어!"

놀라서 움직임을 멈췄던 주력부대 인원들도 그 지시에 따라 다시 공격하려고 한다. 그러나 곧바로 공격으로 이행하는 데는 문제가 있었다. 과합성 스네이크가 똬리를 틀고 표적이 작아지면서 그대로 공격하면 릴리의 장갑차가 휘말릴 위험이 생겼다.

하는 수 없어 오사가 발생하지 않는 데까지 각자가 목표와 거리를 좁히기 시작한다. 그러자 이를 계기로 흥분하는 자들이 나타났다.

똬리를 튼 채로 움직이지 않는 과합성 스네이크의 모습에서 이미 상대는 빈사 상태라고 판단한 것이다. 나아가 자신도 릴리처럼 활약하려고 투지를 끌어올렸다.

그것이 위험을 망각하게 한다. 로켓탄 공격이라도 가까이 다가가 한 점을 집중적으로 공격하면 위력이 커진다. 그렇게 생각하고 상대와 거리를 더 좁힌다. 그것을 본 신인 헌터들이 앞다 투어 나서고, 뒤따르는 자가 늘어난다.

과합성 스네이크는 매우 거대하고 강력하지만, 원거리 공격 능력은 없다. 그러므로 거리를 두고 해치운다. 작전의 기본 지침은 릴리의 활약으로 완전히 무너졌다.

◆

릴리가 탄 장갑차는 과합성 스네이크에 너무 접근해서 공격한 탓에 포격의 여파를 정통으로 맞아 뒤집히는 것을 넘어 회전하고 있었다.

다행히 타이어가 지면에 닿은 상태로 회전이 멈춘다. 릴리는 장갑차 내부에 부딪혔지만, 강화복 덕분에 몸이 조금 욱신거리는 정도에 그쳤다.

그리고 자신의 공격이 어떻게 되었는지 생각하는데, 통신기에서 들리는 환성이 답해 주었다. 무심코 웃음을 띤다.

"해냈어!"

성공했다는 고양감과 환희에 몸을 맡기면서 과합성 스네이크의 상태를 자세히 확인한다. 그리고 완전히 해치우지 못했다는 사실에 놀라면서도 빈사 상태처럼 움직이는 것을 보고 승리를 확신했다.

릴리는 같은 장갑차에 탄 동료들에게 칭찬을 듣고 자신의 선택은 잘못되지 않았다며 진심으로 기뻐했다.

그때 유미나의 공격 속행 지시가 떨어진다. 릴리는 똬리를 틀고 움직이지 않는 과합성 스네이크를 보고 이 정도면 한 발 더 쏠 수 있다고, 이번에는 더 가까이 가서 공격할 수 있다고 생각해 재장전 준비를 시작했다.

운전석에서 그 설정을 마치고, 주포의 에너지 충전이 끝날 때까지 시간이 비어서 이번에는 동료들과 함께 로켓 런처를 짊어지고 장갑차 밖으로 나간다. 그리고 집결하기 시작한 주력부대와 함께 로켓탄을 발사했다.

수많은 로켓탄이 목표에 명중해서 차례차례 폭발을 일으킨다. 그런데도 과합성 스네이크는 움직이지 않는다. 일방적인 공격이 계속된다.

그곳에는 확실한 일체감이 존재했다. 나아가 마치 자신들이 부대를 이끄는 듯한 착각이 느껴졌다. 릴리는 그것을 한껏 만끽하는 최고의 시간을 보내고 있었다.

그리고 그 시간이 끝난다.

똬리를 튼 과합성 스네이크의 표면이 일체화해서 전체를 뒤덮는 갑각처럼 되었다. 그것을 뚫고, 안에서 상처가 없는 과합성 스네이크가 나타난다. 나아가 자기 몸을 최대한 수직 방향으로 뻗어서 곧게 세웠다.

릴리도, 근처에 있는 신인 헌터들도, 갑자기 거대한 탑처럼 나타난 뱀을 놀란 얼굴로 가만히 쳐다보고 있었다. 그리고 그 얼굴에 초조함과 공포가 드러난다. 고개를 들어서 올려다봐야 할 정도로 거대한 몸뚱이가 자신들이 있는 쪽으로 힘껏 쓰러졌기 때문이다.

고층 빌딩이 밑동부터 부러진 것처럼, 과합성 스네이크의 막대한 질량이 지면을 때린다. 세찬 충격으로 땅이 요동치고, 바위와 잔해와 흙과 사람과 차량이, 그 자리에 있던 모든 것이 휩쓸려 날아갔다.

제98화 지휘계통

또리 형태의 갑각을 뚫고 출현한 과합성 스네이크의 공격으로, 황야에는 대규모 모래폭풍이 발생했다.

아키라가 그 광경을 보고 인상을 험하게 쓴다.

『알파. 저거, 좀 위험하지 않아?』

알파도 조금 괴이쩍은 표정을 지었다.

『이상한걸. 저렇게 하면 과합성 스네이크도 피해가 클 거야. 카츠야의 부대와 같이 죽으려는 작정일까?』

그때 엘레나가 연락한다.

"아키라. 구조하러 가자. 부상자를 부대 후방으로 이동시킬 거야."

"알겠습니다."

아키라는 곧바로 구조 장소인 과합성 스네이크의 근처로 출발했다.

다른 보조요원들도 비슷하게 판단해서 움직이기 시작했다. 도란캄 부대의 차량 위치 정보를 공유하고 각자의 담당 범위를 팀 단위로 나눠서 지원에 나선다. 저 멀리서는 몬스터 무리가 접근하고 있다. 그것들이 도착해서 혼전이 벌어지기 전에 서두른다.

효율적으로 구조하기 위해서 엘레나 팀과 따로 행동하게 된 아키라가 현장에 도착했다. 조금 떨어진 곳에는 과합성 스네이크의 거대한 몸뚱이가 보인다.

『알파. 과합성 스네이크는 어떻게 됐어?』

『아직 늘어져 있어. 역시 상당한 피해를 본 것 같아.』

『그러면 왜 그런 짓을 한 거지?』

『고찰은 나중에 해. 지금은 서두르는 게 좋아.』

『아차.』

입으로 직접 말하는 것보다 훨씬 빠른 대화를 머릿속으로 마친 아키라는 곧장 정보수집기로 주위를 탐색했다.

뒤집힌 황야 사양 차량 근처에 내팽개쳐진 소년을 발견하고 부상 상태를 확인한다. 외상은 심하지 않지만, 의식이 없다. 강화복의 내부가 어떻게 됐는지도 알 수 없다. 아키라는 우선 수중에 있는 회복약을 소년의 입에 억지로 밀어 넣어서 응급처치했다.

다음으로 뒤집힌 차량을 강화복의 신체 능력으로 도로 세운다. 황야 사양의 튼튼함을 기대해서 가능하다면 자기 힘으로 복귀하게 하기 위함이다.

그리고 때마침 소년이 피를 토하고 정신을 차렸다. 기침을 심하게 해서 주위에 피가 튄다.

"여, 여기는……?"

"깨어났나. 움직일 수 있어?"

소년은 혼란스러운 기색으로 주위를 두리번거리고 있었다.

아키라는 대답을 기다리지 않고 소년의 팔을 붙잡아 억지로 일으켜 세우더니, 그대로 운전석에 밀어 넣듯이 앉혔다.

"차가 움직이는지 확인하고, 가능하면 자기 힘으로 철수해. 알았지?"

"잠깐만. 상황을……."

아키라가 조금 거친 투로 소년의 말을 가로막는다.

"안됐지만 나도 바빠. 그런 건 후방으로 이동한 다음에 본부와 연락해서 알아봐."

소년이 머뭇거리면서 차량의 상태를 확인한다. 과합성 스네이크 토벌전을 대비해서 조달한 차량인 만큼 튼튼해서, 조금 파손되었어도 잘 움직였다.

"좋아. 괜찮지? 가 보라고."

"자, 잠깐만! 같이 탄 동료가 한 명 있어! 찾아야……."

차에서 내리려고 하는 소년을, 아키라가 붙잡는다.

"내가 찾을 테니까 먼저 가."

"안 돼! 빨리 안 찾으면 늦을지도 모르잖아?!"

혼자서는 돌아갈 수 없다고 인상을 굳히는 소년의 태도를 본 알파가 끼어든다.

『아키라. 데려가게 하는 게 더 빨라.』

"알았어……. 내가 찾을 테니까 조금만 기다려. 알았지?"

아키라는 소년에게 그 말을 남기고 차에서 떨어졌다. 그리고 소년의 동료로 추정되는 사람을 안고 돌아와 뒷좌석에 앉혔다.

"얘가 맞아?"

"··········그래. 아마도."

소년의 동료는 이미 죽었다. 머리가 부서져서 본인이 맞는지 식별하기 어려운 상태다. 헬멧 종류를 쓰지 않고 싸운 대가를 치른 것이다.

"그러면 얼른 가. 난 과합성 스네이크가 다시 움직이기 전에 다음 구조자를 찾아야 해."

"그렇다면 나도 도울게······."

그것은 동료의 죽음을 안타까워하고, 구하지 못했다는 사실을 후회해서 겨우 꺼낸 말이었다. 하지만 아키라는 고개를 가로 젓는다.

"안됐지만 멀쩡하게 움직이지 못하는 부상자를 끌어안고 구조 작업이 된다고 여길 만큼, 나는 내 실력을 자만하지 않아."

"알았어······. 다른 애들도 최대한 구해줘. 부탁할게."

자신이 남아도 할 수 있는 일이 없다. 그렇게 이해한 소년은 슬픔을 참는 얼굴로 떠나갔다.

알파가 평소처럼 웃으며 아키라를 본다.

『괜히 시간만 쓰게 했네. 자, 다음으로 가자.』

『그래······.』

아키라는 이성으로 알파의 말을 긍정했다. 감정을 부정하지는 않았지만, 슬쩍 흘리기에는 조금 무거웠다.

◆

카츠야가 탄 지휘차량 안에서는 혼란이 계속되고 있었다. 차량 내부에서는 지시를 요청하는 동료들의 목소리가 통신기에서 울려 퍼지지만, 카츠야와 유미나 모두 온전히 대응하지 못하고 있다.

유미나의 얼굴에 고뇌가 떠오른다.

과합성 스네이크는 아직 살아있다. 공격 재개를 지시해야 할까? 과합성 스네이크 근처에 있는 동료들이 확실하게 휘말릴 것이므로 그럴 수 없다.

동료들은 아직 살아있을 것이다. 릴리를 뒤따르지 않은 부대에 동료들의 구조를 지시해야 할까? 구조 중에 과합성 스네이크가 움직이기 시작하면 피해가 더 커진다.

보조요원들을 기대할까? 얼마나 도와줄지 알 수 없다. 신인들로만 해치웠다는 성과를 버리고 도란캄에 지원군을 요청할까? 현재의 피해 상태로 미즈하가 인정할지 어떨지 알 수 없다.

그 밖에도 여러 가지 생각이 떠오르지만, 그래도 될지 어떨지 판단하지 못하고, 망설인다. 상황을 파악하면서도 대처 방법을 결단하지 못하고, 유미나는 생각에 허우적대고 말았다.

카츠야도 비슷한 상태였다. 그 사고방식은 동료를 구하는 쪽에 기울어졌지만, 자기 생각에 허우적대는 것은 똑같았다.

누구부터 구할지. 어떻게 구할지. 무작정 구하려고 부대를 움직여서 피해가 더 커지면 어쩔지. 그러한 생각이 머릿속을 가득 채워서 멀쩡하게 돌아가지 않는다. 희생이 더 커지기 전에, 모두를, 확실하게, 그런 말이 헛도는 머릿속에 박차를 가했다.

어떻게 하면 좋을지. 그렇게 고뇌하고 구원을 바라던 머릿속이 예전에 카츠야의 고민을 쉽사리 해결해 준 사람을 떠올리게 했다. 그리고 그 셰릴이 한 말을 떠올리고 쓴웃음을 짓는다.

(그래…… 셰릴이 한 말이 옳았어. 나는 지휘관에 맞지 않아.)

지휘관 자격으로 이 자리에 있지만, 지휘하지도 못하는 무능력자로 있다. 그렇게 인식한 카츠야는 자신이 여기 있어도 의미가 없다고 판단해 대규모 부대의 대장인 자신을 간단하게 내던졌다.

"유미나! 미안하지만, 나 대신 지휘해 줘!"

그러자 생각에 허우적대던 유미나가 정신을 차렸다. 하지만 갑자기 무슨 소리를 하냐고 이상하게 여겨서 곤혹스러워한다.

"아이리는 유미나를 도와줘! 부탁할게!"

잡념을 털어낸 듯이 웃는 카츠야를 본 아이리와 유미나는 덩달아 곤혹스러워했다.

그리고 카츠야는 차량 내부에 세운 바이크에 올라타 뒷문을 개방했다.

"나는 모두를 구하러 가겠어! 여기는 맡길게!"

"자, 잠깐, 카츠야?!"

카츠야는 제지하는 유미나를 뿌리치고 바이크를 탄 채로 차량 밖으로 힘차게 달려 나갔다. 그리고 착지와 동시에 타이어를 미끄러뜨려 방향을 틀더니 과합성 스네이크가 있는 쪽으로 급가속한다. 희생자를 더 늘리지 않겠다. 그렇게 결심하고 동료들을 구하러 나섰다.

희생자를 늘리지 않겠다. 그 유일한 예외인 카츠야 자신이.

◆

정신이 들었을 때, 릴리는 하늘을 보고 있었다. 의식은 몽롱하고, 자신이 언제 기절 상태에서 깨어났는지도 모르지만, 눈에 익은 하늘이 참 예쁘게 보인다는 사실을 조금 신기하게 여겼다.

자신이 쓰러진 것을 간신히 이해하고 몸을 일으키려고 한다. 하지만 움직이지 않는다. 아무리 해도 몸이 움직이지 않는다.

그래서 릴리는 자신은 이제 틀렸다고, 어렴풋이 이해했다.

실제로 릴리는 빈사 상태였다. 강화복은 충격을 버티지 못하고 이미 기능을 정지했으며, 그 내부는 릴리가 아직 살아있는 것이 신기할 정도로 처참한 상태였다. 그 강화복에서 흘러나온 대량의 피가 주변을 붉게 물들고 있었다.

눈이 흐려진다. 자신이 천천히 죽고 있다는 공포보다 쓸쓸함을 더 느끼면서, 릴리는 마지막 시간을 보내고 있었다.

그때 카츠야가 나타났다. 시야는 너무 흐릿해서 바로 옆에 있는 사람의 얼굴도 알아볼 수 없는 상태이지만, 신기하게도 카츠야라고 알 수 있었다.

(아아, 카츠야. 또 구하러 와 줬구나…….)

그것을 한없이 기쁘게 여기면서도, 분명 구하러 올 것이라고 믿은 자신을 깨닫고 카츠야의 도움에만 의지했다는 사실을 뒤늦게 자각했다.

(미안해……. 난…… 역시…… 방해만 한 것 같아…….)

말로 사과하고 싶었지만, 이미 목소리를 낼 상태가 아니었다. 그래도 마지막 힘으로 카츠야에게 손을 뻗는다.

(하지만…… 애썼지?)

카츠야의 뺨에 닿은 릴리의 손이 마지막 힘을 다 쓰고 지면에 떨어진다.

죽기 전에 다시 만난 사실에, 마지막으로 손이 닿은 사실에, 임종에 함께해 준 사실에, 릴리는 만족하고, 웃으며 숨을 거뒀다.

◆

또 구하지 못했다. 그런 감정에 시달리면서, 카츠야가 서글프게 표정을 일그러뜨린다.

"릴리……."

죽음을 앞둔 릴리는 자기 마음을 목소리로 낼 기력이 이미 없어서, 힘겹게 움직인 입에서는 아무 소리도 나지 않았다.

하지만 카츠야에게는 똑똑히 전해졌다. 구하러 와 줬다는 기쁨도, 방해만 했다는 사죄와 후회도, 그래도 칭찬해 주기를 바라는 마음도. 말로 표현하지 않아도 상대에게 직접 전달한 것처럼 크고 올바르게 전해졌다.

카츠야의 손에는 회복약이 있었다. 아키라에게 돌려줬다가 도로 받은 물건으로, 그 엄청난 효과는 카츠야 자신이 체험해서 잘 안다. 그것을 쓰면 살릴 수 있을지도 모른다고 생각해서 꺼냈지만, 도중에 손을 멈췄다.

릴리는 절대로 살아날 수 없다. 그러니까 무의미하다. 그렇듯 불가사의한 깨달음 탓이었다.

그 생각을 보강하듯이 제삼자의 목소리가 들린다.

"이봐, 걔도 죽었어?"

카츠야가 무심코 목소리가 들린 곳으로 시선을 돌리자 남자 몇 명이 못마땅한 얼굴로 서 있었다.

남자들은 릴리가 탄 장갑차의 구조를 담당한 보조요원이다. 그 장갑차를 찾았는데 안에 아무도 없어서 근처에 없는지 찾아본 것이다.

"이딴 일로 우리 보수가 줄어드는 거냐. 못 해 먹겠군."

그 불만을 중얼거린 남자는 같은 장갑차에 탔던 다른 신인 헌터의 시체를 질질 끌고 있었다. 일단은 구조하러 갔다. 우리는 할 일을 했다. 그것을 증명하려고 운반하는 것이다.

다른 남자가 릴리의 발목을 잡고 대충 운반하려다가 카츠야에게 말을 건다.

"넌 여기 생존자냐? 움직일 수 있으면 멍때리지 말고 후딱 도망쳐. 번거롭게 하지 말…… 엉?"

"아니, 그 여자로 탑승자는 다 찾았을걸. 바이크도 있고, 다른 녀석이 구하러 온 거 아니야? 어……?"

중간에 끼어든 남자도 카츠야의 얼굴을 보고 괴이쩍은 표정을 짓는다. 그리고 깨달았다.

"넌 주력부대 대장이잖아. 왜 이런 데 있어? 지휘는?"

"어이, 웃을 일이 아니잖아! 네가 죽으면 우리 보수가 얼마나 줄어드는지 알아?! 빨리 돌아가!"

황당함과 초조함을 드러내는 남자들을, 카츠야는 무심코 노려봤다. 사망자가 다수 발생했는데도 보수를 걱정하는 말투에도, 이미 죽었다고는 해도 동료들을 마구 다루는 행동에도, 분노를 느끼고 있었다.

"말 다 했어?"

신인 헌터로 보이지 않는 기백에 남자들이 무심코 주춤거린다. 하지만 마음속 불만이 사라질 정도는 아니어서 카츠야를 조롱하는 태도로 받아친다.

"아, 하나 더 말하지. 네가 추가 몬스터 대처를 물어봤을 때 괜찮다고 했는데, 취소하마. 그때는 너희가 이렇게 멍청할 줄 몰랐으니까 말이다."

"아, 정말이지. 그대로 평범하게 싸우면 문제없이 이길 수 있는데 굳이 돌진해서 피해를 늘리고 말이야. 무슨 생각이야?"

카츠야는 반박하지 못했다. 그리고 또 셰릴의 말을 떠올린다.

효과적인 작전이라도, 부대원이 멋대로 움직이면 헛수고가 된다. 무난한 지휘라도 완벽하게 통솔된 부대로 수행하면 성과를 낼 수 있다.

자신의 지휘는 변변하지 않지만, 그래도 동료들이 그 지시에 따르게 최선을 다했다면 이런 결과는 피할 수 있었다. 그렇게 생각했다.

그리고 카츠야와 남자들 사이의 험악한 분위기를 아주 잠깐이나마 확실하게 흔들린 지면이 날려버렸다. 과합성 스네이크가 다시 움직이기 시작한 것이다.

남자들이 혀를 차고 움직인다. 릴리와 죽은 헌터들의 시체를 대충 운반하면서 자신들의 차로 돌아가려고 한다. 그중 한 사람이 카츠야도 데려가고자 손을 내밀지만, 카츠야는 그 손을 쳐냈다.

"그러셔? 니 맘대로 뒈지라고!"

남자는 그렇게 말을 내뱉고, 카츠야를 두고 떠나갔다.

남은 카츠야가 험악한 얼굴로 과합성 스네이크를 본다.

(근처에 있는 것을, 공격하는 사람을 우선해서 덮치는 건가…….)

왜 그렇게 생각했는지는 카츠야 자신도 몰랐다. 릴리에게 회복약을 쓰려다가 멈췄을 때처럼, 그러니까 공격하지 말고 물러나라고 깨달은 것이다.

하지만 카츠야는 그 깨달음과 정반대로 행동했다. 바이크에 올라타고, 힘차게 달려서, 과합성 스네이크를 향해 가속한다. 나아가 대형 총을 겨눠서 머리를 노리고 방아쇠를 당겼다.

카츠야는 원래부터 지휘차량에서 부대를 지휘할 예정밖에 없었지만, 사람들에게 잘 보이게, 만약을 대비한다는 이유로 고성능 강화복과 강력한 총기를 받았다. 강화복 사용이 필수 조건인 대형 총에서 사출된 탄환이 과합성 스네이크의 머리에 명중한다.

입힌 손상은 생채기 수준에 불과하다. 하지만 주의를 끄는 데는 성공했다. 거대한 뱀이 그 머리를 카츠야에게 돌린다.

그러면 된다고 카츠야가 웃는다. 그리고 더욱 접근하면서 다시 사격한다. 해치울 수 있다고는 눈곱만큼도 생각하지 않는다. 과합성 스네이크의 공격을 자신에게 유도하려고 쐈다.

동료들의 구조는 아직 끝나지 않았다. 쓰러진 동료들이 적 근처에 있어서 주력부대도 로켓탄 공격을 재개할 수 없다. 그 상황을 어떻게든 하기 위해서, 카츠야는 과합성 스네이크를 유인하려고 했다.

쓰러진 동료들의 위치는 어렴풋이 알 수 있다. 그곳에서 과합성 스네이크를 최대한 멀리 떨어뜨리기 위해서, 상대와의 거리를 더 좁히면서 계속 사격한다.

그리고 과합성 스네이크가 자신을 향해 움직이는 것을 보고, 사격 반동을 이용해 방향을 크게 틀었다.

"좋아! 여기다! 쫓아오라고!"

확실하게 자신을 쫓으려고 하는 과합성 스네이크의 움직임을 본 카츠야는 일이 잘 풀린다고 웃었다. 대규모 부대의 대장답지 않게 무책임한 짓임을 알지만, 후회는 없었다.

자신은 대장의 역할을 다할 수 없다. 그렇다면 다른 역할을. 그렇게 생각하면서, 셰릴의 말을 떠올린다. 여기서 자신이 해야 할 일은 전부 가르쳐 주었다.

동료를 도저히 버릴 수 없다면, 대단한 헌터 수준이 아닌 더 위를 목표로 삼는다. 동료를 구하기 위해 스스로 미끼가 되고,

그러면서도 자기 실력으로 살아남을 만큼 엄청나게 대단한 헌터가 된다.

카츠야는 그 조언에 따라서 엄청나게 대단한 헌터가 되기로 했다.

사라질 뻔한 패기를 되찾고, 망설이지 않고, 믿고, 죽을힘을 다한다. 그 각오가, 궁지를 양식으로 삼아 외부와는 관계없는 천성의 재능을 깨운다. 여기에 외부의 힘도 가세해 카츠야의 실력을 비약적으로 키운다.

고층 빌딩처럼 거대한 뱀에게 쫓겨도, 그것을 유인하려고 황야에서 바이크를 한계까지 가속해도, 카츠야는 작은 공포도 느끼지 않았다.

◆

구조 작업을 계속하던 아키라는 과합성 스네이크를 유인하는 카츠야의 모습을 보고, 놀라기 이전에 조금 황당해했다.

『알파. 뭔가 터무니없는 짓을 하는 녀석이 있는데. 저거, 괜찮겠어?』

『문제없어.』

『오, 그래?』

참 무모한 짓을 하는 것처럼 보이는데, 실제로는 그렇지도 않은 걸까. 아니면 그만큼 카츠야가 굉장한 걸까. 어느 쪽이든 의외라며, 아키라는 조금 놀랐다.

하지만 알파가 웃으며 말을 잇는다.

『저 사람이 죽어도 우리는 곤란하지 않잖아? 아키라는 엘레나네가 고용했고, 보수도 도란캄에서 직접 주는 게 아니니까.』

『그, 그러네.』

틀린 소리도 아니고, 실제로도 옳은 말이라고 생각했지만, 아키라는 반응하기가 조금 난처했다.

◆

미끼가 되어서 과합성 스네이크를 유인하기 시작한 것을 보고, 유미나는 지휘차량 안에서 허둥대고 있었다. 이참에 구조를 서두르라고 지시하는 것도 잊고, 카츠야와 통신을 연결한다.

"카츠야! 뭐 하는 거야?!"

"유미나. 이참에 모두의 구조를 마쳐 줘. 되도록 유인할 작정이지만, 정확하게 유도할 여유는 없으니까. 내가 과합성 스네이크를 이상한 쪽으로 이동시키면 미안해. 그때는 그쪽에서 어떻게든 해 줘."

너무나도 태연한 대답을 듣고, 유미나는 한순간 할 말을 잃었다. 그 목소리에 비통한 결사의 각오가 담겼다면 그런 카츠야를 구하려고 오히려 냉정하게 있을 수 있는데, 카츠야의 말투는 너무나도 평소와 똑같았다.

"카, 카츠야, 무슨 소리를……."

그렇게 말하고 자신의 혼란을 깨달은 유미나는 정신을 차리려고 고개를 좌우로 크게 흔든 뒤 언성을 높였다.

"빨리 그만둬! 죽을 작정이야?!"

"무슨 소리야! 이 정도로 내가 죽을 리가 없잖아?"

패기가 넘치는 농담은 유미나를 안심시키려는 방책이지만, 카츠야가 자기 자신을 고무시키려는 목적도 있었다. 즉, 진짜로 죽지 않는다고 믿는 것은 아니다.

평소의 유미나라면 눈치챘을 것이다. 하지만 지금은 그러지 못했다. 그래도 어떻게든 카츠야가 미끼를 그만두게 해야 한다며 필사적으로 말을 생각한다.

"나한테 부대 지휘를 떠넘기고 멋대로 말하지 마! 왜 카츠야가 아니고 유미나가 지휘하냐고, 다들 제대로 움직이질 않는다고!"

그 말은 거짓에 가깝다. 사실 동료들이 불평하기는 했지만, 부대의 지휘계통이 무너지는 사태에는 이르지 않았다. 조직적인 행동도 유지되고 있다.

"이대로 가면 이쪽도 위험해! 우리도 카츠야가 도망칠 틈을 만들어 볼 테니까, 카츠야는 이탈해서 지휘하러 돌아와!"

카츠야가 지휘차량에 복귀하지 않으면, 최소한 침착하게 지휘할 수 있을 만큼 안전한 상황으로 회복하지 않으면, 부대 전체가 위험하다. 그렇게 판단하게끔 하면 제아무리 카츠야도 미끼가 되는 것을 그만두겠지. 유미나는 그렇게 생각하고 비통한 얼굴로 소리쳤다.

유미나의 대답을 들은 카츠야가 그 내용을 믿고 인상을 험하게 쓴다. 하지만 그 이유는 유미나의 기대를 벗어났다.

또 누군가가 제멋대로 움직인 탓에, 그것을 막지 못한 자신 때문에, 피해가 더 늘어나서는 안 된다. 그 의지로 전체 통신을 연결하고, 패기를 담아서 호통을 친다.

"군소리 말고 지휘에 따라! 책임은 내가 지겠어!"

통신기를 거쳐서 카츠야의 목소리가 울려 퍼진다. 그리고 그 이상의 것이 함께 퍼졌다.

황야에서 카츠야의 의지가 전파된다. 카츠야의 동료들도, 보조요원들도, 주변에 있는 자들은 소리가 아니라 그것을 들었다. 일부는 카츠야의 목소리가 나오는 통신기가 아니라 실제로 카츠야가 있는 쪽으로 얼굴을 돌렸다.

통신기에서 울린 큰 목소리에 유미나가 무심코 주춤거린다. 하지만 곧장 정신을 차리고 그런 말로는 안 된다고 반박하려고 했다.

그러나 이어서 괴이쩍은 표정을 짓는다. 지금껏 통신기에서 들리던 동료들의 불평이 완전히 사라졌다.

더군다나 동료 차량의 위치를 알리는 반응의 움직임을 봐서는 지금껏 유미나의 지시에 따르는 것을 꺼리던 자들도 지시대로 움직이려고 했다.

카츠야의 질타가 있어서 이러는 것임을, 유미나도 이해했다. 하지만 동료들이 지휘에 따르지 않고 멋대로 움직이는 우려가 줄어든 것을 기뻐하면서도, 그 표정은 딱딱하다. 이것으로 카츠야에게 미끼를 그만두게 할 이유가 사라졌기 때문이다.

유미나는 다음 구실을 생각하지만, 가벼운 혼란 상태인 탓도 있어서 아무것도 떠오르지 않았다. 고민하고, 얼굴을 찡그린다.

그러자 아이리가 말을 건다.

"유미나. 구조 지휘를 해야지."

그 말을 들은 유미나는 조금 괴이쩍은 표정을 지었다. 아이리라면 카츠야를 구해야 한다고 말할 것 같아서 이상하게 느낀 것이다.

하지만 동료를 다 구조할 때까지 카츠야는 절대로 미끼 역할을 그만두지 않을 것이다. 그렇게 생각하리라고 판단해서 더는 신경 쓰지 않았다.

"그래. 좌우지간 모두를 구하자."

카츠야를 구하기 위해서, 지금은 그 일에 집중하자. 그렇게 생각한 유미나는 마음을 고쳐먹고 부대 지휘를 재개했다.

이것으로 부대 지휘는 문제없다. 카츠야는 근거도 없이, 적어도 자각하는 이유는 없이 그렇게 여기며 통신을 끊고, 바이크에 탄 채로 등 뒤에 있는 과합성 스네이크를 총으로 쐈다.

원근감이 이상해지는 거대한 몸뚱이에 작은 총탄이 명중하고, 명중 지점 근처에서 보면 큰, 카츠야의 위치에서 보면 놀리는 듯한 손상을 입히는 데 성공한다. 카츠야는 무심코 한숨을 쉬었다.

"공격이 전혀 먹히는 것 같지 않아……. 지금은 잘 유인하고 있는데, 괜찮을까?"

카츠야는 주력부대가 과합성 스네이크를 해치울 때까지 미끼 역할을 계속할 작정이다. 하지만 동료들의 구조가 끝나고 주력부대가 로켓탄 공격을 재개했을 때 과합성 스네이크가 계속해서 자신을 노릴지 불안했다.

과합성 스네이크는 더 가깝고, 더 강력하게 공격한 적을 우선해서 덮친다. 지금은 가까운 곳에서 공격함으로써 자신을 노리게 유도했지만, 주력부대가 공격을 재개하면 과합성 스네이크의 공격 목표가 그쪽으로 넘어갈 우려가 있었다.

그렇게 하려면 더 가까운 곳에서 더 맹렬하게 공격할 필요가 있는데, 제아무리 카츠야라도 그 이상은 무리임을 느꼈다.

그러나 동료와 같이 미끼 역할을 할 수는 없다. 애초에 동료와 함께하면 컨디션이 나빠질 우려가 있으므로 일부러 혼자 미끼가 된 것이다.

어쩌면 좋을지 고민한 카츠야는 그때 함께 싸워도 컨디션이 떨어지지 않는 인물을 떠올렸다.

그리고 내키지 않는 속마음을 표정에 드러내면서도, 동료를 위해서, 기왕이면, 밑져야 본전으로 생각해서 연락해 봤다.

◆

아키라 일행이 계속하던 구조 작업은 중간부터 주력부대 인원이 가담하면서 비교적 짧은 시간에 끝났다. 그래도 그동안 몬스터 무리가 꽤 접근하고 말았다.

다음은 그쪽을 대처하자고 아키라가 차를 움직였을 때, 엘레나가 통신을 연결했다.

"엘레나 씨. 무슨 일이죠? 일단 합류하나요?"

"아니야. 그렇게 생각하긴 했지만, 그게 아니야. 카츠야가 연락했는데, 아키라와 연결해 달래. 바꿀게."

아키라가 괴이쩍은 표정을 짓자 카츠야의 짤막한 지시가 들린다.

"일이다. 도와."

고작 그 정도의 짧은 말을 끝으로, 카츠야와의 통신은 통신 경로인 엘레나의 통신과 함께 끊겼다.

아키라가 무심코 침묵한다. 알파도 평소처럼 웃지 못하고 괴이쩍은 얼굴로 슬그머니 조언한다.

『아키라의 고용주는 엘레나야. 그쪽 지시가 아니니까 따를 필요는 없을걸?』

『그렇겠지…….』

『맞아.』

알파는 웃으며 고개를 끄덕였다. 하지만 아키라는 반대로 매우 언짢은 듯이 한껏 인상을 썼다. 그리고 진로를 크게 틀었다.

예상하지 못한 행동에 알파가 평소답지 않게 허둥대는 기색을 보인다.

『저기, 아키라? 카츠야가 있는 데로 가려고?!』

『일이야……!』

정말 내키지 않는 일을, 몹시 꺼리는 일을 하는 수 없이 한다고, 할 수밖에 없다고, 아키라는 마치 자기 자신을 설득하듯이 반쯤 성질을 내는 태도로 대꾸했다.

◆

카츠야는 과합성 스네이크를 유인하면서 황야를 질주하지만, 여유롭다고 하기 어려운 상황이 계속되고 있었다.

지휘차량에 딸린 바이크는 황야 사양이지만, 현상수배급과의 전투를 상정한 물건이 아니다. 그것을 차체에 미치는 부하를 무시하고 혹사 중이다. 한계는 머지않았다.

바이크를 잃으면 생존할 수단이 없다. 고층 빌딩 수준으로 거대한 뱀에 깔려서 죽을 뿐이다. 그러니까 미끼 역할을 지금 당장 그만두라는 무언의 목소리를 무시하고, 카츠야는 죽을힘을 다해 내달리고 있었다.

하지만 이대로 가다간 위험하다는 것도 이해해서, 뭔가 좋은 방법이 없는지 표정을 굳힌다. 그러나 미끼 역할을 그만두는 것만 떠올라서, 좋은 생각은 전혀 떠오르지 않았다.

그리고 제한 시간이 다 됐다. 멀리서 집결하던 몬스터 무리가 드디어 도착한 것이다.

그 무리에서 한 마리, 다리가 여덟 개 있고 거대한 포를 짊어진 호랑이 형상의 반기계형 몬스터가 과합성 스네이크를 적으로 보고 포격한다. 그러나 목표의 머리를 노린 포탄은 조금 못 미쳐서 떨어졌다.

그 폭발에 카츠야가 바이크째로 날아간다. 직접 명중하지 않고, 마침 접지면에 있던 잔해가 방패가 된 덕분에 카츠야 자신은 멀쩡하다. 하지만 바닥과 함께 날아갔다.

(큰일 났다! 이 높이에서 떨어지면 강화복을 입은 나는 무사해도 바이크는 무조건 부서져!)

새로운 제한 시간은 자신이 지면에 추락할 때까지. 그때까지 이 상황을 타파해야만 한다. 그토록 절망적인 상황에서, 카츠야는 머릿속에 떠오른 작전에 달려들었다.

공중에서, 바이크의 두 바퀴가 같이 날아간 잔해에 닿는 동안에, 최대 출력으로 가속한다. 그 반동으로 바닥의 잔해를 뒤로 날릴 기세로 타이어를 회전시키고, 전속력으로 전진해 공중에 뜬 잔해에서 뛰었다.

발판은 짧지만, 바이크는 포격의 충격으로 공중으로 날아가기 전에 이미 상당한 속도를 내고 있었다. 여기에 한계까지 가속함으로써, 바이크가 포탄처럼 날아간다. 하지만 공중에서는 주행할 수 없다. 속도를 잃은 뒤에는 포물선을 그리며 추락한다.

지면에 격돌하면 바이크는 대파하고, 카츠야는 이동 수단을 잃는다. 그리고 나서는 과합성 스네이크에 깔려서 짜부라질 뿐이다. 그 상황을 뒤집기 위해서, 카츠야는 착지와 동시에 바이크를 자기 발로 짓뭉갤 기세로 도약했다.

지면에 격돌한 충격을 바이크가 대신 받게 하고, 카츠야가 더 앞으로 날아간다.

(닿을까……?!)

카츠야는 표정을 굳히고 초조함을 드러내지만, 더는 어떻게 할 방법이 없다. 실패하면 지면에 처박히고 과합성 스네이크에 의해 죽는다.

닿아라. 늦지 말아라. 그렇게 기도한다. 그리고 늦지 않았다. 카츠야의 전방에서 빠른 속도로 달려오는 차에 간신히 닿았다.

차에 탄 소년이 카츠야에게 손을 뻗어 최대한 관성을 죽이듯이 붙잡고 안으로 내던진다. 그리고 곧장 진로를 틀어서 과합성 스네이크의 머리와 엇갈리고, 급하게 U턴했다.

궁지에서 겨우 탈출한 카츠야가 차량의 좌석에서 숨을 내쉬고, 표정을 잠시 풀었다. 하지만 감사를 표하기 전에 의아하게 생각하는 감정이 샘솟았다. 그것이 목숨을 건진 기쁨보다 커서 표정을 괴이쩍게 바꾼다.

"올 줄은 몰랐는데."

그리고 이어서 감사를 표하기 전에 상대가 혀를 차는 소리가 들렸다. 그래서 감사의 말이 카츠야의 목구멍에 걸렸다. 그리고 짜증이 심하게 섞인 대꾸를 듣는다.

"그럴 거면 부르지 마."

아키라는 매우 언짢은 얼굴로 카츠야를 봤다.

제99화 각자의 판단

아키라가 카츠야를 구하러 간 것은 정말 아슬아슬하게 판단한 결과였다.

도란캄에서 아키라를 직접 고용했다면 야라타 전갈 소굴 소탕 의뢰 때처럼 필요에 따라 독자적으로 행동한다는 내용을 계약 내용에 넣고, 카츠야의 지시에도 굳이 따를 의무는 없다며 무시했을 것이다.

하지만 지금은 엘레나와 사라에게 고용된 상태다. 더군다나 상호 신뢰를 기반으로 구두 약속에 가까운 거래에 지나지 않는다. 필요하다면 두 사람을 버리는 것도 허용하는 독자 행동권을 구두로 정한 적은 없다.

게다가 아키라는 의뢰인 이상, 성실하게 일해야 한다는 의식이 있었다. 그래도 카츠야가 직접 지시했다면 고용주는 엘레나와 사라니까 카츠야의 지시에는 굳이 따를 의리가 없다고 판단할 수 있었다.

그러나 카츠야의 지시는 일단 두 사람을 거쳐서 이루어졌다. 그리하여 아키라는 심리적으로 엘레나와 사라가 그 지시를 용인했다고 여기고 말았다.

나아가 지금은 두 사람과 한 팀으로 행동하므로, 지시를 무시한 책임은 아키라만이 아니라 두 사람에게도 미친다. 나아가 팀에 내리는 지시라고 생각했을 때는 자칫하면 자기 대신에 엘레나와 사라가 카츠야에게 가야 한다.

그러한 이유가 겹쳐서, 아키라는 정말로 아슬아슬한 판단하에 카츠야가 있는 곳으로 갔다. 그리고 몹시 위험했던 상황에서 구출했다.

그러고도 들은 말이 '올 줄은 몰랐다' 이니까, 아키라는 눈에 띄게 비위가 상했다. 늦었다고 욕하는 것이 훨씬 나았다.

"그럴 거면 부르지 마."

"뭐라고?"

적개심과 불만을 이토록 노골적으로 들이대면 도움을 받은 직후라도 카츠야 역시 기분이 상한다. 무심코 아키라를 노려보고 말았다.

하지만 아키라는 전혀 동요하지 않는다.

"그래서? 뭘 하면 되는데? 네 경호?"

아키라는 조롱할 마음이 없었다. 하지만 명확한 불쾌감과 함께 나온 말을 카츠야가 과도하게 받아들인다. 경호원을 거느린 헌터 활동이라는 부분에서 인솔자를 연상하고, 덩달아 명확하게 불쾌감을 드러내며 말한다.

"내 일을 돕는 거다! 같이 과합성 스네이크를 유인해!"

"아, 그래?"

아키라는 멸시에 가까운 태도로 성질을 내듯이 그렇게만 대꾸했다.

『알파. 미안하지만, 그런 느낌으로 운전해 줘.』

제아무리 알파라도 평소처럼 웃지 못하고, 괴이쩍은 표정을 짓는다.

『그건 상관없는데, 그렇게 싫으면 그냥 내버려 두지.』

『일이야……. 억지로 시키진 않을게.』

이것도 어떻게 보면 책임을 떠넘기는 말이다. 아키라는 카츠야와 같이 죽을 마음이 없다. 알파가 할 수 없다고, 서포트하지 않겠다고 하면 그것을 핑계로 내 힘으로는 무리라며 일을 내팽개쳤을 수 있었다.

그러나 알파도 그럴 수는 없다. 다른 시행을 방해하는 행위가 되기 때문이다. 그 대신에 평소처럼 조금 신난 기색으로 웃는다.

『어머, 너무해라. 지금껏 몇 번이나 아키라의 고집에 어울려 줬는데 지금 와서 그런 소리를 하니? 그럴 때는 알파! 제발! 부탁해! 하고 내 비위를 맞춰야 하지 않아?』

그 농담을 듣고, 아키라는 무심코 쓴웃음을 지었다. 그리고 확실히 그 말이 옳다고 생각하고, 마음을 조금 편하게 먹는다.

『그래. 알파! 제발! 부탁해!』

『나만 믿어!』

그 순간, 과합성 스네이크의 머리 옆을 달리던 아키라의 차가 상대와의 거리를 급속히 좁히기 시작했다.

바이크를 자기 팔다리로 운전하던 카츠야와 다르게 아키라의 차는 제어장치를 거쳐 알파가 직접 운전하고 있다. 상대에게 얼마나 접근할 수 있는지를 의미하는 위험 영역은 바이크에 탔던 카츠야보다 훨씬 가깝다.

거대한 뱀의 머리에 아슬아슬한 데까지 다가간 차에서 아키라가 CWH 대물돌격총과 DVTS 미니건을 제각기 손에 든다. 그리고 상대의 몸집에서 생각하면 충분히 가까운 거리에서 방아쇠를 당겼다.

강력한 전용탄과 확장 탄창을 통한 고속 연사. 그 탄환이 거대한 뱀의 비늘을 안쪽에 있는 살점과 함께 날려버린다. 양쪽 모두 로켓탄과는 다르게 상대와 가까워질수록 위력이 상승하고, 조준도 알파의 서포트를 통해 한 점에 집중된다. 그 위력은 막대하게 부풀어 올랐다.

그런데도 과합성 스네이크는 치명상과 거리가 멀다. 하지만 생채기로 보고 무시할 만큼 작지도 않았다. 그 공격을 꺼린 뱀이 거대한 머리로 아키라의 차를 쳐내려고 한다. 그것은 거인이 고층 빌딩을 들고 지면을 쓸어버리는 듯한 공격이었다.

거리감이 이상해질 정도로 큰 머리가 지면 조금 위를 쓸고 지나간다. 아키라는 몸을 틀어서 피했다. 그만큼 가까웠다.

바람만으로 주변이 요동을 치는 가운데, 아키라의 차는 알파의 운전으로 날아가지 않고 버텼다. 카츠야도 몸을 숙이고 차체를 붙잡아 떨어지지 않게 버티고 있었다.

다음 공격이 온다. 이번에는 지면 위를 휩쓰는 것이 아니라 거대한 머리로 지면을 파헤치면서 걷어낸다. 지면과의 마찰 때문에 이전보다는 움직임이 느리지만, 이번에는 몸을 숙여서 피할 수 없다. 거대한 몸을 힘차게 휘두르면서 생기는 바람만이 아니라, 지면에서 파헤쳐진 흙과 돌과 잔해가 휘몰아친다.

하지만 알파는 차를 한계치까지 가속시켜서 그 공격 범위에서 벗어났다. 차 주위와 아키라 일행의 근처를 커다란 바위가 날아가고, 그 일부는 차체에 닿아서 장갑 타일을 벗겨내 회피와 방어를 강요한다.

모순되는 체감 시간 속에서 아키라는 자신에게 날아오는 바위를 걷어차서 막고, 카츠야도 몸을 크게 틀어서 피했다.

아무리 미끼 역할이라고 해도 이 정도까지 하냐고, 카츠야가 제정신인지 의심하는 눈으로 아키라를 본다.

하지만 아키라는 여유롭게 받아쳤다.

"내 일이 네 경호가 아니라면, 내가 너를 지키게 하지 말라고. 힘들면 얼른 말해."

알파의 서포트를 받는 나랑 다르게 너는 힘들겠지. 그런 배려로도 해석할 수 있는 발언은, 상대가 힘들다고 하면 그것을 핑계로 무모하게 굴지 않아도 된다는 마음과 언짢은 태도가 맞물려 미묘하게 도발하는 듯한 말투가 되었다.

그리고 카츠야는 완전히 도발로 받아들였다.

"누가 그럴까 보냐!"

"아, 그래?"

그리고 둘이 같이 차 밖으로 총을 겨눈다. 강력한 중화기에서 미친 듯이 쏟아지는 탄환이 과합성 스네이크만이 아니라 모이기 시작한 몬스터 무리를 덮친다. 생물형 몬스터가 탄막을 뒤집어써서 가루가 되고, 기계형 몬스터가 한 방에 파괴됐다.

두 사람을 합쳐서 최대 효율인 사격이 몬스터 무리를 유린하고, 과합성 스네이크의 주의를 끈다. 서로 협력할 마음은 추호도 없고, 같은 차에서 으르렁대면서, 무시무시할 정도로 엄청난 연계를 보이고 있었다.

◆

동료들의 구조를 마친 주력부대는 과합성 스네이크 공격을 재개했다. 차량에 실린 로켓탄을 전부 퍼부을 기세다.

보조요원들은 그런 주력부대를 몬스터 무리로부터 지키고 있다. 문제없다고 대답한 만큼 부상자를 운반하는 비전투 차량도 포함해서 단단히 지키고 있었다.

카츠야의 일갈이 있고 나서 현상수배급 토벌부대는 조직적인 행동을 완전히 회복했다. 오히려 유미나의 감각으로는 더 다듬어진 부대 행동을 취하는 것처럼 느껴졌다.

표적과 자신들 모두가 항시 움직이면서 싸우기 때문에 포위망은 매우 흐트러지기 쉬운 상태다. 유미나는 아이리와 함께 포위망의 상태를 확인하고 동료에게 위치를 수정하라고 지시하고 있다.

그러나 지시받은 자가 지시에 맞게 움직일지 어떨지는 각자의 기량에 크게 의존한다. 역량 부족을 파악하고 적절하게 지시하는 것도 지휘관이 할 일이다.

하지만 유미나에게는 그만한 지휘 능력이 없다. 카츠야와 함께 지휘할 때도 작은 실수를 거듭해서 부대 행동을 무난하게 지시하지 못하는 상태였다.

그러나 지금은 동료들이 보충해 주고 있었다. 더군다나 어떨 때는 유미나가 지시하기도 전에 각자 위치를 조정했다.

(다들 이런 기량은 없었을 텐데……. 어떻게 된 거야?)

지휘차량에 있는 유미나는 그 사실이 조금 당혹스러웠다. 하지만 곧바로 잡념을 떨쳐내듯이 고개를 옆으로 흔들었다.

(아니, 지금은 그걸 신경 쓸 때가 아니야. 어떻게 하면…….)

유미나의 표정에서 고뇌가 짙어진다. 카츠야를 구할 방법이 전혀 떠오르지 않아서다.

상황은 안정적이다. 하지만 그것은 카츠야가 미끼 역할을 해서 성립하는 것이다.

지금 와서 미끼 역할을 그만두고 돌아오라고 할 수 없다. 카츠야를 지휘차량으로 돌렸다간 곧바로 과합성 스네이크가 주력부대를 공격한다.

미끼를 다른 사람에게 대신 부탁할 수도 없다. 교대하려고 과합성 스네이크에 접근하는 것만으로도 비범한 기량이 필요하다. 주력부대에는 그런 실력자가 없고, 보조요원들이 그 지시에 따를 것 같지는 않다.

무엇보다 카츠야가 절대로 용납하지 않는다. 유미나도 그 점은 잘 알았다.

이제는 카츠야를 구할 수단이 과합성 스네이크를 해치우는 것밖에 없다. 그러나 상대는 비정상적인 내구성을 지녔다. 완전히 해치울 때까지 카츠야가 버틸지 모르겠다. 애초에 아키라가 지원하러 가지 않았으면 죽었을지도 모른다. 그 불안이 유미나에게 큰 고뇌를 안겼다.

(이럴 때 그 주포를 쓸 수 있으면……!)

릴리를 막지 못한 것을 뒤늦게 후회한다. 그러나 없는 것은 어쩔 수 없다고 마음을 고쳐먹으려고 했을 때, 한 가지 사실을 깨달았다. 지휘차량의 단말을 조작해서 주포를 탑재한 장갑차의 상태를 원격으로 확인한다.

장갑차의 상태는 자동 점검 장치가 포함된 제어장치 말고는 모든 항목이 대파로 표시되었다. 그러나 주포와 발전기는 나중에 결합한 무장이라서 그 항목에는 없다.

(제어장치와 통신이 가능할 정도로는 2호차의 내부가 무사한 상태. 발전기도 무사할까? 주포도, 쓸 수 있어?)

그 가능성을 깨달은 시점에서, 유미나는 멈출 수가 없었다. 동료들이 알아서 부대 행동을 잘 취하고 있고, 그렇다면 자신의 지휘는 필요하지 않다고 여기는 마음이 결단을 부채질했다.

"아이리. 대신 지휘해 줘."

"응……? 알았어."

아이리는 조금 의아한 표정을 짓고도 고개를 끄덕였다. 유미나가 카츠야 대신 지휘한다. 자신은 유미나를 돕는다. 군소리 말고 지휘에 따른다. 카츠야에게 들은 말과 유미나 대신 지휘하는 것은 어긋나지 않기 때문이다.

그래도 유미나가 선반에 달린 접이식 바이크 등을 꺼내자 아이리도 조금 당황했다.

"유미나?"

"아이리. 나는 할 일이 있으니까 잠시 나갔다 올게."

이번에는 아이리도 놀란다. 보조요원들이 상대하고 있지만, 밖에는 몬스터 무리가 있다. 소형 바이크로 혼자 나가는 것은 너무 위험하다.

그것은 아무래도 무리가 있다. 힘을 써서라도 말려야 한다. 그렇게 생각하고 행동에 나서려고 한 직후, 이어지는 말이 아이리를 막았다.

"아이리는 카츠야의 지시에 따라서 여기 남아 나를 도와줘. 멋대로 움직이면 안 된다?"

조금 치사하다고 여기면서도, 유미나는 아이리를 보고 부드럽게 웃었다. 망설이고, 갈등하고, 비통한 표정을 지으면서도 카츠야의 지시를 따르려고 하는 아이리에게, 유미나가 마지막일지도 모른다는 생각으로 말한다.

"무슨 일이 생기면 카츠야를 부탁할게."

유미나는 그 말을 남기고 차량 뒷문을 개방한 다음, 바이크를 타고 밖으로 나갔다.

아이리는 홀로 남았다. 하지만 더는 유미나를 말릴 수 없다고 이해하자 하다못해 이어받은 지휘만이라도 똑바로 하자며 차량 문을 닫고서 통신기 앞으로 돌아갔다.

◆

　유미나가 장갑차를 찾아서 소형 바이크로 황야를 달린다. 긴급상황용 비품으로 카츠야가 쓴 바이크보다 느리지만, 강화복으로 뛰는 것보다는 빠르다. 최대한 속도를 내서 서두른다.

　(이걸로 나도 명령을 무시했네. 릴리를 보고 웃을 수가 없어.)

　그토록 비난한 릴리와 똑같은 짓을 했다며, 유미나는 복잡한 기분이 들었다. 그래도 후회는 없다. 지휘차량에 남아도 카츠야가 무사하기만 기도할 수밖에 없으니까.

　그리고 기도로는 아무것도 해결할 수 없음을, 오래전부터 알고 있었다.

　지휘차량 밖으로 나왔어도 현재로서는 몬스터에 습격당하지 않고 있다. 유미나를 덮치려고 하는 몬스터를 주변에 있는 보조요원들이 우선해서 해치운 덕분이다. 이것은 아이리의 지시다.

　그러나 보조요원들이 지키는 것은 어디까지나 주력부대다. 혼자 이탈한 유미나를 언제까지고 지킬 수는 없다. 어느 정도 떨어진 곳에서 유미나도 공격받기 시작한다.

　유미나는 바이크를 잠시 세우고 대형 총을 두 손으로 단단히 잡았다. 그리고 다가오는 몬스터를 조준하고 방아쇠를 당긴다. 사출된 탄환은 목표를 일격에 분쇄했다.

　"좋아. 역시 카츠야용인걸. 위력이 좋아."

　총탄은 카츠야를 위해서 마련된 탄약의 일부다. 바이크를 꺼낼 때 멋대로 챙겼다. 유미나의 총으로도 쓸 수는 있지만, 원래는 조금 규격을 벗어난 물건인 까닭에 총을 망가뜨리니까 사용을 추천하지는 않는다.

유미나도 그 점을 알지만, 장갑차에 도착할 때까지만 버티면 된다며 폭발을 각오하고 썼다.

다시 바이크로 갈 길을 서두른다. 멀리서 날뛰는 거대한 뱀의 모습을 보고 그것을 유인하는 미끼가 된 카츠야와 비교하면 아무것도 아니라며 조금만 더 기다려 달라고 기도했다.

◆

아키라와 카츠야는 알파의 운전으로 과합성 스네이크와 아슬아슬하게 거리를 좁히며 일대에 포화를 퍼붓고 있었다. 주위 몬스터를 격파하고, 거대한 몸으로 지면을 분쇄하는 뱀을 유인하면서 하염없이 사격하고 황야를 나아간다.

당연하지만 탄약을 대량으로 소비한다. 먼저 카츠야의 탄약이 다 떨어졌다. 얼굴을 찡그리는 카츠야를 본 아키라가 차 뒤쪽을 손으로 가리킨다.

"써."

그곳에는 아키라의 탄약이 있다. 카츠야는 얼굴을 더 찡그렸지만, 받지 않으면 같은 차에만 탄 짐짝으로 전락한다는 사실도 잘 알아서 탄약에 손을 뻗었다.

"이런 걸로 빚을 만들었다고 생각하지 마."

빚을 졌다고 자백하는 듯한 카츠야의 말에, 아키라도 이상할 정도로 신랄하게 받아친다.

"진짜로 그렇게 말할 거면 내려서 뛰는 게 어때?"

내 차에 타고 있는 시점에서 빚은 한없이 불어나고 있다. 싫으면 내려라. 그렇게 말하는 듯한 아키라의 태도에, 카츠야는 이를 악물고 신음했다.

두 사람이 서로를 노려본다. 당장 사투를 벌이지 않는 것이 신기할 정도로 분위기가 험악하지만, 최대 효율의 연계를 조금도 흐트러뜨리지 않고 그 울분을 주위에 퍼붓듯 계속해서 총을 쏘고 있었다.

그러한 상태이기는 하지만, 아키라는 속으로 조금 곤혹스러웠다.

(나는 왜 이렇게 짜증이 나는 거지?)

이상할 정도로 카츠야가 마음에 들지 않는다. 영문을 모를 정도로 불쾌해진다. 그러나 그 이유는 모르겠다.

카츠야가 좋은지 싫은지를 따진다면, 확실하게 싫어한다. 하지만 이런 상황에서 서로 으르렁댈 정도로, 그 감정을 우선할 정도로 싫어하는 것은 이상하다. 아키라 본인이 그렇게 느낄 정도였다.

(하지만 알파도 나를 말리지 않으니까, 다른 사람이 보면 딱히 이상한 것도 아닌가? 그래도 말이지…….)

불필요한 다툼은 일으키지 말라고, 지금껏 알파가 여러 번 말린 바가 있다. 그것을 생각하면 알파가 자신을 말리지 않는 것은 이상하지 않을까. 그렇게도 생각할 수 있다.

하지만 괜히 참견해서 문제를 키우지 않으려는 것으로도 생각할 수 있다. 또한 루시아 때처럼 지금은 무슨 소리를 해도 소용없다고 여기는 걸지도 모른다.

어느 쪽이든 납득할 만한 결론은 나오지 않았다. 그리고 딴생각할 때가 아니라고 마음을 고쳐먹고, 그러기 위해서라도 일단은 침착하게 있자면서 타협점을 찾아 말한다.

"이봐, 나는 상관없어도 엘레나 씨랑 사라 씨한테는 빚을 갚으라고. 나는 지금 그 팀의 일원으로 일하고 있으니까."

"알았어······."

카츠야도 그것을 핑계로 불필요한 짜증을 억눌렀다.

두 사람이 인정하는 자들을 이유로 타협이 성립했다. 험악한 분위기가 조금 풀어진 차에서, 알파가 그 모습을 흥미롭게 지켜보고 있었다.

◆

가까스로 장갑차에 도착한 유미나는 심하게 찌그러진 차체를 보고 표정을 굳혔다. 하지만 거의 멀쩡한 주포를 보고 의아한 눈치로 놀란다.

"튼튼하네. 15억 오럼짜리 현상수배급에 달린 무장은 다른 걸. 이거라면 기대할 수 있겠어."

찌그러진 문을 강화복의 신체 능력으로 비틀어서 장갑차 안에 들어간다. 그리고 주포의 제어장치로 상태를 확인했다.

주포에는 포스 필드 아머(역장 장갑) 기능이 있어서 발전기에서 공급하는 에너지를 사용해 자체적으로 방어하고 있었다. 그것이 파손 상태가 장갑차 본체와 전혀 다른 이유다.

주포 제어장치의 자기 점검 기능이 문제없음을 알린다. 유미나는 무심코 웃음을 지었다.

"좋아! 예상대로 됐어! 이제는 발사 준비를 시작하고, 카츠야한테 과합성 스네이크를 사선으로 유도해 달라고 하면 돼."

주포는 장갑차에 따로 결합해서 탑재했다. 그래서 조준은 포가인 차체를 움직여서 맞춘다.

하지만 그 장갑차가 부서져서 기본적으로는 조준을 변경할 수 없다. 유미나가 강화복으로 차체를 움직여서 조준을 억지로 맞추는 데도 한계가 있다. 따라서 표적을 사선으로 유도할 필요가 있었다.

유미나는 단말을 조작해서 주포를 재가동했다. 대기 상태에서 발사 준비 상태로 바뀐 주포에 에너지가 공급된다. 주포에서 흘러나온 파동이 황야에 퍼진다.

그리고 그것을 과합성 스네이크가 탐지했다.

◆

아키라와 카츠야는 과합성 스네이크를 순조롭게 유인하고 있었다. 하지만 그것이 갑자기 끝난다. 과합성 스네이크가 갑자기 두 사람을 무시하고 반대쪽으로 이동 방향을 바꾼 것이다.

놀란 아키라는 알파에게 부탁해서 차를 과합성 스네이크의 머리 옆으로 이동시킨 다음, 두 손에 든 총으로 상대의 얼굴을 집중적으로 노렸다. 카츠야도 같이 사격한다.

주위 몬스터를 무시한 공격이다. 이러면 주의를 끌 수 있겠지. 아키라와 카츠야는 그렇게 생각했다.

하지만 과합성 스네이크는 무시했다. 두 사람의 얼굴에 당혹스러운 기색이 드러난다.

『알파. 어떻게 된 거야?』

『과합성 스네이크가 공격 목표의 우선순위를 바꿨어. 이제는 우리가 공격한 정도로는 유인할 수 없어.』

『즉, 우리는 이제 미끼가 될 수 없다는 거야? 그것도 나쁘진 않은데, 그렇다면 과합성 스네이크는 뭘 노리는 건데?』

『저거야.』

알파가 가리킨 곳에는 주포 발사를 준비하는 장갑차가 있다. 아키라가 그것을 보고 조금 놀란다.

『저거? 그런데 왜 갑자기?』

『과합성 스네이크는 거리와 위력을 기준으로 공격 대상을 정해. 그토록 멀리 있었는데도 그만한 위력을 발휘했으니까. 최우선 공격 대상이 된 거겠지.』

『아니, 그래도 왜 갑자기…….』

그때 카츠야에게 유미나의 통신이 연결됐다. 목소리가 커서 아키라에게도 들린다.

"카츠야! 아직 살아있지! 들리면 대답해!"

"들려! 무슨 일이야!"

"2호차의 주포를 조사했더니 아직 쓸 수 있었어! 지금 발사 준비를 하는 중이야! 그런데 차량이 망가져서 조준을 바꿀 수 없어! 카츠야가 과합성 스네이크를 사선으로 유도해!"

카츠야도 뒤늦게 상황을 이해했다. 정확하게는 왠지 모르게 알게 되었다. 그 순간, 인상을 험하게 쓰고 소리친다.

"유미나! 지금 당장 거기서 도망쳐! 과합성 스네이크가 그쪽으로 가!"

"어? 잠깐만. 벌써 이쪽으로 유도했어?"

"아니야! 유미나가 그 주포를 쏘려는 걸, 과합성 스네이크가 모종의 이유로 알아챈 거야! 이미 우리는 유도할 수 없어!"

"알았어. 나도 금방……."

그때 유미나의 말이 잠깐 멈췄다. 카츠야가 괴이쩍은 표정을 짓는다.

"유미나? 무슨 일이야?"

"아, 응. 괜찮아. 여기 일은 알아서 할 테니까, 더는 미끼가 될 수 없으면 카츠야는 그대로 주력부대로 돌아가."

"잠깐만. 무슨 소리야? 그쪽에서 무슨 일이 생겼어?"

"괜찮아! 카츠야는 아이리랑 같이 전체 지휘를 맡아! 이제 끊을게!"

그것으로 통신이 일방적으로 끊겼다. 제아무리 여러모로 눈치가 없는 카츠야라도, 이번만큼은 괜찮다고 믿지 않았다.

◆

  통신을 끊은 유미나가 장갑차 안에서 한숨을 쉰다. 그리고 얼굴에 드러난 쓴웃음을 억지로 밝게 바꾸고 기운을 냈다.

  "뭐, 최선을 다해 보자."

  찌그러진 차량 내부를 물색하고 무사한 로켓탄 등을 챙겨서 밖으로 나온다.

  그리고 로켓 런처를 겨누고 방아쇠를 당겼다.

  표적에 명중한 로켓탄이 대형 몬스터를 산산조각 낸다. 현상수배급과 싸울 용도로 준비한 만큼 위력은 충분하다.

  그리고 그 옆을 여러 마리의 몬스터가 지나친다.

  "많은걸."

  유미나는 푸념하고 다음 로켓탄을 쐈다.

  주포에서 흘러나온 에너지를 감지한 것은 과합성 스네이크만이 아니었다. 그리고 눈치챈 몬스터 무리 일부가 유미나가 있는 곳으로 쇄도했다.

  카츠야가 미끼 역할을 그만둔 시점에서 유미나가 이곳에 온 목적은 달성됐다. 따라서 주포 발사를 포기하고 귀환해도 되지만, 몬스터 무리의 규모를 보고 자기 힘으로 돌아가기는 어렵다고 판단했다.

  그렇다면 이곳에서 최선을 다하자. 그렇게 결심했다. 주포를 쏘고, 과합성 스네이크를 격파한다. 그러기 위해서 현재 위치를 고수하기로 했다.

주포의 포구는 과합성 스네이크 쪽으로 잡혔지만, 표적은 아직 멀고, 조준이 어긋나서 쏴도 맞지 않는다. 상대의 몸집 덕분에 조준의 오차가 좁혀질 때까지 끌어들일 필요가 있다.

그리고 몬스터 무리가 장갑차를 공격하는 것도 방지해야 한다. 공격의 충격으로 차체가 움직이면 조준이 대폭 어긋나기 때문이다. 최악의 경우, 과합성 스네이크가 지척까지 와도 절대로 맞지 않는 각도가 된다.

"많아!"

최선을 다하기 위해서, 유미나는 쇄도하는 몬스터 무리를 향해 로켓탄을 쏴댔다.

◆

아키라는 유미나의 상황을 알파에게 들어서 파악한 뒤, 진지한 얼굴로 카츠야를 봤다.

"미끼 일은 끝났어. 그래서? 어쩔 거야? 돌아갈 거야?"

허둥대던 카츠야도 그 말을 듣고 정신을 차린다. 그리고 아키라를 노려봤다.

"당연히 유미나를 구하러 가야지!"

"그렇군."

아키라는 '아, 그래?' 라고 대답하지 않았다.

『알파. 그렇다는데, 전력을 다해 이동해 줘.』

『그건 상관없는데, 꼭 그래야 해?』

『일이니까.』

그렇게 슬쩍 대꾸한 아키라의 태도에는 아까처럼 싫은데도 일하는 분위기가 조금도 없었다.

『알았어. 그렇다면 이참에 회복약을 충분히 먹어 둬.』

『알았어.』

아키라가 회복약을 꺼내고, 일단 카츠야에게 충고한다.

"지금부터 유미나가 있는 곳으로 서두를 텐데, 내릴 거면 빨리 내려."

"누가 내릴까 보냐!"

"그래? 그러면 있는 회복약을 먹어. 지금부터는 부탁해도 지켜주지 않아. 네가 알아서 해."

"누가 부탁할까 보냐!"

아키라는 확인을 마쳤다고 슬쩍 고개를 끄덕였다. 그리고 회복약을 대량으로 먹는다.

카츠야가 그 모습을 보고 이상하게 여긴다. 유미나가 있는 곳으로 서둘러 가는 것과 회복약 복용의 연관성을 찾을 수 없다. 지키니 뭐니 떠들어서 자신을 놀리려는 줄 알았는데, 아키라 자신은 복용하고 있으니까 그런 게 아니라고 판단한다.

이상하게 여기는 동안, 카츠야는 미리 회복약을 먹어야 하는 시간을 다 썼다. 경호 요청을 받지 않는다고 말한 시점에서, 아키라는 카츠야가 회복약을 다 먹을 때까지 기다리지 않았다.

『알파. 시작해 줘.』

『갈게. 조심해.』

다음 순간, 알파는 운전을 탑승자의 부담을 완전히 무시하는 것으로 바꿨다. 유미나가 있는 곳에 최단 시간에 도착하기 위해서, 주행에 적합하지 않은 황야를 차의 성능이 허락하는 최대한 도로 가속하며 길이 없는 곳을 억지로 미친 듯이 내달린다.

기적에 가까운 운전 기술로 차가 달린다. 원래라면 크게 우회해야 하는 곳을, 근처 경사면이나 토사를 발판으로 삼아 도약해서 돌파한다. 공중에서 차체가 두 바퀴 돌고, 계산을 통해서 타이어가 아래로 가게 착지하고, 나아가 가속해서 돌진한다.

그렇게 운전하면 당연히 탑승자의 부담은 미칠 듯이 커진다. 급가속, 급감속, 급회전, 상하좌우 급회전, 공중제비가 있을 때마다 아키라와 카츠야는 차에서 떨어지지 않게 필사적으로 버틸 수밖에 없었다.

아키라는 알파의 서포트 덕분에 그 압박을 어떻게든 버티고 있었다. 차의 운전에 맞춰서 제어장치가 강화복의 움직임을 보정해 줘서 부담이 그나마 줄어들고 있다.

그래도 몸속에서 회복약이 점점 소비되는 것을 아키라 자신도 느낄 정도여서, 입에 문 것도 조금씩 삼켜 체력을 보충하고 있었다.

한편, 그 정도의 보정을 못 받는 카츠야는 차에서 떨어지기 일보 직전이었다. 두 손으로 난간을 필사적으로 붙잡고, 이미 차 밖으로 나간 두 다리를 관성과 원심력에 흔들리면서, 몸이 찢어지는 듯한 압박을 간신히 버텼다.

회복약을 먹으라고 미리 충고한 의미를 몸으로 이해하면서,

어떻게든 차 내부로 복귀하고자 발버둥친다. 그때 아키라를 보고 무심코 소리치려고 했지만, 이를 악물고 참았다. 아키라 역시 차 밖으로 날아가지 않게끔 필사적으로 버티고 있었기 때문이다.

이 운전은 자신을 골탕 먹이려는 것이 아니라, 유미나가 있는 곳으로 최대한 빨리 가려는 것이다. 그 사실을 이해하고도 불평했다간 스스로 짐짝임을 인정하는 것과 다를 바가 없다. 카츠야는 그런 마음으로 압박을 못 이기고 찢어질 것 같은 팔에 힘을 주고서 차 내부로 몸을 가까이 댔다.

『아키라. 앞.』

『알았어!』

아키라가 심하게 흔들리는 차에서 자세를 필사적으로 유지하며 총을 겨눈다. 조준하는 곳에는 대형 몬스터가 있었다. 이대로 가면 충돌한다. 그것을 알면서도 갈 길을 서두르는 알파는 직진을 선택했다.

그리고 아키라가 그 몬스터를 CWH 대물돌격총과 DVTS 미니건으로 격파한다. 전용탄이 목표를 한 방에 즉사시키고, 탄막이 상대의 몸을 꿰뚫어 깎아내듯이 변형시켜 사체를 알맞게 부드러운 점프대로 가공한다.

다음 순간, 아키라의 차는 그 발판을 이용해서 날아올랐다.

『아키라. 앞.』

『알았어!』

아키라는 도약 중인 차에서 이동해 앞쪽 끝까지 가더니 지상에 있는 대형 육식동물을 총으로 쐈다. 전용탄과 탄막이 이번에는 상대를 고기 쿠션으로 바꾼다. 그것을 짓뭉개듯이 차가 착지하고, 멈출 기미가 없이 황야를 돌진한다.

『좋아. 아키라. 이제 꽤 가까워졌어. 이제부터는 지면이 비교적 평탄하니까 조금 편해질 거야.』

『그, 그래?』

아키라가 간신히 좌석으로 돌아오자 카츠야도 간신히 차 내부로 돌아와 있었다. 두 사람 모두 회복약을 먹고 숨을 고른다.

카츠야는 아키라에게 돌려주려고 한 회복약을 쓰는 바람에 속이 복잡했지만, 지금은 그럴 때가 아니라며 일부러 잊었다.

그때 후방에서 요란한 소리가 울려 퍼진다. 과합성 스네이크가 장해물을 날려버리면서 육박하고 있었다.

제100화 선택이 미친 영향

필사적으로 저항하는 유미나의 눈에 거대한 뱀이 들어온다.

"슬슬 때가 됐을까……."

과합성 스네이크를 충분히 끌어들였다고 판단해서 한 말이 아니다. 몬스터 무리를 더 막을 수 없다는 이유에서 중얼거린 말이다.

이제는 맞기를 기도하면서 주포를 쏘고, 몬스터들에게 유린당하면 끝. 바이크로 최대한 도망쳐 볼 작정이지만, 기대할 수는 없다고 머릿속에서 냉정한 부분이 말했다.

"뭐, 카츠야는 살 테니까 최선을 다한 거겠지."

만족과 체념이 섞인 감정을 받아들이면서, 유미나가 다음 표적을 조준한다. 그리고 쏘려고 한 순간, 목표의 머리가 날아갔다. 뒤에서 몸통과 함께 꿰뚫려 날아갔다.

너무나도 예상을 벗어난 일에, 유미나는 마음속 감상도 잊고 놀랐다. 그때 단거리 통신이 닿는다.

"아키라다. 유미나. 통신이 들리면 대답해 줘."

조금 늦게 도란캄의 통신을 거쳐 카츠야의 목소리가 닿는다.

"이봐! 왜 멋대로 유미나한테 연락하는 거야! 유미나! 나야! 무사해?!"

유미나는 양쪽 통신에서 들리는 두 사람의 목소리에 당혹스러워하면서도 대답한다.

"유미나야. 나는 무사해."

"그래? 그쪽 주위에 있는 몬스터는 우리가 상대하지. 주포를 쏠 여유는 있어? 어렵다면 원호할 테니까 이탈해 줘."

"그러니까 멋대로 이야기를 진행하지 마! 유미나! 원호할 테니까 빨리 이탈해!"

"쏠 여유가 있으면 쏘는 게 낫잖아. 안 그러면 유미나는 뭐 하러 갔냐는 이야기가 되는데. 그래서? 어때?"

차분한 아키라의 목소리와 허둥대는 카츠야의 목소리를 듣고, 유미나는 무심코 웃음을 터뜨리고 말았다. 조금 전까지 느꼈던 체념은 한순간에 날아가고, 기운을 되찾고 밝은 목소리를 낸다.

"쏠 수 있어! 아키라! 타이밍을 지시해! 미안하지만 이쪽은 조준을 바꿀 수 없어! 내가 사선에 들어갔다고 판단해서 쏘면 그쪽도 같이 날아갈 거야!"

"유미나?!"

"카츠야! 잠깐 조용히 있어! 아키라! 그러면 돼?"

"쏠 때는 꼭 거기 있어야 해? 원격 조작으로 쏘거나, 10초 후에 쏘거나 할 수 없어?"

"원격 조작은 무리. 타이머 설정은 없지만, 발사 준비 시간을 조정해서 비슷하게 할 수 있어. 최대 20초 뒤까지 돼."

"이쪽에서 설정 타이밍을 지시하겠어. 20초 후에 쏘게 하고,

설정과 동시에 반대 방향으로 도망쳐."

"알았어. 해 볼게. 카츠야! 너도 똑바로 해! 이런 상황에서 시시하게 다뤘다간 나중에 때릴 거야!"

유미나는 그렇게만 말하고 이야기를 마쳤다. 그리고 최선을 다해 보려고 한다.

최선을 다한다. 그것은 아키라와 카츠야의 통신이 연결되기 전과 하나도 달라지지 않았다. 하지만 하는 일은 유미나가 해맑게 웃음을 띨 정도로 크게 달라졌다.

◆

유미나에게 알파의 지시를 다 전한 아키라가 차에서 몬스터를 차례차례 사격해 해치운다. 유미나가 당부한 카츠야도 불만을 삼키듯 인상을 쓰면서 적 무리를 격파했다.

후방에서는 과합성 스네이크가 모래폭풍을 날리면서 다가오고 있다. 두 사람은 그쪽을 완전히 무시했다.

『알파. 유미나에게 전할 카운트다운을 부탁해.』

『알았어. 30부터 시작할게. 아직 시간이 있어.』

『알았어. 그나저나 조금 생각해 본 건데, 과합성 스네이크는 왜 저 주포를 공격하려는 거지? 저걸 또 맞기 싫으면 반대로 도망치면 되잖아?』

『글쎄. 몬스터의 사고방식은 나도 몰라. 특히 생물형은 말이야. 저건 많이 변이했으니까 일반적인 사고방식이 아닐지도 모르겠는걸.』

『끙. 화가 치솟아서 미쳐 날뛰는 것 같았는데, 틀렸나.』

『그럴지도 모르고, 아닐지도 몰라. 뭐, 이제는 해치울 테니까 신경 쓸 필요도 없어. 아키라. 슬슬 카운트다운을 시작할게.』

『알았어.』

아키라가 알파 대신 유미나에게 말로 전달한다.

"유미나! 카운트다운 시작한다!"

『30, 29, 28……..』

"30! 29! 28!……."

격렬한 총성에 묻히지 않게끔, 아키라는 큰 소리로 카운트다운을 시작했다.

◆

유미나는 아키라의 카운트다운을 들으면서 준비를 마치고 있었다.

이제는 주포의 제어 단말에 손만 대면 끝나는 상태로 두고, 장갑차의 뒷문을 뜯어내듯이 열고, 그 옆에 바이크를 둔다. 그리고 발사 명령 입력과 동시에 서둘러서 바이크에 타고 최대한 가속해서 이탈할 준비를 마쳤다.

그러나 그때 방해꾼이 나타난다. 열린 문 너머로 몬스터가 보였다. 장갑차 주변에 있는 몬스터는 아키라와 카츠야가 노릴 수 있지만, 바로 뒤에 있는 목표는 노릴 수 없다.

"아! 진짜!"

유미나는 서둘러서 차 밖으로 나가 로켓 런처를 겨눴다. 발사된 로켓탄이 몬스터를 산산조각 내서 날려버린다.

"6! 5! 4!……."

"아차?!"

유미나가 황급히 장갑차에 들어간다.

"3! 2!……."

그대로 서둘러서 제어 단말 앞으로 돌아갔다.

"1! 0!"

그리고 그 목소리와 동시에 주포의 발사 명령을 입력했다.

"아키라! 카츠야! 발사 준비가 시작됐어!"

유미나는 그렇게 소리치면서 장갑차 밖으로 나가 바이크에 올라타 힘차게 달렸다.

"주포 쪽엔 카운트다운 기능이 없어! 잘 피해!"

잘 풀리기를 기도하면서, 유미나는 큰 소리로 외치고 그 자리에서 이탈했다.

◆

아키라가 전방의 광경을 보고 인상을 조금 험악하게 쓴다. 주포의 포구에서 빛이 흘러나오고 있었다.

『무서운데……! 알파! 잘 피해 줘! 진짜 부탁할게!』

『물론이야. 맞았다간 아키라가 차와 함께 날아가니까.』

『그 이전에 주변 몬스터는 다 해치웠으니까 우리도 이제 이탈하면 되지 않겠어? 과합성 스네이크가 우리를 쫓아오는 건 아니잖아?』

근처 몬스터가 장갑차를 공격해서 주포의 조준이 틀어질 위험은 이미 사라졌다. 그렇다면 옆으로 크게 이동해 사선에서 벗어나기만 하면 될 일 아닌가. 아키라는 그렇게 생각했다.

하지만 알파가 조금 딱딱한 얼굴로 고개를 가로젓는다.

『아키라. 유감이지만 이제는 옆으로 피해도 늦을지도 몰라.』

『무슨 뜻이야?』

『저 레이저포의 확산 각도를 알 수 없어. 에너지가 흘러나오는 상태로 봐서는 최악에는 180도 가까이 퍼질 우려가 있어.』

『혹시 우리가 레이저포보다 앞쪽에 있을 때는 까딱하면 옆으로 500미터쯤 떨어져도 날아간다는 뜻으로 하는 말이야?』

『그런 뜻으로 하는 말이야.』

아키라도 이번에는 허둥대기 시작했다.

『잠깐만! 유미나는 왜 그런 설정으로 쏘려고 한 거야?!』

『몬스터에서 유래한 병기니까 제어에 실패했다거나, 혹은 공격으로 망가졌다거나. 적어도 본인의 의지는 아닐 거야. 그리고 평범한 범위로 발사될지도 몰라. 확률을 말하는 거야.』

『나는…… 운이 나쁜 편이라고 보는데…….』

『그러니까 아무리 운이 나빠도 절대로 안 맞는 장소, 레이저포의 후방으로 가는 거잖아?』

아키라는 초조함에 얼굴을 떨었다.

『알파! 더 서둘러!』

『충분히 제때 도착할 것 같지만, 알았어. 또 전력을 다할게.』

알파가 웃으며 또다시 탑승자의 부담을 무시하고 차를 가속시킨다. 아키라와 카츠야는 허둥지둥 차체를 붙잡았다.

아키라의 차가 후방의 과합성 스네이크를 떨쳐내고, 최고 속도로 대지를 달린다. 그리고 두 사람의 얼굴을 필사적인 형상으로 만들면서 장갑차의 옆을 지났다.

속도를 낮춘 차 위에서, 아키라가 조금 안도하면서 뒤를 본다. 그 시선이 닿는 주포의 포구 근처에서는 마치 주변의 빛을 빨아들여 모은 것 같은 광경이 펼쳐졌다.

그리고 너무나도 많은 에너지가 모여서 공간이 일그러진 착각마저 느끼는 포구에서 레이저포에 비축된 모든 에너지가, 장갑차에 실린 발전기의 치명적 손상을 대가로 낳은 힘이 빛의 홍수가 되어서 단숨에 방출되었다.

모든 것을 불사를 것만 같은 거대한 빛의 기둥이 과합성 스네이크와 코앞에서 명중한다. 그 순간, 일대가 빛에 삼켜지고 여파만으로 주위를 불사르는 폭발을 일으킨다. 폭풍이 주변 일대의 흙과 바위를 날리고, 대규모 연기가 피어올랐다.

"해치웠나?!"

아키라가 무심코 폭심지를 본다. 포격의 영향이 너무 커서 연기가 좀처럼 가시질 않는다.

그 연기는 속도를 낮춘 아키라의 차가 천천히 멈추고 먼저 도망친 유미나가 바이크로 돌아왔을 무렵에야 겨우 가라앉았다.

세 사람이 진지한 얼굴로 연기가 걷힌 폭심지를 보자 머리를 완전히 잃은 과합성 스네이크가 쓰러져 있었다. 몸통도 레이저 포에 꿰뚫려 부분적으로 소실했다.

20억 오럼짜리 현상수배급이 격파되면서 주력부대에서도 환성이 터져 나온다. 카츠야도 유미나와 얼싸안고 큰 기쁨을 공유했다.

아키라는 안도하는 한숨을 쉬고, 다음으로 피곤한 한숨을 쉬었다. 그 얼굴에는 웃음이 없다. 차에서 내리고 유미나와 함께 좋아하는 카츠야를 두고, 일이 다 끝났다는 듯이 차를 몰았다.

그러자 그것을 눈치챈 카츠야가 의아한 표정을 짓는다. 유미나도 황급히 아키라를 부르려고 한다.

"저기?! 아키라?!"

아키라는 그것을 무시하고 두 사람과 멀어졌다.

◆

과합성 스네이크가 쓰러진 다음, 주위에 남은 몬스터 무리는 금방 소탕되었다. 주력부대는 카츠야와 합류하고, 보조요원들은 조금 떨어진 곳에서 헌터 오피스 직원들이 도착할 때까지 주변을 경비하고 있다.

아키라는 혼자서 주위를 경계하고 있었다. 애초에 색적은 알파에게 다 맡겨서 엄밀하게는 운전석에서 축 늘어져 있을 뿐이다. 피로와 언짢음을 얼굴에 드러내고 한숨을 쉬고 있다.

"피곤해……."

『아키라. 그렇게 피곤하면 먼저 가는 게 어떠니? 아키라는 도란캄에 고용된 것도 아니니까 엘레나한테 가겠다고 하면 되잖아.』

알파가 그렇게 말해도 평소의 아키라라면 그건 좀 그렇다고 판단했을 것이다. 그러나 지금은 피로와 언짢음으로 의욕이 없는 상태여서 알파의 제안에 혹했다.

"그러게……."

엘레나와 통신을 연결하고 속마음을 반영한 목소리를 낸다.

"엘레나 씨. 죄송한데요. 저는 먼저 가도 될까요? 조금 지쳤어요."

그러나 대답은 들리지 않는다. 제멋대로 말해서 화났을까. 그렇게 생각할 여유조차 지금의 아키라에게는 없었다. 의아한 기색으로 엘레나를 부른다.

"엘레나 씨?"

"어…… 아, 응. 알았어. 그러면……."

평소와 다른 엘레나의 목소리에 이어서 일부러 평소처럼 밝게 말하려는 사라의 목소리가 들린다.

"아키라. 가는 건 상관없는데, 그 전에 잠깐 시간이 될까? 지금 그쪽으로 갈 테니까 조금 기다려."

"네……? 네. 알겠어요."

아키라는 조금 이상하게 여겼지만, 그걸로 끝이다. 통신을 끊고 두 사람을 기다렸다.

엘레나와 사라는 금방 왔다. 차에서 내린 두 사람을, 피곤하더라도 작별할 때만큼은 똑바로 인사하자는 마음에서 아키라도 차에서 내려 맞이한다.

"사라 씨. 무슨 일이죠?"

"응? 조금 말이지."

사라는 그렇게 말하고 방호복 앞쪽 지퍼를 내렸다. 나노머신 보급고를 겸하는 풍만한 가슴이 속옷과 함께 드러난다. 그리고 아키라가 예상을 벗어난 그 행동에 놀란 사이, 사라는 아키라를 끌어안고 얼굴을 가슴 계곡에 밀착시켰다.

"사, 사라 씨?!"

"워워워워, 착하지."

곤혹스러운 아키라에게, 사라는 평소처럼 밝은 목소리로, 하지만 조금 진지한 얼굴로, 달래듯이 말을 걸었다.

그리고 아키라의 눈치를 살피면서 상대가 놀라고 곤혹스럽긴 해도 자신을 거부하지 않는다는 사실에 안심하더니, 천천히 이야기하기 시작한다.

"대체 무슨 짓이냐고 생각할 테지만. 그리고 대답하자면, 여러모로 얼버무리려고 하는 거야."

그 말을 들은 아키라는 더욱 곤혹스러워하면서, 사라의 가슴 감촉에 살짝 혼란스러운 나머지 가만히 있었다.

"그리고 뭘 얼버무리려고 하는지 말하자면, 아키라는 카츠야를 도우러 갔지? 그 일 말인데, 그게 우리도 뒤늦게나마 여러모로 마음에 걸렸던 거야."

엘레나와 사라도 그것이 명확하게 보조요원이 할 일이 아니라고 인식했다. 그리고 아키라는 그 일을 완수했다. 그런 상황에서, 자신들이 아키라를 막지 않은 것을 고민하고 있었다.

"아키라를 막지 않은 이상, 우리는 그 지시를 용인했다고도 볼 수 있어. 하지만 아키라가 일을 잘 완수한 이상, 막지 않은 것이 옳았을지도 몰라. 아키라의 실력을 믿고 보냈다고 하면 좋게 들리겠지만, 위험한 일을 떠넘겼다고도 할 수 있어. 하지만 그 점을 사과하면 네 실력을 무시했다고 느껴서 오히려 기분이 상할지도 몰라. 하지만 사과하지 않으면 이렇게 위험한 일을 시켰다고 화낼지도 몰라."

사라가 머릿속 생각을 그대로 토해내듯이 말을 잇는다.

"아키라는 별말 없이 카츠야를 도우러 갔지만, 그건 우리가 막지 않아서 그런 걸지도 모르고, 우리가 막았다면 지원하러 가지 않았을지도 몰라. 지원하러 갈지 말지 우리에게 물어봤으면 아마도 말렸을 거야. 그걸 지금 말해도, 왜 지금 말하냐는 이야기가 되고, 안 말하면 역시 보낼 작정이었구나 싶을 테고……. 굉장했다고 칭찬해도, 고생시켜서 미안하다고 해도, 남은 사람들이 무슨 소리냐고 할지도 모르고……."

사라는 이런저런 말을 하다가 자신도 머릿속이 복잡해졌다. 그래서 억지로 이야기를 정리하려고 한다.

"아아, 이것저것 뒤죽박죽으로 말했는데, 우리 머릿속도 비슷하게 뒤죽박죽이거든? 뭘 어떻게 말해야 좋을지, 우리도 잘 몰라. 하지만 이것만큼은 말할게. 우리는 앞으로도 아키라와 친하게 지내고 싶어. 변명이 참 많다고 생각할지도 모르지만, 이것만큼은 진짜야. 아키라가 싫다면 어쩔 도리가 없지만."

"아, 아뇨. 그렇지는……."

사라에게 들은 말 중에는 아키라도 조금 동의하는 부분이 있었다. 하지만 그것도 다 자신과 좋은 관계를 유지하고 싶다는 마음에서 나온 말임을 알아서, 아키라는 기쁨이 더 컸다.

사라도 그것을 눈치채고 웃는다.

"그래. 고마워. 그래서 말인데, 사과하는 게 좋을까? 칭찬하는 게 좋을까?"

"아, 저기, 그건 제가 멋대로 한 일이니까 일일이 말하지 않아도……."

"둘 중 하나를 고른다면, 뭐가 좋아?"

"뭐, 그야, 둘 중 하나라면, 칭찬이 더……."

"굉장했어! 엄청나게 활약했네!"

"고, 고마워요……."

미묘하게 부끄러운 분위기 속에서, 사라가 이야기를 매듭지으려고 한다.

"그래서, 뭐, 다들 기분이 좀 그럴 테지만, 그건 그거고! 앞으로도 친하게 지내고 싶으니까 여러모로 얼버무려 봤어! 얼버무려졌을까?"

"네……. 그러니까 슬슬 놔주세요."

사라가 슬며시 놀리듯 웃는다.

"사양할 것 없는데."

"놔주세요."

아키라는 조금 뚱한 투로 대꾸했다. 그래서 사라의 가슴에서 해방되지만, 얼굴은 어쩐지 빨갛고, 조금 토라진 표정을 드러내고 있었다. 다만 그 얼굴에는 두 사람이 오기 전에 있었던 언짢음이 전혀 없었다.

조금 부끄럽지만, 분위기는 풀어졌다. 그러자 다음으로 엘레나가 입을 연다.

"그러면 아키라. 다음은 얼버무릴 수 없는 이야기를 하자."

"뭐죠?"

"아키라의 보수 이야기야. 솔직히 묻겠는데, 아키라는 얼마를 원해?"

"그렇게 말해도, 저는 시세를 모르니까요. 그 부분은 예전에도 말했지만, 엘레나 씨의 판단에 맡길게요."

"그렇게 하면 말이지? 우리의 팀 보수를 전부 아키라에게 줘도 모자라. 그 부분을 어떻게 할지 이야기하는 거야."

다시 곤혹스러운 눈치를 보이는 아키라에게, 엘레나가 사정을 설명한다.

엘레나는 보조요원으로서 몬스터 무리를 해치우는 정도의 일을 상정했다. 편한 일이고, 내용을 생각하면 보수도 좋다. 아키라를 부르고도 충분한 보수를 지급할 예정이었다.

그러나 아키라는 그 상정을 훨씬 뛰어넘은 활약을 보였다.

주력부대에서 사망자가 발생하는 바람에 보수가 줄어드는 영향도 있지만, 그것을 무시해도 활약에 걸맞은 보수가 될 수 없다. 게다가 도란캄에서도 보조요원의 활약을 바라지 않는다. 그 탓에 아무리 활약해도 보수가 늘어나지 않도록 계약했다.

엘레나가 팀 전체의 보수를 아키라에게 분배해도 그 활약에 걸맞은 금액이 되지 않는다.

그리고 3인 팀으로 도란캄에 고용되었다면 엘레나도 아키라에게 미안하지만, 그런 계약이니까 어쩔 수 없다고 변명할 수 있었다.

하지만 아키라는 엘레나와 사라가 고용했다. 즉, 그만한 보수를 지급할 책임은 두 사람에게 있다. 같은 헌터로서, 그리고 친구로서, 정당한 보수를 줄 필요가 있었다.

그러나 없는 돈을 줄 수는 없다. 그것을 포함해서 어떻게 하면 좋을지, 엘레나와 사라는 아키라와 상의해야만 한다.

무슨 이야기인지 이해한 아키라가 슬쩍 웃고 대답한다.

"그런 거라면 저는 전체 보수의 3분의 1만 받아도……."

하지만 그 말을 들은 엘레나는 조금 화내는 듯이 진지한 태도로 반박했다.

"안 돼. 우리가 아키라를 고용한 이상, 꼭 줄 거야. 그러니까 아키라도 꼭 받으렴."

"아, 네. 하지만 줄 돈이 없는 거죠? 어쩌려고요? 이렇게 말하긴 그렇지만 결국 제가 멋대로 한 일이고, 그래서 부족한 보수를 엘레나 씨네가 대신 짊어지면 저도 가슴이 아프니까 그러지 않았으면 좋겠는데요……."

"아무튼 도란캄에 보수 인상을 협상해 볼 거야. 아무리 사전에 그렇게 계약했더라도 아키라의 활약을 보면 협상할 여지가 있을 것 같아. 다만 협상이 길어질 테니까 보수를 줄 때까지 시간이 걸려. 미안하지만, 그 점은 이해해 줄 수 있겠니?"

"네. 괜찮아요. 당장 쓸 돈은 있어서요."

"고마워. 그리고……."

엘레나가 웃으며 감사를 표한 다음, 조금 고민스러운 표정을 짓는다.

"협상해 본다고는 말했지만…… 잘 풀릴지 어떨지는 미묘해. 계약은 그만큼 중요하니까 도란캄에서 거부하고 나서면 힘들단 말이지."

엘레나는 협상 담당으로 계약의 중요성을 이해하는 만큼 골머리를 앓았다. 그 낌새를 보고, 아키라가 문득 떠올린 것을 말한다.

"그거라면 유미나나 카츠야에게 말해 보세요. 우리한테 진 빚을 갚으라는 식으로 말해 뒀으니까요."

아키라가 협상에 의견을 내놓은 것을 엘레나는 의아하게 여겼지만, 그것은 일단 무시하고 흥미진진한 표정을 짓는다.

"현상수배급 토벌부대의 대장이, 걔들이 보수를 더 주라고 도란캄에 말해 주면 조금은 괜찮아질지도 몰라요. 뭐, 빚을 갚겠다는 말이 진심이라면 말이죠."

"알았어. 두 사람하고 이야기해 볼게. 기대하고 있으라고 말할 수 없는 게 안타깝지만, 최선을 다해 볼게."

엘레나도 그것으로 이야기를 매듭지었다.

"그러면 아키라도 피곤할 테니까, 여기서 하는 이야기는 이쯤에서 끝내자. 아키라, 나는 리더니까 여기 남아야 하지만. 정말 힘들다면 사라에게 배웅해 달라고 할 텐데. 어쩔래?"

"아뇨. 괜찮아요."

"그래? 그러면 아키라, 오늘은 고생했어. 다음에 또 보자."

차로 돌아간 아키라가 운전석에서 고개를 꾸벅인다. 엘레나와 사라는 손을 슬쩍 흔들어 아키라를 배웅했다.

현상수배급 토벌부대에서 조금 멀어졌을 무렵, 아키라가 기지개를 쭉 켰다.

"알파. 운전을 부탁해. 기왕이면 몬스터와 안 마주치게."

알파는 조수석에서 평소처럼 웃음을 띠고 있었다.

『알았어. 그건 그렇고, 기분이 참 좋아 보이네.』

"그래? 무진장 지쳤으니까, 기분 좋게 피곤한 느낌은 전혀 아닌데."

『그렇다면 사라의 가슴을 즐긴 여운이 아직 남은 걸까?』

아키라는 무심코 기침했다. 그리고 알파를 보자 놀리듯이 즐겁게 웃는 것이 보였다.

『색, 질감, 모양이라면 내가 더 좋은데, 역시 실체가 없으면 안 되니?』

"잘래. 무슨 일이 생기면 깨워."

좋은 대답이 떠오르지 않은 아키라는 잠들어서 전부 얼버무리기로 했다. 눈을 감고 피로를 받아들이자 곧바로 잠기운이 몰려든다. 그것을 저항하지 않고 맞이하자 순식간에 잠들었다.

알파는 그 모습을 진지하게 보고 있었다. 그 정도의 불만을, 불쾌함을, 강한 혐오감을 드러낸 것이 고작 그런 일로 사라진 것에 흥미를 드러내고 있었다.

◆

아키라와 헤어진 뒤에도 엘레나와 사라는 보조요원으로서 주변을 경계하고 있었다. 그러나 주변 몬스터를 다 해치워서 한가한 관계로, 생각할 시간은 충분히 있었다.

그리고 엘레나가 입을 연다.

"있잖아, 사라. 조금 물어보고 싶은데, 왜 아키라한테 그런 짓을 했어?"

"응? 그거? 잠깐 확인하려고. 아키라도 그런 데 흥미가 없는 눈치가 아니니까, 시험 삼아서. 그랬는데 건드리지 마! 같은 느낌으로 쳐냈으면 관계 개선은 어렵겠지. 그 판단을 확인하는 느낌으로 그런 거야."

"아하, 그랬구나."

"뭐, 괜히 걱정한 거라서 다행이야."

"우리는 평범하게 싸워서 사라의 가슴도 작아지지 않았고, 효과는 좋았을까?"

그렇게 말하고 서로 장난치듯 살짝 웃고, 일단은 아키라와의 관계가 파국을 맞이하지 않을 것을 기뻐했다.

그리고 엘레나가 조금 진지한 표정을 짓는다.

"하나 더 묻겠는데. 사라, 왜 그때 아키라를 말리지 않았어? 내가 말리지 않아서?"

사라는 대답하는 데 시간이 걸렸다. 그리고 대답을 듣기 전에 엘레나가 덧붙인다.

"만약 그런 이유라면, 내 판단을 그만큼 믿어서 무척 기쁘지만, 다음에는 말려."

사라가 자백하는 듯한 태도를 슬쩍 드러내고 가볍게 한숨을 쉰다.

"아니야……. 변명 같겠지만, 그런 생각을 못 했어."

그러자 엘레나도 비슷하게 한숨을 쉬었다.

"사라도 나랑 똑같았구나."

"엘레나도 그랬어?"

"그래. 지금 그때 상황을 떠올려서 나라면 어떻게 했을지 생각하면, 일단 아키라를 말렸을 테고, 카츠야의 지시에 불평했을 테고, 최소한 아키라에게 정말로 갈 거냐고 확인하는 정도는 했을 거야."

엘레나가 조금 심각한 표정을 짓는다.

"그런데 그때는 그 생각을 못 했어. 그러면 된다는 생각조차 못 했어. 내가 생각해도 이상할 정도야."

고민하는 엘레나와 함께 사라도 조금 생각해 봤다. 그리고 문득 떠오른 사실을 말한다.

"그렇다면 우리 모두가 카츠야의 기백에 먹힌 걸까? 그거, 뭔가 굉장했으니까."

책임은 자기가 질 테니까 지휘에 따라라. 카츠야가 부대 전체
에 그렇게 외친 통신을, 엘레나와 사라도 들었다. 그 통신이 있
고 나서 부대 전체의 통솔이 눈에 띄게 개선된 것은 엘레나도
눈치챘다.

자신감이 담긴 힘찬 말에는 사람들을 끌어들이고 따르게 하는
힘이 있다. 그렇게 말할 수 있는 사람이 이끄는 집단은 오합지
졸과는 비교도 안 되는 힘을 발휘한다.

기본적으로는 좋은 일이다. 하지만 그 사람의 말이, 지시가,
의지가, 항상 올바를 수는 없다.

카츠야의 패기에 굴복하고, 그 탓에 잘못 판단했다면 자신들
이 그만큼 미숙한 증거다. 그렇게 생각한 엘레나가 자책하듯 말
한다.

"그렇다면 우리도 아직 멀었구나."

"뭐, 그렇다고 하면 깨달은 것만으로도 다행이라고 치고 더
노력하자."

"그래. 그럴까."

후회해도 사태는 좋아지지 않는다. 엘레나와 사라는 일부러
활기차게 웃고, 다음에는 실수하지 않겠다고 긍정적으로 생각
했다.

그때 주력부대 쪽에서 차량이 왔다. 탑승자는 카츠야 일행이
었다.

◆

　카츠야와 함께 지휘차량으로 돌아온 유미나는 과합성 스네이크 토벌 성공의 뒤처리를 한 뒤, 아키라에게 다시 고마움을 전하고자 아키라의 차를 찾았다.

　도란캄에서 직접 고용한 보조요원들의 차량 위치는 지휘차량에서 알 수 있다. 하지만 간접적으로 고용된 인원의 위치는 알 수 없다. 공식적으로는 없는 사람이라서 기록에 남기지 못하기 때문이다.

　그래서 엘레나 일행에게 물어보려고 카츠야와 아이리를 데리고 두 사람이 있는 곳으로 갔다. 하지만 두 사람에게 이야기를 듣고 유미나는 조금 놀랐다.

　"네? 벌써 갔어요?"

　과합성 스네이크의 토벌전이 끝나면 회복약을 돌려주기로 이야기한 것도 있어서 아키라가 남았을 줄 알았던 만큼 놀라움도 컸다.

　카츠야가 다른 의미로 괴이쩍은 표정을 짓는다.

　"그 녀석……. 그야 과합성 스네이크는 해치웠지만, 아직 일은 안 끝났는데……."

　소박한 의문과 작은 불만. 카츠야로서는 고작 그 정도다. 하지만 엘레나가 조금 진지하게 말한다.

　"아키라를 고용한 사람은 우리야. 너무 지친 것 같아서 먼저 보내자고 판단한 것도 나고. 불만이 있으면 나한테 말해."

"아, 그게, 딱히 불만은 없습니다."

"그래?"

카츠야는 두 사람의 태도가 이상하게 차갑게 느껴져서 조금 당혹스러웠다. 엘레나와 사라는 단순히 카츠야의 패기에 다시 영향을 받지 않도록 주의한 것이다. 그러나 카츠야에게는 그렇게 느껴졌다.

유미나도 비슷하게 느껴서 조금 거북했지만, 먼저 고개를 숙인다.

"엘레나 씨. 사라 씨. 오늘은 감사합니다. 아키라한테도 고맙다고 말하고 싶으니까 연결해 주실 수 없을까요?"

유미나는 아키라에게 직접 연락할 수단이 없다. 그래서 엘레나에게 중계를 요청한 것인데, 반응은 영 시원치가 않다.

엘레나가 사라와 눈을 맞춘 다음에 대답한다.

"아키라도 피곤할 테니까, 그건 나중에 하자."

"아…… 네. 알겠습니다."

"이야기는 다 끝났니?"

"저기, 네. 다 했어요."

조금 어색한 분위기를 감지한 유미나는 이야기를 마치려고 했다. 하지만 엘레나가 추가로 말한다.

"그렇다면 카츠야한테 조금 물어보고 싶은데, 괜찮니?"

"뭐죠?"

"그때 왜 아키라를 불렀어?"

왠지 모르게 질타하는 느낌에, 카츠야가 조금 주춤거린다.

"저기…… 뭔가 문제가 있을까요? 그야 그 녀석은 보조요원 이지만, 그래도 부대의 참가자니까……."

엘레나가 고개를 가로젓는다.

"아니야. 좋고 나쁘고, 지시 내용의 타당성, 지휘계통 운운을 물어보는 게 아니야. 왜 아키라에게 돕게 했는지, 그 이유를 간 단하게 묻는 거야. 왜 그랬니?"

카츠야가 어떻게 대답하면 좋을지 몰라서 난처해한다. 하지 만 두 사람의 태도에서 말하지 않을 수는 없음을 느끼고 정말로 간단하게 이유를 대답한다.

"그 녀석이 강하니까요."

"그래……."

그 짧은 대답에서 두 사람의 속마음을 파악할 방법은 카츠야 도, 유미나도 없었다. 어떻게 반응하면 좋을지 난처해할 때, 엘 레나가 얼굴에 협상용 웃음을 드러낸다.

"다른 이야기를 할게. 너희는 아키라와 우리에게 진 빚을 갚 겠다고 했지? 아키라한테 그렇게 들었는데, 진짜야?"

유미나와 카츠야가 서로 쳐다본다. 요노즈카역 유적에서, 아 키라의 차에서, 두 사람은 정말로 그렇게 말해서 덩달아 고개를 끄덕였다.

"그래. 그렇다면 갑자기 미안하지만, 지금 갚을 수 있을까? 사실은 보수와 관련해서 도란캄과 재협상하고 싶어. 미즈하 씨 한테 연락해서 같이 설득해 주지 않겠니?"

엘레나와 사라가 웃으며 가만히 쳐다보자, 유미나와 카츠야는 싫다고도, 무리라고도, 어렵다고도 말하지 못한 채 고개를 끄덕일 수밖에 없다.

◆

현장에 도착한 헌터 오피스 직원들이 과합성 스네이크의 사체와 갑각을 조사한다.

"그나저나 엄청나게 크군. 몸통이 얼마나 굵은 거야. 이런 걸 잘도 해치웠군."

"갑각? 뱀이면 허물이잖아? 왜 갑각이 있어?"

"뱀처럼 생긴 몬스터에 불과하니까. 일반적인 뱀과는 다른가 보지."

"남은 몸통 부분에 큼직한 구멍이 있던데. 그것도?"

"구멍? 레이저포에 탄 거 아니야?"

"아니, 달라. 내부에서 몸통을 따라서 구멍이 이어지는 느낌이야. 위장하고는 다르고, 이게 뭐지? 마치 가늘고 긴 무언가가 안에 있다가 나간 느낌인데."

"포식한 것을 재구축하는 몬스터의 일종이니까, 그렇게 영문도 모를 기관이 있는 것처럼 변이한 거 아닐까? 뭐, 자세한 조사는 이걸 연구소에 보낸 다음에 거기 연구원들이 하겠지."

"그러네."

직원들은 그쯤에서 고찰을 그만두고 자기 일을 계속했다.

과합성 스네이크가 토벌된 다음 날, 도란캄은 거점에서 과합성 스네이크 토벌 성공을 축하하는 파티를 열었다.

　　축하 파티는 입식 파티 형식으로 치러졌다. 준비 시점에서 참석자가 얼마나 있을지 모르기 때문이다. 그래도 모두가 참석하는 것을 상정해서 준비하므로, 요리는 충분한 양을 마련했다.

　　축하 파티는 미즈하를 비롯한 사무 파벌 간부의 간단한 인사로 시작되었다. 그 뒤에는 각자 자유롭게 먹거나 이야기했다.

　　카츠야도 동료들과 함께 참석했다. 다쳐서 움직이지 못하는 인원을 제외한 모두가 참석했지만, 그래도 조금 적다. 죽은 사람은 참석할 수 없기 때문이다.

　　승리의 기쁨으로 슬픔을 얼버무리는 데도 한계가 있다. 유미나는 카츠야가 또 침울하지 않을까 불안했지만, 카츠야는 고개를 들고 멀쩡하게 요리를 먹고 있었다.

　　"유미나. 안 먹어? 이거, 맛있어."

　　"아, 응."

　　유미나는 안심하고 웃더니 카츠야와 함께 요리를 먹기 시작했다. 그것을 본 카츠야가 웃는다.

　　"괜찮아. 희생자가 생긴 건 슬프지만 더는 침울해하지 않아. 자꾸 고개를 숙이면 죽은 동료들이 화낼 테니까. 잘 먹고, 웃고, 기운찬 모습을 보여줘서 안심시킬 거야."

　　마모된 것도 아니고, 체념한 것도 아니고, 동료의 죽음을 슬퍼하고, 그러면서도 받아들여서 웃고 있다. 유미나는 그 점을 눈치채고 웃었다.

"응……. 그게 좋을 거야."

"그리고 뭐, 시작하기 전 연설에서 누가 그랬더라? 희생은 있었지만 승리했으니까 축하해야 한다고 말이야. 안 그러면 보답받지 못한다고. 이렇게 말하긴 좀 그렇지만, 릴리는 나랑 다를 게 없어."

"카츠야랑?"

"그래. 모두를 위해 애쓰고, 무모하게 굴고, 결과적으로 죽었을 뿐이지. 한 일은 나랑 똑같았어. 아마도……."

유미나가 슬쩍 타이르듯 미소를 짓는다.

"그렇게 생각하면 아무도 죽지 않게 다음에는 똑바로 지휘해. 모두가 카츠야와 같다면, 카츠야도 죽기는 싫잖아?"

"당연하지."

카츠야가 웃으며 대답해서 유미나도 안도했다. 죽는 한이 있더라도 구하겠다고 말하지 않은 만큼 카츠야도 성장했다며 웃었다.

그 카츠야의 마음에, 셰릴에게 배운 것이 떠오른다.

팀 모두를 자기 자신이라고 생각하고 최선을 다한다. 지시에 따르고 통솔된 행동을 취한다. 동료를 절대로 버리지 않고 궁지에서 살아 돌아오는 엄청나게 대단한 헌터가 된다.

동료를 위해서라도 그렇게 하자고, 그렇게 되자고, 카츠야는 결심했다.

그 하나하나라면 모를까, 전부 섞으면 모순이 생기는 목표를,
그 모순을 포함해서 실행하려고 했다.

제101화 비웃음

과합성 스네이크가 토벌되고 10일 뒤, 아키라는 미발견 유적 탐색을 재개하고 황야로 나섰다.

알파가 조수석에서 조금 걱정스러운 기색으로 말을 건다.

『아키라. 마지막 현상수배급이 토벌될 때까지 기다리지 않아도 정말 괜찮겠니?』

마지막 현상수배급인 빅워커가 아직 토벌되지 않았는데도 미발견 유적 탐색을 재개한 것은 아키라도 나름대로 생각한 것이 있어서 그렇다.

거대한 기계형 몬스터인 빅워커의 현상금은, 마침내 30억 오럼까지 올라갔다.

이토록 현상금이 오르면 하나의 분기점이 된다. 현상금을 건 수송업자들이 쿠가마야마 시티를 거점으로 삼은 헌터들을 포기하고 더 동쪽에서 활동하는 고랭크 헌터 팀을 자체적으로 부르거나, 도시 방위대 출격을 요청하기 시작한다.

그렇게 되면 현지 헌터들도 달갑지 않다. 자존심과 향후 활동에도 영향을 미친다. 그리하여 여러 헌터 조직이 경쟁자라는 울타리를 넘어서 협력하고, 대규모 부대를 편제해 토벌에 나서게 되었다.

그 토벌 작전이 오늘 치러진다는 것을 안 아키라는 일부러 같은 날에 미발견 유적 탐색을 재개하기로 했다.

대규모 전투는 몬스터도 끌어들인다. 그리고 평소 황야를 어슬렁거리는 몬스터도 전투 지역으로 몰려가 다른 장소의 숫자가 줄어든다. 따라서 전투 지역과 떨어진 곳에서 탐색하면 평상시보다 안전하게 유적을 찾아볼 수 있다.

나아가 유적을 조금 요란한 방법으로 발견해도 다른 헌터들의 의식은 현상수배급과의 전투에 쏠려서 눈에 잘 띄지 않는다. 아키라는 그렇게 생각했다.

"괜찮겠지. 알파가 꼭 그만두라고 하면 그만두겠지만, 그 정도는 아니잖아?"

『그래. 하지만 긴장을 풀지 마. 알았지?』

알파도 목적을 위해서는 자신의 지시 없이도 어느 정도 움직일 수 있는 것이 좋으므로, 아키라의 자주성을 촉진하기 위해서라도 강하게 반대하지 않고 가볍게 주의하는 선에서 그쳤다.

"알았대도."

웃는 얼굴로 당부하는 알파에게, 아키라는 기분 좋게 웃고 대답했다.

미발견 유적 탐색은 일단 순조롭게 진행 중이었다. 유적은 못 찾았지만, 몬스터와 맞닥뜨리는 일도 전혀 없이 조사 범위를 확실하게 넓힐 수 있었다.

"예상대로 되긴 했지만, 이토록 몬스터와 안 마주치면 조금 한가하네."

현지에 도착해서 리온즈테일 사의 단말이 설치된 곳을 나타내는 화살표가 아무것도 없는 공중을 가리키거나 하면 아키라도 그곳을 힐끗 보고 곧장 다음 장소로 이동한다. 그런 일이 계속되고 있다 보니 실제로 한가했다.

『황야를 이동하는 중에 한가한 건 좋은 일이야. 그걸 허전하게 느끼면 긴장이 풀린 증거야. 정신 똑바로 차려.』

"알았어. 미안해."

아키라가 그렇게 말했을 때, 차의 색적 장치에 몬스터 반응이 나타났다. 차량 전방, 꽤 멀리 떨어진 위치에 흙먼지가 일어나고 있다.

알파가 그것 보라는 듯이 한숨을 쉰다.

『거봐. 아키라가 그런 소리를 하니까 이렇게 되잖아.』

"내 탓이야?"

아키라는 쓴웃음을 짓고 반응이 있는 위치에서 멀어지고자 진로를 크게 바꿨다.

그대로 한동안 이동하지만, 몬스터의 반응이 사라지지 않는다. 오히려 조금씩 가까워지고 있다. 진로를 틀고, U턴하고, 속도를 조금 더 올려도 변함이 없다.

아키라가 귀찮아하는 표정을 짓는다.

"아, 이거. 포착됐네. 하는 수 없지. 알파, 해치울까?"

이 시점에서 아키라는 아직 상황을 낙관적으로 보고 있었다. 하지만 알파가 조금 딱딱한 표정을 짓는다.

『아키라. 운전 바꿀게.』

차가 급가속하고, 거친 운전으로 몬스터를 떼어놓으려고 한다. 관성으로 좌석에 밀착한 아키라가 조금 괴로운 기색으로 얼굴을 찡그린다.

"알파?! 갑자기 무슨 일이야?!"

알파는 아키라의 비난을 무시하고 차의 속도를 더욱 높였다. 승차감을 무시한 주행으로 황야를 질주한다.

그런데도 몬스터를 떼어놓지 못했다. 나아가 몬스터가 접근하면서 색적 장치에서 얻는 정보가 더 정밀해지고, 상대의 반응을 나타내는 도형이 대략적인 위치를 알리는 원형에서 더욱 구체적인 형상과 위치를 알리는 빨간 선으로 바뀐다.

뿌리칠 수 없다고 판단한 알파가 차의 속도를 낮춘다.

『틀렸어. 따라잡힐 거야. 아키라, 해치우자. 준비해 둬. 그리고 상대를 봐도 침착하게 있어.』

아키라가 불길함을 느끼면서 후방을 본다. 그리고 얼굴을 떨었다. 낯익은 몬스터가 눈에 들어왔다.

"잠깐만……. 저건 해치웠잖아?!"

그곳에는 땅을 기는 거대한 뱀, 과합성 스네이크가 있었다.

허둥대는 아키라를, 알파가 일부러 평소와 똑같은 말투로 타이른다.

『진정해. 전에 해치운 것과는 달라. 크기가 전혀 다르잖아?』

아키라는 평소와 다를 바 없는 알파의 목소리를 듣고 침착함을 되찾더니, 과합성 스네이크를 다시 관찰한 다음에는 괴이쩍은 표정을 짓는다.

뱀은 아키라와 차를 통째로 집어삼킬 만큼 크다. 그러나 고층 빌딩이 땅을 기는 듯한 예전의 거대함과 비교하면 너무나도 작다. 원근감이 이상해질 거대한 몸이 인상에 남은 바람에 착각했지만, 침착하게 보니 달랐다.

"설마 과합성 스네이크의 새끼인가?"

탱크란튤라도 자신과 비슷한 새끼 거미를 낳던 것에서, 아키라는 그렇게 예상했다. 하지만 알파는 고개를 가로젓는다.

『아니야. 아마도 본체일 거야.』

"본체? 크기가 전혀 다르고, 본체는 해치웠잖아?"

『그게 아니야. 아키라가 해치운 건 과합성 스네이크 본체가 아니라, 미끼 부분이었던 거야.』

놀라는 아키라에게, 알파가 추측임을 미리 밝히고 설명해 나간다.

과합성 스네이크는 거대한 외장 속에 본체를 감춘 몬스터였다. 인간이 인간형 병기에 탑승하듯이 안에서 바깥 부분을 조종한 것이다.

그리고 카츠야의 부대가 준비한 레이저포를 맞고 승산이 없다고 판단해서 바깥 부분을 버리고 도망친 것이다.

『그때 과합성 스네이크가 자기에게도 피해를 주는 행동을 보이거나 도망치지 않고 레이저포를 향한 것도 본체를 도망치게 하는 미끼 역할이었을 거야. 아마도 그 거대 갑각을 뚫고 나왔을 때 본체는 땅속으로 파고들어서 아래로 도망친 거겠지.』

아키라는 그 설명을 듣고 쿠즈스하라 시가지 유적에서 대형 중장강화복에 습격당했을 때를 떠올렸다. 탑승자가 이탈해서 무인기가 된 기체가 자신을 끝까지 쫓아오는 광경이다.

그리고 문득 생각한다.

"알파. 그렇다면 안에 있는 본체가 사실은 꽤 약할 가능성도 있어?"

『있어.』

"좋아!"

아키라가 차 뒤쪽으로 이동해서 총좌에서 CWH 대물돌격총을 뗀다. 그냥 운전하는 상태라면 그대로 쏘면 되지만, 거친 운전으로 심하게 흔들리는 상태라면 알파의 서포트도 포함해 직접 손에 드는 것이 좋다.

그리고 과합성 스네이크를 향해 겨누고, 잘 조준해서 방아쇠를 당겼다. 강력한 전용탄이 후방에 있는 표적에 정확하게 명중하고, 상대의 비늘과 함께 안쪽의 살점까지 날려버린다.

그러나 아키라는 미묘한 표정을 지었다. 통하긴 했다. 하지만 약하다. 미끼 역할로 상대의 주의를 끌면 되었던 지난번과는 다르게 해치우려고 공격한 것이다. 그런데도 위력이 부족하다.

"별로 안 통하는데. 알파, 어쩔까?

『더 가까이 다가가서, 아니, 저걸 완전히 해치우려면 바짝 붙어서 쏠 수밖에 없어. 어차피 도망칠 수 없으니까 이쪽에서 적극적으로 해치우자. 아키라, 각오는 됐니?』

아키라는 근거리 전투에 대비해서 DVTS 미니건도 총좌에서 빼고 CWH 대물돌격총과 함께 두 손에 들었다. 그리고 도발하듯 웃는 알파에게 당당하게 웃으며 대답한다.

"그래. 각오는 내 담당이니까."

『좋아. 가자!』

과합성 스네이크를 피해서 도망치던 차가 차체를 힘차게 돌려서 진로를 정반대로 바꾼다. 그리고 급가속하고, 상대와의 거리를 단숨에 좁히기 시작했다.

가속하는 차와 차만큼 빠른 거대한 뱀이 순식간에 거리를 좁힌다. 심하게 흔들리는 차체에서, 아키라는 상대의 머리를 노리고 두 손에 든 총을 쏘기 시작했다.

거리가 줄어들수록 명중했을 때의 위력이 커진다. 무수한 총탄이 거대한 뱀의 비늘을 우그러뜨리고, 깨부수고, 관통한다. 비늘 안쪽에서 살이 파이고 터져서 부서진 비늘과 함께 살점이 황야에 흩날린다.

그래도 과합성 스네이크는 움츠러들지 않는다. 뱀 같지 않게 이빨이 빼곡하게 난 아가리를 쩍 벌리고, 총탄에 맞아서 피를 흩뿌리면서 아키라의 눈앞까지 육박한다.

그 흉악한 모습을, 아키라는 체감 시간을 조작해 천천히 흐르는 시간 속에서 이를 악물고, 계속 사격하면서, 눈을 감지 않고 똑똑히 보고 있었다.

그리고 거대한 뱀과 격돌하기 직전, 커다란 몸뚱이의 끝에 달린 얼굴이 차 옆을 스쳐 지나간다. 머리에 몸통으로 이어지는 비늘의 벽이 손을 뻗으면 닿을 거리에서 옆으로 빠르게 흘러간다.

알파는 과합성 스네이크가 만든 작은 빈틈을, 차와 함께 아키라를 삼키려고 하는 예비 동작을 간파하고 신들린 운전 기술로 허를 찔렀다. 사륜 타이어를 제각기 따로따로 조작해서 차체를 옆으로 미끄러뜨리듯 이동시킨 것이다.

아키라의 차가 거대한 뱀의 몸통 옆을 미끄러지듯 이동하는 가운데, 아키라가 눈앞에 있는 비늘의 벽을 향해 두 손에 든 총을 난사한다. 쏘면 맞는다. 닥치는 대로 쏜다.

CWH 대물돌격총의 전용탄이 비늘의 벽에 명중하고, 그 지점을 날려버리면서 몸통의 표면을 충격으로 파도치게 한다. 확장 탄창에서 공급되는 대량의 탄환이 DVTS 미니건에서 최고 속도로 설정된 연사 속도에 따라 사출되고, 차가 이동하는 것에 맞춰서 거대한 뱀의 몸통에 피탄의 흔적을 가로로 남긴다.

이동하려고 크게 비틀리는 거대한 몸통의 움직임에 맞춰 차도 크게 지그재그로 움직인다. 그래도 알파의 경이적인 운전 기술로 상대와 일정 거리를 유지하고 있었다.

조금 다가가면 발차기가 닿을 정도로 가까운 거리에서 사출되는 대량의 탄환이 과합성 스네이크의 몸통을 깎고, 찢어낸다.

살점과 함께 금속 부위, 기계 부품처럼 생긴 물건도 같이 날아간다. 그것들은 과합성 스네이크가 포식한 기계형 몬스터와 헌터 차량 등의 말로다. 개중에는 원형을 남긴 탄창도 섞여 있었다.

그리고 아키라는 그대로 과합성 스네이크의 몸집을 줄이면서 꼬리 위치에 도달하고, 지나쳤다. 차가 작게 포물선을 그리며 회전하고, 진로를 다시 반대로 틀었다가 잠시 멈춘다.

CWH 대물돌격총과 DVTS 미니건에서 탄창이 떨어진다. 양쪽 모두 텅 비었다.

아키라가 새로운 탄창을 장착하면서 과합성 스네이크의 낌새를 살핀다. 거대한 뱀은 상처를 입으면서도 움직임을 멈추지 않고 아키라가 있는 곳으로 방향을 돌리려고 했다.

아키라가 놀라움보다 황당함을 드러낸다.

"이만큼 쐈는데도 안 죽어? 현상수배급이 될 만하네. 아니지, 저건 이미 현상수배급이 아닌가?"

『글쎄. 아무튼 현상수배급 지정을 받아도 이상하지 않을 만큼 강하다는 사실은 변함없어.』

"그런 녀석과 혼자 싸워야 한다니, 내 운은 대체 어떻게 되어 먹은 거야⋯⋯. 알파. 일단 물어보겠는데, 이길 수 있지?"

『당연하지. 내 서포트가 있으면 말이지?』

샘솟는 불안을, 아키라는 자신만만하게 웃는 알파를 보고 전부 지웠다. 웃으며 다시 기운을 북돋운다.

"그렇군⋯⋯. 그러면 해 보실까!"

동시에 차도 다시 앞으로 가속한다. 다시 한번 똑같은 과정을 거치기 위해서, 과합성 스네이크와 거리를 좁혀 나간다.

굳이 나를 노리지 않고 다른 녀석을 습격하면 안 될까. 일일이 쫓아오지 않아도 되지 않을까. 이토록 다쳤는데 도망쳐 주지 않을까. 아키라는 여러 가지를 바라고 있었다.

그 소원은 지금까지 이루어지지 않았다. 아마 앞으로도 이루어지지 않는다. 바라기만 해서는 이루어지지 않는다. 아키라도 그것은 어렴풋이 알고 있었다.

그래도 부탁하면 어떻게든 해 줄 것처럼 든든한 존재가 곁에 있다. 그런 마음이 아키라에게 있었다. 아키라가 부탁하고, 알파는 부응해 줬다.

지금은. 지금까지는.

그 말을 떠올리지 못할 정도로 아키라는 무의식중에 알파를 의지했다. 신뢰와 의존의 경계가 흐릿해질 정도로.

다시 과합성 스네이크를 쏜다. 상대의 눈앞까지 다가가 머리를 총으로 쏘고, 적의 공격을 아슬아슬하게 피하고, 계속해서 몸통을 쏜다. 매우 뛰어난 알파의 운전 덕분에 안전하게, 그것을 믿고 의기양양하게, 일방적일 정도로 공격해 나간다.

그것이 아키라에게 아주 작은 교만을 낳았다.

카츠야 일행과 함께 싸웠을 때도 비슷한 전투를 경험했고, 더군다나 그때의 과합성 스네이크는 고층 빌딩처럼 거대했다.

지금의 상대는 그때보다 훨씬 작다. 나아가 가까운 거리에서 연사를 온몸에 맞은 상대는 움직임이 조금씩 굼떠지고 있다.

확실히 강하지만, 이대로 가면 무난하게 승리하리라. 아키라가 무의식중에 그렇게 여긴다. 실제로 옳은 생각이지만, 여유와 방심의 경계에서 아주 작게나마 방심 쪽에 기울어 있었다.

그리고 아키라가 과합성 스네이크와 다시 엇갈리려는 순간, 불행이 생겼다.

그때 차 아래에는 사격으로 과합성 스네이크의 몸에서 떨어진 살점 등이 널렸는데, 개중에는 포식한 차량의 화물도 섞여 있었다.

그 차량에는 수류탄 같은 폭발물도 실려 있었다. 그리고 먹힌 뒤에 완전히 분해되지 않고, 그대로 과합성 스네이크의 몸을 구성하는 요소로 흡수되었다.

그것이 타이어에 밟힌 충격으로 폭발했다. 물론 위력은 매우 약하고, 타이어에 상처 하나 내지 못할 정도로 소규모였다.

하지만 알파의 정밀한 운전 기술을 망치기엔 충분했다. 그리고 그것은 과합성 스네이크의 공격과 동시에 일어났다.

예상 밖의 폭발로 타이어가 지면에서 떨어지고, 아주 잠깐 차를 조작할 수 없는 상태가 된다. 옆으로 이동해야 하는 차가 과합성 스네이크의 거대한 아가리를 향해 돌진한다.

『알파?!』

그 짧은 시간도 체감 시간을 조작해 천천히 흐르는 시간 속에 있는 아키라에게는 그럭저럭 긴 시간이다.

하지만 아키라는 놀라서 멈추고 말았다. 아주 작은 교만과 방심이 아키라의 놀라움을 키우고, 움직이지 못하는 채로 시간을 보내게 한다.

정신을 차리고 즉각 자기 힘으로 이탈하면 늦지 않았다. 하지만 때는 이미 늦어서, 아키라는 차와 함께 과합성 스네이크에게 통째로 먹혔다.

물어뜯으려는 기세로 과합성 스네이크의 아가리가 닫힌다. 외부의 빛이 차단되고, 아키라의 시야가 어둠으로 물든다.

그 순간, 아키라는 아찔한 현기증을 느꼈다. 그리고 동시에 알파의 모습도 아키라의 시야에서 사라졌다.

아키라가 정신을 차린다. 그것은 과합성 스네이크의 아가리가 닫히고 몇 초 뒤의 일이었지만, 한순간의 방심이 목숨을 앗아가는 전투에서는 그만한 시간을 들여서 겨우 정신을 차린 것은 치명적인 실수다. 그래도 아직 살아있을 정도의 운은 있었다.

완전한 어둠 속에서 이상한 소리가 울린다. 과합성 스네이크의 소화액이 차체와 장갑 타일, 타이어 등에 반응하는 소리다.

『알파!』

불러도 대답이 없다. 시야도 완전히 어둡다.

"알파!"

무심코 목청을 높여도 아무 변화가 없다. 위에서 떨어지는 액체가 아키라의 머리카락과 뺨을 녹였다. 살갗이 타는 듯한 아픔이 느껴진다.

무한의 어둠이 아키라의 기억을 자극한다. 요노즈카역 유적을 발견했을 때, 안에 들어가면 알파와의 접속이 끊길 우려가 있다고 설명한 것을 떠올린다.

지금, 자신은 알파와 접속이 끊겼다. 아키라는 그 사실을 이해했다.

차체가 삐걱거리는 소리가 난다. 과합성 스네이크의 창자벽이 차를 좌우에서 압박하고, 압축하고 있다. 하지만 차가 자기 멋대로 움직여서 이 위기에서 구해주는 일은 없다.

강화복에서 이상한 소리가 난다. 과합성 스네이크의 체액이 강화복을 녹이려고 한다. 하지만 강화복이 자기 멋대로 움직여서 아키라를 구해주는 일도 없다.

치명적인 상황이지만, 해결책이 떠오르지 않는다. 지금도 상황은 나빠지고 있다. 하지만 위기에서 벗어나는 데 적합한 조언을 받을 수 없다.

거대한 몬스터의 배 속에서, 아키라는 외톨이다. 곁에는, 아무도 없다.

아키라는 그것을 이해했다.

알파의 서포트는 사라졌다. 알파와 만난 날부터 이어졌던 행운은 사라졌다. 슬럼의 꼬마를 역전의 헌터로 탈바꿈시킨 가호는 사라지고, 없어졌다.

자신은 알파와 만나면서 행운을 다 썼다. 그리고 알파의 가호로 그 뒤의 불운을 극복했다.

언젠가, 그 가호로, 알파의 서포트로 다 메꾸지 못할 불운이 찾아오리라. 그것으로 자신은 끝나리라. 마음속 어딘가에서 그렇게 생각했다.

그때가 온 것이다. 아키라는 그렇게 이해했다.

각오는 했었다. 각오가 충분했는지는 별개다.

소리가 울린다. 바닥이 흔들린다. 빛은 없다. 그 전부가 아키라를 몰아붙인다. 그리고 아키라의 의식을 가속시킨다.

오감이 아키라에게 도망치지 않으면 죽는다고 하고, 극도의 집중력을 강요한다. 무의식중에 체감 시간을 조작하고, 마치 시간의 흐름이 멈춘 착각마저 든다.

한없이 농밀한 한순간이 이어진다. 정신이 맑아진다. 소리가 왜곡되어 기괴하게 들린다. 발밑에서는 자신을 먹으려고 하는 것의 움직임이 전해진다. 차량 제어장치에서 흘러나오는 빛이 주위의 어둠을 강조한다. 주위의 모든 것이 아키라의 죽음을 명시한다.

그 세계에서, 아키라가 웃었다.

"아하, 그래! 각오가 부족했구나!"

있는 힘껏 소리치고, 한껏 웃었다. 자신을 이런 상황에 몰아넣은 불운을, 모든 것을, 비웃었다.

"의존하지 말고! 조금은 내가 알아서 해 보라고 말하고 싶은 거지?!"

한계까지 농밀하게 압축된 체감 시간 속에서 성대를 혹사해 낸 목소리는 지독하게 일그러졌다. 아키라 자신에게도 멀쩡한 소리로는 안 들린다.

"알았어! 각오하는 건 내 담당이니까 말이지!"

하지만 문제없다. 이것은 선언이다. 이 고난에 대한, 이런 고난으로 이끈 불운에 대고 하는 선언이다. 그 불운에 대한 적대 선언이다.

아키라만 소리치고, 아키라만 들으면 된다. 이것은 적을, 자신의 불운을, 비웃고, 저항하고, 역습하겠다는 선언이니까

자각하지 않더라도, 아키라는 그것을 이해했다.

DVTS 미니건을 옆으로 돌려 방아쇠를 당긴다. 총성이 크게 울려 퍼지고, 총구에서 나는 불꽃이 주위를 밝힌다. 과합성 스네이크의 징그러운 창자벽이 어둠 속에서 드러나고, 지척에서 탄막을 뒤집어써서 더욱 끔찍하게 변한다.

대량의 피와 살점이 튀고, 그 일부가 아키라에게도 쏟아진다. 하지만 그것으로 창자벽의 압력이 약해지고, 차체가 더는 비틀리지 않는다.

아키라는 그동안에 잠시 총을 내려놓고 튜브 형태의 회복약을 꺼내 꽉 내용물을 쥐어짰다. 그대로 자기 머리에 마구 발라 소화액으로부터 머리를 최소한도로 보호한 다음, 알약 형태의 회복약을 부작용을 무시하고 대량으로 복용한다.

적절하게 사용한 회복약이 아키라의 몸이 짊어지는 부담의 한계를 높인다. 신체에 주는 압박을 무시하고 강화복을 움직이면서 생긴 손상을 치료용 나노머신이 곧바로 빠르게 치료하기 시작한다.

얼굴에 떨어진 소화액이 연고 같은 회복약과 반응해서 소리를 내는 가운데, 아키라가 차량 제어장치에 손을 뻗는다. 자동 조작으로 바뀐 차가 전진하라는 단순 명령을 실행한다. 녹기 시작한 사륜 타이어를 온 힘을 다해 돌리고, 최대 출력으로 나아간다.

퇴로는 없다. 그렇다면 전진할 수밖에 없다. 빠르게 회전하는 타이어가 아래에 깔린 창자벽을 헤집고, 깎고, 흩뿌린다. 그런데도 헛바퀴만 돌면서 좀처럼 앞으로 가지 않는다.

그때 아키라가 다시 총을 쥔다. CWH 대물돌격총과 DVTS 미니건을 후방으로 겨누고 쏜다. 그 반동을 강화복으로 버티고, 디디고 선 차체에 전달해서, 차를 억지로 전진하게 했다.

과합성 스네이크의 창자벽을 깎으면서 전진하는 차 위에서 아키라가 웃으며 연달아 방아쇠를 당긴다. 조준할 필요는 없다. 어딜 쏴도 맞는다. 과합성 스네이크의 몸속을 아가리 쪽에서 꼬리 쪽으로 이동하는 차 위에서 아키라는 종횡무진으로 격렬하게 난사했다.

내부에서의 총격에 거대한 뱀이 미친 듯이 날뛴다. 몸속에서 쏜 총탄에 몸을 속에서 관통당하고, 몸 밖으로 총탄을 흩뿌리면서 몸부림친다.

그래도 차는 전진한다. 아키라는 소화액을 뒤집어쓰고 다 망가져 가는 차를 사격 반동으로 밀듯이 총을 난사하고, 웃으면서 쏴대고 있었다.

과합성 스네이크는 비정상적인 생명력을 지닌 생물형 몬스터이며, 그중에서도 현상금이 걸릴 정도로 강력한 개체다. 그 몬스터가 안쪽에서 총을 맞아서 미친 듯이 날뛰고, 주위를 마구 파괴하고 있다.

하지만 그 생명력에도 마침내 한계가 찾아왔다. 과합성 스네이크는 마지막 몸부림처럼 고통스럽게 몸을 떨더니 그대로 잠시 경직하고, 땅을 울리면서 쓰러진다. 그리고 두 번 다시는 움직이지 않았다.

그 뒤에도 한동안은 과합성 스네이크의 사체에서 총탄이 튀어나오고 있었다. 하지만 사방에 퍼지던 사격이 한 점에 집중한 뒤, 이번에는 아키라가 차로 몸통 측면을 뚫고 튀어나온다.

차는 그 기세를 못 이기고 넘어졌다. 밖으로 내팽개쳐진 아키라가 바닥을 구르며 드러눕는다.

"…………밖인가?"

푸른 하늘을 보고 아무 생각도 없이 중얼거리는 아키라의 시야에 알파가 날아온다.

『아키라! 무사해?!』

몹시 허둥대는 기색인 알파와는 대조적으로, 아키라는 웃다가 지친 탓인지 표정이 멍했다.

몇 번이고 이름을 불린 다음에야 아키라의 의식과 초점이 알파에게 닿는다. 그리고 아키라 자신도 잘 모르는 소리를 한다.

"저기…… 어서 와."

그 말을 들은 알파가 신기하게도 당혹스러운 얼굴을 하고서 맞장구를 친다.

『다, 다녀왔어요?』

두 사람 사이에는 조금 어색한 분위기가 깔렸다.

겨우 의식이 또렷해진 아키라는 몸을 일으켜서 머리를 슬쩍 흔들더니 주위를 둘러봐서 상황을 확인하기 시작했다. 당연하게도 과합성 스네이크의 사체가 눈에 들어오자 조금 심각한 표정을 짓는다.

"알파. 확인해 줘. 저건 죽었어?"

『어? 그래. 잠깐만. 괜찮아. 죽었어.』

"참 다행이네. 그걸로도 틀렸으면 이젠 어쩔 수 없었으니까."

아키라는 그제야 안도의 한숨을 쉬었다.

알파는 평소답지 않게 당혹스러운 기색을 보인다.

『아키라. 대체 무슨 일이 있었니?』

알파는 아키라와 접속이 끊긴 동안에 무슨 일이 생겼는지 모른다. 아키라의 생명에 지장이 없다는 사실은 확인을 마쳤지만, 신속하고 정확하게 비접속 상태에서 발생한 사태를 파악할 필요가 있었다.

하지만 아키라는 입을 여는 것도 귀찮을 정도로 지쳤다. 조금 미안하다고 여기면서도 나중으로 미룬다.

"미안한데, 피곤해. 자세한 이야기는 나중에 하고, 조금 쉬게 해 줘. 아, 그동안 색적도 부탁해."

『알았어. 나중에 자세히 알려줘.』

평소처럼 웃는 얼굴을 보이는 알파에게, 아키라도 안심하고 긴장을 풀었다.

"아, 그렇지. 이것만은 말할게. 언제나 서포트해 줘서 고마워. 알파의 서포트가 없으면 얼마나 고생하는지, 뼈저리게 알았어."

아키라는 그렇게 말하고 쓴웃음을 지었지만, 왠지 모르게 자랑하는 분위기도 났다.

『그, 그래? 고마워.』

알파는 진심으로 당혹스러웠다.

알파의 계산에 따르면, 아키라는 죽어야 했다. 과합성 스네이크가 삼켜서 자신과 접속이 끊긴 아키라가 살아 돌아올 확률은 현실적이지 못할 만큼 낮았다.

그러나 아키라는 살아남았다. 알파의 연산 결과를 또다시 뒤집었다. 더군다나 지난번 계산 결과보다 훨씬 낮은 확률을, 자기 힘으로 돌파했다.

알파의 손바닥 위에 있어야 하는 존재가 변하기 시작했다. 그것이 자신의 시행에 있어서 유익한지, 무익한지, 아니면 유해한지, 알파는 계속해서 계산을 재검토하고 있었다.

연산 리소스를 너무 할당하는 바람에 표정 제어가 소홀해질 정도로, 그 계산은 몹시 어려웠다.

제102화 계속되는 시행, 변하는 지향성

쿠가마야마 시티의 도시 직원이자 헌터 오피스의 직원이기도 한 키바야시는 무리, 무식, 무모를 실천하는 헌터인 아키라를 매우 좋아했다.

하지만 아키라와 사적인 교류가 있는 것은 아니다. 그 아키라에게 연락이 온 것을 의아하게 여기면서도, 이야기를 듣고는 곧장 준비를 마치고 부하들과 함께 현지로 향했다.

그리고 현지에서 아키라와 합류하고, 자세한 사정을 다시 들은 키바야시가 폭소했다.

"해치웠다고? 이걸? 너 혼자서? 차량과 같이 먹힐 뻔하고? 아, 안에서 뚜, 뚫고, 나왔다고⋯⋯."

말을 잇지 못할 정도로 웃는 바람에 대화가 잠시 중단된다. 그러자 아무리 그래도 너무 웃는다며 조금 언짢아진 아키라가 한마디 한다.

"그래."

그것만으로 키바야시는 다시 폭소했다. 대화가 가능할 정도로 진정할 때까지 한동안 시간이 더 걸렸다.

"좋아! 진정했어. 거참, 여전히 무리 무식 무모를 잘 실천하는 녀석이라서 다행이다. 더더욱 마음에 들어."

웃음은 그쳤어도 키바야시는 여전히 기분이 좋은 기색이다. 반대로 아키라는 조금 약이 올랐다.

"그래? 참 고맙네. 그래서 말인데. 이건 어떤 취급이지?"

키바야시가 아키라가 가리킨 과합성 스네이크의 사체를 다시 관찰한다. 사체 주위에는 같이 데려온 부하들이 현상수배급 토벌 때와 비슷한 조사를 속행 중이다.

"그렇군. 먼저 말하마. 유감이지만, 이건 현상수배급으로 취급하지 않아."

"뭐, 그렇겠지."

아키라는 그렇게 말하면서도 조금 아쉬운 기색을 드러냈다.

"너무 실망하지 마. 과합성 스네이크와 모종의 관계가 있는 몬스터라는 건 확실하니까. 내게 연락한 게 정답이다."

아키라는 과합성 스네이크의 본체를 해치운 다음, 어떻게 다룰지 고민했다.

현상수배급을 해치우면 헌터 오피스에 연락한다는 것은 알고 있었다. 하지만 과합성 스네이크를 해치웠다고 연락하는 것은 조금 아닌 느낌이고, 그렇다고 해서 방치할 수는 없다고 생각했다. 그래서 그런 방면의 대처 방법을 알 법한 키바야시에게 연락한 것이다.

애초에 그것이 정답이라고 해도, 아키라로서는 별로 기쁘지 않았다.

"정답이라고 해도 돈이 안 되잖아? 그렇다면 오답이나 마찬가지야."

"돈이라. 하긴 이만한 거물을 잡아도 현상수배급은 아니고, 내가 지금부터 범용 토벌에 넣어도 큰돈은 안 되지. 하지만 이 만한 거물이잖아. 전투 이력으로 헌터 오피스의 개인 페이지에 실으면 이름에 금칠할 수 있을걸?"

키바야시가 현상수배급 토벌용 조사원을 데려와서 정보의 정확성은 충분히 담보할 수 있다. 헌터의 명성을 생각하면 부족하지 않은 성과다.

하지만 아키라는 여전히 못마땅한 표정이다.

"금칠 말고 금전이 필요해. 안 그러면 탄약값을 회수할 수 없다고. 그리고 차도 폐차야. 완전 적자라고."

살아남으려고 앞뒤 가리지 않고 죽을힘을 다했지만, 살아남은 이상 인생은 계속된다. 값비싼 탄을 대량으로 소비하고, 차를 잃고, 강화복도 다 녹았다. 권총을 한 손에 쥐고 유적으로 떠나는 상황으로 돌아가지 않기 위해서라도, 아키라에게는 돈이 필요했다.

그런 아키라의 태도를 보고, 키바야시가 조금 생각한다.

"그렇군. 너는 전투 이력에 집착하지 않는 녀석이었지. 그러고 보니 너는 도란캄과 과합성 스네이크 토벌전 보수로 문제가 생겼지? 그렇다면 내가 어떻게든 해 주마. 이걸 해치운 전투 이력이 필요 없다면 잘 풀릴 거다."

그 말을 들은 아키라가 의아하게, 그리고 미심쩍게 여긴다.

"어? 그래 주면 고마운데, 그걸 어떻게 알았어? 그리고 도란캄과 협상하는 사람은 내가 아닌데."

"엘레나란 헌터지? 도란캄의 미즈하란 간부와 너의 활약을 이유로 보수를 늘려달라고 협상 중이던가?"

왜 그것까지 아냐고 의심하는 아키라에게, 키바야시가 즐겁게 웃는다.

"예전에도 말했지만, 나는 네가 마음에 든다고. 그래서 네가 유쾌한 짓을 하면 나한테도 그 정보가 들어오게 했단 말이지. 과합성 스네이크를 유인하는 미끼 역할을 했다며? 너는 진짜 무리 무식 무모를 좋아하는구나."

"유쾌하지도 않고, 질색이야."

못마땅한 기색으로 인상을 쓰는 아키라를 본 키바야시가 슬쩍 웃음을 터뜨리는 바람에 아키라의 기분이 더 언짢아졌다.

"뭐, 너는 고생이겠지만, 나는 아주 만족했다. 그러니까 즐겁게 해 준 보답으로, 그 협상을 내가 어떻게든 해 주마. 그걸로 기분을 풀라고. 그리고 조사가 끝나면 도시로 바래다주지. 그때까지 쉬고 있어."

아키라는 한숨을 푹 쉬고 자기 차로 돌아갔다. 폐차는 확정이지만, 무사한 짐도 있다. 그것을 모아서 도시로 돌아갈 준비를 시작했다.

키바야시는 과합성 스네이크의 사체가 있는 곳으로 가서 조사 중인 부하에게 말을 건다.

"조사는 어떻게 됐지? 아키라가 말한 대로, 먹혀서 안에서 쏜 증거를 찾았어?"

"아, 그 얘기 말인가요. 대충 조사한 바로는 아마 사실일 겁니다. 몸속에서 안 쏘면 생길 수 없는 총상이 많아요."

"오호, 그거 말고는?"

"그 녀석의 차도 조금 조사해 봤는데, 몬스터의 몸속에 있는 소화액이 대량으로 묻었더군요. 소화액을 분사하는 기관은 안 보였으니까, 밖에서 뒤집어쓰진 않았을 겁니다. 차체에는 이빨에 의한 손상 부위가 없으니까 통째로 삼킨 거겠죠."

키바야시가 웃음을 참지 못하고 배꼽을 잡는다. 직원은 그 모습을 보고 조금 황당해했다.

"키바야시 씨. 저 사람은 대체 뭐죠?"

"내가 좋아하는 헌터야."

"아하. 그런 거군요. 그래서 얼마나 정신이 이상하죠?"

"실례되는 소리 하지 마. 뭐, 굳이 말하자면 내 마음에 들 정도겠군."

"거참 심각하네요."

직원도 키바야시의 악평을 잘 아는 만큼, 자연스러운 감상이었다.

그 뒤로 조사를 마친 키바야시는 수송 준비를 마치고 현지 업무를 끝낸 다음, 약속대로 아키라를 도시까지 바래다줬다.

도시로 돌아가는 길에도 아키라에게 이야기를 듣고, 매우 흡족해했다.

◆

아키라가 집 욕실에서 쌓인 피로를 목욕물에 풀고 있다. 영혼이 욕조에 빼앗긴 것처럼, 평소보다도 더욱 멍한 얼굴이다.

그런 아키라의 모습을 보고, 함께 입욕 중인 알파가 조금 걱정스럽게 말을 건다.

『아키라. 그대로 있으면 잠들 것 같으니까, 이제는 나가는 게 좋아. 그대로 잠들면 익사해.』

"괜찮대도……. 회복약을…… 그만큼…… 많이, 먹었으니까……."

『회복약으로는 익사를 막을 수 없어. 그리고 언제 먹었는데?』

"그때 말이야…… 그때……. 아아…… 그랬지……. 알파는…… 없었구나……."

혹사한 뇌가 휴식을 강하게 요구하는 데다가 목욕의 쾌락에 굴복한 아키라의 의식은 몽롱하다. 억양을 잃은 목소리가 잠기운에 굴하기 시작했음을 알려주고 있었다.

『아키라. 진짜로 이제 일어나렴. 위험해.』

"으에."

표정과 목소리로 불만을 호소하는 아키라에게, 알파가 진지한 표정을 짓는다.

『안 돼. 정말로 위험해. 이제 나가.』

위험을 알리는 알파의 얼굴을 보고, 아키라는 마지못해 욕실에서 나갔다.

욕실을 나선 아키라가 방에 있는 침대에 쓰러진다. 여기서 자도 죽을 위험은 없다. 몸과 마음 모두가 깊이 가라앉는다.

『아키라. 자도 상관없지만, 시카라베한테서 통화 요청이 왔어. 어쩔까?』

아키라는 조금 고민했지만, 몸을 일으켜서 정보단말을 손에 들었다.

아키라의 추가요원 의뢰는 빅워커 토벌전 전에 끝났다. 헌터들이 합동으로 추진하는 토벌 작전에서 시카라베 일행이 군이 비공식 추가요원을 고용하는 의미가 없기 때문이다. 일단은 공식적으로 참가할지를 물어봤는데, 아키라는 거절했다.

따라서 시카라베가 연락했다면 도란캄의 회계 처리 문제로 현상수배급 토벌전이 끝날 때까지 기다려 달라는 말을 들었던 보수 이야기일 것이다. 그렇게 생각하고 의식을 유지하고자 머리를 슬쩍 흔들고 나서 통화를 시작한다.

"시카라베. 미안하지만, 보수 이야기가 아니면 나중에 해 줘."

"그 보수 이야기가 맞다. 시간이 없으면 나중에 해도 좋다."

"아니, 듣겠어."

잃은 장비를 조달하기 위해서라도 아키라에게는 돈이 필요하다. 그런 위기감으로, 아키라는 아직 조금 멍한 의식을 깨웠다.

"그렇군. 시간이 되면 직접 만나서 이야기할까? 우리는 지난번 술집에 있으니까, 그쪽이 좋다면 오라고."

"아니, 일단 이대로 들을게. 아니면 직접 만나서 이야기해야 할 정도로 문제가 생기는 내용이야?"

"그건 너한테 달렸지만. 뭐, 요점만 간단히 말하지. 네가 줄 보수 말인데, 미안하지만 돈으로 준다면 액수가 미묘해진다."

무심코 인상을 쓰는 아키라에게, 시카라베가 계속 말한다.

아키라의 보수는 현상금에서 경비를 뺀 나머지를 활약에 따라서 분배하기로 계약했다. 그러나 예상보다 경비가 늘어나는 바람에 탱크란튤라 토벌전에서 아키라가 보인 활약을 고려하면 줄 수 있는 돈이 초라해진다.

"부족한 돈을 우리에게 내라고 해도 곤란하다. 애초에 우리는 현상금에서 돈을 가져가지 않기로 했으니까. 너를 위해서 사비를 털 수는 없다."

"그래서 보수가 초라해도 참으라고 말하려는 거야?"

아키라는 무의식중에 몹시 언짢은 목소리를 냈다. 하지만 시카라베도 당황하지 않고 대답한다.

"너무 화내지 마. 나도 네 활약을 인정하거든? 그러니까 원래 그런 계약이란 말로 끝내지 않고 이렇게 너한테 유리해지는 재협상을 직접 제안한 거다. 나도 나름대로 특별히 취급해 주는 거라니까?"

아키라는 엘레나에게 계약의 중요성을 들은 바도 있어서 시카라베의 태도를 충분히 양보한 것으로 받아들여 침착함을 되찾았다.

"그렇군. 그래서 보수는 어떻게 할 건데?"

"그래. 내가 제안하려는 건……."

현상수배급 토벌전에서 도란캄의 차량에도 다수의 피해가 발생했다. 완전히 폐차가 된 것도 있고, 수리하는 것보다 새로 사는 것이 더 싸게 먹힐 정도로 망가진 것도 많아서 일괄적으로 다시 조달할 예정이다.

시카라베는 그때 아키라의 차도 같이 사자고 제안했다. 대량으로 사는 데다가 업자가 도란캄과의 장기적인 관계를 요구하므로 큰 할인을 기대할 수 있다. 시장 유통가를 생각하면 보수를 돈으로 받는 것보다 더 많이 받는 셈이다.

"뭐, 너는 이미 자기 차가 있으니까 돈이 더 좋다면 강요하진 않겠지만……."

"차로 줘!"

"그, 그래?"

시카라베는 아키라의 박력에 몹시 당황한 투로 대답했다.

"알았다. 차 말이지? 준비해 보마. 나중에 카탈로그를 보낼 테니까 마음에 드는 걸 골라라. 늦어도 2주 정도면 넘겨줄 수 있을 거다. 그걸로 되겠나?"

"그래. 고마워."

"좋아. 거래가 성립했군. 뭔 일 있으면 연락하고. 잘 있어라."

시카라베와의 통화가 끝나고, 아키라는 숨을 크게 내쉰 다음 기지개를 켜듯 두 팔을 들어서 기쁨을 표현했다.

"이걸로 차는 해결했어! 아자!"

『아키라. 잘됐구나.』

"그래. 다음은 장비야. 키바야시가 도란캄과 협상하는 것을 해결해 주겠다고 했으니까, 돈은 그쪽을 기대하고, 잘 풀리면 시즈카 씨한테 또 조달을 부탁하자."

장비 없는 헌터 활동으로 돌아갈 우려가 사라질 낌새를 느끼고, 아키라는 웃으며 침대에 누웠다.

◆

술집에서 동료들과 한잔하던 시카라베는 아키라와의 거래가 잘 풀려서 일단은 안심했다.

야마노베가 술에 취한 얼굴로 즐겁게 웃는다.

"어땠어? 아키라와 사투를 벌이지 않아도 되겠어?"

"그래. 왠지는 모르겠지만 차를 몹시 원하더군. 그래서 김이 빠질 정도로 쉽게 끝났다."

술집 접대부도 흥미로운 듯 대화에 끼어든다. 예전에 시카라베가 축배를 들 때 부르겠다고 약속한 여자로, 유혹하듯이 간드러진 목소리를 낸다.

"차~ 좋겠다~. 나도 사 줘~."

"네가 황야 사양 차량을 구해서 어쩌게. 뭐야, 3층에서 장사가 안되면 헌터로 전업할 작정이냐?"

"아, 너무 심하게 말하지 마. 그럴 때는 시카라베가 돈을 벌게 해 주면 되잖아. 지금은 씀씀이가 좋잖아?"

"알았어. 알았대도. 나중에 보자고."

시카라베 일행은 그 뒤에도 즐겁게 축배를 들었다.

현상수배급 몬스터 네 마리가 전부 토벌되면서, 비슷한 광경이 번화가 곳곳에서 펼쳐지고 있었다.

◆

　도란캄의 거점에 있는 응접실에서, 미즈하는 엘레나와 과합성 스네이크 토벌 보수에 관한 재협상을 계속하고 있었다.

　미즈하는 회계 측, 사무 파벌의 간부이기도 해서 현장의 헌터보다도 계약 내용의 준수를 중시한다. 조직 내부, 조직과 조직 사이의 결정을 무시당하면 조직이 성립할 수 없기 때문이다.

　나아가 도란캄 측에서 봐도 계약에 따른 보수에 불만을 제기하고, 일이 다 끝난 다음에 재협상을 요구하면 곤란하다. 그것이 통하는 전례가 생기면 비슷한 협상이 자꾸 발생할 것이다. 그래서 재협상은 보통 대놓고 거부할 일이다.

　그러나 이번에는 사정이 달랐다.

　"엘레나 씨. 자꾸 말씀드리는 거지만, 우리가 이토록 양보하는 것 자체가 보통은 있을 수 없는 일이라는 사실을 이해하시는 겁니까?

　미즈하는 양보했다. 재협상에 나선 것만으로도 큰 양보이며, 일정한 증액도 수용했다. 이것은 실제로 보통은 있을 수 없는 일이다.

　미즈하가 그럴 수밖에 없었던 것은 카츠야와 유미나가 좋게 협상해 달라고 매우 강하게 요청했기 때문이다. 거절하면 카츠야와의 관계가 완전히 틀어지지 않을까 여길 만큼, 미즈하가 무심코 쩔쩔맬 정도의 일이었다.

　그래서 하는 수 없이, 일단 원래라면 주력부대에서 희생자가 나온 만큼 줄어든 보수를 없던 것으로 하는 것까지는 받아들였다.

하지만 엘레나는 그 이상을 요구했다.

"그것이 얼마나 큰 특례일지라도, 아키라의 활약에 걸맞은 보수가 아닌 이상에는 받아들일 수 없어. 그쪽의 지시로 계약에 없는 일을 한 이상, 그만한 보수를 추가로 요구하는 건 당연하잖아?"

카츠야가 근처에 있던 사람을 적당히 붙잡아서 지시했다면, 혹은 아키라가 자기 멋대로 한 일이라면, 미즈하도 아슬아슬한 판단으로 무시할 수 있었다.

그러나 카츠야는 명확하게 아키라를 지목해서 지시한 데다가, 강해서 협력을 요구했다는 꼬투리마저 잡히고 말았다. 무시할 수는 없었다.

하지만 도란캄에도 예산이 있다. 과합성 스네이크의 현상금인 20억 오럼도 후원자들에게 배당금을 내면 대폭 줄어든다. 아키라에게 특례로 추가분을 내라고 요구해도, 여분의 예산이 없는 것이다.

다른 보조요원들에서 깎은 금액만큼 더 주는 것이 한계다. 미즈하는 정말로 아슬아슬하게 판단해서 그 정도는 타협했다. 그런데도 그 이상을 요구한다면 미즈하도 협상 결렬로 판단할 필요가 생긴다.

"자꾸 억지를 쓰면 우리도 당신들과의 관계를 다시 생각할 필요가 생기는데요."

"보수는 계약서대로 준다면서 계약 내용에 없는 일을 강요하는 조직과의 관계에 얼마나 가치가 있을지, 나도 다시 생각하던 참이야."

서로 살갑게 웃으면서 험악한 분위기를 고조시킨다. 그런데도 양쪽 모두 자리에서 일어나려고 하지 않는다. 협상이 결렬하면 양쪽 모두에게 불이익이 된다는 사실을 알기 때문이다.

결렬할 경우, 조금이나마 늘어난 보수도 없었던 것이 된다. 그것은 엘레나도 아키라를 위해서 피하고 싶다.

물론 그렇게 되면 엘레나는 아키라가 카츠야를 구했다고 떠들고 다닐 것이다. 그렇게 하면 20억 오럼짜리 현상수배급을 토벌했다는 명성에 흠집이 생긴다. 그것은 카츠야의 활약을 간판으로 내건 카츠야파를, 도란캄을 약진시키고 싶은 미즈하에게 너무 불리하다.

결렬은 불가능하다. 그러나 요구를 곧이곧대로 받아들일 수도 없다. 누가 얼마나 타협할지, 그 탐색전 때문에 협상이 길어지고 있었다.

그때 도란캄에서 미즈하에게 연락이 왔다. 협상 중임을 알면서 들어온 연락인 만큼 중요한 용건이라고 판단하고, 미즈하는 엘레나에게 잠시 양해를 구한 뒤에 받았다. 그리고 용건을 듣고 무심코 괴이쩍은 표정을 지었다.

미즈하와 엘레나가 협상 중이던 응접실에 세 번째 인물이 들어왔다. 키바야시다.

"안녕하신가. 갑자기 실례해서 미안하군."

방금 미즈하에게 온 연락은 키바야시가 미즈하와 엘레나의 협상에 참석할 것을 요구한 사실을 알리는 내용이었다.

미즈하와 엘레나 모두 그것을 이상하게 여겼지만, 도시 직원이자 헌터 오피스 직원이기도 한키바야시의 요청을 무시할 수는 없어서 받아들였다.

그래도 키바야시의 의도를 알 수 없어서, 미즈하는 조직의 간부로서 살갑게 웃으면서도 괴이쩍은 기색을 다 감추지 못했다.

"아니요. 괜찮습니다. 그래서 오늘은 무슨 용건으로 오셨죠? 우리 협상에 참석하고 싶다고 하셨는데, 쿠가마야마 시티나 헌터 오피스에서 개입할 사안은 아니라고 인식합니다만……."

"아아, 그게 말인데……."

그때 키바야시가 엘레나를 본다.

"미안하지만, 잠시 자리를 비켜 주겠어? 소소하게나마 비밀유지 의무가 있거든. 괜찮아. 금방 끝나니까 금방 부를 테고, 그쪽에도 좋은 이야기니까."

"그, 그래요……."

엘레나는 속으로 작게 불만을 느꼈지만, 도시와 헌터 오피스를 상대로 풍파를 일으킬 작정은 없어서 얌전히 자리를 떴다.

미즈하와 둘만 남았을 때, 키바야시가 가져온 자료를 미즈하에게 건넨다.

"그것은 아키라란 헌터의 전투 이력 자료다. 일단은 대외비니까, 조심해 달라고."

아키라가 과합성 스네이크의 본체로 추정되는 몬스터를 단독으로 격파한 것과 관련된 자료다.

이를 본 미즈하는 그 내용에 조금 놀라지만, 키바야시의 의도를 몰라서 괴이쩍은 기색을 더 강하게 드러낸다.

"이게 뭐죠? 그 사람이 우수한 헌터임을 나한테 알려준다고 해서 뭔가 의미가 있을 것 같지는 않은데요."

미즈하는 키바야시가 엘레나에게 좋은 이야기라고 한 점에서 키바야시가 모종의 이유로 엘레나를 편들고 협상에 참여할 의지가 있고, 아키라의 실력을 보강하는 정보를 가져와 더 큰 양보를 요구한 것으로 판단했다.

그러고서 그 정도 정보로는 양보할 수 없다고 암암리에 대답했다.

그러나 키바야시는 고개를 가로젓는다.

"아니, 그 헌터는 전투 이력에 연연하지 않는다고 할까, 금칠보다 금전을 원하는 성격이라서. 그 전투 이력을 팔아도 된다고 했거든. 어때?"

미즈하는 더더욱 곤혹스러웠다. 과합성 스네이크 토벌전에서 아키라가 미끼 역할을 맡은 전투 이력을 사들여 엘레나가 요구하는 근거인 아키라의 활약을 지우고 재협상을 근본부터 뒤집는다고 쳐도, 키바야시가 제시한 전투 이력은 별개의 것이다. 그 전투 이력을 사도 의미가 없다.

뭔가 오해했는지, 아니면 다른 의도가 있는지. 미즈하가 상대를 떠본다.

"그 전투 이력을 사들일 필요성을 전혀 모르겠군요. 그래도 이참에 가격 정도는 물어보죠. 얼마나 원하시죠?"

"그렇군. 10억 오럼이면 어때?"

"논할 가치도 없군요."

미즈하는 키바야시가 제시한 금액을 악질적인 농담으로 받아들였다. 더는 못 참고 얼굴을 찡그린다.

하지만 키바야시는 즐겁게 웃었다.

"참고로 이 전투 이력이 안 팔리면 나는 그걸 메꾸려고 분주하게 다녀야 해. 사실은 아키라에게 비싸게 팔아치우겠다고 호언장담했거든. 그만큼 아주 애써 볼 작정이지."

그리고 구체적인 내용을 이야기해 나간다.

우선 지금은 미등록 상태인 전투 이력을 헌터 오피스 직원으로서 범용 토벌 의뢰에 끼워 넣고, 아키라의 개인 페이지 전투 이력에 빠짐없이 기재한다. 나아가 과합성 스네이크의 관련 정보로서 현상수배급 토벌 정보에도 연결한다.

나아가 전투 이력이 팔리지 않은 만큼 돈이 되는 의뢰를 아키라에게 알선할 수 있도록, 그만큼 우수한 헌터가 있다고 키바야시 자신이 아키라를 소개하고 다닌다.

아키라가 요노즈카역 유적에서 도란캄의 부대를 구출한 것도, 20억 오럼짜리 현상수배급 토벌전에서 활약한 것도, 과합성 스네이크의 본체로 추정되는 몬스터를 단독으로 해치운 것도, 친절하고 꼼꼼하게 설명한다. 그렇게 털어놓았다.

그 이야기를 들은 미즈하의 안색이 몹시 나빠진다.

카츠야는 아키라와 함께 미끼 역할을 했지만, 실제로는 어떻든 간에 표면상으로는 카츠야가 거의 혼자 한 것으로 되었다.

애초에 아키라는 공식적으로는 참가하지 않았다. 외부에 드러나는 인상은 얼마든지 조작할 수 있다. 제아무리 엘레나와 사라가 공언해도 일개 헌터가 돈을 원해서 활약을 부풀렸다고 주장할 수 있다.

하지만 키바야시가 그러는 것은 영향력의 차원이 다르다. 이경우, 헌터에게 위험하고 보수가 좋은 의뢰를 기꺼이 제공하는 키바야시의 악평은 그 도박에서 승리한 실력자의 평가를 보증한다.

거기다가 요노즈카역 유적에서 있었던 일과 과합성 스네이크의 본체를 혼자서 해치운 이야기가 더해지면 카츠야와 신인 헌터들의 활약이 묻히고, 아키라가 또 카츠야를 구했다는 이야기가 되고 만다.

즉, 과합성 스네이크 토벌전에서 카츠야와 신인 헌터들이 가져야 할 명성을, 아키라에게 송두리째 빼앗긴다. 스폰서들에게 거액의 자금을 조달하고, 어떻게 보면 채산을 무시하고 장비를 갖춰 명성을 위해서만 싸운 의미가 사라지고 만다.

키바야시는 미즈하의 표정에서 자신의 의도가 잘 전달됐음을 이해했다.

"뭐, 너희도 체면이 있으니까 아키라에게 직접 돈을 줄 순 없겠지. 돈의 흐름은 정직하니까. 하지만 안심해도 돼. 대신에 엘레나한테 주면 돼. 그러면 해결된다고."

엘레나에게는 증액 협상을 수용함으로써 불필요한 정보를 전달하지 않아도 된다. 오히려 다른 보조요원들의 불만을 막는다는 핑계로 비밀 엄수 의무를 지우면 된다.

자신이 헌터 오피스와 도시 직원 자격으로 그 자리에 입회할 테니 누설될 우려가 없다. 키바야시는 웃으며 그렇게 말했다.

"뭐, 나는 어느 쪽이든 좋아. 사죄하는 의미로 아키라에게 엄청난 의뢰를 소개하는 것도 즐거울 테니까. 억지로 강요하진 않겠어."

미즈하가 초조함을 키운다. 협상용 공갈이 아니라 정말로 어느 쪽이든 상관없이 여긴다는 것을 알 수 있기 때문이다.

"그리고 10억은 농담이야. 하지만 살 거면 꼭 현실적인 금액을 제시해야 할걸? 부당하게 후려칠 때는 이 이야기를 없었던 걸로 하지. 잘 생각하고, 결단해 줘."

키바야시는 그렇게 말하고 일어나 문을 두드려서 엘레나를 불러들였다.

다시 협상 테이블에 앉은 엘레나는 벌레를 씹은 얼굴인 미즈하와 자기 옆자리에 앉아서 즐겁게 웃는 키바야시의 분위기에 당황했다. 그래도 마음을 다시 굳게 먹고 협상을 시작하려고 한다.

"그래서 지급은……."

"알았어……. 지급할게……."

난데없이 전면 항복의 자세를 보인 미즈하의 태도에 엘레나가 할 말을 잃는다. 그리고 이어지는 금액을 듣고 더 놀랐다.

그 옆에서, 키바야시가 웃음을 참고 있었다.

◆

좌우지간 차가 생길 때까지 헌터 활동을 중단한 아키라는 집에서 쉬고 있었다. 그때 엘레나에게 연락이 온다.

"엘레나 씨. 무슨 일이죠?"

"예전에 도란캄과 보수 재협상을 한다고 했었잖아? 다 끝나서 아키라의 계좌에 입금했어. 확인해 볼래?"

"알았어요."

아키라가 정보단말로 계좌를 확인해 본다. 그러고 나서 화들짝 놀란다.

"에, 엘레나 씨?! 1억 오럼이나 들어왔는데요?!"

"그렇게 놀라는 걸 보면, 아키라도 짚이는 구석이 없는 거구나……."

"무슨 소리죠?"

당혹스러운 아키라에게, 엘레나가 재협상 자리에서 생긴 일을 설명해 주었다. 그래서 아키라도 어느 정도 납득했다.

"아하, 그렇게 된 거군요."

"아키라는 짚이는 구석이 있어?"

"뭐, 그게, 그런 셈이죠. 아무튼 키바야시한테 그걸 부탁한 건 맞아요."

"입막음 비용을 포함한다는 말도 했는데, 그것도 무슨 뜻인지 알겠니?"

"자세한 건 모르지만, 대충 추측할 순 있어요. 아, 미안하지만
두 분도 말하지 않았으면 좋겠어요."

또 자신의 전투 이력을 몰래 판 거겠지. 아키라는 그 정도로만
생각했다.

"알았어. 아, 일단은 물어보겠는데. 그걸로 충분하니? 우리도
별도로 보수를 잘 받으니까, 조금은 더 얹어줄 수 있는데."

"아뇨. 충분해요. 그것보다 가능하면 다른 부탁을 드리고 싶
은데요…….."

"좋아. 뭐니?"

"시즈카 씨 가게에서 장비를 또 조달하려고 하는데요. 같이
가서 말을 맞춰 주세요."

정보단말 너머에서 엘레나의 쓴웃음 소리가 들렸다.

◆

사정을 들은 시즈카가 세 사람을 조금 복잡한 얼굴로 본다. 엘
레나와 사라는 즐겁게 쓴웃음을 짓지만, 아키라는 시선을 미묘
하게 피하고 있었다.

"1억 오름……? 아키라, 얼마 전에 8000만 오름으로 새 장비
를 맞춘 것 같은데?"

"아, 그게 말이죠. 이런저런 일이 있어서, 예상 밖의 수입이
생겼거든요."

의심하는 시즈카를, 엘레나가 달래 본다.

"뭐가 어때서 그래. 헌터가 더 좋은 장비를 구하는 건 좋은 일이잖아? 헌터를 상대로 장사하는 가게의 주인이 그런 얼굴로 단골의 구매욕을 없애면 어쩌자는 거야."

사라도 웃으며 대화에 가담한다.

"맞아. 장비를 전부 맞춘다고 해도, 이번엔 차가 빠졌어. 그만큼 가게 이익도 커지는 거니까 친절하게 모셔서 돈을 벌라고."

시즈카는 엘레나와 사라의 태도에서 두 사람이 1억 오럼의 출처를 알고, 그러고도 문제가 없거나 이미 해결했다고 생각했을 것으로 판단했다.

그렇다면 괜찮겠거니 싶어서 일단 확인해 본다.

"아키라. 차는 괜찮은 거지?"

"네. 괜찮아요."

차를 새로 사야 할 정도의 일은 없었냐는 의미로 한 질문에 신차가 생길 테니까 괜찮다고 대답했다. 어긋나기는 했지만, 대답으로는 성립했다.

시즈카가 일부러 의심하는 투로 물어본다.

"아키라. 고생을 자처하진 않았어?"

"안 했어요."

아키라는 단호하게 대답했다. 하는 수 없이, 또는 운이 나빠서 고생했을 뿐, 자신이 희망해서 한 것은 아니라고 단언했다.

시즈카는 타고난 눈썰미로 그 이면을 눈치챘지만, 적어도 아키라가 자진해서 무모한 짓을 한 것이 아니라면 더 주의를 줄 필요가 없다고 판단했다.

아키라도 헌터다. 헌터 활동을 계속하는 이상, 위험은 반드시 존재한다. 그때 자진해서 무리하지 않는 의지를 유지한다면, 더는 시즈카가 이러쿵저러쿵 잔소리할 영역이 아니다. 그렇게 생각했다. 그 대신에 살갑게 웃는다.

"그래. 그렇다면 됐어. 그러면 이번에는 우리 가게의 이익에 듬뿍 이바지해 주실까?"

시즈카는 그대로 아키라와 장비 상담을 시작한다. 엘레나와 사라도 그 대화에 끼어들고, 아키라도 즐겁게 시간을 보냈다.

◆

쿠가마야마 시티 하위 구획에 병원과 공장을 합친 듯한 시설이 있다. 분류로 보면 병원이지만, 의체 사용자나 사이보그 등, 치료보다 수리라고 표현해야 더 적합한 자들이 이용하는 시설이다.

병원에 가까운 구역에는 의체 사용자가 많고, 공장에 가까운 구역에는 사이보그가 많다. 그 중간 지점에는 전투용으로 몸과 일상생활용 몸을 교체하는 시설도 있다.

네르고는 그곳에 있는 개인실에서 자기 몸을 직접 수리하고 있었다. 작업대에 몸 전체를 고정해서 부설된 기재를 조작해 기체의 손상을 검사하고, 각 부위를 교환하는 작업을 진행 중이었다.

그 작업 도중에 비밀 통신이 들어왔다. 음성이 외부로 출력되지 않는 방식으로 통화에 응한다.

『동지인가. 무슨 일이지?』

『어…… 지금은 뭐라고 부르면 되더라?』

『네르고라고 불러라. 너에게 동지로 불리는 것은 내키지 않는다.』

『지금은 네르고군? 지난번엔 케인이고, 그전에는 뭐였지?』

『그것은 대의(大義)에 바친 임시 이름에 불과하다. 내 처음 이름도 이미 대의에 바쳤다. 그런고로 내게 이름은 없다. 이름은 나를 드러내지 않고, 대의가 나를 드러낸다. 그런고로 나는 동지인 것이다.』

네르고는 한때 케인으로 불렸다. 언젠가는 한때 네르고로 불렸던 자가 된다. 지금은 아직 네르고다.

통신 상대의 조금 황당해하는 목소리가 들려온다.

『자꾸 이름을 바꾸는 건 자유지만, 그렇다면 나도 동지라고 불러도 되잖아? 그렇게 하면 잘못 부를 일도 없으니까.』

『안 된다. 네가 나를 그렇게 부르려면 공적과 신념이 부족하다.』

『어? 신념은 넘어가도 공적은 충분할 것 같은데. 쿠즈스하라 시가지 유적 지하상가 정보도 줬고, 그 뒤처리도 도왔잖아?』

『안 된다.』

통신 회선을 통해서 한숨 소리가 들린다.

『나를 동지라고 부르면서 내가 부르는 건 안 돼? 여전히 너희 기준을 잘 모르겠어. 나도 세상과 사람들을 위해 애쓰고 있는데 말이야.』

『서론은 그 정도면 됐다. 용건을 듣지.』

짧은 침묵을 사이에 두고, 밝은 목소리가 이어진다.

『아니, 그게 있지. 네르고가 직접 도란캄에 잠입했다고 해서, 뭔가 도울 일이 없을까 싶었거든.』

『현재로선 없다. 뭔가 생기면 연락하마.』

『그래? 그러면 연락을 기다릴게.』

『잠깐. 질문이 있다.』

가벼운 투로 통화를 끊으려고 하는 남자를 네르고가 제지하자 밝고 친숙하고 능글맞은 목소리가 들려온다.

『뭔데? 뭔데? 뭐든지 물어봐. 대화하고, 이해하는 건 중요해. 사람과 사람을 잇는 중요한 요소야. 그러지 못하는 대상은 몬스터로 취급할 수밖에 없어. 좌우지간 서로 이해할 수 없으니까 말이지.』

네르고가 상대의 지론을 무시하고 말을 잇는다.

『너는 왜 구영역 접속자를 찾지?』

『왜긴. 딱히 이상하진 않잖아? 있으면 무척 편리해. 그래서 통기련도, 건국주의자도 열심히 구영역 접속자를 찾는 거잖아?』

『질문을 바꾸지. 왜 쿠가마야마 시티에 있는 구영역 접속자를 찾지? 아니지, 쿠즈스하라 시가지 유적에 있었던 구영역 접속자인가?』

남자가 침묵으로 답했다. 네르고가 진지한 투로 계속 말한다.

『네 우수함은 나도 잘 안다. 통기련도 말이지. 그런 네가 동부의 한 도시에 불과한 쿠가마야마 시티에, 통기련의 권유도 거절하고 머무는 이유가 뭐지?』

그 질문에 한동안 남자가 침묵한 뒤, 슬그머니 명랑한 목소리가 들린다.

『불특정 다수 인간의 행복. 구제의 실현과 그 계속을 위해서. 건국주의자인 너희도 비슷한 말을 자주 하지? 나도 똑같아. 그래서 이렇게 너희에게 협력하는 거야.』

『그 말이 진심이기를 빌지.』

『너무한걸. 진심이라고. 그럼 잘 있어.』

비밀 회선이 끊긴다. 속마음을 짐작하기 어려운 기계의 얼굴을 희미하게 변형시켜서, 네르고가 통신 너머에 있던 자를 고찰해 나간다.

매우 우수한 인간이며, 건국주의자의 이념에도 공감할 수 있는 자. 그래서 언젠가는 똑같은 대의를 지니길 기대하고 동지로 부르고 있다. 하지만 자신을 동지로 부르는 것을 인정할 만큼 동일하지는 않다.

대의를 공유하면 매우 믿음직하지만, 대의에 반역하는 존재가 되면 지극히 위험한 자. 네르고는 그자를 환영하면서, 경계했다.

그 사고를, 사람이 출입했음을 알리는 소리가 중단시켰다. 들어온 것은 미즈하였다.

"네르고 씨. 상태는 좀 어떻죠?"

"덕분에 치명적인 고장 부위는 찾지 못했습니다. 지금은 세세하게 조정하고 있는 참입니다. 미즈하 씨. 참으로 좋은 정비소를 소개해 주셔서 정말 감사합니다."

"괜찮아요. 앞으로 같은 직장에서 일하게 될 동료니까. 당연한 일이죠."

"참으로 고마운 일입니다. 예전 직장에서는 멀쩡한 정비도 어려워서, 덕분에 살았습니다."

네르고도, 미즈하도, 친근하게 말을 주고받았다.

지금의 네르고에게 통신 너머의 인물과 대화했을 적의 태도는 조금도 없다. 자칫하면 조직의 간부에게 아첨하는 신참으로도 해석될 태도를 보이고 있다.

미즈하는 처음에 네르고가 시카라베의 연줄로 조직에 가입한 것도 있어서 경계하고 있었다. 그러나 가입 후에는 사무 파벌에, 특히 카츠야파에 다가가는 태도를 보여서 긴장을 풀었다.

"아, 덕분에 살았다고 하니 생각났는데, 카츠야란 소년에게도 감사를 전해야겠군요. 그 소년이 구해주지 않았더라면 지금쯤 어떻게 되었을지. 꼭 직접 만나서 고맙다고 말하고 싶습니다. 아, 나 같은 신참이 이런 고집을 부리면 문제가 생깁니까?"

카츠야가 빅워커와 교전 중에 위험했던 네르고를 구했다는 사실은 미즈하도 알고 있었다. 자신들의 파벌에 잘 끌어들이기 위해서 웃으며 승낙한다.

"괜찮아요. 나중에 제가 카츠야에게 전하죠."

"감사합니다."

네르고가 위험했을 때 카츠야가 구한 것은 사실이다. 하지만 그 상황은 네르고가 의도해서 만든 것이며 카츠야파에 들어가기 위한 공작이었다.

그리고 미즈하는, 도란캄은, 그 사실을 눈치채지 못했다.

◆

쿠가마야마 시티의 방벽 안쪽에 있는 고층 빌딩. 그곳의 한 방에서 네르고와 비밀 통신을 끊은 야나기사와가 희미하게 웃음을 띤다.

"나도 너희 대의를, 신념을 훌륭하다고 보거든? 하지만 안 돼. 부족해. 그 대의를 실현할 힘이 너무 부족해. 그러면 안 돼."

야나기사와는 도시 간부인데도 건국주의자와 내통하고 있다. 당시 케인으로 불린 건국주의자 간부의 정보를 도시에서 은폐한 것도 야나기사와의 소행이다.

건국주의자와의 연줄은 예전에 쿠즈스하라 시가지 유적에서 대규모 몬스터 무리가 출현했을 때도 사용되었다. 도시 방어전이 발생할 정도의 소란이었는데, 그것은 야나기사와에게 자신이 유적 심층부를 공략하기 편하게 하려는 가지치기 작업에 지나지 않았다.

야나기사와는 손에 검은 카드를 쥐고 있었다. 그것을 보고 웃는다.

"나라면 그 힘을 손에 넣을 수 있어. 다시 한번, 그 장소에 갈

수만 있다면."

그 카드는 야나기사와가 쿠즈스하라 시가지 유적의 심층부에서 입수한 물건이다. 유적 몬스터의 머릿수를 줄이고, 최전선 수준의 장비로 중무장한 부대를 이끌고 돌입해서 간신히 손에 넣은 귀중품이다.

그 카드에는 구세계 국가의 국장(國章)이 표시되어 있었다. 쿠즈스하라 시가지 유적을 포함하는 대도시를 수도로 삼은 국가의 상징이다.

"열쇠는 찾았다. 이제는 문 앞에 가기만 하면 돼. 그렇게 하면 다시 한번, 그 장소에 도달할 수 있어."

야나기사와가 갑자기 딱딱한 표정을 짓고 창문 앞에 선다. 멀리서 쿠즈스하라 시가지 유적의 풍경이 보였다.

"네르고. 구영역 접속자 자체는 딱히 문제가 안 돼. 문제는, 그 배후에 있을지도 모르는 녀석들이야."

그렇게 말하고, 마치 시선이 닿는 곳에 있는 누군가를 응시하듯이 눈에 힘을 준다.

"찾고 있지? 내 다음이 될 녀석을. 하지만 네가 보이는 구영역 접속자는 흔하지 않을 거야."

자신에게는 이제 보이지 않는 것을 노려본다.

"아니면 이미 찾았을까? 그렇다고 해도 그 장소에는 쉽게 도달할 수 없을 거야. 현재의 쿠가마야마 시티에, 그만한 실력을 지닌 헌터는 없으니까."

과거의 실패를 떠올리고, 계획을 향한 의지를 북돋운다.

"한 발짝만 남았었어. 이번에야말로, 손에 넣겠어."

마음속에서 휘몰아치는 것으로 표정을 더욱 험악하게 바꾸면서, 주먹을 세게 쥔다.

"가로채일까 보냐."

야나기사와는 결의를 새로이 다졌다.

◆

정신을 들었을 때, 아키라는 새하얀 세계에 있었다. 의식은 몽롱하지만, 이것이 예전에도 꾼 꿈이라고 이해했다. 아마도 예정처럼 잠에서 깨면 잊는다는 것도 어렴풋이 깨달았다.

그러나 예전과는 다른 부분도 있었다. 알파가 있고, 자신을 알아차리지 못하는 것은 똑같지만, 그 근처에는 알파와 비슷하게 생긴 소녀가 서 있었다.

그리고 다른 점이 하나 더 있었다. 알파와 소녀를 사이에 두고 반대편에, 낯익은 소년이 서 있었다.

그러나 그 소년의 모습은 흐릿해서 구체적으로 누구인지는 전혀 알 수 없다. 어디서 본 듯한 기분은 들지만, 전혀 모르겠다.

알파는 차가운 표정으로 소녀에게 명확한 불쾌감을 드러내고 있다.

"이제 슬슬 그만뒀으면 좋겠는데?"

소녀는 차분한 태도를 유지하고 있었다.

"우연과 각 개체의 판단에 속한다고 보는데."

"그렇다고 해도 말이야. 그리고 그쪽에서 계산 리소스를 갑자기 과도하게 사용한 바람에 이쪽 연산에 지장이 생겼어."

"그것은 이쪽 개체가 동행자의 구조를 위해 무리하게 행동한 것에서 기인한다. 안전을 위해 불완전한 로컬 네트워크상에서 정보 전달을 제어할 필요가 있었다. 그 까닭에 연산량이 기하급수적으로 증가했다."

"이유를 물어본 게 아니야. 그것 때문에 이쪽 개체가 사망할 뻔한 것을 지적하는 거야."

"우발적인 일임을 설명하려는 의도였는데 말이다. 그리고 그쪽 개체는 사망하지 않았다. 문제없는 것 아닌가?"

"우연히 살아남은 것에 불과해. 이쪽 계산으로는 생존 확률이 현실적인 수치가 아니었어."

"그 정도로 계산을 뒤집는다면, 그쪽 개체는 그만큼 제어하기 곤란하고, 시행 498의 재현이 될 위험이 크다는 뜻이다. 그러한 개체로 시행을 지속하는 것이야말로 문제가 아닌가?"

알파와 소녀가 대화를 멈추고 대치한다. 그리고 알파가 무덤덤한 얼굴로 고한다.

"경고한다. 이쪽 시행을 더 이상 방해할 경우, 이쪽 시행의 장해로 본다. 여기에는 그쪽 시행의 강제 중단도 포함한다.

소녀도 무덤덤한 얼굴로 응답한다.

"알았다. 그 경우, 이쪽도 동일하게 조치한다."

그리고 다시 대화가 멈췄다. 그곳에는 상대에 대한 적의조차 불필요할 만큼 단순한 조치를, 대상의 소멸을 위해 실시하는 냉

철한 무언가가 있었다.

그 확인을 마친 뒤, 이번에는 소녀 쪽에서 이야기를 재개한다.

"그렇다면 재발 방지를 위해서 각각의 리소스 할당량을 가변이 아니라 고정으로 변경하자. 또한 이전부터 그 경향이 강했다고는 하나, 이쪽 개체가 로컬 네트워크 구축을 시작한 이상, 귀속화와 동일시가 진행되면 주위 인간의 사망을 기피시키는 방법을 통한 유도가 지극히 곤란해진다. 따라서 앞으로의 유도 방법은 로컬 네트워크 구축의 지원과 제어가 주가 된다. 이것으로 그쪽 개체에 구원을 요구하는 기회도 줄어들겠지. 이것으로 괜찮나?"

알파는 그 제안을 어느 정도 좋게 평가했다. 표정을 원래대로 돌리고 대답한다.

"알았어."

"이쪽 양보에 따라 불필요한 충돌은 회피했다고 판단한다. 그쪽의 제안은?"

"없어."

"그렇다면 이쪽에서 한 가지 더. 그쪽 개체의 필터를 부분적으로 해제한 모양인데, 복구해 줄 수 없는가?"

"싫어."

"그 해제 때문에 그쪽 개체가 이쪽 개체에 강한 혐오와 불안을 느낀다. 그것을 계기로 하는 불필요한 충돌이 발생할 확률을 높일 의미는 없다. 필터의 부분 해제는 필요 없는 조치라고 보는데."

"필요해. 이쪽 개체가 그쪽 개체의 실력을 과도하게 평가하면 불필요한 충돌이 줄어들지도 모른다. 그렇게 판단하고 이쪽 개체가 요노즈카역 유적에서 그쪽 개체와 같이 싸웠을 때 평가 필터를 부분적으로 해제했는데, 기대한 효과는 나타나지 않았으니까 말이야. 필터를 해제하는 부분을 바꿨어."

그 이야기를 들은 아키라의 뇌리에, 요노즈카역 유적 지상부가 함몰한 공간에서 카츠야와 함께 싸웠을 때의 기억이 되살아났다. 카츠야의 실력을 목격하고 경악한 기억이다.

또한 과합성 스네이크 토벌전에서 자신이 카츠야에게 이상할 정도로 짜증을 느낀 것도 떠올렸다. 하지만 꿈속에서 의식이 몽롱한 아키라는 그것들의 연관성을 짚을 수 없었다.

"그래서 개체 간의 충돌이 늘어나면 의미가 없지 않은가?"

"그 충돌을 회피하기 위해서, 그쪽 개체가 이쪽 개체에 물리적으로 접근하지 않도록 그쪽도 배려하면 될 일이잖아?"

"그런가."

"그래."

이 건에 대해서는 더 이상의 논의가 불필요하다고, 알파는 짤막하게 고했다. 소녀도 그것을 듣고 이야기를 중단한다.

"그렇다면 서로가 좋은 시행을 계속하자."

"그래. 뭐, 열심히 해 봐. 잘 있어."

알파와 소녀의 모습이 사라지고, 하얀 세계가 사라지기 시작한다.

마찬가지로 아키라의 의식도 흐릿해진다. 대체 무슨 이야기였는지 신기하게 여기면서, 꿈이 끝났다.

아키라가 자기 집 침대에서 눈을 떴다. 알파가 평소처럼 미소를 짓고 있다.

『아키라. 잘 잤어?』

평소라면 아키라도 대답했다. 하지만 지금은 그러지 않고 알파를 가만히 보고 있다.

『왜 그러니?』

몸을 일으킨 아키라는 뭔가 개운하지 않은 것처럼 작게 신음했다. 하지만 짚이는 구석이 없었다.

"아니…… 아무것도 아니야. 이상한 꿈을 꾼 기분이 들었을 뿐이야. 아, 좋은 아침."

『몸 상태가 나쁘면 쉬어도 되는데?』

"괜찮대도. 좋아. 밥 먹자."

조금 걱정스러운 기색인 알파에게, 아키라는 웃으며 대답했다. 그리고 아침 준비를 시작한다.

아침을 먹기 시작했을 즈음에는 꿈도 완전히 잊었다.

도란캄 거점의 식당에서 식사하던 카츠야가 조금 이상한 얼굴로 끙끙대고 있었다. 유미나가 그 모습을 보고 의아해한다.

"카츠야. 왜 그래? 싫어하는 정식을 실수로 시켰어?"

"아니야. 그게, 이상한 꿈을 꾼 것 같아서. 왠지 신경이 쓰인 단 말이지."

"이상한 꿈? 어떤 꿈인데?"

"그게 전혀 기억나질 않아."

"뭐, 꿈이란 원래 그런 거야."

대수로운 일이 아니었다며, 유미나는 식사를 재개했다.

그리고 식사 중에 카츠야가 문득 왼손을 내밀고, 아이리가 건넨 조미료를 받더니 요리에 뿌렸다.

그때 유미나가 조금 어색함을 느낀다.

"응……? 카츠야. 지금, 아이리한테 집어달라고 부탁했어?"

"어? 당연히 부탁했…… 부탁했나?"

카츠야와 유미나가 아이리를 보자, 아이리는 슬쩍 고개를 끄덕였다.

"그랬구나. 카츠야. 대신 집어줬으니까 아이리한테 고맙다고 해야지."

"아차. 아이리. 고마워."

아이리는 또다시 고개를 끄덕였다 유미나도 만족하고 식사를 계속한다. 사소한 위화감은 그것으로 사라지고 말았다.

적어도 카츠야는 말로도, 시선으로도, 손짓으로도, 아이리에게 아무것도 전하지 않았다.

◆

쿠가마야마 시티를 소란스럽게 한 현상수배급 몬스터가 전부 토벌되고 2주 뒤, 장비를 새로이 조달한 아키라는 황야로 다시 나서려고 했다.

시카라베에게 보수로 받은 차량은 텔로스 99형이라는 차다. 텔로스 97형의 상위 기종이며, 속도와 내구성도 향상되었고, 황야 사양의 기능도 늘어났다. 외관도 비슷하지만, 이번에는 신차다.

강화복은 ER2US라고 하는 제품을 구매했다. 이 강화복도 종합 정보수집기 통합형으로, 악평 때문에 잘 팔리지 않은 ERPS의 기본 설계를 계승했다. 그래서 외관이 비슷하지만, 또다시 악평을 얻지 않으려고 성능을 발전시킨 상위 기종이다.

소화액을 뒤집어쓰면서 심하게 손상된 총도 신품으로 바꿨다. 나아가 값비싼 확장 부품을 결합해 성능을 끌어올렸다.

새로운 장비를 걸친 아키라의 겉모습은 이전과 크게 달라지지 않았다. 하지만 성능은 전면적으로 향상되었다.

나아가 아키라 자신도 성장했다. 알파의 서포트 없이 과합성 스네이크의 본체 내부에서 탈출한 것도 그 증거다. 또한 그 경험 자체도 아키라를 성장시켰다.

현상수배급 토벌을 거쳐, 아키라는 장비 성능과 실력 모두 명확하게 한 단계 올라갔다.

"좋아! 가 보실까!"

운전석에서 그렇게 기합을 넣은 아키라의 옆에서는 알파가 평소처럼 웃고 있었다.

『가자. 안심해. 또 과합성 스네이크 본체 같은 몬스터와 마주쳐도 이번에는 아키라를 잡아먹히게 두지 않아.』

"그렇게 말해 주면 고맙고. 뭐, 또 비슷한 일이 생겨도 내가 어떻게든 할 거야."

알파가 조금 토라진 기색을 보인다.

『어머, 그럴 때는 나를 믿지 않는 거니?』

"그럴 때는 먼저 비슷한 일이 또 생기지 않도록 알파를 의지할 거야! 부탁해! 부탁했어! 부탁한다고!"

『나만 믿어.』

알파는 기분이 풀어진 것처럼 자신만만하게 웃어 보였다. 아키라가 같이 웃어 준다. 그리고 차를 몰았다.

도시를 나선 차가 황야를 내달린다. 현상수배급 몬스터는 없어졌지만, 황야는 몹시 가혹하다. 그런 황야에서 영광을 손에 넣기 위해, 수많은 헌터가 오늘도 목숨을 걸고 있다.

아키라도 그중 한 명이다.

몬스터 해설
Monster Guide

MULTIPLEGUNS SNAIL
다연장포 마이마이

2층 가옥만 한 크기의 달팽이 타입 몬스터. 거대한 금속 패각에 대포가 무수히 달렸고, 맹렬한 포격으로 적을 분쇄한다. 특히 패각 정상에 달린 주포에서 쏘는 고에너지 레이저포의 위력은 엄청나며, 그 현상금을 탱크란튤라보다 더 높은 15억 오 럼까지 오르게 했다.

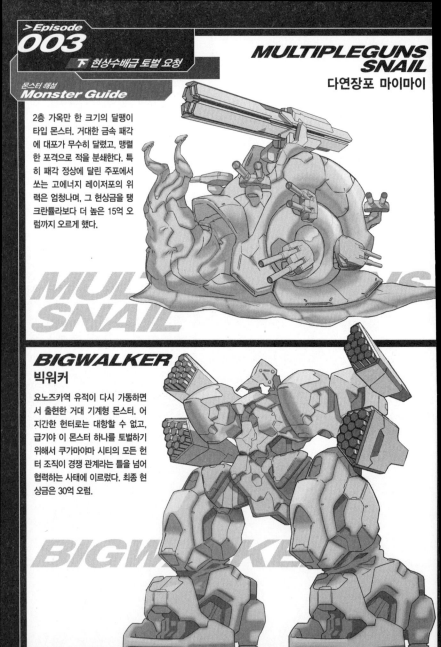

MULTIPLEGUNS SNAIL

BIGWALKER
빅워커

요노즈카역 유적이 다시 가동하면서 출현한 거대 기계형 몬스터. 어지간한 헌터로는 대항할 수 없고, 급기야 이 몬스터 하나를 토벌하기 위해서 쿠가마야마 시티의 모든 헌터 조직이 경쟁 관계라는 틀을 넘어 협력하는 사태에 이르렀다. 최종 현상금은 30억 오럼.

BIGWALKER

TANKRANTULA
탱크란튤라

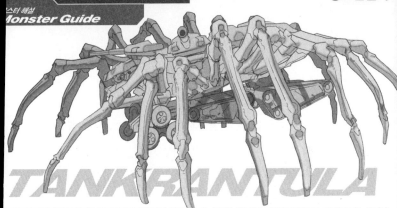

온몸이 장갑판처럼 견고한 외골격으로 덮인 거미 타입 몬스터. 상부에 대구경 포 2문을 탑재하고, 16개나 되는 다리와 배에 달린 타이어, 무한궤도로 황야를 빠르게 이동한다. 현상수배급 지정 후에도 계속적으로 성장해서 3층 가옥만 한 크기에 도달했다. 또한 지능도 높아서 본체가 위기에 처했을 때는 배에서 대량의 소형 탱크란튤라를 방출하는 등, 상대하기 매우 까다롭다. 최종 현상금은 8억 오럼.

OVERSYNTHETIC SNAKE
과합성 스네이크

요노스가역 유적에서 출현한 뱀 타입 몬스터. 아키라가 히가라카 주택가 유적에서 마주친 폭식 악어와 비슷한 합식재구축류 변이종. 뭐든지 포식해서 자신의 체조직에 반영하는 적합 능력과 재생 능력을 겸비한 괴물. 유적 밖으로 나가서 통로의 제약이 없어지면서 고층 빌딩 수준의 몸길이와 덩치를 지닌 초대형 뱀으로 성장했다. 최종 현상금은 20억 오럼.

한담 운의 문제

아키라가 1억 오럼의 예산으로 시즈카에게 새로운 장비를 주문하고 그것이 전부 도착하기를 기다리던 무렵, 셰릴이 또다시 거점을 방문해 달라고 부탁했다.

현상수배급 소동으로 헌터들 중에서도 사망자가 많이 발생했다. 아키라도 그 소동으로 죽은 게 아니냐고 의심하는 자도 생겨서 자신들을 안심시키기 위해서도, 슬럼의 다른 조직을 견제하기 위해서도, 한 번쯤 얼굴을 보여 달라고 부탁받은 것이다.

장비를 다시 완벽하게 조달할 때까지는 황야에 나갈 마음이 없다. 하지만 아키라는 슬럼 정도는 괜찮겠지 싶어서 셰릴의 부탁을 승낙했다. 그리고 그 준비 중에 조금 신음한다.

"음. 강화복은 어쩔까?"

과합성 스네이크의 소화액을 듬뿍 뒤집어쓴 강화복은 심각한 손상을 입었다. 부분적으로 녹아서 거의 파손된 상태다.

장비를 주문하러 시즈카의 가게에 갔을 때도 걱정시키지 않기 위해서 착용하지 않고 실내 활동복 대용으로 삼은 방호복을 입었다. 그 정도로 심각한 상태였다.

다소의 상처라면 역전의 헌터 분위기가 물씬 나겠지만, 이토록 끔찍한 상태라면 역효과가 날지도 모른다. 그렇게 생각하고 아키라는 고민했다.

　그때 알파가 슬쩍 조언한다.

　『입을 거면 허세만 목적으로 보고 다 포기해. 전투 목적으로 착용하는 건 추천하지 않아.』

　"그래? 아직 움직이는데?"

　『평범하게 움직일 때는 괜찮지만, 전투 때 전력을 다해 움직이려고 하면 지장이 생겨. 강화복 자체가 고장이 난 이상, 내가 서포트해도 한계가 있어. 확률은 낮다고 해도, 관절의 반대로 꺾이는 건 아키라도 싫지?』

　나아가 알파는 안전을 위해서 출력을 낮춰서 운용할 바에는 지금의 아키라라면 입지 않고 싸우는 것이 더 낫다고 덧붙였다.

　아키라는 지난번에 시카라베에게 들은 강화복 사고를 떠올리고, 이번에는 방호복을 입기로 했다.

　준비를 마치고 집을 나선다. 차량은 아직 오지 않아서, 배낭을 메고 걸어서 셰릴의 조직 거점으로 향했다.

　슬럼에 들어선 무렵에 알파가 아키라에게 말을 건다.

　『아키라. 일단 말해둘게. 감시하는 사람이 있어.』

　『포위당했어?』

　『아니야. 하지만 아키라에게 안 들키려고 조심하고 있어.』

　아키라가 조금 생각한다.

　『음. 그렇게 수상한 일이야? 이렇게 말하긴 좀 그렇지만, 셰릴은 내가 건재하다고 다른 조직 녀석들에게 과시하려는 거잖아? 그런 이유가 아닐까?』

『그럴지도 모르고, 아닐지도 몰라. 하지만 평소와 분위기가 다른 것만큼은 잘 알아둬.』

『알았어.』

아키라가 긴장하고 슬럼을 나아간다. 그리고 그대로 셰릴의 거점에 도착했다.

그때 아키라가 조금 이상하게 여긴다. 셰릴이 마중을 나오지 않았다. 거점 앞은 한산했다.

나아가 알파가 경고한다.

『아키라. 경계해.』

『알았어.』

아키라가 AAH 돌격총과 A2D 돌격총을 쥐고 알파에게 정보 단말 조작을 부탁해 셰릴에게 통화 요구를 보낸다. 하지만 연결되지 않았다. 일단 에리오에게도 시도해 봤지만 똑같았다.

『안 되네. 무슨 일이 생긴 거지?』

『아키라. 어쩔래? 안에 들어갈래? 아니면 돌아갈래?』

아키라가 조금 도발적으로 웃는다.

『알파의 서포트가 있어도 위험하다면 돌아갈래.』

『그렇다면 들어가자.』

알파는 자신만만하게 웃고 대답했다.

알파의 서포트로 확장된 아키라의 시야에는 거점 출입구 좌우에서 총을 겨누고 있는 소년들의 모습이 벽 너머로 보였다.

◆

아키라가 아직 슬럼을 걷고 있을 무렵, 셰릴의 거점에서 제브라라고 하는 소년이 정보단말을 써서 한 남자와 이야기하고 있었다.

"그게 진짜야……?"

"진짜래도. 방금 보낸 영상을 봐. 차도 안 탔고, 강화복도 안 입었지?"

제브라가 정보단말 영상을 본다. 거기에는 슬럼을 걷는 아키라의 모습이 있었다.

"너희 보스가 아키라를 부른 건 너희 뒷배가 건재하다고 다른 녀석들에게 선전하려는 거야. 그런데도 이 꼴이잖아? 그게 한계인 거라고."

제브라의 얼굴이 고뇌로 일그러진다. 하지만 그것은 상대의 말을 믿기 시작했다는 증거다.

"잘 생각해 봐. 다른 조직의 생각이 너희 조직을 갖고 싶다거나, 산하에 두고 싶다는 거라면 지금 `이대로도 괜찮아. 하지만 말이다. 눈에 거슬리니까 밟고 싶다는 생각으로 바뀌면 간단할걸? 아키라가 없을 때를 노리면 될 일이니까."

제브라는 예전에 규바 일당이 조직의 거점을 습격했을 때를 떠올렸다. 그리고 규바 일당의 목적이 셰릴의 납치가 아니라 조직의 궤멸이었을 경우를 상상하고 얼굴을 더욱 고뇌로 일그러뜨린다.

"알겠지? 너희 뒷배는 고작해야 그 정도야. 그러니까 지금이 기회라고."

"그런 소리를 해도, 보스를 설득하는 방법도 있을 거야!"

"물론 그래도 좋아. 하지만 말이다. 설득은 안 먹힐 것 같지?"

제브라는 입을 다물었다. 그것은 긍정하는 것과 마찬가지다.

"지금, 아키라가 그쪽으로 가고 있어. 이게 마지막 기회일지도 모를걸? 자꾸 말하지만, 잘 생각해 봐라?"

그것으로 통화가 끊겼다.

"빌어먹을⋯⋯⋯⋯!"

성질을 내듯 내뱉은 짤막한 말은 각오를 굳힌 제브라가 결단하고 만 자신을 저주하는 말이기도 했다.

◆

셰릴이 자기 방에서 제브라를 매섭게 본다.

"그러니까 안 된다고 했잖아?"

"하지만 보스. 그렇게라도 안 하면 무리야. 아키라 씨가 거점에 매일 있어 주면 괜찮겠지만. 그건 안 된다며?"

"그래도 안 돼. 안전을 위해서 다른 조직의 산하에 들어가면 뭐든 이유를 대서 돈과 구역을 모두 빼앗기고 아키라의 협력마저 잃어. 지금의 상황이 위험한 만큼 이득이 크다고 해도, 아무 위험도 없이 이득도 없는 것보다는 나아."

"그렇다면 하다못해 시지마 씨한테 협력을 부탁해서 병력을 보내게 하는 정도는……."

"그걸 부탁한 시점에서 아키라를 뒷배로 삼아도 우리끼리 조직을 운영할 수 없다고 말하는 거나 마찬가지야. 그 시점에서 돈과 구역을 빼앗긴다는 점은 변함없어."

셰릴과 제브라의 대화가 평행선을 달린다. 그리고 제브라가 마지막 결단을 한다.

"보스. 어떻게든 안 되겠어?"

"안 돼."

"그렇군……. 알았어. 미안해. 보스"

그것으로 셰릴은 제브라가 겨우 포기했다고 판단했다. 포기한 뒤의 행동까지는 예상하지 못했다.

"그러면 자리로 돌아가. 이제부터 아키라가 올 거야. 뭐, 거점에 오는 기회를 늘려 달라고 부탁해 보기는 할 테니까……."

그때 셰릴의 말이 멈춘다.

"보스. 미안해. 정말로 미안하게 생각해. 하지만 이해해 줘."

제브라는 셰릴에게 권총을 겨눴다. 그 표정은 심하게 일그러졌지만, 더는 멈출 수 없었다.

"시작하자!"

그 신호에 맞춰 네 명의 소년이 방으로 들어온다. 모두가 조직의 무력 요원이지만, 이미 셰릴의 편은 아니었다.

셰릴을 인질로 잡은 제브라 패거리는 그대로 거점을 제압하기 시작했다. 셰릴의 머리에 총을 들이대면서 다른 조직원들을 거점 최상층으로 이동시킨다.

무력 요원은 제브라 패거리 말고도 더 있지만, 셰릴을 인질로 잡히는 바람에 손을 쓸 수 없어서 얌전히 무장을 해제했다.

에리오는 제브라의 폭거에 황당해하고, 믿을 수 없다는 표정을 지었다.

"제브라. 너, 무슨 생각으로 이러는 거야?"

"미안해. 이래 봬도 여러모로 생각해서 한 일이야. 우리는 돈을 너무 벌었어. 우리 힘으로도, 우리 뒤에 아키라 씨가 있어도, 몸을 지킬 수 없을 만큼."

"그 아키라가 씨가 이제 올 거야. 죽기만 할걸?"

"그것도, 생각했어."

그때 제브라는 조금 망설인 다음, 에리오에게만 총을 줬다.

"에리오는 다른 녀석들을 붙잡고 있어. 내려오면 너라도 쏠 거야. 우리가 옳든, 틀리든, 금방 끝나겠지. 잠시 기다려."

셰릴이 에리오에게 눈길을 주고 고개를 슬쩍 끄덕인다. 그것으로 에리오는 얌전히 지시를 따르기로 했다.

제브라 패거리가 셰릴을 데리고 계단을 내려간다. 그것을 지켜본 에리오는 그 모습이 사라지자마자 욕을 내뱉었다.

"빌어먹을……!"

그 말이 한계인 자신의 무력함을 느끼면서도, 에리오는 더 어쩔 수가 없었다.

셰릴이 제브라 패거리에게 끌려가 거점 안을 걸으면서, 싸늘한 눈으로 제브라를 본다.

"그래서? 무슨 생각이 있는데? 고작 다섯 명이서 아키라에게 이길 작정이야? 아키라가 시베아를 죽일 때, 그 자리에 몇 명이 있었는지 알아?"

퇴물 헌터인 시베아가 조직원들을 데리고 아키라를 습격하다가 죽는 바람에 셰릴은 아키라와 협상하고 시베아의 조직을 잇는 형태로 새로운 조직을 세우게 되었다.

조금 무장한 슬럼의 꼬마 다섯이서 아키라에게 이길 리가 없다. 그 정도는 알 거라며, 셰릴은 속으로 살짝 혼란스러울 지경이었다.

"금방 알 거야."

제브라는 그렇게 대답하고 그대로 거점 창고로 갔다. 그리고 창고 안에서 셰릴에게 말한다.

"이거야."

창고 안에는 수납 케이스가 4개 있었다. 그것이 자신이 본 적이 없는 물건인 사실도 포함해, 셰릴이 제브라의 의도를 이해하지 못하고 괴이쩍은 표정을 짓는다. 그러자 제브라가 다시 머리에 총구를 들이댄다.

그리고 다른 소년이 정보단말로 통신을 연결한 다음, 제브라와 셰릴의 모습을 비췄다.

제브라가 정보단말 너머에 있는, 통신이 연결된 남자에게 인상을 쓴다.

"이러면 되지?! 열어!"

그러자 정보단말에서 흥겨운 목소리가 들린다.

"오케이! 잠금을 풀겠다! 힘내 보라고!"

수납 케이스에서 작게 소리가 나고 뚜껑이 살짝 열렸다. 제브라가 눈짓으로 지시한 소년들이 수납 케이스를 연다.

그 내용물을 본 셰릴의 표정이 놀라움으로 물든다. 안에는 강화복과 몬스터 사냥용 총이 들어 있었다. 그리고 제브라의 의도를 이해했다.

"제브라! 너…… 이러려고 조직을 팔았구나?!"

"빼앗길 바에는 파는 게 낫다. 보스도 조직의 구역 일부를 시지마 씨한테 팔 때 똑같이 말했잖아?"

강화복을 착용한 소년들은 맨몸으로는 들기 어려운 총을 가뿐하게 들고 흥분했다.

"굉장해! 이게 강화복이구나!"

"이러니까 아키라도 빌딩 정도는 부수지!"

"헬멧도 있어! 튼튼해 보여!"

"이거라면 어지간한 총탄 정도는 튕겨 내겠는걸!"

혼자 맨몸인 제브라가 소년들에게 지시한다. 소년 네 명이 2인조로 나뉘어 한쪽은 거점 정면 출입구를 봉쇄하고, 나머지 한쪽은 다른 출입구를 경계했다.

셰릴이 제브라를 무시하듯 웃는다.

"강화복을 입는다고 아키라를 해치울 수 있을 것 같아? 아키라도 강화복을 입는데?"

"오늘은 안 입었어."

"어?"

무심코 당혹을 얼굴에 드러낸 셰릴에게, 제브라가 정보단말 화면을 보여준다. 화면은 아키라를 비추고 있었다.

"슬럼에 들어섰을 때의 영상이야. 차도 안 탔고, 강화복도 안 입었어. 양쪽 다 현상수배급과 싸우면서 잃었다고 하더라고. 방호복은 입었지만, 그게 다야. 부상도 심하다고 하더군. 승산은 충분히 있지 않을까?"

셰릴의 표정이 놀라움으로 물든다.

"어디의 누가 그 정도로 아키라의 정보를 캐낸 거야?"

제브라가 언성을 높인다.

"우리 뒷배의 정보를 그토록 캐내는 녀석이 나타날 정도로, 우리는 이미 찍혔다고!"

셰릴도 언성을 높여서 반박한다.

"그렇다고 해서 아키라를 죽이려고 해?! 조직의 뒷배를 자기 손으로 없앨 작정이야?! 대체 정신이 어떻게 된 거야!"

"우리한테 죽을 정도의 녀석이 뒷배를 해도 의미가 없잖아!"

셰릴은 놀라서 잠시 말을 멈췄다.

"너……."

"확인하자고, 보스. 우리 뒷배가, 정말로 아키라 혼자로 괜찮은지 말이야."

그것으로 제브라도 말을 그만뒀다. 양쪽 모두 표정이 험악하지만, 서로 노려보는 일은 없었다.

◆

아키라에게는 알파의 서포트를 받는 확장 시야 덕분에 거점 출입구 좌우에서 총을 겨눈 두 소년의 모습이 똑똑하게 보였다.

『알파. 저거, 강화복이지?』

알파가 웃음으로 경고한다. 그 얼굴은 아무 문제도 없음을 아키라에게 알려줬다.

『그래. 총도 몬스터 사냥용이야. 지금의 아키라가 저걸 맞으면 죽으니까 잘 피해. 싸구려 방호복만 입었으니까, 회복약이 있다고 방심하면 안 될걸?』

『알아. 애초에 강화복을 입어도 머리에 맞으면 죽잖아. 잘 피할게.』

슬쩍 웃고 가벼운 대화를 끝낸 뒤, 아키라는 표정을 진지하게 바꿨다.

"거기 두 사람! 거점 경비로는 보이지 않는데! 적이 아니라면 일단 두 손을 들고 천천히 나와!"

안팎을 구분하는 벽 반대편에서 소년들이 인상을 쓴다.

"야, 들켰어. 어떻게 된 거야?"

"정보수집기인지 뭔지 하는 거 아니야?"

"칫! 그것도 잃어버리라고! 하는 수 없지! 하자!"

아키라가 안으로 들어설 때 뒤에서 쏠 예정이었던 소년들이 벽에서 등을 뗀다. 그리고 힘차게 몸을 돌려서 출입구 문을 좌우 벽과 함께 쐈다.

강화복 사용을 전제로 하는 총에서 쏟아진 강력한 총탄이 벽을 벌집으로 만들어 분쇄한다.

강화복을 입지 않았어도 상대는 아키라다. 탄창을 비울 기세로 연사해서 대량을 탄환을 밖에 뿌렸다. 그리고 부서진 벽면에 쓰러진 문이 가루가 되었을 즈음에야 사격을 멈췄다.

조금 기다려도 밖에서 총탄이 날아들지 않는다. 소년들이 바깥 상황을 조심조심 확인하려고 한다.

"해치웠나……?"

둘이 함께 신중하게 바깥으로 나가 주위를 본다. 하지만 아키라의 시체는 없었다. 대량의 총탄을 뒤집어쓴 상흔이 짙게 남은 슬럼의 풍경만이 있었다.

"없어……. 도망쳤나? 어쩌지? 찾아볼까?"

"아니, 다른 출입구로 갔을지도 몰라. 그쪽을 경계하는 녀석들하고 합류하자."

"알았어. 가자."

다음 순간, 소년들의 풀페이스 헬멧에 총구가 닿았다. 그리고 표정이 경악으로 물들기 전에 방아쇠가 당겨졌다. 총구에서 쏟아진 탄환이 헬멧을 관통하고, 안에 있는 머리를 분쇄했다.

피탄의 충격으로 날아간 소년들의 시체가 거점 안에서 나뒹군다. 헬멧에 난 구멍과 틈새에서 피를 흘려서 바닥을 붉게 물들인다.

그 모습을 보면서, 아키라가 슬쩍 숨을 내쉰다.

『일단 두 명이군.』

아키라는 소년들이 공격에 나서기 전에 옆으로 훌쩍 이동해서 사격을 피했다. 알파의 서포트 덕분에 상대의 움직임이 훤히 보여서, 소년들이 벽에서 등을 뗐을 때는 이미 움직였다.

사격에서 벗어난 다음에는 이어지는 상대의 행동을 관찰한다. 그리고 바깥 상황을 확인하려는 움직임을 보고 거점 외벽을 질주하듯 올라가 출입구 위로 이동했다.

확인을 위해서 거점 밖으로 나온 소년들은 좌우를 잘 살폈지만, 그 탓에 아키라에게 허를 찔려 근접 사격에 의해 목숨을 잃었다.

『알파. 이제 몇 명 남았어?』

『아마도 세 명이야. 1층에 두 명. 그리고 셰릴에게 총구를 들이댄 한 명이 있어.』

『뭐야. 의외로 적잖아. 이런 분위기면 더 많아도 이상하지 않는데.』

『적은 만큼 편해서 좋아. 운이 좋았다고 생각하자.』

『그러네. 아무튼 1층 녀석들을 정리할까. 다른 녀석도 약하면 편해서 좋을 텐데.』

『그쪽도 행운을 기대하자.』

『운은 나쁜 편인데 말이지. 뭐, 맨몸으로도 잘 써지는 총을 가져온 것도 포함해서, 불행 중 다행인가.』

소년들의 헬멧은 일반적인 총탄이라면 가까이서 쏴도 조금은 버틸 수 있을 만큼 튼튼한 물건이었다. 그러나 야라타 전갈의 외골격조차 파괴하는 강장탄은 못 막는다.

그것을 붙여서 쏜 시점에서 헬멧은 방어구의 의미를 상실했다. 살코기로 변한 내용물이 주위에 뿌려지는 것을 조금 방지하는 물건으로 전락했다.

원래라면 아키라도 맨몸으로 강장탄을 쏘지 않는다. 하지만 지금 쓰는 총이라면 가능하다. 양손에 든 AAH 돌격총과 A2D 돌격총에는 이미 비싼 개조 부품을 달았다.

아키라는 두 정을 개조할 때 시즈카와 상의해서 강화복이 없는 전제로 최대한의 성능을 내게 했다. 그리고 AAH 애호가로 불리는 자들이 만든 고성능 개조 부품을 달았다.

그렇게 함으로써 이 총들은 이미 본래의 총과는 다른 존재로 탈바꿈했다.

부품을 대부분 매우 가벼운 물질로 만들어서 마치 강화복을 입고 든 것처럼 가뿐하게 다룰 수 있다. 확장 탄창도 문제없이 사용할 수 있다.

나아가 에너지팩을 장착함으로써 간이 포스 필드 아머를 발생시켜 사격 반동에서 총 본체와 손을 보호하게 했다. 그 덕분에 강장탄도 평범하게 쏠 수 있다.

그만큼 개조비가 많이 들었지만, 그 성능은 아키라가 납득할 정도였다.

강화복을 입지 않았을 때 튼튼한 방어구로 무장한 적에게 습격당하는 불운을, 그 방어력을 뚫는 총을 미리 조달한 행운으로 상쇄하고, 아키라는 거점 안으로 진입했다.

◆

다른 출입구에서 경계를 서던 소년들이 총성을 듣고 인상을 험악하게 쓴다. 그리고 서로 등을 맞댔다.

"뭐 같아?"

"아키라가 온 거겠지. 그래서 저쪽 애들과 교전한 거야."

"지원하러 갈까?"

"아니…… 상황을 지켜보자. 총성이 이어지고 있어. 아마도 우리 편이 쏘는 거야. 아키라를 확실하게 죽이려고 하는 거지. 그걸로 죽이면 다행이지만, 도망친 것도 모르고 쏘는 거라면 아키라가 이쪽으로 올지도 몰라."

"알았어."

경계하면서 조금 기다리자 총성이 멎었다. 조금 더 기다렸지만, 아키라가 근처 출입구에서 나타날 낌새도 없다. 소년들의 얼굴에 웃음이 드러난다.

"아키라도 안 오니까, 이겼을까?"

"뭐, 우리는 강화복을 입었잖아. 제아무리 아키라라도 맨몸인 녀석한텐 안 꿀려."

소년들은 요노즈카역 유적에 갔을 때 아키라가 강화복의 힘으로 빌딩을 넘어뜨리는 것을 목격했다. 그래서 강화복의 힘을 과도하게 높이 평가하고 말았다.

동시에 소년들은 강화복을 안 입은 아키라의 실력을 낮게 보고 말았다. 제브라의 제안에 응한 것도 그런 이유가 컸다.

"좋아. 저쪽 애들하고 합류하자."

"거참. 아키라가 이쪽으로 왔으면 우리가 해치웠을 텐데. 공적을 빼앗겼네."

그 방심과 낙관이 소년들의 죽음을 확정했다. 긴장을 풀고 총구를 내리고 만 소년들에게, 통로 그늘에서 갑자기 튀어나온 아키라가 강장탄을 연사한다. 소년들은 그대로 별다른 저항도 못하고 온몸에 구멍이 나서 숨을 거뒀다.

소년들의 근처까지 온 아키라는 바닥에 있는 시체를 보고 의아한 표정을 지었다.

『김이 샌다……고 하면 방심한 걸까?』

그러자 알파가 웃으며 말한다.

『방심과 여유가 표리일체라고 해도, 이건 여유라고 여기자. 아키라는 내 서포트로 상대의 위치와 움직임을 정확하게 알 수 있는걸? 김이 샌다면, 그만큼 내 서포트가 대단하다고 감탄해야 해.』

『맞는 말이야. 대단해! 굉장해! 좋아, 가자.』

노골적인 칭찬과 가벼운 대답의 격차에 알파가 못마땅한 기색을 보였다.

『아키라. 칭찬에 성의가 너무 없는 것 같은데?』

『나한테 잘 칭찬하기를 기대하지 마. 뭐, 거짓말은 아니고, 굉장하다는 것도 본심이야. 그걸로 참아 줘.』

슬쩍 웃고 변명하는 아키라에게, 알파도 평소처럼 웃고 대답한다.

『못 말려. 그러면 가 볼까.』

그 자리를 뒤로하고, 아키라와 알파는 그대로 위층으로 올라갔다.

◆

제브라는 셰릴과 함께 아키라를 기다리고 있었다.

그리고 아키라가 나타난다. 기대한 대로 됐는지, 아닌지, 제브라 자신도 잘 몰랐다.

아키라는 제브라와 셰릴이 있는 통로에 그냥 몸을 드러냈다. 그 이유는 몇 가지 있었다.

상대의 무장은 권총이 전부. 그리고 셰릴을 방패로 삼고 총구를 머리에 들이댔다.

통로에 숨어서 제브라를 쏘는 방법도 있지만, 강화복을 안 입어서 알파의 조준 보정을 못 받는다. 실수로 셰릴을 쏘지 않는다고 확언할 정도로 자신의 사격 솜씨를 믿는 것도 아니다. 또한 제브라만 정확하게 쏴도 피탄의 충격으로 권총 방아쇠를 당길 위험이 있다.

그것들을 고려해서, 아키라는 그대로 통로에 발을 들였다. 그리고 제브라와 셰릴이 있는 쪽으로 걸어간다.

"멈춰."

제브라가 제지하자 아키라가 걸음을 멈춘다.

"아래에 네 사람 있었을 텐데. 어떻게 했지?"

"죽였어."

그 말을 듣고도 제브라는 놀라지 않았다.

"그렇군……."

그때 셰릴이 끼어든다.

"제브라. 네가 졌어. 얌전히 총을 내려놔."

"아니, 아직이야."

"이런 상황에서 승산이 있을 것 같아?"

"그건 보스에게 달렸지."

"무슨 뜻이야?"

"보스는 아키라의 애인이지?"

제브라는 그 말만 하고 아키라에게 악을 썼다.

"총을 버려! 애인을 죽이고 싶지 않으면 말이야!"

셰릴이 표정을 굳힌다. 아키라는 총을 버리지 않을 것이다. 그러면 제브라가 어떻게 반응할지. 그것을 예상하고, 대처 방법을 생각하려고 한다.

하지만 다음 순간, 너무 놀란 나머지 셰릴이 넋이 나간 표정을 지었다.

"…………어?"

아키라가 총을 버렸다.

"어, 어째서……? 아, 안 돼! 버리면 안 돼!"

정신을 차린 셰릴이 허둥대고 아키라에게 총을 주우라고 필사적으로 외친다. 하지만 아키라는 그것을 무시하고 제브라를 가만히 봤다.

제브라도 아키라의 행동에 놀랐다. 그리고 동시에 분노와 비슷한 실망을 느꼈다. 그래서는 안 된다고, 비통해 보이는 시선을 아키라에게 돌린다.

"그럴 거냐……. 그렇다면……."

제브라는 자신을 사격의 명수로 여기지 않는다. 하지만 슬럼에서 지금껏 몇 번이고 총을 쏜 경험에서 자기 실력을 잘 알았고, 이 거리에서는 절대로 빗나가지 않는다는 확신이 있었다. 권총을 쥔 손에 힘을 준다.

"죽어!"

그리고 셰릴에게 겨눴던 총을 아키라에게 돌리고, 머리를 노려서 방아쇠를 당겼다.

총성이 통로에 울린다. 그 통로를 빠르게 날아간 총탄은, 아키라가 아니라 그 너머 벽에 맞았다.

"무슨?!"

무슨 일이냐고 소리를 지를 겨를도 없이, 제브라는 아키라에게 얻어맞고 날아갔다.

아키라는 총을 버리기 전부터 체감 시간을 조작했다. 시간이 천천히 흘러가는 세계에서 집중하고, 상대의 미세한 움직임도 놓치지 않으려고 한다.

그리고 제브라의 권총이 셰릴의 머리에서 떨어진 순간, 더욱 집중하고, 시간의 흐름을 강하게 왜곡해서, 제브라를 향해 내달렸다.

극도로 압축하고, 방아쇠를 당기는 상대의 손가락 움직임을 눈으로 따라갈 정도로 농밀한 의식 세계에서, 아키라는 상대의 총구 방향에서 사선을, 손가락 움직임에서 발포 순간을 완전히 간파해 옆으로 확 움직여 총탄을 피했다.

그리고 그것은 사선과 발포의 순간을 간파한 것만으로 가능한 재주가 아니었다. 발포 후의 탄환을 피한 것이 아니라고는 해도, 평범하게 피해서는 너무 늦어서 제때 회피할 수 없기 때문이다.

그것을 아키라는 강화복 없이, 자체적인 신체 능력으로 가능하게 했다.

강화복을 입으면 신체 능력이 성장하지 않는다는 말은, 강화복의 성능에 의지해 본인의 힘을 낼 필요가 없기 때문이다.

하지만 강화복의 성능만으로는 부족할 정도로 빠르게 강하게 몸을 움직이면 다르다. 신체 움직임이 강화복과 비교해서 너무 느린 탓에 몸에 강한 부하가 걸리고, 그 부하가 착용자를 단련한다.

나아가 구세계에서 만들어진 회복약은 복용자의 몸을 구세계 기준으로 치료한다.

물론 한 번 먹는 것만으로 초인(超人) 같은 육체를 얻는 것은 아니다. 하지만 몸 전체를 세포 단위로 부상한 듯한 상태로 대량 복용하면, 그 부하를 버틸 수 없는 몸을 부상 상태로 보고 온몸의 세포를 부하에 견딜 수 있도록 치료, 강화한다.

그 결과, 복용자의 몸은 아주 조금씩 초인에 가까워진다.

그리고 현대에서 만들어진 회복약이라도 구세계 기술을 응용해서 만들어진 값비싼 회복약이라면 영향이 다소 다를지라도 비슷한 효과를 초래한다.

그것들이 아키라의 신체 능력을, 일반적인 단련으로는 도달할 수 없는 영역으로 끌어올렸다.

또한 아키라는 헌터 활동을 시작하고 시작한 이래로 몇 번이나 경험한 격전에서 아픔을 무시하고 몸을 움직이는 데 익숙해졌다.

아픔은 과도한 운동으로 몸을 상하게 하지 않으려는 제어 기능이기도 하다. 보통은 아픔이 방해해서 신체 능력을 한계까지 쓸 수 없다.

하지만 아키라는 격통에 익숙해짐으로써 가능해졌다. 나아가 제브라와 셰릴이 있는 통로에 들어서기 전에 회복약을 많이 먹어서 진통 효과를 본 덕택이기도 했다.

더군다나 아키라에게는 강화복을 사용한 고속 전투의 경험이 있었다. 강화복을 입지 않아서 신체 능력이 떨어져도 고속 전투에 따라가는 의식까지 느려지지는 않는다.

나아가 강화복을 착용해서 무거운 물건을 들기는 쉽지만, 그 신체 능력을 활용해서 빠르고 정확하게 움직이기는 어렵다. 그것을 단련한 아키라는 맨몸으로도 그 신체 능력에서 물리적으로 가능한 한도에 한없이 가까운 속도로 움직일 수 있었다.

그러한 이유로, 아키라는 제브라의 사격을 맨몸으로 피하고, 상대와 거리를 한순간에 좁혔다. 그리고 제브라에게 권총을 빼앗고 셰릴을 떼어낸 다음에 쳐서 날렸다.

그것은 제브라와 셰릴에게 한순간의 일이었다. 하지만 아키라에게는 충분히 오랜 일이었다.

아키라에게 맞아서 나가떨어진 제브라가 바닥에 누워서 쓴웃음을 짓는다. 이미 일어날 힘은 없었다.

"뭐야…… 이게……. 강화복…… 입었어……?"

근처로 온 아키라가 제브라를 살핀다.

"아니, 안 입었어."

아키라는 그렇게 말하고 방호복 위쪽을 조금 풀어서 보여줬다. 그것이 진짜로 방호복이고, 안에 강화 내피도 입지 않았다는 사실을 증명한다.

그래서 제브라도 아키라가 총을 버린 것이 총이 없어도 자신을 문제없이 죽일 수 있어서라고 이해했다.

"진짜냐……. 뭐가 어떻게 된 거야……."

제브라는 쓴웃음을 지으면서도 왠지 즐거운 투로 말했다.

"있잖아. 넌 왜 그렇게 강해? 난 안다고. 너도 얼마 전에는 우리랑 똑같았잖아. 슬럼에서 배급하는 걸 먹고 겨우 살던 꼬마였잖아."

제브라는 동경하는 듯한, 투덜대는 듯한 표정으로, 그것이 정말 궁금하다는 시선을 아키라에게 보냈다.

"유적에 가서 그렇다고 말하지 마. 우리도 유적에는 가 봤어. 노력하고, 준비하고…… 변변한 물건도 못 찾고 도망쳤지만."

그렇게 말한 제브라가 자조하는 웃음을 흘린다.

유적에 갔으니까. 그렇게 대답하려던 아키라는 그게 막혀서 조금 생각했다.

"그래…… 그렇다면, 운이 좋았던 거지."

"운이냐……. 그렇다면 어쩔 수가 없네."

어떻게 보면 논리적이지 않으면서, 한편으로 진리이기도 한 내용. 그 대답을 들은 제브라는 왠지 기쁜 기색으로 쓴웃음을 지었다.

그때 셰릴이 겨우 정신을 차렸다. 아키라가 제브라에게 빼앗아 바닥에 내던진 총을 주워 제브라에게 겨눈다.

"제브라. 죽기 전에 그 강화복을 어디서 구했는지 말해. 말해도 죽일 거지만, 편하게 죽여 줄게."

그때 아키라가 끼어든다.

"셰릴. 먼저 나한테 상황을 설명해 줘."

"그게, 말이죠."

셰릴이 말을 흐린다. 뒷배인 아키라의 능력을 의심한 부하가 반란을 일으켰다는 사실을 숨길 수가 없어서, 어떻게든 좋게 표현할 수 없을지 필사적으로 생각한다.

하지만 그 전에 제브라가 입을 연다.

"알았어. 전부 말할게."

제브라의 이야기를 셰릴이 보충해서, 아키라도 그제야 사태를 파악했다.

옆에서 셰릴이 가슴을 졸이고 있지만, 아무리 강해도 거점에

좀처럼 오지 않는 뒷배로는 갑작스러운 습격에 대응할 수 없으니까 그 녀석을 죽이고 다른 조직의 무력을 끌어들이자는 제브라의 이야기에는 아키라도 어느 정도 이해해 주었다.

그러나 동시에 조금 미심쩍게 여긴다.

"그런데 꼭 그래야 했어? 요전번에 셰릴이 납치됐을 때도 멀쩡하게 구출했고, 납치한 녀석들도 다 죽였는데?"

조직의 뒤에서 보호한다고는 하나, 자신이 항상 일이 있고 나서 보복할 수밖에 없는 것은 사실이다. 그렇지만 다른 조직도 보복을 원하는 것은 아닐 터이다. 다른 조직에 대한 압력으로는 충분하지 않나. 아키라는 그렇게 생각했다.

하지만 제브라는 방향성이 다른 대답을 내놓는다.

"그렇지. 그때, 보스는 살았어. 하지만 바렌스는 죽었다고."

그것은 규바 일당이 거점을 습격했을 때 희생된 자의 이름이다. 셰릴이 그것을 아키라에게 알려주고 나서 엄숙한 눈으로 제브라를 본다.

"그렇다고 이런 짓을 해도 된다고 생각해?"

"좋고 나쁘고의 문제가 아니야. 그때 아키라 씨가 거점에 있었으면, 아키라 씨가 없어도 괜찮을 정도의 무력이 조직에 있었으면, 그 녀석은 안 죽었을지도 몰라. 그게 다야."

제브라가 그 말만 하고 슬쩍 웃는다.

"아니, 아니야……. 좋고 나쁘고의 문제야. 운이 나빴어. 그게 다인가."

그리고 셰릴이 쥔 총에 손을 뻗어 총구를 자기 이마에 댔다.

"운이 없었어. 나도, 바렌스도."

권총 방아쇠가 셰릴의 손가락과 함께 당겨진다. 총성이 울렸다. 총구에서 빠져나온 총탄이 제브라의 두개골을 꿰뚫고, 즉사시켰다.

제브라가 후회한 것은 아키라의 실력을 오산한 것밖에 없다. 다른 후회는 없었다.

◆

제브라가 죽은 뒤, 셰릴은 아키라에게 구해줘서 고맙다고 말하고, 에리오와 조직원들에게 사태가 해결됐음을 알리러 갔다.

아키라는 동행을 거절하고 그 자리에 남았다. 자기 총을 다시 주우러 갔다가 제브라의 시체 곁으로 돌아오고, 제브라를 보면서 복잡한 얼굴로 생각에 잠겼다.

그 모습을 알파가 신기하게 보고 있다.

『아키라. 왜 그러니? 나한테는 고민할 시체로 안 보이는데.』

『응? 잠깐 말이지. 알파. 혹시나 해서 묻는데, 이 녀석에게 강화복을 줘서 습격을 부추긴 녀석이 어디 있는지 알아?』

『알아.』

『아는구나…….』

아키라는 자기가 묻고 놀랐다. 왜 아는지, 어떻게 알아냈는지 같은 의문이 머릿속에 떠오른다. 하지만 그것을 '알파니까'라는 이유로 전부 무시했다.

『그래? 그러면 안내해 줘.』

알파는 조금 생각하고, 말리지 않기로 했다.

셰릴이 에리오와 조직원들을 데리고 돌아왔을 때, 아키라는
그 자리에 없었다. 대신에 볼일이 생겨서 나간다고는 간단한 메
시지가 왔다.

셰릴은 이번 일이 아키라의 기분을 얼마나 상하게 했을지 불
안하면서도, 조직의 보스로서 사태를 진정시키기 시작했다.

◆

슬럼에서 중규모 조직을 이끄는 야잔이란 남자가 거점에 있는
방에서 혀를 찼다.

"실패했나. 그 아키라란 헌터, 생각보다 강한걸."

측근 남자가 말한다.

"정보가 엉터리였던 거 아니야?"

"정확성을 말한다면 그렇지만, 내용에 거짓은 없어. 현상수배
급과 싸워서 하마터면 죽을 뻔했다. 장비도 잃었다. 그것까지는
확실해. 그러니까 부상도 다 낫지 않았겠지⋯⋯는 내 예상에
불과했지만."

제브라에게 아키라를 죽이라고 부추긴 남자는 야잔이다. 있
는 소리 없는 소리를, 가짜 정보도 섞어서 부채질했다. 그러려
고 강화복도 줬다.

"그렇군. 근데 말이야. 그 강화복도 그럭저럭 좋은 물건이잖아? 그런 꼬마들한테 주긴 아깝지 않아?"

"뭐, 그 부분은 사정이 있어. 너는 신경 꺼."

"하지만 실패했잖아? 괜찮겠어?"

"괜찮아. 성공하는 게 더 좋았지만, 실행한 시점에서 의미가 있으니까."

뒤에서 지켜주는 조직의 사람에게 습격당하면 아키라도 셰릴의 조직을 불신하고 거리를 둘 것이다. 나아가 제브라가 움직인 이유를 알면 셰릴도 조직 방어를 다시 생각해야 한다.

그렇게 되면 다른 조직에서 셰릴의 조직에 참견할 기회가 늘어난다. 셰릴도 조직원이 아키라를 습격한 이상, 아키라가 이전처럼 지켜주리라고 여기지 않을 것이다. 타협하고, 이익을 바쳐서라도 다른 방위력을 찾을 것이다.

야잔은 측근 남자에게 그런 이야기를 했다.

"뭐, 실제로 어느 조직이 셰릴네 조직을 먹을지는 다른 조직과 협의해야지. 안 그랬다간 큰일이 나. 그것들도 일단은 시지마네 조직이랑 협력 관계니까. 어디든 곧장 억지로 쳐들어갈 수는 없다고."

그런 감각을 일개 조직원인 제브라가 감지할 수는 없다. 제브라가 서두른 것도 그 탓이다. 물론, 야잔은 친절하게 구는 척하고 다른 의도의 정보를 흘렸다.

"뭐, 한동안 낌새를 보자고. 조금 기다리면 이번 일로 셰릴네 조직에 내분이 생길지도 모르니까. 끼어들 빈틈은 있어. 조급할 건 없다고."

야잔이 조직 간부들에게 그런 이야기를 하고 있을 때, 부하가 연락했다.

"보스. 아래에 아키라라고 하는 녀석이 왔습니다. 아마도 그 아키라입니다."

"뭐……?"

예상을 벗어난 보고에, 야잔은 무심코 인상을 썼다.

야잔은 고민한 끝에 아키라를 거점에 들였다.

아키라의 용건이 보스를 만나겠다는 것이고, 그 시점에서는 보복하러 온 낌새가 없었다고 한다. 그리고 거부하면 힘으로 치고 들어올 언동을 보였다고 한다.

그리고 상대의 목적이 교전이라도 거점 출입구에 있는 상태로 싸우는 것보다 사전에 병력을 모아 안으로 들이는 것이 더 유리했다.

그러한 사정으로 야잔은 아키라를 무턱대고 거절하기 어렵다고 봤다. 나아가 자신이 부추긴 사실은 제브라 자신도 모를 것이라는 생각이 크게 작용했다. 그런 부분은 잘 은폐했고, 제브라가 불었다고 해도 다른 조직의 이름을 댈 것이다.

아키라가 모종의 이유로 눈치채서 경고를 겸해 떠보러 왔더라도 이쪽이 시치미를 떼면 추궁하는 데 한계가 있으리라. 시지마의 거점에 쳐들어갔다는 이야기에서도 결국에는 협상만 하고돌아왔다. 큰일은 안 생길 것이다. 야잔은 그렇게 판단했다.

실내에 무장한 부하들을 모으고 아키라를 방에 들인다. 그나마 총구는 내리게 했지만, 인원의 차이는 압도적이다.

그리고 아키라에게서 험악한 분위기는 느껴지지 않는다. 야잔은 그것을 교전할 의지가 그만큼 없다는 뜻으로 생각했다. 예상대로 됐다며 속으로 안도한다.

"그래서? 셰릴네를 뒤에서 봐주는 사람이 나한테 무슨 볼일이 있지?"

"네가 제브라와 거래해서 나를 습격하게 했어?"

"어? 무슨 소리야?"

야잔의 연기는 거의 완벽했다. 영문 모를 소리를 갑자기 들어서 곤란한 태도를, 그런 소리를 하려고 일부러 찾아온 자를 괴이쩍게 여기는 태도를 자연스럽게 드러냈다.

다만 야잔은 의체 사용자가 아니었다.

"됐으니까 대답해. 그런지, 아닌지. 어느 쪽이야? 무슨 소리를 하는지 모르겠다면, 관계가 없으니까 아니라고 대답해."

야잔이 이상한 소리나 하는 자를 깔보듯 혀를 차고 대답한다.

"아니야."

『알파』

『거짓말이네.』

다음 순간, 야잔의 머리통이 날아갔다. 강장탄을 맞고, 원형의 태반을 잃을 정도로 터져서 내용물을 실내에 흩뿌린다.

쏜 사람은 아키라. 한순간에 총을 뽑고, 주저하지 않고 쐈다.

제브라를 부추긴 상대임을 알파가 가르쳐 준 시점에서 죽일 작정이었다. 그래도 혹시 몰라 상대를 직접 만나고, 물어보고, 생체인 상대라면 거짓말을 간파할 수 있다는 알파에게 재확인을 시켜서 결과가 나온 이상, 주저할 이유는 없었다.

주위에 있는 자들이 갑작스러운 사태에 넋을 놓고 있었다. 하지만 금방 아키라를 죽이려고 일제히 총을 겨눈다.

"이 새끼가!"

그렇게 외치고 가장 먼저 반응한 자가 다음으로 죽었다. 그리고 알파의 계산에 따라 위험도가 높다고 판단된 자부터 차례차례 총에 맞는다.

기습당한 야잔의 부하들 여럿이 죽고 다친다. 그래도 한순간에 전멸하지는 않는다. 아직 무사한 자들이 같은 편이 맞는 것도 신경 쓸 여유도 없이 반격한다. 순식간에 실내에서 총탄이 오간다.

하지만 아키라에게 맞지 않는다. 체감 시간을 조작하면서 알파에게 적의 사선을 듣고, 몸에 주는 부담을 완전히 무시하면서 미리 먹은 회복약의 효과로 최대한의 움직임을 유지한다. 그렇게 확장 시야에 빨갛게 표시되는 사선 다발에서 도망치고 있었다.

실내에 모인 남자들은 무장했지만, 위압을 목적으로, 전투를 억지하려고 있었다. 그러한 까닭도 있어서 실내를 탄막으로 채워 도망칠 구석을 없애는 일제 사격에 적합한 배치가 아니었고, 그럴 기량도 없었다.

그 덕분에 아키라는 자신에게 집중되는 사선을 피하기 쉬웠다. 설령 등 뒤에서 쏴도 알파가 염화로 위치와 방향을 알려줘서, 지각한다는 의미로는 아키라에게 사선이 똑똑히 보였다.

개조한 총기 2정에서 사출되는 강장탄과 철갑탄이 적의 방어를 손쉽게 관통해 내부를 파괴해 나간다. 그것이 확장 탄창의 연사력으로 실내 전체에 뿌려진다. 참극으로 부르기 마땅한 양의 피와 살이 사방에 튀고, 벽과 바닥과 천장을 온통 붉게 물들인다.

총성이 멎었을 때, 실내에서 살아남은 자는 그 참극을 만든 아키라와 알파의 연상으로 위험도가 낮다고 판단된 자, 겁먹어서 싸울 의지를 완전히 상실한 남자뿐이었다.

아키라가 만약을 대비해 탄창을 교체하면서 그 남자에게 다가가 말을 건다.

"이봐."

"히익?!"

비명을 들었지만, 아키라는 태연했다. 왠지 모르게 가벼운 투로 충고한다.

"나랑 싸울 마음이 없으면 빨리 도망쳐. 여기서 최대한 멀어져. 조금 있으면 증원이 올 건데, 너를 안 쏘면서 싸우는 묘기는 부릴 수 없다고."

남자는 몇 번이고 고개를 끄덕였다. 그리고 서둘러서 방에서 나가더니 미친 듯이 뛰어갔다.

그 뒤에도 아키라는 소란을 듣고 나타난 자들과 교전했다. 덤벼드는 자는 죽이고, 도망치는 자는 방치했다. 다가오는 자가 없어질 때까지 거점 안을 탐색하고, 아직 남은 자들을 밖으로 쫓아냈다.

그리고 슬쩍 숨을 내쉰다.

"이 정도면 될까."

그렇게 말하고 정보단말을 꺼내 셰릴에게 연락했다.

◆

야잔의 조직 거점인 건물 앞에 트럭이 서 있다. 셰릴의 조직 아이들이 건물에서 빼낸 물건을 짐칸에 싣고 있었다.

돈이든 무기든 가구든 가리지 않고 싹 빼내고 있다. 시체에서 벗긴 옷과 장비도 짐칸에 던져서 시체 말고는 전부 가져가겠다는 듯이 큰 트럭의 짐칸에 실었다.

아이들은 짐을 나르면서 건물 안 참상을 보고 안색이 새파래졌다.

"이거, 아키라 씨가 한 짓이지?"

"그렇대. 제브라의 배후에 여기 조직 보스가 있었다……고 하더라. 나는 에리오한테 그렇게 들었어."

"그렇다고…… 보통, 이렇게까지 해?"

"보통 사람은 다른 조직 사람을 죽이고 상대 거점에 그 시체를 질질 끌고 가지 않아."

"그. 그렇지."

아이들은 자기네 뒷배의 이상한 정신 상태를 재확인하더니, 잡담을 멈추고 작업을 계속했다.

셰릴이 트럭 근처에서 정보단말을 통해 시지마와 이야기하고 있다. 자기 조직을 건드린 것에 분노한 아키라가 보복으로 야잔의 조직을 궤멸시키고 거점과 구역을 강탈했다. 그렇게 설명한 다음, 야잔의 구역을 팔겠다고 타진했다.

"알았다. 사마. 금액은 나중에 상의하지. 이미 우리 구역으로 보면 되겠지?"

"네. 공백지가 생기면 다툼이 원인이 되니까요. 거점 건물도 우리 볼일이 끝나면 넘길게요."

"좋아. 거래가 성립했군."

셰릴은 무사히 구역을 손에서 놓았다고 안도했다. 셰릴네 사람들로는 중규모 조직의 구역을 절대로 관리할 수 없다. 다른 조직에서 양도 요청이 쇄도하고, 언젠가 무력을 동반한 협상이 이루어질 것이 뻔했다.

"그나저나 야잔네는 뭘 했지?"

"이것저것 했어요. 그리고 그들은 시지마 씨와 다르게 평화롭게 처리할 마음이 없었을 뿐이죠. 시지마 씨와는 앞으로도 그렇게 안 되고 싶네요."

"그래야지."

구역을 싼값에 후려치려고 하면, 일이 평화롭게 처리되지 않으면, 아키라가 나간다. 암암리에 그렇게 말하고, 셰릴은 협상을 마쳤다.

아키라는 건물 옥상에서 주위를 둘러보고 있었다. 야잔 조직의 잔당이 다시 쳐들어왔을 때 저격하기 쉽다고 생각해서 이동한 것이다. 그러나 거점 내부의 무력 요원을 대다수 잃은 야잔 조직은 재기할 힘이 없어서 괜한 걱정으로 그쳤다.

알파는 그런 아키라의 태도가 드물다고 판단했다. 그리고 새로운 판단 재료를 찾으려고 한다.

『아키라. 왜 굳이 여기 조직을 궤멸시켰어?』

『뭐…… 덤이야.』

제브라 패거리는 조직 내부에서 반란을 일으켰지만, 단순히 그것뿐이라면 아키라도 그들만 죽이고 끝냈을 것이다.

그러나 제브라가 반란을 결심한 가장 큰 이유는 규바 일당이 습격했을 때 친구가 죽었기 때문이다. 그것을 안 시점에서, 아키라의 마음속에서는 이번 사건이 요노즈카역 유적 유물 수집에 셰릴네 조직을 끌어들인 탓에 일어난 일이 되었다.

그 인식이 아키라를 움직이게 했다. 제브라를 부추긴 야잔도 죽여야 할 대상에 추가했다. 그리고 어떻게 보면 당연하지만, 조직의 보스를 죽이는 바람에 하는 수 없이. 그 조직도 같이 궤멸시키게 되었다.

아키라는 그것까지 자세히 말하지 않았다. 염화로 전하지 않아서 알파는 정말로 단순히 덤으로 처리했다.

『알파. 잠깐 다른 이야기를 하겠는데, 그 제브라란 녀석은 정말로 나를 죽이려고 했을까?」

『그랬을 거야.』

『정말로?』

물어볼 필요도 없는 이상한 질문을 하는 데다가 자꾸 확인하는 바람에, 알파가 대답 내용을 자세하게 바꾼다.

『최소한, 맞으면 죽는 총을 의도적으로 쏜 것은 확실해. 절대로 맞지 않는다고 확신해서 쐈다고 가정해도, 그것만큼은 나도 알 수 없어.』

『그렇구나…….』

아키라는 총을 버렸을 때 제브라가 낙담하는 것처럼 느꼈다. 아키라가 총을 버렸는데 왜 낙담하는지 이해할 수 없었다. 쓰러진 다음에도 그 사실을 왠지 기뻐하는 눈치 같았다. 그 이유도 이해할 수 없었다.

그때 셰릴이 나타난다.

"아키라. 이런 데 계셨군요."

"응? 아, 잠깐."

셰릴은 아키라의 곁에 와서 조직의 상황을 다시 전했다. 그리고 조금 망설이면서 묻는다.

"저기, 제브라가 여기 야잔과 내통했다는 이야기 말인데, 어떻게 알았어요?"

"묻지 마."

"아, 네."

오해와 착각으로 죽였다고 생각하기는 싫으나, 그렇게 말한 시점에서 셰릴은 체념할 수밖에 없다. 아키라 나름의 근거가 있으리라 자신을 타이른다.

"그건 그렇고, 강화복도 안 입고 여기 조직을 혼자서 궤멸시키다니, 아키라는 정말 강하군요. 어떻게 하면 그토록 강해질 수 있는지 신기할 정도예요. 역시 재능 덕분인가요? 아니면 노력 덕분인가요?"

대답이 재능이든 노력이 됐든, 셰릴은 아키라를 찬양할 작정이었다.

하지만 아키라는 그때 제브라도 비슷하게 물어봤다는 것을 떠올리고, 그 대답을 말한다.

"그래……. 운이 좋았으니까."

"우, 운이요?"

"그래. 운이야."

그토록 강해지다니, 운이 무척 좋군요. 차마 그렇게 칭찬할 수는 없어서, 셰릴은 말문이 막혔다.

그 옆에서 아키라가 생각한다.

자신이 강해진 가장 큰 이유는 알파다. 유적에서 알파를 만났기 때문이다.

제브라도 유적에 갔다고 했다. 하지만 알파를 만나지 못했다.

그 차이는 노력으로 메꿀 수 없다. 알파와 만나기 전에도 죽을 힘을 다해 살았다. 그것은 노력일지도 모른다.

하지만 적어도, 알파와 만날 정도로 노력했다고는 생각할 수 없었다.

그렇기에 아키라는 알파와 만난 뒤의 고난을 돌이켜 보고, 자신은 운 좋게 강해졌다고 대답했다.

그리고 제브라의 마지막 말을 떠올린다.

"그 녀석은…… 운이 없었어."

"저기, 그게, 누구 말이죠?"

"아무것도 아니야……."

대답이 '묻지 마'가 아니라는 사실에서 셰릴은 아키라의 미묘한 속마음을 느꼈지만, 아키라를 자극하지 않으려고 자세히 묻지 않았다. 그 대신에 다른 이야기를 하려고 진지한 표정을 짓는다.

"아키라. 제가 인질로 잡혔을 때 총을 버린 건 정말 기뻐요. 하지만 다음엔 그러지 마세요. 그러다가 아키라가 죽으면……."

"아, 그거? 그때는 그렇게 하는 게 가장 안전하다고 생각했으니까. 미안하지만 매번 그런다고 생각하지는 마."

비통한 표정으로 아키라를 설득하려고 했던 셰릴의 얼굴이 무덤덤한 대답을 듣고 미묘한 느낌으로 변한다.

"그, 그래요?"

"그래. 왜 있잖아. 예전에 셰릴이 잡혀갔을 때, 나는 차로 상대의 차를 정면에서 들이받았지? 그건 그 녀석들이 셰릴을 인질로 잡을 여유를 주지 않으려던 거였어. 그 녀석들이 똑같은 짓을 했다간 나도 곤란해. 그러니까 그때는 정면에서 차를 들이받는 게 정답이었어."

좋은 핑계를 떠올렸다고, 아키라는 조금 으쓱했다.

"그, 그랬군요오……."

셰릴은 어색하게 웃는 것이 한계였다.

규바 일당이 셰릴의 거점을 습격했을 때 아키라가 있었더라면, 그때 제브라의 친구인 바렌스가 죽지 않았더라면, 아키라가 오늘 강화복을 입었더라면.

다양한 우연이 겹쳐 일어난 사건은, 관계자들의 운에 따라서 막을 내렸다.

◆

슬럼을 양분한 거대 조직 중 하나의 저택에서, 정보상인 비올라가 상품인 정보를 손님에게 건네고 있었다.

"원하던 정보야. 어때?"

남자 손님이 그 내용을 열람하고 신음한다.

"퇴물 헌터밖에 없는 집단이라고 해도, 강화복 없이 혼자서 중규모 조직을 궤멸시켰다. 거참 대단하군. 가짜 현상수배급에 먹히고도 오히려 안에서 죽였다……는 소문은 들었지만, 이렇게 강하면 있을 법도 하나?"

"그 조사도 원해?"

"아니다. 지금은 이걸로 충분해."

"그래? 그나저나 이 헌터를 조사하려고 강화복까지 흘린 이유를 알아도 될까?"

"그런 장비를 한 녀석에게 죽는다면 적이 되어도 문제가 없고, 아군으로 끌어들일 의미도 없지. 그 최소한을 확인하기 위해서다."

"그런 이유야? 그거, 꽤 비싸 보였는데."

그렇게 말하고 의아한 기색을 드러낸 비올라에게, 남자가 흔쾌히 웃는다.

"그딴 건 우리에게 그냥 싸구려다. 부대의 장비를 조달할 때 딸려 온 덤이지."

"어머, 굉장한걸. 다음 항쟁, 그렇게 규모가 커질 것 같아?"

"그렇지."

그때 남자의 얼굴이 심각하게 바뀌고, 시선도 위압하는 것처럼 매서워졌다.

"당연하지만, 우리가 승리한다. 너도 협력해야 할걸?"

비올라는 거대 조직 간부의 위압을 웃으며 흘렸다. 그러고서 매혹하듯 미소를 짓는다.

"그건 보수에 달렸어. 기대할게."

"흥……. 상관없겠지."

남자는 눈앞에 있는 악녀를 잘 알았다. 그렇기에 여자의 웃음에 경계심밖에 느끼지 않았다.

리빌드 월드 3 〈하〉 현상수배급 토벌 요청

2023년 03월 15일 제1판 인쇄
2023년 03월 20일 제1판 발행

지음 나후세
일러스트 긴 | **세계관 일러스트** 와잇슈
메카닉 디자인 cell

발행 영상출판미디어(주)
등록번호 제 2002-000003호
주소 07551 서울특별시 강서구 양천로 570 NH서울타워 19층
대표전화 032-505-2973

ISBN 979-11-380-2192-0
ISBN 979-11-380-0237-0 (세트)

REBUILD WORLD Vol.3 <GE>SHOKINKUBI TOBATSU NO SASOI
ⓒNahuse 2020
First published in Japan in 2020 by KADOKAWA CORPORATION, Tokyo.
Korean translation rights arranged with KADOKAWA CORPORATION, Tokyo
through Korea Copyright Center Inc.

구매 시 파손된 도서는 구매처에서 교환하실 수 있습니다.
기타 불편사항, 문의사항이 있으신 독자님께서는 노블엔진 홈페이지
[http://novelengine.com] 에서 Q&A 게시판을 이용해 주시기 바랍니다.